W0226083

Aus Freude am Lesen

Buch: Eigentlich soll der aus Jamaika stammende farbige Arzt Sem einen offiziellen Bericht über die Kriegsverbrechen und Massaker während des Balkankriegs verfassen. Doch statt sich auf sein Projekt zu konzentrieren, lässt er die Geschichte seiner Liebe zu der Bosnierin Zoja Maria Revue passieren. Die politisch aktive Historikerin und verheiratete Mutter zweier erwachsener Töchter wollte sich nie wirklich auf eine neue Beziehung einlassen. Doch während der gesamten Kriegsjahre hatten Sem und Zoja Maria ein Verhältnis. Dann wurde sie schwanger und entschied sich für eine Abtreibung. Für Sem war diese Abtreibung gleichbedeutend mit einem Mord. Mit aller Gewalt will er nun die Erinnerung an Zoja Maria auslöschen, so wie in der Realität des Krieges ganze Volksgruppen ausgelöscht wurden. Und er will sich an ihr rächen. Doch er ahnt nicht, wie verletzt sie tief in ihrem Inneren wirklich ist.

Autorin: Janne Teller wurde 1964 geboren. Ihr Debüroman »Odins Insel« machte sie in ihrer Heimat Dänemark auf einen Schlag bekannt und schaffte sofort den Sprung in die Bestsellerlisten. Für ihr Jugendbuch »Intet« wurde die ehemalige UN-Mitarbeiterin und studierte Politologin mit dem Kinderbuchpreis des dänischen Kultusministeriums ausgezeichnet. »Die sieben Leben der Katze« ist ihr zweiter Roman. (www.janneteller.dk)

Janne Teller

Die sieben Leben der Katze

Roman

Aus dem Dänischen von Hanne Hammer

btb

Die dänische Originalausgabe erschien 2004 unter dem Titel »Kattens tramp« bei Gyldendal, Kopenhagen.

Mix
Produktgruppe aus vorbildlich bewirtschafteten Wäldern und anderen kontrollierten Herkünften
www.fsc.org Zert.-Nr. GFA-COC-001223
© 1996 Forest Stewardship Council
FSC

Verlagsgruppe Random House FSC-DEU-0100
Das FSC-zertifizierte Papier *Munken Pocket* für dieses Buch liefert Arctic Paper Munkedals AB, Schweden.

1. Auflage
Deutsche Erstveröffentlichung Januar 2010

Umschlaggestaltung: semper smile, München
Umschlagfoto: Jeremy Woodhouse/Masterfile
Druck und Einband: CPI – Clausen & Bosse, Leck
KR · Herstellung: SK
Printed in Germany
ISBN 978-3-442-74027-7

www.btb-verlag.de

To the man who taught me
That love is all about love
whom I taught only one word
in Danish. Zerstöre.

Erstes Leben

Das erste Leben ist der Anfang,
von allem, von nichts und vor allem vom Ende.
Denn so ist das mit den Anfängen.

»Ich habe zwei Töchter«, sagst du. »Und einen Mann.«

Eine Weile ist es still. In die Luft, nicht zu mir, sondern zu dem Wind, der nicht existiert, zu den Autos, die nahe vorbeifahren, und zu den Bäumen am Straßenrand vor dem Restaurant, in dem wir sitzen, fügst du hinzu: »*Das* ist Geschichte.«

Ich betrachte das freundliche Wanken der Bäume in der nicht existierenden Brise, dann dich. Deine Art, still zu sitzen, ist ein gewölbter Wille wie der der Bäume. Mit deiner einen Hand stützt du den Kopf ab, die Finger in einem angebrochenen Gebet auf der Wange gespreizt, die andere liegt locker und doch fest auf der karierten Tischdecke, präzise anderthalb Fingerbreit von dem Fuß deines Glases entfernt.

»Kann eine Geschichte nie zu einer anderen werden?«, frage ich.

»Nein«, antwortest du, ohne zu zögern. Dein Zögern folgt später. »Vielleicht«, sagst du langsam. »Vielleicht kann eine Geschichte sich in eine andere winden …« Und lässt den Satz offen.

Ich nicht.

»Und diese?«, frage ich, insistierend, hartnäckig, dumm.

»Können sich meine und deine Geschichte ineinander winden?«

Du antwortest nicht.

Und genau das, dieses Ausbleiben einer Antwort, gibt mir Mut. Mut, den Arm in dem hochgekrempelten, leicht verschwitzten, allzu verschwitzten Hemdsärmel in Richtung deines Weinglases auszustrecken, auszustrecken in der 90-Grad-Bewegung, die ein Arm beschreiben muss, wenn er vom Abstützen des Kinns auf dem Ellenbogen auf dem Tisch zu dir hingelangen, wenn meine Hand von mir zu dir kommen, sich über deiner ausbreiten will, bittend und beharrlich wie eine Katze, anschmiegsam, flüsternd wie eine Katze, die noch nicht weiß, dass sie stampft. Und die groß und schwarz über deiner starken, zarten Hand verharrt, deiner langen, schmalen, redenden, stummen, weißen Hand. Und das Schwarze bin ich ebenso wie das Große, doch das Darunterliegende ist von Bedeutung, denn ich weiß nicht, was du ohne Worte sagen willst, selbst wenn ich zu wissen meine, was du mit Worten sagen würdest, falls du dich ihrer bedienen würdest. Doch schon bevor du nichts sagst, weiß ich, dass du dich dafür entscheiden wirst.

Es gibt viele Arten, nichts zu sagen.

Ich warte auf deine. Ich kenne sie, wie man das Brüllen des Nordwindes nachts in diesen Bergen kennt, wie man das Kitzeln von einer überreifen Feige kennt, noch bevor der Saft in einer langsamen, schwelenden Spur das Kinn hinunterläuft, wie man den Krieg, der gewesen ist, kennt und den, der kommt, nicht. Ich kenne sie, wie ich dich kenne.

Überhaupt nicht, und ich werde sie nie besser kennenlernen.

Das, was du nicht sagst, ist in deiner Hand, die so still wie eine Bombe auf dem Tisch liegt, die nicht weiß, wann sie hochgehen wird. Du tickst und tickst, das tust du. Tickst Schweigen. Tickst Zeit. Und ich will sie dir nicht geben, insistiere töricht und dringlich, von dem Schweigen deiner Hand zu einem Tanz aufgefordert, von dem ich nicht weiß, ob er getanzt oder getötet werden soll – körperlos werden soll, ein Körper ohne Füße, von denen es so viele, unheimlich, furchteinflößend viele gibt auf dieser Welt.

»Können sich deine und meine Geschichte ineinander winden?« Ja, das habe ich dich auch schon früher gefragt, ich weiß. Doch früher habe ich dich mit Worten gefragt, jetzt frage ich dich mit der Hand, mit meiner großen, schwarzen Hand, die sich ihren Weg in deine weiße sucht ungeachtet, dass das in keiner Weise das bedeutet, was einige glauben mögen, denn das Bild ist kein anderes als das, das es ist: meine Hand auf dem Weg in deine.

Diesmal antwortest du. Locker und unbekümmert, besänftigend und listig, leichtsinnig und lieb letztendlich mit einem Stampfen, für das es viele Namen gibt, die alle nicht mehr noch weniger abdecken, und das ich einfach als Stampfen bezeichne, das von mir zu dir geht, das kracht, dass sonst nichts in dieser Stadt zu hören ist, die schon viel zu viel gehört hat.

Ich lasse dich nicht wieder los.

Nicht einmal in dieser Stadt, in diesem Land, wo wir es besser wissen müssten, statt zu glauben, dass unterschiedliche Geschichten sich ineinander winden dürfen.

Das war der Anfang.

Das war Sarajevo. Vor dem Krieg, ich will nicht den Eindruck entstehen lassen, dass wir mutiger waren, als wir waren. Der Mut lag in einem Hotelzimmer, nicht weit von dem Restaurant, in den Händen, die nicht wussten, dass sie es lassen sollten, und sich deshalb ihren Weg auf den Spuren suchten, die sie bereits aus einer Zeit zu kennen glaubten, die es nie gegeben hat, die jedoch stillstand in einem Raum mit einer

Tapete mit schmutzig goldenen Blumenranken (ich, der ich Blumenranken hasse) und schweren, goldenen Gardinen, die zuzuziehen keine Zeit blieb, sodass sie eine verhangene Sonne hereinließen, die wütende weiße Landkarten auf deiner Blöße zeichnete. Landkarten, die mir den Weg wiesen, hinüber, herüber, hinein, in dich. Ich, der ich mit verbundenen Augen den Weg unter dem Grund der blauen Berge gefunden hätte, brauchte plötzlich das Licht, um den Mut nicht zu verlieren, der glücklicherweise, unglücklicherweise größer war als die Lust, die nichts mit Lust zu tun hatte: dich.

Zoja Maria Berchtold Balthasar.

Zoja Maria Berchtold Balthasar, geborene Balto, verheiratete Berchtold Balthasar.

Zoja Maria Berchtold Balthasar, verheiratet und Mutter zweier Kinder.

Zweier Kinder, die nicht meine sind. Sondern deine, und eine Geschichte, die ich noch nicht kannte, die ich nie kennenlernte, auch wenn du sie immer wieder erzählt hast. Erzählt und verschwiegen. Verschwiegen, weil nie alles erzählt werden kann, weil Geschichten sich ineinander winden können, sodass sie beinahe zu einer werden, einander ähneln, sich wie eine anfühlen. Doch nicht eine sind, denn das wäre eine andere als die, die ist, als die, die gewesen ist, bevor du ins Bild kamst. Und hier spreche ich zu mir, denn dieses Du bist nicht du.

Als du unser Kind getötet hast, wusste ich, dass ich dich töten musste, in mir.

Das stimmt nicht.

Drei Wochen nachdem du unser Kind getötet hattest, wurde mir klar, dass ich dich töten musste, und das ist genau drei Wochen und zwei Stunden her: die drei Wochen seit dem Mord an dem Kind und die zwei Stunden, seit du geredet hast und ich gegangen bin. Die Götter würden lachen, weil ich mich vier Jahre genau danach gesehnt habe, dass du redest und die Geschichte nicht verschweigst, damit sie Leben bekommt und lebt und nicht erstickt wird und ertrinkt und langsam stirbt, langsam, wie ich jetzt durch diese Stadt gehe, weil die Worte, die du gesprochen hast, der Mord an unserem Kind waren, an unserer Geschichte, die eine hätte sein können, die nie eine wurde, sodass du vielleicht doch recht hattest: die nie hätte werden können.

(Es gibt Kinder, für die Europa keinen Platz hat. Sieh nur meine Nichte, Habiba.)

»Ich musste es tun«, sagtest du. »Ich muss es tun.«

Und Ersteres bezog sich auf das Kind und den Mord und Letzteres auf die Wallfahrt, die dich von mir wegführt und die morgen beginnt. Die begonnen hat.

Das ist der Schluss.

Das ist Wien.

Die Geschichte liegt dazwischen, oder sie beginnt hier, ich weiß es nicht, denn ich gehe langsam durch diese Stadt, langsam an den hochtürigen, ziergeschliffenen, von goldenen Fenstern eingerahmten Geschichten vorbei, zusammen mit all den anderen, die in dieser Stadt zu Hause sind und ihre Geschichte in der Geschichte dieser Stadt herumtragen, die deine ist, gehe langsam neben einer jungen Frau, einer sehr jungen Frau, einer jungen, hell lachenden, herzerwärmenden Frau, einer Tochter, die lockt, einer Tochter, die deine ist.

Nicht meine.

∞

Sie steht wieder unten.

Oder immer noch. Er weiß es nicht. Eine halbe Stunde ist vergangen, seit er das letzte Mal hinausgesehen hat. Er kann sie durch die kleine Öffnung in der Gardine sehen, bevor das Fenster zur Wand wird.

Sie steht mitten auf dem Platz, genau zwischen dem Eingang des kleinen Cafés und der gegenüberliegenden Straßenseite. Sie sieht nicht zu der Haustür von Nummer eins, sondern zur Straße hin. Es ist zwanzig vor sechs. Wenn nicht die Deckenlampe heute Morgen einen Kurzschluss gehabt hätte, würde er bald die Weihburggasse hinunterkommen und auf den Platz einschwenken.

Er tritt abrupt vom Fenster zurück, dreht sich um und geht zu dem Büfett, öffnet die Tür und holt Streichhölzer und eine Chicos heraus und zündet sie an. Die Flamme des Streichholzes blafft, und er löscht die Flamme im Aschenbecher, zerquetscht auch die halb angezündete Zigarre.

Später erinnert er sich, dass es genau zwölf Minuten vor sechs am 30. April 1999 war, als er beschloss, Erika einen Heiratsantrag zu machen.

∞ ∞

Einundzwanzig ist alt genug.

Alt genug, eine Frage zuzulassen, die es nicht gibt, alt genug zu wollen, alt genug zu wissen, was gewollt wird und wie es gewollt wird, wenn nur der Mann, der einundzwanzig Jahre älter ist, auch will. Doch dieser Mann bin ich, und ich will nicht, selbst wenn einundzwanzig alt genug ist, mit etwas zu locken, das dir ähnelt, ein wenig, ein ganz klein wenig, doch das nicht du bist, das stattdessen sinnlich und verlockend ist und einen Mann mit dem lockt, was einen Mann nun einmal lockt, auch der Mund, der Worte in sich trägt, die nicht deine sind, sondern unschuldig schuldiger Atem und Lachen, das diffus lockt mit Licht und einer Geschichte, von der ich wünschte, dass sie meine wäre.

Tanya.

Tanya Katharina.

Tanya Katharina Berchtold Balthasar.

Ein Kind, eine Tochter, ein Teil von dir und ich frage mich, ob du sie gerade jetzt zu mir geschickt hast, damit ich von dir fort langsam durch diese Stadt gehen kann, sehr langsam, mit einem Teil, einem Rest der Geschichte, die du bist?

Nein, lass mich dich direkt fragen: Hast du mir deine Tochter geschickt, um ohne dich bei mir zu sein?

Oder hast du sie geschickt, um deine Schuld an der Geschichte zu besänftigen, die du zusammen mit dem Kind getötet hast, sodass du mir ein anderes Kind geben musstest, eine Opfergabe, um die Götter und mich gnädig zu stimmen, auch wenn sie keinem Opfer gleicht, Tanya Katharina, wie sie sich schlangengleich neben mir her bewegt, hier neben mir, und uns plötzlich beide stehen bleiben lässt und ohne Vorwarnung sagt: »Hier!«

Sie zeigt mir etwas, aber ich verstehe nicht oder will nicht verstehen, dass sie sich mit mir in ein Restaurant setzen möchte, in das Restaurant, das zu deiner und meiner Geschichte gehört und das bald eine andere Geschichte bekommen wird, von der ich nicht will, dass es sie bekommt, die ich aber trotzdem zulasse, weil ich lächerlicherweise, unverzeihlich naiv (vergib mir) hoffe, dass auch die Geschichte in mir eine andere wird. Und ich sage nichts, trete nur mit ein, wo ich nicht eintreten sollte, denn so ist das mit Spuren, einigen soll man folgen, andere nur vorsichtig und wieder andere gar nicht betreten. Wie Mohn, weißer Mohn, den man nur ansehen soll, der strahlend anzusehen ist, aber nicht gepflückt werden darf, das weiß ich, weiß ich besser als jeder andere. Nur ansehen, nicht riechen, schmecken, fühlen, lauschen. Schon gar nicht nehmen. Auf keinen Fall nehmen.

Wir setzen uns einander gegenüber. Sie ganz hinten in die Ecke ans Fenster, sodass sie sowohl mich als auch den Raum und die Straße sehen kann. Ich selbst sehe nur sie, die ich nicht sehen will und vielleicht auch nicht sehe, weil ich nicht hier bin, sondern an einem anderen Ort, an dem ich nicht sein will, und deshalb zwinge ich mich trotzdem zu sehen, hier zu sein: Tanya Katharina.

Ich drehe mich um und rufe den Kellner mit einer stummen Handbewegung, nehme die Speisekarte entgegen und reiche deiner Tochter die eine, während ich so tue, als würde ich die andere studieren, als könnte ich sie nicht auswendig und wüsste bereits, dass ich das Lamm wählen werde, auch wenn ich nicht hungrig bin und nichts essen kann. Ich bestelle eine Flasche Rotwein, fast ohne daran zu denken, in die Karte zu sehen und sie, Tanya Katharina, zu fragen, und frage nur mit einem Nicken und den Augen, die auf die Flasche in der Karte zeigen, doch das scheint in Ordnung zu sein, denn sie redet und lacht, die ganze Zeit, sodass ich nicht reden muss, und das ist nahezu eine Befreiung von dem Schweigen, das Geschichten zusammenbindet, das unsere zusammenband, bis du vor zwei Stunden geredet hast. Dich entschieden hast zu reden.

Aber warum darüber? Dort? Da?

Eine verheiratete Frau zu lieben heißt, sich selbst auf die fehlende Dimension in der Geometrie zweier anderer Menschen zu reduzieren. Jedenfalls wenn du die Frau bist, Zoja Maria.

Ich hätte nicht kommen sollen, aber ich bin gekommen, und da war es zu spät, etwas zu ändern, und dein Blick, der meinem auswich, meinem ganz präzise auswich, als ich dir langsam, so langsam ich konnte, entgegenkam, einunddreißig, zweiunddreißig, über das schräge Parkett, erzählte immer noch nicht, dass es nicht länger eine Geschichte geben sollten, sondern zwei, deshalb wagte ich mich zu freuen und zu sehnen und zu beruhigen und zu ergötzen, während ich langsam, viel zu langsam, herumging und grüßte, wie man es in den Kreisen tut, die ganz gewiss nicht meine sind, sondern die deines Mannes, doch die man braucht, das darf man nicht übersehen, auch wenn ich das am liebsten tue und mich daran erinnern muss, dass auch sie mich brauchen. Denn Politik ist nicht Politik, sondern öffentliche Meinung, jedenfalls zu diesem Zeitpunkt in der Geschichte, und dieses Mal spreche ich nicht von deiner und meiner. Und die öffentliche Meinung, das bin ich, ich und viele andere, während Politik dein Mann ist und viele andere. Die Geschichte, das bist du. Und wieder spreche ich nicht von dir und mir, auch wenn ich das ebenso gut tun könnte, doch dieses eine Mal tue ich es nicht, ich spreche von zwei Dingen: von deiner eigenen, deiner ganz persönlichen Geschichte, die untrennbar mit der Geschichte Europas, Bosniens, verbunden ist, ganz zu schweigen von den vierzehn Generationen von Ahnen deines Mannes, den vierzehn österreichischen Generationen, und ich spreche von der anderen Geschichte, in der du forschst und über die du dich warm redest und meinst, dass alle sie kennen müssten, weil dann die Welt eine andere wäre, wie du mir einmal gesagt hast.

»Die Geschichte«, hast du gesagt. »Die Geschichte müssen alle kennen und verstehen«, hast du gesagt. »Nur so lässt sich der Krieg vermeiden.«

Das war damals, und das ist wohl auch eine Form von Geschichte? Doch obwohl ich diese Geschichte kenne, unsere Geschichte, verstehe ich sie nicht, was sagst du dazu?

»Ohne die Geschichte hätte dein Volk, hätten deine Völker, keinen Grund sich zu bekriegen«, sagte ich damals und machte eine Armbewegung, die die Schlacht um den Kosovo von 1289, den Verlust der Serben an die Türken von 1904, den ersten Balkankrieg 1912 und den zweiten 1913 umfasste, den Aufruhr gegen Österreich-Ungarn, die brutale Entladung der lokalen Ärgernisse unter dem Mantel zweier Weltkriege sowie hundertsiebzehn andere berühmte Schlachten, von denen ich nichts wusste, nichts zu wissen wünschte.

»Du verstehst die Geschichte nicht«, war alles, was du gesagt hast, weder herabsetzend noch patronisierend, sondern lediglich wie die Feststellung einer Tatsache, und damit hattest du recht.

Ich verstehe mich nicht auf Geschichte. Ich verstehe mich auf das Hier und Jetzt, und ich bin überzeugt, dass die Welt eine andere, eine bessere wäre, wenn alle von jetzt an im Hier und Jetzt leben würden statt in einer Vergangenheit, die vorbei ist. Es gibt nichts zu streiten, wenn die Leiden von gestern vergessen sind, nicht? Es würde nicht wie zärtliche, zerbrochene Rasierklingen in meiner Brust schneiden, wenn ich mich nicht an dich und die Geschichte von dir und mir erinnern, sondern einfach hier neu entstehen könnte, wo ich deiner Tochter Wein in ein Kristallglas schenke und sie mich hell und nur ein wenig listig anlacht von der anderen Seite des Tisches, der drei Tische von dem entfernt steht, an dem wir saßen, als wir das letzte Mal hier waren. Und wir, das sind wieder du und ich.

Das war das dritte Mal: die Geschichte von der Geschichte. Das zweite Mal habe ich übersprungen. Ich habe beschlossen, mich auf mich und Tanya Katharina zu konzentrieren, und in einem Übermut, der mir jetzt fernliegt, habe ich mich entschlossen zu vergessen, dass sie deine Tochter ist. Und fast als hätte sie darauf gewartet, streift ihre Hand auf dem Weg nach dem Salzstreuer wie zufällig, ganz zufällig, meine, und ich spüre, wie der Trieb der Einundzwanzigjährigen mich überrollt, sodass ich in Gefahr gerate, schwach zu werden, aber ich werde nicht schwach, noch nicht, weil die zerbrochenen Rasierklingen, die zermahlen und zermahlen, mich in der Tretmühle gefangen halten, die ich bin. Ich schenke mehr Wein ein, schenke uns beiden nach, bestelle noch eine Flasche, und bald spüre ich eine Wärme, die an Lust erinnert; das Mädchen ist auch äußerst anziehend, ja sogar schön, obwohl sie dir nicht ähnelt mit ihrem hellen Haar, das nicht kastanienfarben ist wie ein glücklich fehlfarbener Lipizzaner, sondern makellos hell glänzend, wie dressierte Pferde vorzugsweise sein sollen, und die Frage, die ich mir einfach stellen muss, lautet: Welche Künste das Mädchen wohl beherrschen mag?

Erst nachdem ich sie zu der Wohnung Ecke Grillparzerstraße Ebendorferstraße nach Hause begleitet habe, die sie sich mit ihrer Schwester teilt, die ich noch nie gesehen oder getroffen habe, erst nachdem ich sie auf die Wange geküsst habe, die für einen Augenblick, einen ganz kurzen Augenblick (vergib mir) zum Mund wurde oder zumindest zu einem kleinen Teil, einer winzig kleinen Ecke davon, sehe ich ein, dass du vielleicht recht hast.

Nur die Geschichte wird mich von der Geschichte befreien. Das lässt mich daran denken, dass du, du und die deinen, immer oder zumindest die ganze Zeit, die wir heute Zeit nennen, ein Patent auf die Geschichte gehabt habt, auch wenn ich nicht verstehe, warum, vielleicht weil ich wieder lächerlich, töricht naiv (vergib mir) meine, dass die Geschichte allen gehört, die sie sich aneignen wollen, ganz gleich ob sie das wollen oder nicht. Doch ich komme nur von einer neugeborenen Insel in warmen Gewässern auf der anderen Seite der Welt. Der geschichtslose Mann, wie du mich mit Wonne – oder war es mit Furcht – genannt hast, immer genannt hast, wenn ich dir nicht länger zurück als vierhundert Jahre von der Insel erzählen wollte, erzählen konnte, auf der ich geboren bin, nur um von dort fortzuziehen, zusammen mit meinen Eltern, die zu diesem Zeitpunkt nur aus meiner Mutter bestanden, weil mein Vater lange bevor ich alt genug war, um seiner Geschichte zu lauschen, alleine von dort fortgezogen ist, sodass ich mit meiner Mutter in das Land zog, das sie für die Welt und die Zukunft hielt und das andere Amerika nannten und von dem du mich später gelehrt hast, dass es ein Land ohne Geschichte ist.

Genau wie ich.

∞

Für einen Atemzug ist es auf eine Weise still wie auf keine andere. Deshalb legt er auf, bevor er die Antwort auf das Hallo hört.

»Wer war das?«, fragt Erika aus der Küche.

»Niemand«, sagt er.

Er schaut das Telefon an. Es ist grau, schellt aber nicht noch einmal.

Er hat eine verdammte Lust, sie kurz und klein zu schlagen, und er weiß nicht, woher diese Lust kommt, doch sie nimmt ihm den Appetit und macht ihn ratlos. Er reißt die Gardinen zur Seite, öffnet das Fenster und zündet sich eine Chicos an.

»Komm essen, Sem. Das Essen ist fertig.«

Und jetzt hat er Lust, Erika zu schlagen. Später, wenn er zurückdenkt, erinnert er sich vor allem daran, dass es an diesem 27. Mai 1999 verdammt heiß war in Wien.

∞ ∞

Sarajevo war nicht meine Entscheidung.

Was sollte ich mit dem Anfang eines Krieges, der nicht meiner war? Ich wollte Teil der Zukunft sein, mich bis ins Mark der kommenden Großmacht, des neuen Europa, schneiden. Doch das Geld war knapp, und Chirurgen brauchte man in

Bosnien, nicht in Brüssel. Jedenfalls wenn man nicht wie Europa aussah, weder wie Nord- noch wie Süd- noch wie Ost- oder West-Europa, aber in Ermangelung von Besseren am Rande Europas gerade noch durchging, mitten in einem Bürgerkrieg. Erst später habe ich herausgefunden, dass von einem Bürgerkrieg keine Rede sein konnte, genau wie ich auch erst später herausgefunden habe, dass das eine Europa nicht ohne das andere existieren kann, das vereinende nicht ohne das zersplitternde, das Kaiserreich nicht ohne die Räuberrebellen, dass das eine das andere rechtfertigt, das eine aus dem anderen ist, ein Spiegelbild mit zwei Seiten, die auf sonderbare Weise doch ein und dasselbe sind: Europa.

Das hast du mich sehen gelehrt. Den Spiegel, der ein Europa zeigt, das alles ist, auch das, für das es keinen Platz gibt. Jenes, das auf der Unterseite existiert, draußen drinnen, das in Oslo Quadratur genannt wird, in Paris Peripherie und in Wien Kaiserring. Weil Europa genau wie seine alten Metropolen geschaffen ist, das, was ausgeschlossen wird, einzuschließen und nicht sich aufzuschließen. Tag und Nacht auf europäische Weise, auf europäische Manier, denn das ist es doch, was Europa vor allem ausmacht, nicht?

Die Manieren?

Oder verspreche ich mich erneut, und du würdest mich berichtigen, mich, den Inselmann, der da ist, um dich zu nehmen, dich daran zu erinnern, dass du ein Mensch bist, ein homo naturalis, erst Frau, dann Europäerin?

Wolltest du nur Sex?

Die Art Sex, die du von deinem emanzipierten, mit Titeln geschmückten, angepassten Gatten nicht bekommen konntest? Die Art Sex, die so ausschließlich Sex ist, dass du dich vergessen kannst, vergessen konntest, zumindest eine kleine Weile nur du und ich sein kannst, nur du und ich sein konntest, ganz und gar du sein kannst, sein konntest in einem einzigen nicht existierenden, unendlichen geschichtslosen Augenblick?

Wie banal!

Zu banal! Diese Art Sex gibt es nicht. Nirgendwo. Schon gar nicht in dieser Geschichte, die von Sex handelt, der so viel mehr ist als Sex, dass fast kein Platz für Sex bleibt inmitten all dessen, das größer ist und Platz braucht und überfließt und Angst macht. Angst, das zu verlieren, was nicht zu begreifen ist.

Hörst du die Katze, Zoja Maria?

Hörst du, wie sie stampft?

Ich sah dich sofort, als ich dich sah. Vielleicht ist es präziser zu sagen: Ich nahm dich sofort wahr, als ich dich sah.

Du standest in der ersten Reihe, fast ganz oben neben dem Rednerpult, auf der Balustrade unter der alten morschen Tito-Statue, und als Erstes sah ich deinen Nacken. Es war dein Nacken, zu dem ich mich durch die Menge drängte, dein Nacken, für den ich zu Tito hochkletterte, dein Nacken, für den ich mich neben Tito setzte. Ich, der ich mich nie in die erste Reihe setze, sondern in die fünfte, vielleicht noch in die dritte, aber nie, nie in die erste, in der man sich nicht verstecken kann, wenn die Langeweile die Oberhand gewinnt oder man die nächste Offensive vorbereitet, weil das, was gesagt wird, Unsinn ist, wie fast immer auf politischen Zusammenkünften ungeachtet, dass wir es die meiste Zeit akzeptieren, weil wir ein System brauchen. Ein System, nach dem die Welt sich richtet und damit auch wir Erdgebundenen und natürlich die Journalisten, vor allem die Journalisten, damit sie erklären können, was passiert ist, damit sie selbst verstehen oder nicht verstehen und nur erzählen, damit sie ihren Lohn bekommen, und sich freuen und ansonsten schweigen können, während wir anderen verstehen oder nicht verstehen und nur lesen, damit wir uns freuen und informiert sind, und ansonsten schweigen können oder höchstens sagen: Ich war da. Da! Habt ihr gesehen, ich war dabei, bei etwas, das Geschichte ist, auch wenn ich sie nicht geschrieben, sie nicht angestoßen habe, sie nicht war, nur dabei war.

Da war!

Das ist die Geschichte, nicht deine und meine, und auch nicht die der deinen, die nicht die meinen sind, sondern die richtige Geschichte, die große Geschichte. Geschichte, die einige Unsterblichkeit, andere den Gang der Welt und wieder andere Vergangenheit nennen. Auch wenn sie in Wirklichkeit die Zukunft meinen, denn so ist es wohl: dass die Unsterblichkeit der Geschichte notwendigerweise von der Erinnerung der Nachwelt abhängt und nicht von der Vergangenheit selbst, denn die Vergangenheit existiert nur so lange, wie sich die Nachwelt an sie erinnert, und somit existiert die Geschichte nur so lange, wie sie für das kommende Geschlecht präsent ist. Oder?

Und da war dein Nacken. Und damals war das Sarajevo und eine andere Welt. Doch vor allem war es dein Nacken, unter etwas ein wenig zu Unbändigem, zu Urbraunem, das hochgesteckt war, aber noch immer in unzählige Richtungen abstand, Kräuselungen und Wirbelströme in deinem unbeugsam gebeugten Nacken hinterlassend, Wirbelströme, die keinen Zweifel daran ließen, dass hier eine Frau auf dem Weg war, keinen Zweifel daran ließen, dass hier eine Frau war, die mich nicht im Geringsten brauchte, keinen Zweifel daran ließen, dass hier eine Frau war, neben die ich mich einfach setzen musste. In die erste Reihe.

Noch bevor ich zu dir hochkletterte, noch bevor ich mich setzte, wusste ich, dass du nicht schön sein würdest. Nicht schön, wie man schön in Modezeitschriften versteht, auf Litfaßsäulen, bei Schönheitswettbewerben, vielleicht überhaupt nicht schön, doch dass du der Typ Frau sein würdest, nach dem man sich einfach umdrehen, dem man auf der Straße folgen muss, folgen, auch wenn der Weg in die falsche Richtung führte und du flohst und nicht wolltest, dass man dir folgte, dich verfolgte.

Ich hätte es nicht tun sollen, nicht wahr?

Mich dort neben dich setzen?

Und das hat nichts damit zu tun, dass ich mir an dem verdammten Zement die Haut an Händen und Ellenbogen zerkratzte, denn so etwas heilt wieder, so etwas kann leicht geflickt und geheilt werden, ohne irgendeine Art bemerkenswerter Spuren zu hinterlassen. Sondern mit dir. Du warst nicht schön. Warst einfach, von einer Unübersehbarkeit, die auf der anderen Seite deines Nackens aus grauen Augen bestand, die schneidend weiß wie eine Handgranate mit gezogener Sicherung wurden, als du aufstandest und leise riefst, so leise, dass alle anderen Laute auf dem Platz verstummten, was beachtlich ist, wenn mehrere tausend Menschen an ein und derselben Stelle versammelt sind, ganz leise riefst mit einer Stimme, die nicht einen Hauch zitterte, einer festen, klaren Stimme, riefst, dass das, was du gerade gehört hättest, der gröbste Unsinn sei, der seit langem in der europäischen Geschichte gesagt worden wäre, und dass er, der Redner, Radovan Karadžić, sich schämen sollte.

»Die Geschichte. Erinnere dich an die Geschichte, denn die Geschichte wird sich an dich erinnern!«

Dann verschwandest du.

Das heißt, dass du mit einer gestreckten, gleitenden Bewegung von der Statue sprangst, dich halb umdrehtest und in der Menge verschwandest, ohne zurückzusehen.

Du verschwandest. Mit deiner Tasche, die wie ein Nachsatz hinter dir herflatterte, und ich wartete darauf, dass etwas aus dieser überfüllten, zu vollen, barocken Tasche herausfiel, nur ein einziges kleines Teil, um einen Vorwand zu haben, dir zu folgen. Doch nichts fiel heraus, nicht einmal eine klitzekleine Haarnadel, auch wenn es so wirkte, als würdest du eine Bahn von allen möglichen Dingen und Sachen hinter dir herziehen, die aufgesammelt werden müssten, wo sie nicht waren, und ich gezwungen war aufzustehen, mitten in der totalen, vollkommenen Stille, die deinen Worten folgte, und dir zu folgen. Ohne einen Vorwand.

»Unsinn!«, zischtest du, als ich außer Atem meine Hand auf deine Schulter legte und sagte: »Guten Tag, ich bin Sem Grant.«

Wir standen unten am Fluss, an der Ecke von Cumurija, denn erst dort war es mir gelungen, dich einzuholen, ohne einem Alarm ohne Feuer zu gleichen oder meinetwegen auch mit Feuer, denn in diesem Fall war das wohl ein und dasselbe.

»Ich habe selten so einen Unsinn gehört!«, riefst du wieder, und übergangslos schwand der Ärger aus deinem Gesicht, und stattdessen bildete sich Wasser in deinen Augen, die plötzlich zu Streusand wurden, sodass die Farbe schwindet, wie immer, wenn du auf dem Grund des Meeres bist und keine Luft bekommst und auch keine Luft bekommen willst, doch das wusste ich damals noch nicht. Ich sah nur den Ozean, den du nicht zurückhieltest und nicht von der Wange wischtest, auf die er sich ergoss, weil dein rechtes Auge aus Gründen, die ich nie erfahren habe, nicht so viele Tränen halten kann wie das linke.

Und ich hob meine Hand, langsam, weil solche Dinge immer langsam geschehen müssen, so langsam, dass sie fast unwirklich sind, langsam hob ich meine Hand, die linke, und streichelte deine Wange, die rechte, verweinte, und zerquetschte deine Tränen zwischen deiner Haut und meiner. Und meine Hand wurde nass, ein ganz klein wenig, doch nass genug, um zu wissen, dass ich richtig gesehen hatte: Das Nasse war ein Wissen um dich und mich, ein Wissen, vor dem ich hätte flüchten sollen, das mich mit Schrecken erfüllte, wenn auch nicht gleich, weil ich noch nicht wusste, was ich wusste.

Aber du.

Dass du und ich, und die Geschichte. Das war alles und nicht mehr, und ich nickte zu dem Restaurant auf der anderen Straßenseite hinüber, und dort gingen wir hin und setzten uns auf die Terrasse unter den Sonnenschirm, an einen Tisch mit einer karierten Decke und Aussicht auf die Straßenbäume, die in dem nicht existierenden Wind wankten. Und wir sprachen über die Geschichte, die andere, die nicht du und ich war, denn über Letztere bestand noch immer nur Schweigen.

»Vielleicht ist Jugoslawien seit vielen Jahren krank«, sagtest du. »Doch das, was jetzt passiert, ist Mord, Völkermord. Und unsere Regierung begreift nichts. Überlässt es einfach den Mördern, auf uns aufzupassen!«

Du machtest eine ausladende Handbewegung in Richtung des bosnischen Parlaments, das nicht länger zu existieren schien, und wie in Richtung auf die Militärkolonnen, die am folgenden Tag einrollen und Sarajevo besetzen sollten. Ich wollte es nicht wissen, wollte nichts davon wissen: Für mich ist Mord immer nur Mord.

Ungeachtet dessen, ob er von einer Person an einer anderen verübt wird.

Von einer Bevölkerungsgruppe an einer anderen.

Am 15. Mai 1991 hatte der serbische Präsident noch eine Eilsitzung im jugoslawischen Präsidentenrat einberufen. Es sollte über den Präsidentenposten abgestimmt werden, auch wenn bisher nie darüber abgestimmt worden war. Slowenien, Kroatien, Mazedonien und Bosnien-Herzegowina stimmten alle für den, der an der Reihe war, den kroatischen Repräsentanten Mesić. Serbien samt Vojvodina und der Kosovo, die als die verlängerten Arme Serbiens im wortwörtlichen Sinne gezwungen waren zu agieren, stimmten dagegen. Montenegro enthielt sich der Stimme. Wie das dazu führen konnte, dass Mesic nicht Präsident wurde, habe ich aus einer zahlenmäßigen Betrachtung heraus nicht verstanden, aber vielleicht hatte Serbien mehr als eine Stimme, oder es gab möglicherweise eine Bestimmung, die eine Zweidrittelmehrheit verlangte. Die Hauptsache war jedenfalls, dass die jugoslawische Verfassung aufgehoben wurde, Jugoslawien nicht länger eine Präsidentschaft hatte, und damit fiel das Land endgültig auseinander. Serbien wollte bestimmen, nicht alle waren einig damit. Slowenien wurde nach einem kurzen Krieg das Recht erteilt auszutreten. Kroatien musste durch einen langen, blutigen Krieg. Und jetzt, am 2. April 1992, war Bosnien-Herzegowina an der Reihe.

Da legte ich meine Hand auf deine, und der Rest ist Geschichte.
Unsere.

Ich habe das seltsame Gefühl, dass deine Tochter etwas weiß, das ich nicht weiß, oder richtiger etwas weiß, das ich weiß, aber nicht weiß, dass sie es weiß.

Ein Klingeln ertönt, es ist das Telefon.

Du kannst ihr nicht von uns erzählt haben, ich weiß, dass du ihr nicht von uns erzählt hast, und sie kann uns nicht zusammen gesehen haben, nicht enger zusammen als erlaubt, denn wir waren vorsichtig, so vorsichtig wie nötig, wie es besonders in diesem Teil der Welt nötig war, dem offenen Europa, wo ich verboten bin, nicht kraft des Gesetzes, sondern kraft der Gedanken, und die Gedanken sind oft schlimmer als das Gesetz, weil du sie nicht sehen kannst, sie umarmen dich, umklammern dich, zermalmen dich, aber du warst vorsichtig?

Das Telefon ist grau und schellt wieder.

Natürlich warst du vorsichtig, wie kann ich daran zweifeln, du warst schließlich diejenige, die nicht wollte. Nicht dass wir darüber gesprochen haben. Es lag im Schweigen, in den Stimmen, die andere Dinge sagten, in den Händen, die festhielten, festhielten und losließen, dass es nicht anders sein konnte, dass die Geschichte ein für alle Mal gesprochen hatte, und so war es, so musste es sein. Du konntest, wolltest deinen Mann nicht verlassen, dein Heim und die ungefähr vierundzwanzig Jahre Geschichte, an denen es nichts auszusetzen gab, genau wie man an einem Fluss ohne Wasserfall nichts aussetzen kann, denn so ist er eben, das macht die Segeltour angenehm, und – willkommen an Bord, wir legen erst am anderen Ende wieder an, an der allzu bekannten Mündung des Flusses, und nicht eine Schäre, um die Passagiere durcheinanderzuwirbeln und über die Reling zu werfen, um in den Klippen zerrissen zu werden, in dem halb verwesten modergelben Wasser zu ertrinken oder in ein anderes Boot, einen anderen Fluss zu kommen.

Daran ist nichts auszusetzen.

(Es gibt Kinder, für die Europa keinen Platz hat. Sieh nur meine Nichte, Habiba.)

»Ich komme vorbei und hole dich ab«, sagt die Stimme am Telefon ohne Einleitung, so bittend, insistierend, wie du es getan haben würdest, wie du es getan hast, davon ausgehend, dass ich wusste, wer sprach, und das tat ich.

Tanya Katharina.

»Einen Augenblick«, sage ich und will etwas aufhalten, sie, aber da fährt meine Stimme fort, ganz sicher ohne mich, aber sie fährt fort, und es ist keine Entschuldigung, dass ich nicht in ihr bin, in der Stimme und in dem Wort (vergib mir), es ist einfach so: »Wo?«

Es gehörte uns, auch wenn das völlig verrückt ist, denn wie kann ein Wort jemandem und niemand anderem gehören? Und trotzdem ist es so, doch vielleicht gebrauche ich es gerade deshalb hier und jetzt am Telefon, als eine Art zu töten, irgendwo muss man schließlich anfangen, und warum nicht mit dem Wort, denn der Bibel zufolge hat es genau da begonnen? Wortmord, ja, warum soll ich nicht so anfangen, dich, uns zu töten, mit dem Wort *wo* anfangen und mich wie bei einer klinischen Säuberung vorarbeiten, mich von dir reinigen, mich zurückerobern, um wieder sein zu können, ohne dich, ohne dass du mir fehlst.

Der Krieg beginnt, indem die Türklingel schellt.

Nein, das stimmt nicht, der Krieg begann mit dem Wort *wo*, das unseres war und es nicht mehr ist, in keiner Weise, und alles, was ich tue, ist, dem Krieg die Tür zu öffnen, der auf der Matte steht und hineinwill.

Tanya Katharina.

»Komm herein.«

Sie küsst mich auf die Wange, tritt dann einen Schritt zurück mit einem Blick, einem subtilen Blick, als teilten wir ein Geheimnis, sie und ich, ungeachtet dessen, dass ich keine Ahnung habe, was das sein könnte, bis auf das sonderbare Gefühl, dass sie ein Geheimnis in sich trägt, das meinem, unserem ähnelt, das etwas mit meinem, unserem zu tun hat oder nur ein Blatt von meinem, unserem ist.

Siebzehn war sie, als Sarajevo und das erste Mal stattfanden.

Das Kind ihres Vaters, deine jüngste Tochter, daran besteht kein Zweifel, alle beide, denn auch die Älteste hat, wie es klingt, Schwierigkeiten, an deinen Explosionen teilzuhaben, an deinem Willen, der zu gewölbt ist, um eine Wand in der Quadratur der Familie auszumachen. Du bist eine gute Mutter (was für ein furchtbarer, Schrecken einflößender, abstoßender Ausdruck, vergib mir), daran besteht kein Zweifel, ich könnte nie etwas anderes sagen, wagte nie, etwas anderes zu sagen.

»Wir stehen uns sehr nahe in meiner Familie.«

Wie du immer gesagt hast, oft gesagt hast, zu oft, um nicht auffällig zu sein, unabhängig davon, ob die Worte von der Frau kamen, die mir gehörte, oder von der, die eine Frau und Mutter und eine respektierte Historikerin war, eine von vier Wänden. Oder zumindest von dem, was drei Wände zu einem Heim machte.

Was tut ein Mann, wenn seine Frau … wieder das Wort, das ich nicht gebrauchen will, mich weigere zu gebrauchen … was soll ich sagen, wenn seine Frau bei einem anderen Mann stampft? Was tut er?

Weiß er es nicht, oder tut er, als ob er es nicht weiß, weil er es vorzieht, es nicht zu wissen, sie nicht zwingen will sich zu entscheiden, weil er weiß, dass sie TNT ist, das entzündet ist und jeden Augenblick hochgehen kann, an jedem Ort, und weil er nicht will, dass sie, du, von ihm wegspringst? Oder machten es die Gewohnheit, die Sicherheit, die Manieren, die vierzehn Generationen Ahnen, die Töchter und das schräge Eichenparkett, all das, was so gut passte, allzu gut passte, dass er dich bei mir stampfen ließ? Ohne in den Krieg zu ziehen?

Das stimmt nicht, denn er zog in den Krieg, dein Mann, er belagerte den Feind, indem er dich belagerte, auf seine ganz eigene unausgesprochene, nicht fordernde Weise, es galt eine Familie mit einer Front aufrechtzuhalten, einer, die du nicht ertragen konntest niederzureißen, denn die Front war die vierte Wand in einem Haus mit Geschichte, deiner Geschichte.

Er gewann.

Die Belagerung wirkte.

Er gewann, und ich verlor.

Auch das ist nicht die Wahrheit, jedenfalls nicht die ganze, denn das war kein Krieg, nicht einmal eine Waffenruhe, nur eine etwas spezielle Form von Frieden. Ich wusste immer, wie die Geschichte ausgehen würde, wie sie ausgehen musste, und ich widersetzte mich dem Gang der Geschichte nicht, verstieß nicht dagegen, akzeptierte ihn, wollte Teil davon sein, nichts anderes. Es war gut so, besser so, erinnere dich: Ich glaube nicht an die Ehe, an die Einfassung des Unbegreiflichen, nur an die Verbundenheit der Seelen, und die Verbundenheit war unsere Geschichte, das kannst du nicht leugnen. Ich auch nicht. Doch jetzt durchschneide ich sie, töte sie, zerbreche sie, mache sie zunichte, sodass sie zu einem Pulver wird, das ich wie Neuschnee oder Heroin oder meinetwegen auch Asche, deine und meine, in die Donau streuen und vergessen kann. Und weitergehen.

Hier denke ich nicht weiter, denn sie, Tanya Katharina, ist neugierig und will, dass ich ihr die Wohnung zeige und alles, sogar das Schlafzimmer, und es ist gut, dass ich kein Bild von dir habe, weder aufgestellt noch anderswo. Das stimmt nicht, ein einziges habe ich, nicht aufgestellt, nicht entwickelt, aufgenommen, bevor du mir davon erzählt hast, von dem Mord an dem Kind, noch immer in der Kamera, ich muss es nur entwickeln lassen, aufgenommen von einem Uneingeweihten, Unwissenden, Unbekannten, nicht ganz Unbekannten, einem Kollegen, einem Arglosen ist vielleicht das beste Wort, denn ich hoffe wirklich, dass er das ist, und eines Tages werde ich das Bild entwickeln. Denn auf diesem Bild, dem einzigen, das ich von dir habe, von dir und mir, trägst du noch immer unser Kind, und ich wusste es nicht (wie konnte ich es nur nicht wissen, vergib mir), mein Kind, das nicht leben durfte (vergib dir), noch weniger als das andere, das erste, das trotz allem sah und hörte und roch und fühlte und schmeckte, acht Jahre lebte und strahlte, bevor es vorbei war, und du weißt, dass ich nicht darüber rede, nicht darüber reden will, nicht darüber reden kann.

»Das ist alles«, sage ich und führe sie, deine Tochter, zurück ins Wohnzimmer, wo sie einen Augenblick stehen bleibt und die vergrößerte Fotografie von einer Brücke betrachtet, die es nicht mehr gibt, die jetzt tief in den Wassern der Neretva liegt wie so vieles andere und die doch bald wieder aufgebaut werden wird, denn es gibt andere als dich, die an die Geschichte und die Wichtigkeit gerade dieser Geschichte glauben.

»Mostar, 1993.«

Das sage ich zu ihr, Mostar 1993, erwähne dich nicht und erwähne nicht, dass das Bild von einem Fotografen aufgenommen wurde, der ein Freund von dir und mir war und jetzt tot und ein Freund von niemandem mehr ist, und beachte den goldenen Schimmer des Wiedererkennens in ihren Augen nicht, entschließe mich, ihn nicht zu beachten und auch zu übersehen, dass es viele andere, ziemlich viele, fast Dutzende anderer Bilder gibt, vor denen sie hätte stehen bleiben können, statt vor diesem einen von der Brücke, die es nicht mehr gibt, und von dem du ein ähnliches hast, auch wenn du es vielleicht versteckt hast oder … oder hast du dich, hast du dich ganz ohne mein Wissen entschieden, die Geschichte herauszufordern, deine Geschichte, um zu sehen, ob sie trägt oder explodieren wird wie die Brücke und du selbst, ob sie auseinandergesprengt wird und dir die Möglichkeit gibt, zu einem der Splitter zu werden, die sich ihren Weg suchen, sich tief in eine andere Geschichte bohren und in mich? Oder bin ich übermütig, indem ich diesen Gedanken auch nur denke? Ihn habe? Überschreite ich nicht die Grenze, die du gezogen hast, von der mir dein Schweigen erzählt hat, dass du sie gezogen hast, damit mir kein Zweifel blieb, bis hierhin und nicht weiter? Und genau da, hier, an der Grenze, musste ich umkehren. Jedes Mal. Wenn du am Ende angelangt bist, gibt es keinen anderen Weg nach vorn als zurück.

»Lass uns gehen«, sagt sie.

Und gerade will ich fragen, wohin, doch *wohin* habe ich getötet, daran erinnere ich mich, sodass ich stattdessen nur stumm die Augenbrauen hochziehe und eine Antwort bekomme, die ebenso wenig eine Antwort ist, wie meine Augenbrauen eine Frage sind: »Ich will dir etwas zeigen.«

Deine Tochter winkt einem Taxi, das allzu abrupt in dem Verkehr hält, einem Verkehr, der ungeduldig automatisch hupt. Ich halte ihr die Tür auf, und sie windet sich lachend und mit einer vielsagenden Kopfbewegung auf den dunkelblauen Sitz, und ich folge ihr, und ich höre sie etwas zu dem Fahrer in der Sprache sagen, die auch deine ist und die ich nie zu verstehen gelernt habe, auch das nicht. Aber der Fahrer versteht und fährt los, sodass die Hupen sich in dem Verkehr ausruhen können, und wir biegen nach rechts ab in andere und größere Autoströme, und ich lehne mich zurück und unterlasse es, unterlasse es mit aller Macht zu denken, zu spüren.

Doch das ist nicht möglich, ist unmöglich, schon bevor deine Tochter, Tanya Katharina, zufällig, absolut zufällig, die Außenseite meiner nicht sonderlich dünnen Schenkel mit der rechten Hand streift, die sich wie in einer unbeweglichen Bewegung auf meinen Schenkel zu legen scheint, und ich nicht umhinkann zu spüren, und um nicht allzu viel zu spüren, beginne ich doch zu denken, und ich denke an die Male, die ich sie zuvor getroffen habe, deine Tochter, und was für eine sie ist, auch wenn ich noch nie zuvor daran gedacht habe, denn das brauchte ich nicht, brauche ich auch jetzt nicht, aber ich bin ein Mann, und gerade deshalb könnte es eine gute Idee sein, genau daran zu denken und genau jetzt.

Und das tue ich, denken – du stehst in dem Saal und begrüßt die Gäste. Das ist vier Monate her, und ich hätte nicht kommen sollen, bin aber trotzdem gekommen, weil du das gerne wolltest und weil auch ich das gerne wollte, obwohl ich es eigentlich nicht wollte. Am selben Morgen bin ich nach achtzehn Tagen auf den löchrigen Wegen Bosnien-Herzegowinas zurückgekommen, und ich kann dem Drang nicht widerstehen, ins Hotel Imperial hinüberzugehen, in dem du an diesem Nachmittag einen Vortrag über die Geschichte deines Landes im zwanzigsten Jahrhundert hältst. Komm, hast du gesagt, es gibt einen Empfang, und ich kann dem Drang nicht widerstehen, ein Spion in deinem anderen Leben zu sein, in der Geschichte, die mir nicht gehört, doch für die ich für einen Moment ein Billet gelöst habe. Und es ist wahrlich eine andere Geschichte, die sich vor meinen Augen aufrollt, nachdem ich dich leicht auf die Wange geküsst habe, allzu leicht, aber das geht nicht anders in dieser Gesellschaft, in der ich in einen Saal trete zu deinem Mann und einer Anzahl anderer, die alle im guten Namen der Diplomatie arbeiten ohne Rücksicht darauf, dass Österreich einige Jahre später diesen guten Namen nicht mehr haben wird, jedenfalls für eine gewisse Zeit. Und ich bin eine etwas schräge Figur unter all diesen geraden Figuren und das nicht nur, weil ich die Durchschnittsfarbe um einige Nuancen verdunkle, sondern sehr viel mehr und vielleicht ausschließlich, weil die Frau, die die Gäste begrüßt und die du bist, in keiner Weise du bist und eine, die ich kenne, sondern eine andere, eine Frau, die ich auf der Straße kaum bemerkt hätte.

Und gerade als ich mich entschlossen habe zu gehen, drehst du den Kopf und siehst mich an, und deine Augen sind vor wenigen Sekunden entsicherte Handgranaten, und ich bleibe stehen, und du kommst zu mir herüber, und wie zufällig, zu zufällig vielleicht, doch ich glaube, niemand bemerkt die Raffinesse des Zufalls, stolperst du raffiniert, und der Inhalt deines Glases ergießt sich auf mein Hemd, und du bist untröstlich und willst es auswaschen, und das sofort, und du ziehst mich durch die Korridore des Hotels, als wären es deine, eine Treppe hinauf in ein leeres Zimmer mit Gardinen vor den Fenstern und verkehrt herum auf den Tischen stehenden Stühlen, und du reißt mir das Hemd mit einer Brutalität herunter, die nicht nötig ist, um den Wein auszuwaschen, doch um all das zu erreichen, was wir erreichen wollen, bevor wir kurz darauf wieder unter den hundertundfünfzig, hundertsechzig anderen Gästen stehen, unter denen auch deine Tochter ist. Ja, da ist sie, Tanya Katharina, sie begegnet uns nahe der Tür, und in deiner Blässe ist ein Farbton, den ich so gut kenne, der hier aber bestimmt nicht angebracht ist, und das Haar ist ein wenig ordentlicher, als es war, bevor wir hinaufgingen, um das Hemd auszuwaschen, und du sagst mit einer Selbstverständlichkeit, die nur daraus resultieren kann, das Richtige zu tun, auch wenn es falsch ist:

»Tanya Katharina, komm und begrüße Sem Grant. Ich habe dir von ihm erzählt, er hat während des Krieges als Chirurg in Bosnien gearbeitet. Er ist gerade nach Wien gezogen.«

Und der Blick, den sie mir zuwirft, deine Tochter, ist weder freundlich noch unfreundlich, nur undurchschaubar, und selbst wenn er ganz und total durchschaubar gewesen wäre, bin ich nicht sicher, ob ich im Stande gewesen wäre zu schauen, zumindest nicht in diesem Augenblick, und das war das erste Mal, dass ich mit Tanya Katharina gesprochen habe.

Die Tochter ihres Vaters, daran besteht kein Zweifel. Und daran erinnere ich mich, während wir durch die Stadt fahren, in eine Straße hinunterbiegen, dann in eine andere, auf dem Weg zu einem Ort, von dem ich nicht ahne, wo er ist, was er ist, doch wo ihre Hand liegt, weiß ich genau, genau da, zufällig, neckend, am Rand meines Schenkels. Und da begreife ich: Wir fahren in Richtung deines Zuhauses.

Der Wagen hält unangenehm abrupt vor einer großen Kirche. Ich bezahle, und wir steigen jeder auf unserer Seite aus. Ich mache ein paar Schritte in die falsche Richtung, Tanya Katharina holt mich ein, greift nach meinem Arm und führt mich in die entgegengesetzte Richtung, zu der Kirche, zu dem Friedhof, und mich ergreift eine furchtbare Vorahnung, die ich schnell verwerfe (vergib mir), ich habe die letzten Tage auch nicht gut geschlafen oder besser überhaupt nicht, sondern mich im Bett gewälzt, verschwitzt in einer seltsam klammen Kälte, der Angst vor meinen eigenen Träumen, die am ehesten Alpträumen gleichen, obwohl ich nie Alpträume gehabt habe und sie auch in diesen Tagen nicht habe, in diesen Nächten, jedenfalls nicht während ich schlafe, was ich nicht tue.

Große Magnolienbäume neigen sich über den Kiesweg, den wir entlanggehen, und ich zwinge mich, die überwältigende Pracht des Ortes anzusehen, sie in kleinen Dosen aufzunehmen wie einen Genuss, den ich verlängern will, um die Gedanken an das zu verdrängen, das so weit von Genuss entfernt ist, dass es keinen Namen hat, nicht einmal das, und dünne Wolkenfetzen gleiten langsam über den Schrecken einflößenden hellblauen Himmel, hoch über den Kronen der Magnolienbäume, die ihre kühlen Schatten auf mich und den Kiesweg und die junge Frau an meiner Seite werfen. Dann werden sie seltener, aber noch immer fallen die Schatten in schmalen, ungleichmäßigen Streifen zwischen die Grabsteine, die fast alle weiß und aus Marmor sind und zwischen denen wir entlanggehen, langsam, und ich frage mich, wo sie mich hinführt, deine Tochter. Aber ich frage nicht, gehe nur langsam und mit einer Besonnenheit, die einmal die meine war und die ich jetzt wie ein Gesicht aus der Vergangenheit leihe, oder vielleicht auch nur, weil ich keine anderen Gesichter habe und zu alt geworden bin, um mich ohne die Maske der Besonnenheit zu erkennen.

Schön ist es hier und auch dort, wo sie langsamer wird, Tanya Katharina, und mit dem Arm eine ausladende Bewegung macht, die in nichts an dich erinnert, sondern eine einladende, große, fast überschwängliche Geste in Richtung einer Familiengrabstätte ist, einer kolossalen Familiengrabstätte, auf die wir uns unter einem Spalier roter und dunkelroter Rosen zubewegen, und ich muss einfach denken, viel zu spießig für dich, da ich bereits weiß, dass du hier einmal zusammen mit all den anderen, die zu deiner Geschichte gehören, ruhen wirst, aber ich nicht. Doch jetzt verfalle ich wieder in Selbstmitleid, und das ist eine furchtbar unnütze und zudem überaus dumme, um nicht zu sagen zerstörerische Form von Mitleid (vergib mir), also konzentriere ich mich stattdessen auf die Namen auf den Steinen und all die Worte, die deine Tochter zu mir sagt und die ich höre, aber nicht verstehe. Nicht weil ich die Worte nicht verstehe, sondern weil ich sie nicht als Worte höre, sondern als Klänge, die in Reihen auf- und abfallender Töne ausgestoßen werden, fast wie ein Lied. Und ich beginne mitzusummen und nicke und sage *ja* und *wirklich*, und *da kann man sehen*, und das hoffentlich an den richtigen Stellen, Irmgard Theresa Berchtold Balthasar, 1902–1991,

Anton Rudolf Berchtold Balthasar, 1899–1979, die Großeltern, deine Schwiegereltern, sie sind also tot, vielleicht sollte ich zumindest (überhaupt nicht, vergib mir) sagen, dann sind sie nicht noch ein Berg, der die Sturmflut und die Geschichte in eine Richtung lenkt, in die sie nicht wollen, in die ich nicht will. Doch ich verliere mich und sehe ihn erst jetzt oder habe ihn vorher nicht sehen wollen ungeachtet dessen, dass ich aus dem Augenwinkel den kleinen, kleinen Stein auf dem kleinen Grab wahrgenommen habe, dem frischesten, oder vielleicht liegt es auch nur an den frischen Blumen, dass es so neu aussieht, und ich habe Lust zu schlagen ungeachtet dessen, dass ich kein Mann bin, der schlägt, aber ich könnte mich selbst dafür schlagen, dass ich mitgekommen bin.

Du hast dich entschieden, die Leiche unserer Geschichte in dein Familiengrab zu legen. Du hast dich entschieden, einen einfachen schwarzen Granitstein auf das Grab zu setzen, weiße Nelken neben den schwarzen Granit zu legen, und schwarzer Granit passt gut zu weißen Nelken, das gebe ich zu, zu den halb frischen wie zu den verwelkten und den ganz verwelkten, die Blumen sind gebunden, und gebundene weiße Nelken, das bist du, da besteht kein Zweifel, du hast die Blumen für das tote Kind auf das Grab gelegt (ich vergebe dir nie), ohne mir von dem einen oder dem anderen zu erzählen. Und ich werde so wütend, dass in mir kein Platz ist, und ich muss einen Schritt zurücktreten und höre die Worte nicht, die deine Tochter sagt, muss nachfragen, und sie wiederholt sie.

»Mein kleiner Bruder«, wiederholt sie. »Er war erst sechs Wochen als er starb.«

Da stimmt etwas nicht, und ich kann es nicht zum Stimmen bringen, denn das ist nicht die Geschichte, die ich kenne (es gibt Kinder, für die Europa keinen Platz hat, sieh nur meine Nicht, Habiba), doch dann fährt die Stimme fort, und diesmal höre ich sie, und ich höre alles: »Das ist jetzt elf Jahre her. Er wurde auf den Namen Ewald getauft. Er war nicht zum Leben bestimmt, die Lunge ...«

Und ich verstehe, wie konnte ich das vergessen? Ich kenne doch die Geschichte von Ewald, du hast sie mir erzählt, jedenfalls das, was sich erzählen lässt, und so sind es nur die Sträuße, die weißen verwelkten, weißen halb frischen, die ich nicht verstehe. Du hast nicht um ihn getrauert, hast du gesagt, nicht länger, nie richtig vielleicht, jedenfalls nicht so, wie andere es getan haben würden. Er war, er war nicht, das war alles. Ich habe ihn nie kennengelernt, hast du gesagt. Ich wollte ihn nicht haben, wollte keine Kinder mehr, es war ein Unglück, ein Unglück, das Walter für Glück gehalten hat. Ich habe mehrere Jahre getrauert, doch vor allem darüber, dass ich ihn, Ewald, nicht geliebt habe, hast du hinzugefügt, als wolltest du dich gegen die Schlussfolgerung absichern, die man sonst hätte ziehen können. Mein schlechtes Gewissen war wie eine Haut aus Trauer, eine Trauer, die vielleicht größer war, als die Trauer über den Verlust gewesen wäre. Ich trauerte um den Verlust einer Liebe, die es nicht gegeben hat, hast du gesagt. Das ist lange her.

»Meine Mutter ist viele Jahre nicht hier gewesen«, erklingt Tanya Katharinas Stimme. »Vielleicht acht, vielleicht neun. Sie wollte mit dem Grab nichts zu tun haben, hat sie gesagt. In den letzten Wochen, bevor sie abgereist ist, ist sie jeden Tag hierhergekommen. Ist das zu verstehen?«

Deine Tochter greift nach meinem Arm, hat die letzten Worte leichthin gesagt, fröhlich, offensichtlich ohne etwas anderes mit den Worten zu meinen als das, was sie bedeuten, offensichtlich ohne zu ahnen, dass ich die Antwort kenne, die Antwort auf ihre Frage, die Antwort auf jeden einzelnen weißen verwelkten, weißen halb verwelkten, weißen halb frischen Strauß gebundener Nelken, und plötzlich habe ich Lust zu weinen und … nein, nicht das Wort, zu weinen und dich an mich zu drücken in einem Verständnis, das ich vor dir nicht zugeben möchte, es aber trotzdem tue (vergib mir), jedenfalls in diesem Augenblick, in dem ich mich von deiner Tochter weiterziehen lasse, die mich mit leicht geneigtem Kopf ansieht, beobachtend, taxierend, oder bilde ich mir das ein? Und ich kann sie nicht fragen, warum sie mir das zeigt, nicht nur weil ich Angst vor der Antwort habe, sondern auch weil mich etwas in meiner Kehle am Sprechen oder zumindest daran hindert, mir meiner Stimme vollkommen sicher zu sein, falls ich mich doch entschließen sollte zu reden, was ich nicht tue.

∞

Genau in dem Augenblick, in dem er auf den Fußgängerüberweg tritt, legt sie die Hand auf seine Schulter. Er dreht sich nicht um, spürt nur die gewebte Baumwolle des Hemdes, die gegen seine Haut gedrückt wird.

»Sem, ich muss mit dir reden.«

»Ich habe keine Zeit.«

»Eine halbe Stunde?«

Er antwortet nicht.

»Eine viertel?«

»Tut mir leid. Ich habe es eilig.«

Die Ampel schaltet um. Die Autos fahren an, laut, acht Schritte und er ist drüben. Sie auch: »Zehn Minuten?«

»Nein.«

»Wann dann?«

»Nie. Lass mich in Frieden.«

»Ich habe Walter verlassen.«

Er bleibt abrupt stehen. Wirbelt herum, starrt sie an, streckt den Arm aus, zieht ihn wieder zurück, bevor er bei ihr angekommen ist.

»Das ist Vergangenheit!«, ruft er. »Lass mich in Frieden. Adieu.«

Er macht einen Schritt, dann dreht er den Kopf:

»Vielleicht morgen …«

Und er weiß nicht, warum er das sagt, doch schon als er die Straße hinunterläuft, weiß er, dass morgen der 8. Juni 1999 ist.

∞ ∞

Wir essen in einem Restaurant zu Mittag, das bequem und äußerst zweckmäßig in der Verlängerung des Friedhofs liegt. Es ist lau genug, um draußen zu sitzen, und wir suchen uns einen Tisch in der äußeren Reihe der Tische nahe der Sträucher, die die Terrasse umgeben, mit Aussicht auf die Gräber, die auf diese Entfernung einem riesigen Schachspiel gleichen, das nur darauf wartet, dass wir gehen.

Wir reden, was wie üblich bedeutet, dass vor allem sie, Tanya Katharina, redet. Von der Familie und den Namen und den Geschichten hinter den einzelnen Namen, Geschichten, die zusammen die Familiengeschichte ergeben, und ich habe mehr als genug, und ein Gefühl, das mich an Übelkeit erinnert, macht sich breit, doch meine Maske ist Besonnenheit, und daran halte ich fest und freue mich über diese winzig kleine Freude, unter den Augenbrauen eine Dunkelheit zu verbergen, die niemand lesen kann, wenn ich ihn nicht lasse, vielleicht niemand außer dir, die du nicht in der Dunkelheit zu lesen brauchst, weil du mich bereits kanntest, bevor ich dich traf.

Oder nehme ich wieder den Mund zu voll?

»Wir stehen einander sehr nahe in meiner Familie«, sagt Tanya Katharina, deine Tochter, und wieder habe ich das Gefühl, etwas zu hören, das ich schon früher gehört habe, und ich frage mich, ob sie sich wiederholt und ich nur nicht ordentlich zugehört habe oder ob sie dich wiederholt, und warum diese Worte wie eine Warnung in meinem Inneren klingen, das sich noch immer am ehesten so anfühlt, als müsste ich mich übergeben, und ich tue es: Ich gehe auf die Toilette.

Ohne mich übergeben zu haben, doch mit dem Entschluss, sie nicht wiederzusehen, gehe ich an unseren Tisch zurück, bezahle und sage, dass ich zurück an die Arbeit muss.

»Natürlich«, sagt sie, Tanya Katharina, und lächelt, als hätte sie die ganze Zeit nur darauf gewartet, dass ich zurück an die Arbeit muss.

Vor dem Friedhof, direkt vor der schmiedeeisernen Gartentür, die wie alles andere erschreckend, nahezu unheimlich gut gepflegt ist, umarmt sie mich wie eine Frau, nicht wie eine Bekannte, ist mir einen plötzlichen flüchtigen Augenblick ganz nahe mit ihrem Körper, der in diesem Moment, in diesem ganz kurzen Moment (vergib mir) auch mich zu einem Körper macht. Und die Lippen sind weich und ein klein wenig feucht, einladend, oder bilde ich mir das nur ein, auf meiner einen Wange, dann auf der anderen, die in dieser Sekunde auch die Außenkante meines Mundes ist, der so leicht feucht wird, dass es unwirklich ist und ich anschließend nicht sagen kann, ob das eine Überschreitung war, ein Verstoß, eine Höflichkeit, eine Geste, die zu etwas anderem und mehr wurde, zu etwas, das nicht hätte sein dürfen, oder ob ich mir das wieder einbilde?

Tanya Katharina tritt einen Schritt zurück, lacht laut und ein wenig spöttisch.

»Ich gehe nach Hause. Zu meinem Vater. Zu Fuß, es ist nicht weit«, sagt sie. »Um die Ecke findest du ein Taxi. Rechts. Vor dem Bahnhof.«

Sie zeigt mir die Richtung, dann dreht sie sich um und verschwindet den Weg hinunter in die entgegengesetzte Richtung, lachend.

Oder bilde ich mir das wieder ein?

Zweites Leben

Im zweiten Leben führt kein Weg zurück,
selbst wenn du kehrtmachst.
Denn so ist es mit dem zweiten Leben,
du wünschst dich zurück.

Der Anfang eines Mordes trägt den ganzen Mord in sich. Die Frage ist nur, ob alle Morde notwendigerweise mit dem Tod enden?

Nein, das geht nicht. Das ist keine Art zu töten. Lass mich von den Meistern lernen, von denen, die sie können, sie beherrschen, die Kunst des Völkermords, lass mich von Milošević lernen, von Tuđjman, von Karadžić, Mladić, den modernen Völkermordkünstlern, lass mich von ihnen lernen, wie man säubert, eine Bevölkerung zu einer anderen macht, eine Geschichte zu einer anderen. Lass mich lernen, wie man Geschichten tötet, vielleicht kann ich gerade diese Lehre aus ihren zerstörten Städten ziehen, dass man direkt auf die Geschichte zielen muss: auf das, was etwas bedeutet, auf Brücken, Monumente, Kirchen und Moscheen; auf die Würde, den Stolz. Dass man auf die Frauen zielen, sich ihrer Vitalität erfreuen muss, indem man sich ihnen immer wieder fröhlich aufzwingt, während ihre Männer in Massengräbern abkühlen, falls sie sich nicht in den Kellern verstecken und schämen, das, was ihnen gehört, nicht verteidigen zu können, vor allem die Frauen.

Und auch ich kann dich nicht verteidigen, weil ich dich

töten werde, dich und das, dem ich keinen Namen geben will und das ich nicht begreife, und wie kann man etwas töten, von dem man nicht weiß, was es ist?

Doch hast du nicht genau das getan?

Einmal wusste ich, was du warst, wer du warst, heute weiß ich nichts, und vielleicht kann ich dich deshalb nicht töten, auch wenn ich mein Bestes tue, das verspreche ich dir, ich tue, was ich kann. Du bekommst mein Bestes, wie du immer nur mein Bestes bekommen hast, und selbst da war ich nie sicher, ob es gut genug für dich war, doch das Beste ist nicht gut genug, dich jetzt zu vernichten, noch nicht. Aber natürlich werde ich auch nicht dich vernichten, sondern das, das keinen Namen hat, denn ich will ihn nicht erwähnen, den Namen, sie sind so klein, die Namen, so unbedeutend, dass allein die Nennung des Namens es noch unbegreiflicher machen würde, dass sich das, was ist, war, ist, wir, du und ich, nicht töten lässt.

Hörst du die Katze, Zoja Maria?

Hörst du die Katze stampfen?

Achtzehn Tage sind vergangen, seit ich dich das letzte Mal gesehen habe. Du hast nichts unternommen, um Kontakt zu mir aufzunehmen, doch mir war klar, dass du das nicht würdest, ich habe nur töricht, unverzeihlich naiv darauf gehofft (vergib mir), auch wenn ich nicht wollte, dass du es tust, weil es vorbei sein muss, wie du, du und es, weil ich nicht mehr kann, nicht mehr konnte, und das Kind, unser Kind (Es gibt Kinder, für die Europa keinen Platz hat. Sieh nur meine Nichte, Habiba.) in Wirklichkeit nur der kleine Stein war, das Sandkorn, das mit einem lautlosen Plopp in den Fluss fiel, mit einem Krach, der die Wasser über die Ufer treten und zu einem Wasserfall werden ließ, der nicht zu stoppen ist. Und das Einzige, was ich tun kann, ist, mich gut festhalten, die Füße gegen die Tonne stemmen, in der ich sitze, die in den Wassermassen von einer Seite auf die andere geworfen wird, und warten, ob ruhige Gewässer am anderen Ende warten, das ich nicht sehen kann, während ich mich frage, wie ich etwas töte, von dem ich nicht weiß, was es ist, von dem ich jedoch überzeugt bin, dass es sterben muss, wenn ich irgendwie mit heiler Haut aus diesem gewaltigen, diesem wahnwitzigen, wütenden, vergewaltigenden Fall von Wasser herauskommen will.

Ich komme voran mit meinem Bericht über den Völkermord, den Versuch, die Versuche des Völkermords in Europas blutendem Nacken, ja, sonderbarerweise bleibt es immer bei dem Versuch und einer Menge Toter natürlich, alle sterben nie. Das Volk überlebt, immer (fast immer, vergib mir), frag die Geschichte. Nicht, dass ich viel auf die Geschichte gebe, aber das tun andere, und nicht, dass ich viel in diesen Tagen geschrieben bekomme, das kann ich niemandem weismachen, man braucht nur einen einzigen Blick auf meinen Schreibtisch und den Stapel von Berichten zu werfen, die in achtzehn Tagen und einundzwanzig Stunden nicht weniger geworden sind. Aber ich komme voran mit den Studien der Strategien und Handlungen und dem dahinterstehenden Gedanken, und das ist es schließlich, was mich interessiert, das *Warum* und das *Wie*. Nichts anderes. In meinem Bericht geht es nicht um die Geschichte, die kannst du für dich behalten, in meinem Bericht geht es nur um eins:

Warum begeht man Völkermord?

Wie begeht man Völkermord?

Das stimmt nicht, mein Bericht handelt einzig und allein von etwas ganz anderem: von dem Einsatz von Frauen als Waffen in einem Krieg, doch auch dahinter steht ein *Warum* und ein *Wie*. Vielleicht lerne ich dabei das eine oder andere, etwas Brauchbares, einen Trick, den Trick, der sich meiner tastenden, ängstlichen, unbeholfenen Suche immer wieder entzieht.

Eins habe ich bereits gelernt: Die Geschichte ist immer die Entschuldigung.

Dein Land ist nicht gestorben. Dein Land wurde ermordet, weil jemand die Geschichte nicht mochte, die dein Land erzählte (vergib ihnen nicht). Hast du deshalb das Kind umgebracht, Zoja Maria? Passte es nicht in die Geschichte, die du erzählen willst? (Vergib dir nicht.) Dein Land wurde, wie einsichtsvollere Menschen als ich es ausgedrückt haben, von Männern ermordet, die bei einem friedlichen Übergang vom Staatssozialismus zur Demokratie alles zu verlieren und nichts zu gewinnen hatten (ich will das nicht wissen, ich will nichts davon wissen). Ich selbst habe nichts zu verlieren und alles zu gewinnen, wenn ich dich töte. In mir.

Genau das kennzeichnet den Mörder: Er hat alles zu gewinnen und nichts zu verlieren.

Glaubt er, glauben sie.

Wissen kann man das nicht, oder?

Zeichne Karten, wie du sie dir wünschst, halte die Karten dicht an den Körper und spiele sie eine nach der anderen, als wäre es immer die letzte, die du gerade spielst, als gäbe es nicht noch mehr. Wisse, was du willst, aber verwirre den Feind, indem du ihm nicht zeigst, was du willst. Verwirre die diplomatischen Mittler, indem du vorgibst, Vernunft anzunehmen, ihre Vernunft, indem du ja sagst, wenn du nein meinst, nein, wenn du ja meinst, denn vergiss nicht: Der höchste Wunsch des Diplomaten ist es, dass das Problem nicht existiert. Wünsche sollen in Erfüllung gehen, also gib ihnen, was sie sich wünschen. Wenn sie entdecken, dass das Problem noch immer existiert, sogar noch größer geworden ist, sind sie bereits auf dem Weg zu dem nächsten Posten, und ein Nachfolger, der die Regeln des Spiels nicht kennt, ist im Anmarsch.

Das Ganze beginnt mit einem Begräbnis.

Mit Titos (und dem des Kindes), und alle mussten weinen. 1980 (und 1996 wieder) wurde die Geschichte begraben, noch bevor die Trauernden von ihrem Tod wussten (wie konntest du das tun?). Als Nächstes wird fest behauptet, nicht damit leben zu können, dass ein Großteil dessen, das den eigenen Kern ausmacht, in der Obhut anderer vernichtet wird. Dass den vierzig Prozent Serben (mir), die auf der anderen Seite der serbischen Grenze wohnten (dir), in einem vereinten Kroatien, einem vereinten Bosnien, dass diesen vierzig Prozent der Serbischen Wissenschaftsakademie und ihrem Memorandum vom 24. September 1986 und einer Menge nachfolgender Propaganda zufolge, dass diesen vierzig Prozent Serben die Vernichtung droht (ich will das nicht wissen, will nichts davon wissen). Und sie haben recht: Es ist wohl eine Form der Vernichtung, wenn die Nachkommen gemischter Herkunft sind?

(Es gibt Kinder, für die Europa keinen Platz hat. Sieh nur meine Nichte, Habiba.)

Sorge für ausreichend Entrüstung, gerechte Entrüstung: Sie mischen ihre, unsere Gene mit denen der anderen, sie töten ihre, unsere Gene! (Sie hat dein Kind getötet. Deine Gene.) Die Entrüstung muss aus tiefster Seele kommen, dröhnend wie ein entgegengesetztes Stampfen. Bau auf alles, das klein und niedrig ist in dir, in ihnen. Dünge den Neid, die Furcht, die Minderwertigkeit, dünge sie mit Giften und Wasser in reichlichen Mengen, bis Neid, Furcht und Minderwertigkeit zu groteskem Größenwahn wachsen, der das Recht hat zu töten.

Das Recht zu töten, weil ein Unrecht begangen wurde.

Das war das!

Nein, jetzt lernen wir den Feind kennen.

Zoja Maria Berchtold Balthasar, geborene Balto, verheiratete Berchtold Balthasar, geboren am 2. April 1953 in Mostar, Bosnien-Herzegowina.

Vater: Kroate. Mutter: Kroatin.

Kroate x Kroatin = fast Europäer.

Fast Europäer x Österreicher = Europäer.

Stimmt das nicht, Zoja Maria?

Und es gab keinen Platz für mich in der Gleichung, die aufging und dich zu einer Europäerin mit einem Platz in den besseren Kreisen machte, ich stand hinten in der Reihe, und jetzt spreche ich zu mir, denn ich musste in der Reihe stehen und auf dich warten, bis ich begriff, dass es nichts zu warten gab, weil Europäer x Nichteuropäer, du x ich, nicht gleich Europäer ist und niemals sein wird, und das begriff ich in dem Augenblick, als du sagtest: »Es gibt Kinder, für die Europa keinen Platz hat. Sieh nur meine Nichte, Habiba.«

Und diesen Satz sagtest du das letzte Mal, das wir uns sahen, und dieser Satz klingt wieder und wieder in meinem Kopf, und was zum Teufel ist das für ein Satz, von welchen Kindern sprechen wir, von welchem Europa, was ist mit Habiba und warum, Zoja Maria? Warum?

Etwas an diesem Satz klingt falsch, das weiß ich, auch wenn ich nicht weiß, was es ist.

Und dann schellt das Telefon, und es schellt gerade da, als die Arbeit mir gut von der Hand zu gehen beginnt, doch zumindest ist das etwas Greifbares, und ich greife danach, ich greife nach dem Hörer.

»Ja, ich bin beschäftigt.«

Ich atme tief ein, langsam.

Ich wusste, dass sie es sein würde, was natürlich nicht stimmt, ich konnte es lediglich nicht ausschließen, wie es mit den Dingen nun einmal ist, die man nicht möchte, weil sie falsch sind, und die man trotzdem möchte, weil sie dem, was man möchte, am nächsten kommen.

»Gut, danke. Du? Mitten in meinem Bericht. Ja, ich muss mich eingehend damit beschäftigen, das kann man so sagen. Ob du vorbeikommen kannst? Ja, doch, das kannst du.«

Nein! Ich will sie nicht sehen. Es gibt viele Arten zu töten, doch nicht diese, so will ich das nicht. Was immer sie will, ich will es nicht. Es gibt Entscheidungen, die man nicht treffen kann. Aber das hast du nicht gesagt, als ich dich das letzte Mal gesehen habe, denn da sagtest du: »Es gibt Entscheidungen, die andere Entscheidungen mit sich führen.«

Aus freiem Willen, nicht aufgrund einer Blutsverwandtschaft? Habe ich dich damals nicht danach gefragt, so frage ich dich jetzt: Europäerin? Wie dick ist Blut, Zoja Maria? Oder soll ich dich nicht fragen?

Slobodan, Franjo, Radovan, meine neuen Freunde, sagt es mir, erzählt es mir, wie dick ist Blut? Gibt es keine Entscheidung? Jetzt nicht, das habt ihr eurem Volk gesagt, euren jungen Männern, die als Schlachter hinausgeschickt wurden, schlachten oder geschlachtet werden, desertiere und du bist tot, wie ein Spiel aus der Kindheit, abgesehen davon, dass es nicht länger ein Spiel war, ein Spiel ist. Aus freiem Willen, nicht aufgrund einer Blutsverwandtschaft?

Es schellt an der Tür, und schon bevor ich aufmache, habe ich längst beschlossen, dass das ein Auskundschaften, ein Erforschen, ein Ausspionieren des feindlichen Territoriums ist, ein ganz entscheidendes Manöver, um den Krieg zu gewinnen. Du musst deinen Feind kennen, und hier spreche ich wieder zu mir und nicht zu dir.

Es gibt Kinder, für die Europa keinen Platz hat. Sieh nur meine Nichte, Habiba.

Es gibt Entscheidungen, die andere Entscheidungen mit sich führen.

Du musst deinen Feind kennen.

∞

Es gibt Tränen, die man nicht sieht.

Und die weint sie, und das irritiert ihn grenzenlos. Er trommelt mit den Fingern auf den Tisch.

»Du wolltest mit mir reden, nicht?«, sagt er, sieht sie nicht an. »Dann rede.« Er schaut auf die Uhr und macht dem Kellner ein Zeichen, die Rechnung zu bringen. »Eine Viertelstunde.«

»Sem…«, sagt sie leise. »Was ist mit dir passiert?«

»Das ist es wohl kaum, worüber du mit mir reden wolltest?« Sie schüttelt langsam den Kopf.

»Wenn sonst nichts ist, gehe ich jetzt.« Wieder sieht er auf die Uhr, will sich erheben.

Sie greift nach seinem Arm.

»Ich weiß, dass du einen Grund hast, wütend zu sein.« Sie spricht langsam, spricht die Worte eins nach dem anderen aus, betont jede Silbe gleich. »Es tut mir leid, dass es so gekommen ist. Aber ich hatte keine Wahl. Ich musste es auf meine Weise tun. Es gibt Dinge, die du nicht weißt… Sonst wäre alles kaputt gegangen, nicht nur für uns… auch für uns.« Sie beugt sich vor: »Jetzt ist alles anders. Ich bin frei. Die Scheidung ist… in wenigen Wochen.«

»Hör auf, Zoja Maria. Es ist zu spät.« Er rutscht auf dem Stuhl hin und her, sieht sie kurz an, sieht wieder weg. »Es ist zu viel kaputt gegangen.«

»Ich kann dir verzeihen«, flüstert sie, legt ihre Hand auf seine.

»Du, mir verzeihen!« Er zieht die Hand zu sich. »Du bist schuld, du, und jetzt kommst du und sagst, dass du mir verzeihen kannst. Zum Teufel!«

Der Kellner kommt mit der Rechnung.

Er hustet, fährt dann in gedämpfterem Ton fort, als der Kellner sich zurückgezogen hat: »Vier Jahre, Zoja Maria. Vier Jahre, und als der Krieg endlich vorbei war und ich in deine Stadt gezogen bin und wir hätten zusammen sein können, konntest du nicht und bist verschwunden!«

»Sem, sobald alles geregelt ist, können wir doch versuchen …«

»Und hast unser Kind getötet!«

»Kannst du dich erinnern, was du immer über die Geschichte gesagt hast?«

»Du hast mich gehen lassen, und zwei Jahre habe ich nichts von dir gehört, und jetzt tauchst du auf und glaubst, alles mit ein paar Worten ändern zu können.«

Sie hebt die Stimme: »Du hast gesagt, man darf die Geschichte nicht bestimmen lassen. Damals habe ich dir nicht geglaubt, aber heute weiß ich, dass du recht hast. Man darf die Geschichte nicht bestimmen lassen. Denn dann gibt es keine Zukunft, nur Wiederholung.«

»Schön, dass du das erwähnst. Denn heute weiß ich, dass ich mich geirrt habe. Die Geschichte bestimmt. Ungeachtet, ob man das will oder nicht.«

»Wir könnten doch versuchen …«

»Nein. Was war, bestimmt, was kommt. Genau wie du immer behauptet hast. Es gibt Entscheidungen, die andere Entscheidungen mit sich führen.« Er senkt die Stimme, sagt schnell, heiser: »In unserem Fall hat die Geschichte gesprochen, und es bleibt nichts mehr zu tun. Es ist nicht geworden, wie es hätte werden können, und das ist traurig, aber etwas anderes ist dazu nicht zu sagen.«

Er nimmt die Rechnung, holt die Brieftasche heraus und zählt das Geld ab. Steht auf und reicht ihr mit ausgestrecktem Arm die Hand.

»Adieu, Zoja Maria«, sagt er.

Später erinnert er sich, dass er am 8. Juni 1999 sah, wie die Tränen in dem rechten Auge überliefen, noch bevor er hinzufügte: »Außerdem werde ich heiraten.«

∞ ∞

Tanya Katharina.

»Komm rein.«

Ich öffne die Tür und trete einen Schritt zurück, und sie nutzt die Gelegenheit, nein, das ist nicht fair, es wäre falsch von mir, die Dinge so zu deuten, der schmale Korridor zwingt sie, sich eng an mir vorbeizuschmiegen, und in der Eile wird der leichte Kuss, den die Höflichkeit uns einander auf die Wange zu geben gebietet, zu einem Kuss auf den Mund, in aller Freundschaft, in aller Unschuld natürlich (vergib mir).

Wir gehen ins Wohnzimmer, und ich frage sie, was ich ihr anbieten kann. Sie zeigt, sie hat es mit dem Zeigen, Tanya Katharina, deine jüngste Tochter, sie zeigt auf die Flasche Rotwein, die mitten auf dem Küchentisch steht, auf dem Tisch, der eine halbe Wand zur Küche hin bildet, weil sie aus Gründen, an die ich mich nicht mehr erinnern kann, nicht mehr erinnern will, nie weiter als bis zu dem Küchentisch gekommen ist, die Flasche, die ich uns geholt habe, dir und mir, als du das letzte Mal hier warst. Und zuerst denke ich nicht daran, dass wir diesen Wein immer zusammen getrunken haben, dass du diesen Wein allen anderen Weinen aus deinem Land vorgezogen hast, doch dann denke ich daran: dass du diesen Wein deshalb mit großer Wahrscheinlichkeit auch zu Hause getrunken hast. Zu Hause, sage ich, aber das will ich nicht sagen, auch wenn es die Wahrheit ist, noch will ich das jedenfalls nicht sagen, nein, dass du diesen Wein in deiner anderen Geschichte getrunken hast, in der, die mir nicht gehört, die mir nicht gehörte, doch jetzt öffne ich den Wein und tue, als ob nichts sei, und das tut sie auch, Tanya Katharina, und nimmt ihr volles Glas mit einem Lächeln entgegen, und das ist auch zum Lächeln, denn die alten Kristallgläser sind schief und bauchig und sehr unterschiedlich, da du sie nach genau diesen Kriterien für mich ausgewählt hast, als ich unbedingt in diese Stadt ziehen musste, um über die Frauen zu schreiben, da das hier leichter sein würde, wo die Organisationen und die Diplomaten sind, der Komfort der Neutralität, die Nähe des Nachbarlandes und du. Doch hinter dem Lächeln in Richtung des vollen Glases sehe ich, dass sie, deine Tochter, das Etikett des Weins studiert, den ich auf den Sofatisch gestellt habe, und hinter dem Lächeln in Richtung des vollen Glases lauert ein anderes Lächeln, oder sehe ich Gespenster?

Mein Wohnzimmer besteht aus einem großen Raum, den eine kurze Wand, die einen halben oder etwas mehr als einen halben Meter in die Raummitte reicht, in zwei teilt. Hohe Fenster öffnen die eine Seite des Raums dem Licht, während der Esstisch, der viel zu groß für mich ist, sowohl für mich allein, als auch mit dir zusammen, im hinteren Teil des Wohnzimmers steht, zu dessen rechter Seite eine offene Küche liegt, die man vom vorderen Teil des Wohnzimmers aus sehen kann, wenn man vom Flur kommt, und sich wie zufällig, mühelos, auf das eine der beiden zerschlissenen, doch sehr bequemen Ledersofas fallen lässt, sich schlangengleich darauf windet, wie sie es tut, Tanya Katharina, und das Glas nimmt, das mit Rotwein gefüllt ist, deinem Lieblingsgetränk, einen Schluck trinkt, das Licht studiert, das sich in dem schiefen Kristall bricht, das Glas auf den Sofatisch stellt, das einzige

Möbel in der Wohnung, das mir gehört. Ein Tisch von meiner Heimatinsel, gekauft, nachdem ich schon lange von dort fortgegangen war und nur zu Besuchen zurückkehrte, oder um nach den Wurzeln zu suchen, an die ich nicht glaube, aber ich habe diesen Tisch gefunden, einen Tisch, der stabil und in dunklen Mustern gedrechselt ist, gefertigt von einem Inder, der vor drei oder vier oder vielleicht auch fünf Generationen auch zu einem Inselbewohner und Einwohner in einem Land wurde, dessen Geschichte, dessen offizielle Geschichte erst begann, als Kolumbus, ja, noch ein Europäer, Christoph Kolumbus, seine Geschichte langsam beendete. Und hier sitzt sie nun, deine Tochter, und lächelt.

»Lustig«, sagt sie. »Meine Mutter mag solche Gläser so gern …«

Sie hebt das halb volle, halb leere Glas, sodass sich die Sonne in seinem Schliff bricht, und es blendet überwältigend und unvorhersehbar, still und dröhnend, und plötzlich weiß ich, warum ich … nein, nicht wieder dieses Wort, ich will es nicht in meinem Mund nehmen und schon gar nicht in meine Gedanken, aber ich weiß genau, warum ihre Mutter, du, mein Stampfen ist, und ich kann dich nicht entbehren, geschweige denn ohne dich leben. Und das ist Unsinn, denn tue ich nicht genau das, jetzt und jetzt und jetzt und jetzt, ohne dich leben? Nein, die Antwort ist nein, denn ich lebe nicht, ich überlebe nicht einmal, existiere nur von einer tickenden Sekunde zur nächsten, warte, warte, dass die Bombe explodiert, die töten kann, die tötet, die Katzen tötet. Explosion gegen Explosion, die Verteidigung des Sternenkriegs, Atom gegen Atom. Das Einzige, das ich nicht weiß, ist: Wann ist das Maß voll?

»Ja, komisch«, sage ich.

Sie ist wohl kaum gekommen, um das zu sagen! Ich trinke mein Glas leer, schenke nach und trinke, trinke zu schnell, ich, der ich nie zu schnell trinke. Ja, du hast immer schneller getrunken als ich, jederzeit, immer, oder lag es daran, dass wir nie genug Zeit hatten, denn hätten wir sie gehabt, hätte ich bestimmt größere Mengen trinken können als du. Hätten wir sie gehabt.

Ich kneife die Augen zusammen. Es ist später Nachmittag, und das Licht fällt schräg in mein Blickfeld, sodass Tanya Katharinas Gesicht ausgelöscht wird und ich mir fast einbilden kann, dass sie du sein könnte, fast, und ich platze heraus: »Erzähl mir von deiner Mutter.«

Vielleicht ist das zu direkt, vielleicht dumm von mir, so direkt zu sein, andererseits ist es wohl völlig unschuldig, ein junges Mädchen zu bitten, von seiner Mutter zu erzählen, die es gerade selbst erwähnt hat, und wenn ich den Feind kennenlernen will, kann ich genauso gut gleich damit anfangen, auch wenn es nicht das ist, was mich antreibt, sondern dieser unerträgliche Drang zu … zu was?

»Meine Mutter …«, sagt Tanya Katharina, und ein Lächeln schleicht sich in ihre Mundwinkel, doch das tut es fast immer, sodass ich nichts hineininterpretieren sollte.

Sie rutscht auf dem Sofa hin und her, schlägt das eine Bein über das andere, und obwohl das eine sehr bewusste und somit nicht im Mindesten unwiderstehliche Bewegung ist, vermittelt sie mir trotzdem einen fundierten Eindruck der Zeichnung ihrer Schenkel unter dem kurzen Sommerkleid, was kein schlechtes Zeichen ist, und wieder lächelt sie, vielleicht hat sie meine Augen bemerkt, die einen Tick, eine Ahnung zu lange genau dort verweilten, wo ihre Schenkel aufhören und zum Schoß werden, obwohl sie so weit nicht sehen konnten und der Rest nur Vorstellung war, wortlos und vage (vergib mir trotzdem).

Sie ist sehr anziehend, deine Tochter, wie sie sich ganz ohne

Scham vorbeugt und sagt: »Warum kommst du nicht herüber und setzt dich zu mir?«

Sie streicht mit der linken Hand über das zerschlissene Leder und, das bilde ich mir nicht länger nur ein, schaut mir direkt in die Augen, und ich weiß, ich sollte in ihren Augen lesen können wie in deinen, aber ich kann es nicht, sodass nur sie schaut und schaut, bis ich zu Boden schaue, weil sich etwas in meinem Körper rührt, ungeachtet dessen, ob ich das will oder nicht. »Dann scheint dir die Sonne nicht in die Augen.«

Und ich habe das äußerst unangenehme Gefühl, dass sie in meinen Augen gelesen hat, oder auch sie hat nur geraten, oder vielleicht ist in diesen Bruchteilen von Sekunden auch gar nichts passiert, und ich bilde mir alles nur ein?

Ich stehe auf und gehe zum Fenster hinüber und sehe auf den Marktplatz hinaus. Erinnere dich, sage ich mir, erinnere dich an die Geschichte. Doch in dem Moment, in dem ich das sage, so wie du es gesagt haben würdest, zu mir selbst sage: Erinnere dich, erinnere dich, dass sie Tochter ist, nicht Frau, sondern Tochter, deine Tochter, werde ich so furchtbar wütend, weil es keine Geschichte mehr gibt, vielleicht nie eine gegeben hat, weil ich mir das vielleicht nur eingebildet habe, unterstützt von deinem Drang zu furchtbar belastenden, leichten Abenteuern oder etwas in dem Stil, jedenfalls ist die Wut so gewaltig, dass ich nicht mehr stillstehen kann, sondern zu ihr gehe und mich neben sie, Tochter, setze. Und aufhöre mich zu erinnern.

»Meine Mutter«, sagt sie und verändert wieder die Stellung ihrer Beine. »Meine Mutter ist ein Familienmensch. Und auch wenn ihre Forschung sie sehr in Anspruch nimmt, ja, das weißt du ja, steht die Familie immer an erster Stelle. Besonders mein Vater.«

Letzteres kommt wie ein Zusatz, ein Appendix, der deutlich das Wichtigste in der ganzen Aussage ist.

»Ich werde dir etwas anvertrauen.«

Sie legt ihre Hand auf meine, und die Hand ist warm und nicht wenig verlockend in ihrer ganzen brutalen Rundlichkeit, und die Nägel sind rot, und ich, der keine lackierten Nägel mag, überrasche mich, wie ich die metallisch scheinenden Rundungen bewundere, während ihre Stimme fortfährt: »Meine Mutter käme nie ohne meinen Vater zurecht. Sie stehen einander sehr nahe. Meine Mutter ist zart. Mein Vater passt zu ihr.«

Ihre Hand bewegt sich auf meiner, und ich widerstehe, widerstehe mit Mühe der Versuchung, ihre Hand mit meiner zu umschließen, mich über sie zu beugen, mich auf sie zu werfen und ihren Körper mit meinem zu umschließen, um das, was ich gerade gehört habe, zu überhören, zu übertönen, um sie zur Frau zu machen, zu meiner Frau und nicht zu einer Tochter, die von ihrer Mutter spricht, von dir, meiner Frau.

Ich ziehe meine Hand zu mir, ein bisschen zu abrupt vielleicht, aber daran lässt sich nichts ändern, sie ist wieder meine Hand und gehört nur mir, und ich benutze sie, um nach meinem Glas zu greifen, stelle fest, dass ich nicht darankomme, weil es immer noch dort steht, wo ich es am anderen Ende des Sofatisches abgestellt habe, und ich will mich gerade erheben, als deine Tochter aufspringt. »Ich hole es …«

Und sie ist viel leichter und schneller in ihren Bewegungen mit ihren, was soll ich schätzen, neunundfünfzig Kilo als ich mit meinen gut hundert und ihrem Knie, das mich hin und wieder neckt, auch wenn nicht das mich in diesem Augenblick langsamer macht. Und hier ist das Glas, und sie schenkt mehr nach, eine aufgeweckte Frau, eine aufgeweckte junge Frau, wenn ich so sagen darf, schenkt mehr nach, zuerst mir, dann sich selbst, dann setzt sie sich wieder, ein wenig weiter von mir entfernt, den Rücken gegen die Armlehne gelehnt, ein wenig lässig, und daran kann wohl nichts falsch sein, oder?

Dann fällt mir wieder ein, was sie gesagt hat.

Zart? Du, die du eine Mauer zum Einsturz bringen konntest, bringen kannst, du, die du ein Stampfen bist, das das Echo von Wien nach Sarajevo und wieder zurück tosen lässt, nein, zart bist du nicht, unvorhersehbar vielleicht, und sensibel, doch, und vielleicht sieht Unvorhersehbarkeit plus Sensibilität für den, der den Unterschied nicht kennt, annähernd wie Zartheit aus? Oder kenne ich den Unterschied nicht, kannte ich den Unterschied nicht, habe Zartheit für Sensibilität gehalten, für Unvorhersehbarkeit?

Oder ist deine Tochter die Unvorhersehbare, jetzt, wo sie sich vorbeugt, ihre Hand auf meinen rechten Schenkel legt und flüstert: »Ich weiß, dass du Lust auf mich hast.«

Oder war das völlig unvorhersehbar, habe nur ich es nicht gesehen, weil ich keine Entscheidung treffen wollte, jedenfalls nicht mit dem Gehirn, und deshalb die Einsicht verdrängt habe, um frei zu sein, unschuldig (vergib mir), falls sich die Situation ergeben sollte, denn ich wusste ja, dass sie das würde, nicht?

Und was antworte ich jetzt?

Denn das ist wohl die Frage, was antworte ich in genau dieser und nicht in irgendeiner anderen Situation, und wie gerne würde ich die richtige Antwort geben und das Richtige antworten, das, was auch in den Geschichtsbüchern stehen darf, auch in Zukunft, ganz gleich wer sie lesen wird. Doch das antworte ich nicht, denn ich antworte mit einer plötzlichen Bewegung meines Arms, der sich nach der jungen Frau neben mir ausstreckt, schließe die eine Hand fest um ihre Schulter, schiebe die andere zwischen ihre Schenkel, und ich küsse sie, küsse und küsse diesen Mund, der nicht deiner ist, den ich aber trotzdem will und das sofort und das nicht nur, weil ich ihn haben kann, das darfst du nicht glauben (vergib mir).

Gerade als ich mich selbst vergessen will, mich ganz und gar vergessen will, und meine eine Hand sich in sie hineinbewegt, während die andere den Kuss immer tiefer und tiefer in unser beider Münder presst, reißt sie sich abrupt los und springt auf.

»Ich muss gehen.«

Ich atme ein, halte den Atem an, schließe einen Augenblick die Augen, atme aus und zähle bis zehn, um sie nicht auf das Sofa zu ziehen und zu nehmen, mit oder ohne Gewalt, sie einfach zu nehmen, doch schon als sie ihre Kleidung richtet und in ihren Taschenspiegel blickt, um zu sehen, ob ihr Lippenstift oder das, was davon noch übrig ist, nicht in ihrem Gesicht verschmiert ist, schleicht sich die Lust davon, und ich schäme mich für mich (vergib mir), und ich weiß, dass ich es nicht aushalten würde, meine Antwort in den Geschichtsbüchern zu lesen, aber so ist es nun einmal, was soll man da machen?

Ich halte die Tür auf.

»Entschuldigung«, sage ich und meine es. Ich versuche sie als junge Frau zu sehen, nicht als deine Tochter. »Das hätte nicht passieren dürfen.«

»Du siehst mich bald wieder«, antwortet sie, und auf ihrem Gesicht breitet sich erst ein Lächeln aus, dann ein zweites.

Ein leichter Kuss auf meine Wange, diesmal nur und ausschließlich auf die Wange, trockene, feste, zielstrebige Lippen, die meine Wange zum Abschied genau, genau in der Mitte treffen, und sie ist die Treppe hinunter, noch bevor ich begreife, dass ich nicht erfahren habe, warum sie gekommen ist.

Oder habe ich genau das?

∞

»In Zvornik drang am 9. April 1992…«

Er will es nicht wissen, will nichts davon wissen, und er hat Glück: Sein Sekretär kommt mit einem weißen Umschlag herein, auf dem *persönlich* steht, und dann verlässt ihn das Glück, denn er kennt die Schrift. Er kann den Brief zusammenknüllen und in den Papierkorb werfen, und morgen wird er zusammen mit allem anderen, das er jeden Tag wegwirft, verschwunden sein, und er wird nichts wissen müssen, wird nichts davon wissen müssen. Das macht er, er knüllt den Brief zusammen und wirft ihn in den Papierkorb, richtet den Blick wieder auf den Bericht auf seinem Tisch.

»In Zvornik drang am 9. April 1992…«

Er schiebt den Bericht mit einer heftigen Bewegung zur Seite, wippt auf dem Stuhl zurück. Was denkt sie sich, ihn hier zu stören. Was, wenn sein Sekretär den Brief geöffnet hätte?

»In Zvornik drang am 9. April 1992…«

Er springt auf und holt sich auf dem Gang eine Tasse Kaffee, flucht über die Langsamkeit des Automaten, geht langsam zurück in sein Büro, den vollen Pappbecher in der Hand.

»In Zvornik drang am 9. April 1992…«

»Pfui…« Er hat den Knopf mit Zucker gedrückt. Er stellt den Becher in das Regal, steht auf und schließt die Tür zu seinem Büro, bevor er sich bückt, den Papierkorb hervorzieht und nach dem Brief sucht. Er ist nur leicht zerknüllt. Er reißt ihn mit den Fingern auf.

Zoja Maria Berchtold Balthasar, geborene Balto. Walter Rudolf Berchtold Balthasar.

Es folgen einige Unterschriften. Ein Dokument, eine Kopie eines Scheidungsantrags. *Unüberwindbare Unstimmigkeiten*, versteht er. Vor dem Rest muss er passen, er ist ohne Bedeutung. *Sem, komm* steht ganz oben rechts in ihrer Handschrift, daneben eine Adresse: *Grinzing, Himmelstraße 43, zweite*

Etage. Er schließt einen Augenblick die Augen. Das hat keine Bedeutung.

Er sieht aus dem Fenster zu der Glasfassade des gegenüberliegenden Gebäudes hinüber. Es beginnt zu regnen.

»In Zvornik drang am 9. April 1992 Arkan, der Anführer der paramilitärischen Einheiten, bekannt als die Tiger, mit seinen Männern in die Stadt ein, nachdem sie tagelang von serbischem Territorium aus bombardiert worden war, ohne dass die muslimischen Einwohner zu einer Kapitulation bewegt werden konnten. Der lokale Leiter des hohen Flüchtlingskommissariats, Mendiluce, der zufällig Zeuge des Ganzen wurde, sah, wie die Tiger sich durch die Stadt bewegten, während sie systematisch jeden Moslem töteten, den sie greifen konnten, alt wie jung, Frau wie Mann. Er sah, wie Kinder vor Panzer geworfen und von erwachsenen Männern überfahren wurden. Später sah er noch viel mehr Leichen von Kindern, Frauen und Alten, die aus den Häusern geschleppt und auf Lastwagen gestapelt wurden. Insgesamt mindestens vier oder fünf Lastwagen voller Leichen …«

Es gibt Dinge, die man nicht ändern kann, die nie geändert werden können, das denkt er, indem er nach dem Brief greift und ihn erst abrupt in der Mitte durchreißt, bevor er ihn in kleine Stücke reißt. Die Stücke knüllt er zusammen und wirft sie in den Papierkorb, den Umschlag obendrauf.

»Zvornik fiel am 10. April 1992.«

Später erinnert er sich, dass am 9. Juli 1999 ein fürchterlich schwerer Regen auf die Fliesen zwischen den UNO-Gebäuden fiel.

∞ ∞

Ich habe mich entschlossen, Tanya Katharina nicht noch einmal zu sehen, nicht einzuwilligen, sie noch einmal zu sehen. Trotzdem schiele ich die ganze Zeit zu dem Telefon auf meinem Tisch, bitte es, flehe es an zu schellen und zu ihrer Stimme auf dem Weg zu mir zu werden. Das ist das Merkwürdige, ich warte auf ihren Anruf, nicht auf deinen. Ist der Grund der, dass ich weiß, dass du nicht anrufen wirst? Weil diese Geschichte ohnehin unmöglich ist, vorbei ist, auch wenn sie noch nicht tot ist, nicht tot sein kann, weil ich sie nicht getötet habe, noch nicht, auch wenn ich gestern nahe daran war. Aber vergiss nicht, dass ich es nicht habe, ungeachtet dessen, dass das ihr Verdienst war und nicht meiner, das muss ich zugeben, im Namen der Geschichte, der wahren Geschichte, denn ungeachtet dessen, dass niemand diese Geschichte, die Wahrheit, jemals erzählt, glaube ich, dass es sie gibt, aber auch das ist heute gleichgültig, wo eine andere Geschichte möglich ist. Auch wenn sie verboten ist, verboten, zumindest unter normalen Menschen. Aber was ist heute schon normal, wo es normal zu sein scheint, zu plündern und alles an sich zu reißen und Gier als historisch bedingtes Recht zu bezeichnen, tust du das nicht, Slobo? Tut man das nicht in dem Land, das du einmal als deins bezeichnet hast, in Europas Nacken, und vielleicht überall auf dieser undankbaren Habe-Wollen-Welt.

Auch ich will haben, und ist es nicht gleichgültig, ob ich es durch Plünderung oder Verdienst bekomme, entscheidend ist, dass ich haben will, und wenn ich das, was ich am liebsten haben will, nicht bekommen kann, warum dann nicht das Nächstbeste? Das ist wohl nicht zu viel verlangt. Und die Tochter einer Frau, ist sie nicht das Beste nach der Frau selbst? Noch dazu aus den Genen geschaffen, die die Frau gewählt hat, um sich unsterblich zu machen. Und vielleicht wird das

Nächstbeste dadurch besser als das Beste. Tanya Katharina, ruf an!

Ich habe Angst, wahnsinnig zu werden, meine Gedanken drehen sich im Kreis, und meine Gefühle weisen in alle Richtungen wie ein Kompass, der die Orientierung verloren hat. Ich denke Gedanken und habe Gelüste, die ich für unmöglich gehalten habe, für unverzeihlich, die unverzeihlich sind (vergib mir), aber trotzdem sind sie da und verschwinden nicht, auch wenn ich mir sage, dass sie nicht da sein dürfen, dass das nicht die Geschichte ist, in der ich mitwirken will. Ich sage mir, dass deine Tochter, Tanya Katharina, das Mittel ist, nicht das Ziel, und damit werden die Gelüste zum Mittel und nicht zum Ziel, und das Ziel heiligt die Mittel (sieh, ich lerne es langsam, Slobo!), und das Ziel bist du, und … ich muss etwas tun! Ich muss jetzt etwas tun! Ich greife zu dem Telefon, und anstatt die Nummer zu wählen, die ich auswendig kann, obwohl ich sie nie benutzt habe, wähle ich eine andere, doch bevor das Telefon schellt, lege ich den Hörer auf.

Ich weiß nicht, ob ich das durchführen kann. Andererseits weiß ich mit Sicherheit, dass ich es durchführen muss, um nicht etwas anderes zu tun, das sehr viel schlimmer wäre. Und ich bin doch ein Schlappschwanz, ist es nicht das, was du sagen willst, Slobo? Erschieß den feigen Hund vor Sonnenaufgang oder befehle ihm mitzumachen, und wieder greife ich nach dem Hörer und wähle dieselbe Nummer, und diesmal schellt das Telefon, und diesmal wird abgenommen, und nachdem wir hallo gesagt haben und ich meinen Namen genannt habe und die Unterhaltung um die gewöhnlichen Höflichkeiten und die letzten Neuigkeiten aus dem Büro gekreist ist, denn ich spreche mit meinem Kollegen, Jean-Pascal, so heißt er. Er kommt aus dem Senegal und ist sehr viel mehr

Franzose als Afrikaner, komme ich endlich mit meinem Anliegen: »Wie wäre es mit einem Drink oder zwei?«

Ich sage nicht gerade heraus, was ich will, kann mich nicht dazu überwinden, doch das brauche ich auch nicht, denn Jean-Pascal begreift sofort, wo ich hinwill, obwohl wir hier nicht von Geografie sprechen.

»Na endlich!«

Ich bin nahe daran, es zu bereuen. Jean-Pascal hat mich viele, vielleicht unzählige Male gedrängt, öfter auszugehen und das Leben zu genießen, *quand on a l'age et la chance*, wie er sagt, während er mich verständnisvoll mit dem Ellenbogen in die Seite stupst, und am liebsten würde ich ihm eine Kopfnuss geben, während ich die Gelegenheit dazu habe, aber ich tue es nicht, weil das nur Ärger mit sich bringen würde. Er meint es schließlich nicht böse, sondern nur so, und es hat schließlich noch andere außer dir gegeben, nicht nur vor dir, ja, da sperrst du die Augen auf, und sie werden grau und trübe und legen sich auf den Boden des Meeres, doch das hast du gewusst, das war Teil des Abkommens, des unausgesprochenen, dass du deinen Mann nicht verlässt und ich nicht darauf verzichte, mich mit anderen einzulassen. Komm jetzt nicht und sag etwas anderes! Dann hättest du vor langer Zeit kommen müssen. Mit deinen Koffern.

Ob es schön war? Darüber wollen wir jetzt nicht reden, es war einfach, und das wusstest du ganz genau,und jetzt hör auf (vergib mir).

»Gut, um acht bei Figlmüller.«

Ich hätte dem Abendessen nicht zustimmen dürfen, aber ich wusste nicht, wie ich es hätte umgehen können. Es kann auch gut sein, dass das ein ausgezeichneter Anfang ist.

Es ist die Definition der anderen, die am schwersten ist: die anderen.

Wer klopft an?

Das sind sie, (du), die anderen.

Wenn denn der Übergang fließend ist, wenn denn in tausend Jahren umhergewandert und geheiratet und neu erschaffen wurde und die Anzahl der verschiedenen Mächte und Kulturen und Nationalitäten, die involviert waren, groß ist, fast unzählbar, ist es am besten, sich selbst zu definieren: wir, die Serben (ich). Alles andere sind die anderen. Wir spüren, dass sie uns bedrohen, die anderen. Auch wenn wir in der Mehrheit sind, bei weitem in der Mehrheit, wir, die wir die Macht haben. Es könnte der Tag kommen, an dem das nicht länger so ist. Dagegen müssen wir uns schützen. Das zeigt die Geschichte. Alles, was wir ihnen antun werden, ist von der Geschichte bestimmt, und die Geschichte kann niemand ändern. Denk an den Kosovo, 1389! Die Zeit ist reif. Diesmal ist Bosnien an der Reihe. Warum nicht mit Zvornik beginnen, das ist serbischer Boden, auch wenn sechzig Prozent der Bevölkerung aus *anderen* besteht. Zvornik ist serbischer Boden! Vergiss die Jahre unter Österreich-Ungarn, vergiss die Jahre als Teil des Osmanischen Reiches, vergiss das Römerreich, vergiss Jugoslawien, vergiss die Möglichkeit des Gemeinsamen. Zvornik ist serbischer Boden! Sieh selbst, es funktioniert. Jetzt gehört das Land uns, die Wahrheit gehört uns, denn das, was wir sagen, ist die Wahrheit, nicht wahr, Slobo? Wenn wir sie nur oft genug sagen. Und ist es nicht lustig, Slobo, die gleiche Strategie, Wiederholung schafft Wahrheit, wurde vom alten Adolf vor sechzig, siebzig Jahren angewandt. Oh, ich mag nicht an diesen Unsinn denken! Mord ist Mord. Sie klingen alle gleich, die Massenmörder. Gewalt angeführt von Worten, Unmengen von Gewalt angeführt von Unmengen von Worten. Die anderen: bedrohen uns, untergraben uns, demoralisieren uns, vernichten uns, infiltrieren uns, korrumpieren uns, bestehlen uns, ermorden uns. Wenn wir es nicht zuerst tun! Sie alle wiederholen das Gleiche. Wiederholung von Unsinn macht Unsinn zur Wahrheit.

Wiederholung schafft Wahrheit.

Erst jetzt begreife ich das.

Und was soll ich wiederholen: Du gehörst mir nicht, du gehörst mir nicht, du … falsch! Natürlich gehörst du mir nicht, hast du mir nie gehört. Wie wäre es mit: Du bist nicht ich, du bist nicht ich, du … besser, aber auch falsch. Natürlich bist du nicht ich, auch wenn das noch nicht so selbstverständlich ist, denn manchmal war es so, ist es so, doch darin will ich nicht wühlen, denn wahr ist es nicht, es kam mir nur so vor, war Fantasie, ich habe es gespielt, geträumt, dass du und ich dasselbe sind, derselbe/dieselbe, das war nur einige Male so, vergiss es. Es ist vorbei. Lass dir etwas Besseres, Genaueres einfallen. Zum Beispiel: Du bist eine furchtbare, egoistische, selbstbezogene, lügnerische, leichtfertige, opportunistische, entartete, unglaubwürdige, unzuverlässige und unerträgliche Frau! Du bist eine furchtbare, egoistische, selbstbezogene, lügnerische, leichtfertige, opportunistische, entartete, unglaubwürdige, unzuverlässige und unerträgliche Frau! Du bist eine furchtbare, egoistische, selbstbezogene, lügnerische, leichtfertige, opportunistische, entartete, unglaubwürdige, unzuverlässige und unerträgliche Frau …

Nein, das stimmt nicht! Letzteres stimmt nicht.

Unerträglich bist du nicht. Das muss ich nicht einmal wiederholen. Leider.

Ich hatte das Telefon beinahe vergessen, doch jetzt schellt es. Nein, ich hatte es nicht vergessen, es entspricht eher der Wahrheit, dass ich nicht mehr damit gerechnet hatte, mich gezwungen hatte, nicht mehr damit zu rechnen, weil alles andere zu demütigend wäre, nach zwei, drei, vier, fünf Tagen weiter der Niederlage Tür und Tor offen zu halten, wenn man von den wenigen Malen einmal absieht, den wenigen Malen, die es schellt, wo Stimmen sich melden, mit denen ich nicht reden will. Angefangen mit denen, die mir ein Abonnement von gerade ihrer Zeitschrift verkaufen wollen, bis hin zu früheren Kollegen, die eindringen, in Deins, in dein Territorium, und die einen Rat mit auf den Weg haben wollen oder zwei oder einen Kontakt oder zwei, erinnerst du dich nicht an den Gefallen, den ich dir einmal getan habe … oder getan hätte, wenn nur … bis zu einem einzelnen Bekannten oder zweien in dieser Stadt, in der ich niemanden kenne, weil ich niemanden kennengelernt habe, den ich nicht schon kenne (vergib mir).

Und dann schellt es zum zweiten Mal, und ich lasse es noch einmal schellen und noch einmal, um mich zu überzeugen, dass ich die Dinge unter Kontrolle habe, und das habe ich. Dann nehme ich ruhig den Hörer ab, ruhig ohne Maske, denn plötzlich bin ich genauso ruhig, wie ich klinge, und ich sage: »Sem.«

»Ich bin in einer halben Stunde da.«

»Nein.« Ich kann ihr das Wort noch an den Kopf werfen, bevor sie den Hörer auflegt.

»In einer Stunde.« Sie sagt es ohne Fragezeichen.

»Nein.«, sage ich bestimmt, doch ohne mich, ganz und gar ohne mich (vergib mir) fährt meine Stimme fort: »Morgen.«

Sie legt auf, ohne adieu zu sagen, und ich weiß nicht, ob wir uns verabredet haben oder nicht. Sie irritiert mich, diese Frau, deine Tochter. Versucht sie, deine Unvorhersehbarkeit nachzuahmen, dein dich Entziehen und Dasein, Dasein und Entziehen?

Es gelingt. Es gelingt, und es misslingt. Die Unvorhersehbarkeit scheint vollkommen, und doch ist sie vollkommen vorhersehbar. Sie kommt morgen. Das weiß ich. Sie spielt ein Spiel. Ich bin noch nicht sicher welches, aber sie ist es, die den Würfel wirft, ich bin eine Figur. Oder ist das ihre Art, das Spiel zu spielen? Ich habe mich entschlossen, nicht ihre Figur zu sein. Von jetzt an bestimme ich das Spiel.

Von dem anderen will ich dir nichts erzählen, nicht ein Wort, doch falls du fragen solltest, ja: Es war gut.

Auf seine eigene besondere Weise, aus einer rein physischen Betrachtung heraus, auch wenn ich nach Hause gegangen bin, bevor wir so weit kamen, doch allein die Möglichkeit zu haben, ist gut, ist gar nicht so schlecht. Gar nicht so schlecht.

Wie tötet man eine Katze, die stampft?

Man schafft sich eine andere Katze an.

Von dem anderen sprechen wir nicht, von dem Aufwachen und Wegwollen oder genauer dem Nicht-Aufwachen, da wir nicht geschlafen haben, also nur von dem Wegwollen, weil es unmöglich ist, dort zu sein, ungeachtet, dass das Bett breit genug ist und die Frau schmal genug, daran liegt es nicht, sondern an etwas anderem, das sich nicht erklären lässt, ich musste einfach weg, nach Hause. Jean-Pascal hatte recht, wenn die Wahrheit denn endlich heraussoll, dass die kleinen Wienerinnen überhaupt nicht die Neigungen haben, die in Europa wüten und Europa beschmutzen. Nein, die kleinen Wienerinnen sind in ihrem Inneren, tief unter ihrer etwas zu anständigen oder etwas zu überlegt unanständigen Fassade nicht nur versöhnlich, generös und nicht wählerisch, sondern nahezu lüstern nach Fremden und laden sie gerne nach Hause ein, zu was auch immer, wie es scheint. Und auch wenn mir die Rolle nicht gefällt: die des exotischen Fremden, habe ich sie angenommen, und eigentlich war sie ganz leicht zu spielen, leicht, wie das Aufsetzen der Maske der Besonnenheit (die nicht immer eine Maske ist, das darfst du nicht glauben), die mitzunehmen ich auch nicht vergessen hatte, und da waren viele süße junge Wienerinnen, fast wie in einer Konditorei, einem endlosen Kuchenhaus; natürlich erst, nachdem ich mich durch ein zweistündiges Abendessen mit Jean-Pascals endlosen Eroberungen gequält, gekämpft hatte, die alle nur Abenteuer und nicht gut waren, das soll kein Geheimnis sein, und das Essen war auch nicht erwähnenswert, aber die Wienerinnen doch. Süß war sie auf jeden Fall, und sie hatte das nicht verdient, nein, das hatte sie nicht, dass ich ihr den Rücken zuwandte, aber was sollte ich sonst tun, irgendwo muss man schließlich anfangen, und es begann Mund zu Mund und dann ein kleines bisschen mehr, und vielleicht hat sie bekommen, was sie wollte, das war alles, und jetzt Schluss mit dieser Geschichte!

Dass ich sie gestern Abend mit einer anderen wiederholt habe (denk an das mit den Wiederholungen), brauchst du nicht zu wissen, und es wäre dir bestimmt auch gleichgültig, nicht?

Nicht?

Vielleicht bist du dir überhaupt nicht im Klaren, wie wütend ich auf dich bin.

So fuchsteufelswütend! Mir gerade an diesem Abend davon zu erzählen, dem letzten, an dem ich dich sehen sollte, bevor ich dich lange Zeit nicht mehr sehen sollte, und schon da wusste ich, dass es eine Art Flucht war, und mit ihm, dem Flüchtling, kann man nur sympathisieren. Das Problem ist nur, dass du vor mir geflohen bist, und es tut weh, wenn jemand vor einem flieht, Teufel auch, verdammt weh, und erst jetzt sehe ich ein, dass du vielleicht lange bevor ich begann, dich zu töten, begonnen hast mich zu töten, und dann ist das

Krieg und kein Mord, und das passt mir eigentlich auch besser, denn sobald man das Wort Völkermord erwähnt, schalten sich die Vereinten Nationen ein, sind verpflichtet sich einzuschalten, und deshalb nehmen wir das Wort nicht in den Mund (nicht wahr, Boutros, Bill, John, Jacques und all ihr anderen?), nicht einmal wenn wir von nichts anderem reden.

Europäer.

Aus freiem Willen, nicht aufgrund einer Blutsverwandtschaft.

Nicht dass ich Sympathie für Blutsverwandtschaft empfinde. Es gibt Verbrecher, und es gibt Nicht-Verbrecher, das ist alles. Alles andere sind Mythen und Erfindung. Ich selbst, der ich eine Farbe habe, für oder sollte ich besser sagen gegen die viele viel zu viele Gefühle haben, ich, der ich keine Kultur vorzuweisen haben, jedenfalls keine Nationalkultur, sondern nur eine Reihe von Jahren in einer Reihe verschiedener Welten: neun Jahre auf einer Insel (Jamaika), sechs Jahre in der Zukunft (Amerika), anderthalb Jahre am Ende eines kalten nordischen Fjords (Oslo), als meine Mutter endlich wieder heiratete, einen Mann von weit her, und danach gut weitere zehn Jahre in der Zukunft. Eine Ausbildung brauchte ich schließlich auch. Seitdem ein Jahr hier und ein Jahr da und so weiter und so weiter, denn damit geht es einem bestimmt am besten, wenn man ein Mischling ist, oder? Doch nicht blutsverwandt heißt aus freiem Willen, aber trotzdem oder vielmehr deshalb sollst du hängen.

Wieder gehen die Gedanken mit mir durch, und Dokumente liegen ungelesen vor mir, Ordner zu Massenmord, Erschießungen im Morgengrauen, Vergewaltigungen von Frauen, Mädchen, zwing einen Bruder, einen Bruder zu verkrüppeln, erschrecke sie so, dass die, die übrig bleiben, die,

die überleben, nie zurückkommen. Versuchst du das mit mir, oder versuche ich das mit dir?

Du bist mir voraus, das weiß ich. Ich, der nicht einmal weiß, wer du bist. Kenne deinen Feind. Das tue ich nicht.

Hinten in deinem Garten, unter einem Apfelbaum voller unreifer grüner Äpfel, abgeschirmt von einem Busch unbestimmter Art, hast du es gesagt. Nachdem du mir erst erzählt hast, wie sehr du … und dann dieses Wort, von dem ich nicht will, dass du es gebrauchst, das wir abgeschafft haben, doch du hast es gesagt! Du hast auch gesagt, dass du, obwohl ich es wohl nicht verstehen kann, es gerade deshalb getan hast.

»Es gibt Kinder, für die Europa keinen Platz hat. Sieh nur meine Nichte, Habiba«, hast du gesagt. »Du willst es nicht, auch wenn du das glaubst.«

Nein, ich verstehe das nicht, verstehe das nicht im Geringsten. Warum hätte ich dein, mein, unser Kind nicht wollen sollen? Warum?

Und in meiner Wut hätte ich dich beinahe geschlagen, dich geschüttelt, bis die Erklärung aus dir herausgefallen wäre, doch ich habe es nicht. Nein, als die Worte gesagt waren, deine Worte, wollte ich nur auf dem Absatz kehrtmachen und gehen, denn ich wollte dich nicht schlagen, obwohl ich dich gerne geschlagen hätte, doch genau in diesem Moment kam Tanya Katharina wie zufällig, zufällig zu uns in den Garten hinunter, und ich konnte nicht davonstürmen, das hätte merkwürdig ausgesehen. Deshalb blieb ich stehen, einen Augenblick, und ging dann, langsam, sehr langsam, kam aber nur zwei, drei Schritte weit, bis unsere, Tanya Katharinas und meine Schritte sich begegneten und du uns eingeholt hattest und sagtest: »Tanya Katharina, würdest du bitte Sem hinausbegleiten«, gleichsam atemlos, hektisch, als wäre das eine Methode, mich loszuwerden und gleichzeitig festzuhalten.

Oder hattest du Angst, was ich mir einfallen lassen könnte? Dass ich mich in deinen feinen, verdammt feinen Garten stellen und den Gästen zurufen könnte, denen, die noch da waren, denn es war bereits spät, dass die Zoja Maria, die sie kennen und die morgen an einen Ort reisen wird, den keiner kennt, um in den kommenden vier Monaten ihr Buch fertig zu schreiben, dass ebendiese Zoja Maria, die über die Geschichte des Völkermords schreiben wird, gerade ihr, ihr und mein Kind getötet hat. Und dass ich, wenn ich richtig bösartig sein wollte, was ich gerade in diesem Moment gut hätte sein können, noch eine Bemerkung hinzufügen könnte, eine ziemlich unzweideutige Bemerkung, warum gerade dieses Kind nicht die Erlaubnis haben sollte zu leben. Ethnische Säuberung. Liebes Kind hat viele Namen, Abort ist nur einer davon. Doch du hast die Situation gerettet und den Namen, deinen Namen, indem du mich von Tanya Katharina um die Terrasse herumsteuern ließest, um die Gäste herum, den Gartenweg um das Haus herum in die Diele, wo der Hausmeister, oder was er nun einmal ist, mir meine Jacke reichte, und dann waren wir an der Ausfahrt und der Gartentür, dort, wo sie plötzlich sagt: »Ich begleite dich.«

Und das hat sie, und vielleicht war das sehr gut, denn ich weiß nicht, ich weiß wirklich nicht, was mir genau dort hätte einfallen können.

Ich weiß auch nicht, was mir jetzt einfallen kann, hier.

Die Fotografie segelte durch die Luft wie ein abgerissener Vogelflügel, wie etwas, das jedem Versuch, im Flug gefangen zu werden, auswich, hinuntergezogen durch die Schwerkraft, oben gehalten von einer dicken, feuchten Luft, einem Krieg gegensätzlicher Kräfte, die das kleine Gesicht flackern und sich um sich selbst drehen ließen, ein Blatt in einem Bergwasserfall, und dann lag das Foto auf der Erde.

Die Schwerkraft gewinnt immer.

Und du warst schneller als ich, bücktest dich und rettetest das zweidimensionale Gesicht vor dem Regen, der außerhalb unseres Regenschirms fiel, den ich in der rechten Hand hielt, sodass ich mich nicht schnell genug bücken konnte, und du betrachtetest das Gesicht, das dich nicht anlächelte, sondern nur auf eine Weise zurückguckte, auf die ein achtjähriger Junge gucken kann, wenn er denkt und das, woran er denkt, nicht zum Lachen ist. Und ich weiß nicht, was du gesehen hast, aber vielleicht hast du ihn gesehen, den Tod. Denn Bilder von Kindern, die nicht mehr am Leben sind, haben etwas, man kann es ihnen nahezu ansehen: Dieses Kind ist tot, gestorben an irgendeinem Tag zwischen dem Tag, an dem das Foto gemacht wurde, und dem, an dem du es ansiehst, das steht schreiend klar da, als wäre es nicht auf die Rückseite, sondern über das Gesicht geschrieben, wie eine Nummer, wie die, die Verbrecher vor der Brust halten, wenn sie fotografiert werden.

Merkwürdigerweise ist der Ausdruck oft der gleiche, der der Verbrecher und der der toten Kinder, als hätten sie ein Geheimnis, das zwischen den Linien auf der Fotografie steht, sodass man eines Tages, wenn die Zukunft die Bilder findet und lernt, den Code zu dechiffrieren, die Antwort kennen wird, wissen wird warum, warum diese Person zum Mörder wurde, warum gerade dieses Kind sterben musste. Du bücktest dich und hobst das Foto auf, das ich Idiot (vergib mir) aus der Brusttasche verloren hatte, während ich nach den Eintrittskarten für die Oper suchte, denn dorthin waren wir auf dem Weg, standen fast schon auf der Treppe davor, und ich verlor das Bild, und du hobst es auf und sahst in das Gesicht, lange, eingehend, bevor du es ohne ein Wort zurück in meine Brusttasche stecktest, und deine Augen, die gerade grünspangrau gewesen waren, waren jetzt meeresgrundgrau, und ich weiß nicht, warum, aber es freute mich. Es freute mich auch, nein, mehr noch, es machte mich glücklich, dass du nicht fragtest, nicht nur weil ich keine Lust hatte zu antworten.

Erst nach der Vorstellung, nicht in den Pausen, Gott sei Dank nicht in den Pausen, weder in der kurzen noch in der langen, sondern anschließend, als wir zurück im Hotel waren und ein Nachtessen auf dem Zimmer einnahmen, sahst du mich auf eine Weise an, die eine Frage war, eine Frage, die keine Antwort forderte, sondern eine Frage, die eine Antwort möglich machte, falls es eine gab, und vielleicht fand ich gerade deshalb eine Antwort, eine Antwort für dich.

»Nathan. Mein Sohn, ja, ich war einmal verheiratet, es hat nicht lange gehalten. Ich war immer unterwegs, doch das war nicht der Grund, warum es nicht ging. Weil es nicht ging, war ich unterwegs. Nathan war der Grund, dass ich nach Hause kam. Hin und wieder. Und eines Tages, Nathan war acht Jahre, acht Jahre und vier Monate und drei Tage, um genau zu sein, sind wir in die Ferien gefahren, Nathan und ich, ohne seine Mutter, die fand, dass meine Insel, meine Kindheitsinsel, ein zu gefährlicher Ort sei, um dorthin zu reisen, auch um ein Kind mitzunehmen, aber ich bestand darauf. Ich wollte meine Insel mit Nathans Augen sehen, mit Augen, die wie meine waren, bevor meine Mutter und ich die Insel verließen. Ich wollte meine Insel mit Nathan sehen, deshalb sind wir gefahren, in einem brennend heißen August. Nur ein verlängertes Wochenende, das war alles. Alles, was hätte sein sollen ...«

Du möchtest, dass ich aufhöre zu erzählen, ich sehe es an deinen Augen, da ist etwas, das du Angst hast über mich zu erfahren, ein Makel, ein Mann, der nicht auf sein Kind aufpassen kann, du willst das nicht wissen, aber jetzt kann ich nicht aufhören zu erzählen, ich kann nicht, will nicht aufhören, deshalb fahre ich fort.

»Es ging uns gut, wir hatten Spaß, alles lief, wie es laufen sollte, wir waren schwimmen, waren im Zoo, bummelten durch Kingston, gingen auf den Markt, kauften Brotfrüchte, geschnitzte Papageien und billige Kassetten, waren unten im Hafen und sahen beim Be- und Entladen zu.« Ich atme langsam, langsam, doch ohne meine Rede zu unterbrechen, als sei das langsame Atmen, ein und aus, ein und aus, Teil der Geschichte. »Als es passierte, hatten wir gerade draußen gegessen. Nicht fein, aber schön, landestypisch, wie man meistens auf meiner Insel isst. Am Hafen, in einem Fischrestaurant: Esst, was wir heute gefangen haben, und das haben wir, und es war ausgezeichnet, wie so etwas immer ist. Nathans Portion war viel zu groß, er konnte sie nicht aufessen, daran erinnere ich mich. Ich habe ihn nicht ausgeschimpft, ich wusste damals nicht, was passieren würde, und später war ich gerade deshalb froh, dass ich ihn nicht ausgeschimpft habe, weil er nicht aufgegessen hat, nein, wir waren Vater und Sohn im Urlaub, und ich habe ihn verwöhnt, das weiß ich.«

Es fällt mir schwer weiterzuerzählen, ich atme außerhalb der Geschichte, dann fahre ich fort, erzähle darum herum, hinten herum, um erst zum Schluss zurück zu der Geschichte zu kommen, von der es nur diese eine gibt, die man jedoch auf viele Weisen erzählen kann, die viele Details hat, die man erzählen oder weglassen kann, aber hier, da, vor dir, gibt es nur eine Weise, sie zu erzählen, deshalb fahre ich fort.

»Es war, nachdem wir gefahren waren. In der Hauptstadt auf meiner Insel läuft man nach Anbruch der Dunkelheit besser nicht draußen herum, und ich hatte ja auch ein Auto gemietet. Deshalb fuhren wir von dem Restaurant zurück zu der Pension in den Hügeln, wo wir wohnten, bei einer älteren Dame, einer, die meine Mutter hätte sein können und die uns auch nötigte zu essen, als wäre sie meine Mutter, Nathans

Großmutter, und an diesem Abend hätten wir bei ihr essen sollen, das hätten wir, aber wir haben es nicht. Wir aßen im Hafen, und anschließend fuhren wir langsam durch die Stadt, langsam, weil Nathan so vieles sehen und mir zeigen wollte und ich ihm so vieles erklären sollte, falls ich es konnte, denn auch ich war viele Jahre nicht mehr dort gewesen, vielleicht zehn, vielleicht elf, jedenfalls lange bevor Nathan geboren wurde und auch bevor ich seine Mutter kennenlernte. Wir fuhren, und ich erinnerte mich, dass ich noch etwas kaufen musste. Später habe ich mir natürlich gewünscht, von ganzem Herzen gewünscht, dass ich mich nicht daran erinnert hätte, aber was kann man dafür, wenn man ein gutes Gedächtnis hat und so leicht nichts vergisst, und ich erinnerte mich, dass ich unserer Wirtin versprochen hatte, eine Zeitung mitzubringen, eine, die sie oben in den Hügeln nicht bekam, nur unten in der Stadt, und da kam sie nicht hin, weil es dort zu gefährlich war, meinte sie. Und recht hatte sie.«

Du hältst dir die Ohren zu, willst nichts mehr hören, wir nähern uns dem Ende, das ist richtig, aber ich kann hier nicht aufhören. Du selbst hast damit begonnen, und ich kann nicht aufhören, denn hätte ich das gekonnt, hätte ich es getan, hier angehalten, bevor ich das Auto anhalte und in eines dieser halb offenen Geschäfte gehe, die eigentlich nur aus einem Regendach mit einer Verkaufstheke bestehen und von denen es so viele in Kingston gibt, und es dauerte nur einen Augenblick, und ich stehe nur zwei, drei Meter von dem Auto entfernt, die ganze Zeit kann ich Nathan sehen, und ich lasse den Motor laufen, weil die Gegend hier nicht ganz sicher ist und wir nur einen Augenblick anhalten, und ich bekomme die Zeitung, bezahle und warte eine paar Sekunden, fünf, vielleicht zehn, auf das Wechselgeld, das mir scheißegal ist. Zum Teufel mit dem Wechselgeld! Vergiss nicht, nie auf das Wechselgeld zu warten.

Nie! Wechselgeld ist das nicht wert. Schon gar nicht achteinhalb einheimische Dollar. Aber die ganze Zeit halte ich ein Auge auf Nathan, ein Auge auf das Wechselgeld, auf das ich warte, und eins auf Nathan. Und so habe ich keine Augen, die beiden zu sehen, die sich dem Auto von hinten nähern, in meinem Rücken, und sie sind in dem Auto und fahren, bevor ich vorspringen kann, und das Letzte, was ich sehe, ist Nathans zu Tode erschrockenes Gesicht, und ich laufe und laufe, aber es ist zu spät. Natürlich ist es zu spät.«

In deinen Augen ist eine Frage, und ich weiß, wie sie lautet, aber die Antwort ist keine, die man geben kann, sodass ich entweder so schnell antworten werde, dass ich die Worte, auch nachdem sie ausgesprochen sind, selbst nicht begreife, oder ich werde gar nicht antworten, doch die Frage steht im Raum und in mir, und ich schließe die Augen und antworte dir, indem ich von dem Ende, dem Schluss erzähle, dem einzigen, den es gibt, auch wenn ich wünschte, mein Leben dafür gäbe, dass es nicht so wäre, und deshalb sage ich schnell, sehr schnell, so schnell, dass es fast nicht machbar ist: »Nathan wurde eine Stunde später gefunden, sieben Kilometer von dem Geschäft entfernt, mit einer Kugel im Kopf in einen Graben geworfen.«

Ich weine nicht. Ich löse mich auf, innerlich.

Ich bin dankbar, dass du nicht weinst, dass du nicht sagst, dass es dir leidtut, wie schrecklich, dass so etwas passiert, dass es nicht meine Schuld war oder andere Nettigkeiten, dass du nicht sagst, dass sie ihn nicht hätten erschießen müssen (sodass ich dir nichts über die Entfernung von Zeugen auf meiner Insel erzählen muss), nicht fragst, wie ich auch das Auto mit Schlüssel habe stehen lassen können, selbst nur dreißig Sekunden, drei Meter entfernt (denn das habe ich mich selbst jede Stunde gefragt, jede Sekunde an jedem Tag, vier Jahre, zehn

Monate und achtzehn Stunden lang). Dankbar, dass du nicht fragst, wie ich informiert worden bin (von einem angetrunkenen Polizisten auf einer Polizeiwache, zu der ich gefahren war, um Anzeige zu erstatten), wie es war, ihn zu identifizieren (keine Kommentare), ob sie die Verbrecher gekriegt haben (das haben sie), welche Strafe sie bekommen haben (lebenslänglich und unendlich viel Prügel), wie ich es meiner Frau erzählt habe (bei so etwas spricht man nicht von erzählen). Ich bin dankbar, dass du gar nichts sagst, sondern dich stumm erhebst, in die Diele hinausgehst, um Eiswürfel zu holen, zurückkommst und mehr Whisky in mein Glas schenkst. Ich bin dankbar, dass du mich nicht umarmst, nicht küsst, mir nicht über die Haare streichst, dankbar, dass du einfach nur still dasitzt mit deinem Blick, der der Grund des Meeres ist, dankbar, dass du bei mir bist, ich bist.

Das war mein erstes Kind. Das war Kingston, im März 1990.

Das war Wien, im Juli 1994.

In Sarajevo wurden von April 1992 bis Dezember 1995 eintausendsechshundertzwei Kinder durch Schüsse und Granaten getötet.

∞

»Hast du sie bekommen?«

»Wen …?«

»Die Papiere?«

»Ja.«

»Ja, und?«

»… nichts und.«

»Das ändert nichts für dich?«

»Nein.«

…

»Du willst wirklich heiraten?«

»Ja.«

»Bist du glücklich …«

»… sie macht mich glücklich. Das geht dich nichts an.«

»Hör auf, Sem.«

»Ist es nicht etwas spät, dir Gedanken über mich und mein Leben zu machen?«

»Wir könnten neu anfangen …«

»Das ist unmöglich!«

»Lass uns darüber reden.«

»Du und ich sind Vergangenheit.«

»Sem…« Sie zögert. »Wirst du mir ehrlich antworten? Bist du … ist es … wie mit uns?«

»Das spielt keine Rolle. Das mit uns ist kaputt gegangen.«

Er senkt die Stimme, plötzlich traurig: »Du hast alles kaputt gemacht. Dann habe ich alles kaputt gemacht.«

Es wird still in der Leitung. Nur ihr Atem ist ungewöhnlich laut.

…

Nach mehreren Minuten räuspert er sich, flüstert rau: »Warum hast du das Kind getötet?«

»Ich hatte keine Wahl …«

Er legt auf. Bleibt lange mit der Hand auf dem Telefon ruhend sitzen. Sowohl da als auch später erinnert er sich, dass es der 14. Juli 1999 ist und es deshalb nur noch sechzehn Tage sind.

∞ ∞

Ich habe mich entschlossen.

Doch es ist eine Sache, den Entschluss zu fassen, etwas anderes, meine Beine zu überreden, nicht in die Diele zu gehen; meine Hände, die Tür nicht zu öffnen; meine Arme, die

Umarmung nicht anzunehmen, die die Höflichkeit gebietet; meine Wangen den Kuss, der heute weder trocken noch feucht ist, nur freundlich, warm.

Ich misstraue der Wärme. Sie ist wie ein Gott, zu dem ich das Vertrauen verloren habe. Doch obwohl ich der Wärme misstraue, wärme ich mich an ihr. Es ist fünf Wochen her, dass du abgereist bist, und ich habe noch immer nichts von dir gehört. Du hast mich hungrig zurückgelassen, weißt du das? Hast eine Hungerkatastrophe in mir zurückgelassen. Vier Jahre lang hast du mich zu einer Polarwüste gemacht, und nicht eine Daune hast du zurückgelassen, auf der sich meine Träume ausruhen können. Und jetzt strömt die Wärme herein, rieselt in dicken, segensreichen Strahlen von deiner Tochter auf mich herab, von deiner hellen, herzerwärmenden Tochter, die sich auf meinem Ledersofa windet und es für selbstverständlich hält, dass ich die Flasche Rum öffne, die sie mitgebracht hat, und uns beiden einschenke, was ich natürlich auch tue. Ich öffne den Rum, der von meiner Heimatinsel kommt, den besten, dickflüssigsten, goldbraunsten seiner Sorte. Woher sie ihn hat, frage ich nicht, doch ich weiß, dass man ihn normalerweise nirgendwo anders kaufen kann. Ich weiß, dass ich selbst keine Flaschen mehr habe, da ich die letzte, die ich noch hatte, dir gegeben habe, deshalb denke ich nicht weiter darüber nach, will nicht darüber nachdenken und hole Gläser und schenke ein, und wir trinken gleichzeitig, und wir sind sie und ich, nicht wir (vergib mir).

»Wo hast du den her?«, frage ich trotzdem und mache mit meinem Glas eine Bewegung in Richtung der Flasche, sodass die Eiswürfel schwappen und den Rum zum Überlaufen bringen, nur leicht, aber genug, um meinen Daumen zu kühlen.

Sie lächelt.

»Wir haben doch alle unsere Geheimnisse, nicht?«, sagt

sie. Und ihr Lächeln, das vorher warm, nichts als warm war, wird anders, hintergründiger, was mir nicht gefällt, doch ich versuche, die Wärme festzuhalten, auch wenn sie jetzt nur an der Oberfläche ist, wie ein dünner Anstrich, aber ich brauche diese Wärme, deshalb entscheide ich mich, nur sie zu sehen, entscheide mich zu lachen, laut und dröhnend, wie mein Lachen nun einmal klingt und wie du es mochtest, genau so lache ich. Und plötzlich lacht Tanya Katharina auch, und was vorher für mich wie ein künstliches Lachen klang, wird jetzt zu einem echten Lachen aus Heiterkeit, denn es ist schon wahnsinnig witzig, hier zu sitzen und zusammen über die Geheimnisse zu lachen, die wir jeder haben, ohne überhaupt zu wissen, ob wir darüber lachen.

Mein Lachen verstummt abrupt.

Tanya Katharina hat ihre Hand auf meine gelegt, und ich will sie, und ich will sie nicht, die Hand deiner Tochter, und ich erinnere mich daran, dass sie deine Tochter ist, und springe auf, tue, als wolle ich Eis holen, obwohl die Eisschale noch mehr als halb voll ist.

Ich brauche länger als nötig in der Küche, nicht nur weil mir die Eiswürfel auf den Boden fallen. Mord ist und bleibt Mord, ungeachtet dessen, wie er begangen wird, mit welchen Waffen, mit welchen Mitteln. Ist das Brutalste nicht immer das Rücksichtsvollste? Das, was keinen Zweifel an der Absicht hinterlässt?

Das Motiv ist klar: Mord.

Das Mittel ist klar: Mord.

Das Ziel ist klar: Mord.

Danach gibt es keinen Weg zurück. Niemand ist mehr da, um den Weg zurückzugehen. Langsam habe ich die Lektion gelernt. Danke, Slobo! Danke für Zvornik, für Foča, für Goražde, Tuzla, Biljena, Brčko, Doboj, Srebrenica … Bin ich nicht ein guter Schüler, daran darf kein Zweifel bestehen. Na schön, die Ausführung, sagst du. Die Ausführung ist trotz allem das Entscheidende. Es darf nicht bei dem Gedanken bleiben, schon gar nicht in einem gefühlsbetonten, alkoholgeschwängerten Augenblick, wo sich am nächsten Tag, wenn der Kater sich meldet, die Reue einschleichen könnte. Na schön, gerade wenn der Augenblick gefühlsbetont und alkoholgeschwängert ist, muss die Ausführung hier und jetzt erfolgen, bevor der Kater und die edleren Gedanken sich melden und einen auf Abwege führen. Da sieht man es wieder: Es gibt viel zu lernen in dieser Branche.

Ich gehe ins Badezimmer, stehe eine Weile vor dem Spiegel und versuche klar zu denken, während ich mich ansehe, das Äußere dieses Mannes in den mittleren Jahren betrachte, der mir gegenübersteht. Mein Inneres kann ich glücklicherweise nicht sehen, doch der äußere Sem Grant sieht gar nicht so schlecht aus, ein Hauch Silbergrau in dem Schwarzen, nicht viel, an Höhe und Breite ist nichts auszusetzen, Sem Grant ist kein kleiner Mann, vielleicht hat die Breite in den letzten Jahren ein wenig überhandgenommen, doch so ist das wohl, wenn man einer Front nach der anderen hinterherreist, statt mit in den Krieg zu ziehen, die Schlachten auszukämpfen. Ich fasse einen Entschluss. Einen von vielen, doch diesen werde ich in die Tat umsetzen, auch weil er leicht umzusetzen ist, weil all der Unsinn, der mir durch den Kopf gegangen ist, nicht die Wahrheit ist, sondern nur ein Teil davon. Die Wahrheit ist, dass drinnen im Wohnzimmer, auf meinem Sofa eine junge, herzerwärmend lachende Frau sitzt und dem Wasser die Tür öffnet, und ich bin durstig, was nur eine nette Formulierung dafür ist, dass mein Körper zuerst Mann und erst dann ich ist (vergib mir, nein, vergib mir nicht, vergib mir ganz und gar nicht).

Ich gehe zurück ins Wohnzimmer, erinnere mich auf dem Weg daran, die Eiswürfel mitzunehmen, wenn es um Mord geht, muss man sorgfältig vorgehen, die Details machen den Unterschied aus. Ich bin lange fort gewesen, Tanya Katharina steht am Fenster und sieht in den Abend hinaus, der hell und heiter ist wie sie selbst, und ich denke nicht daran, wie oft du genau dort gestanden und auf den Marktplatz hinuntergesehen hast, als wolltest du sehen, ob sie kommen, um dich zu holen, auch wenn ich nie gewusst habe, wer *sie* waren, nur dass du hinuntersahst und dass ich hinter dich trat, meinen Körper gegen deinen presste, bevor ich meine Hände auf deine Schultern legte, sie dort verweilen ließ, während die Finger vorsichtig dein Schlüsselbein nachzeichneten, streichelten, dein kantiges, gerades Schlüsselbein, bevor sie sich ihren Weg die Arme hinunter suchten, deine dünnen, verblüffend starken Arme hinunter, und du dich herumdrehtest und in meinem Mund und überall explodiertest, und ich denke nicht daran, will nicht daran denken, jetzt, wo die Schultern weich sind, das Schlüsselbein unter jugendlicher Fülle versteckt und die Arme rund und fest, nicht stark, und sie sich umdreht, mir zu, und das ist Mord (vergib mir nicht).

Ich wandere umher im Mund des Mordes, der mich mit einem prasselnden warmen Dunkel umfängt, in dem ich mich vergessen möchte, und sie nimmt meine Hand und führt mich, bis ich sie einhole, überhole, das Sofa als Erster erreiche, mit ihr an der Hand und gut, dass Sommer ist und die Kleidung fast Nacktheit gleichkommt und sich mühelos abstreifen lässt, und wenn ich vorher ein Mörder war, bin ich jetzt wieder ein Mörder. Und ich erkunde den Feind, der warm und weich ist, der süß und stark zugleich riecht, und es lebt, kribbelt und krabbelt und wärmt überall, und der Feind will, der Feind kommt mir entgegen, der Feind öffnet sich mir, sodass ich nicht kämpfen muss, um mir einen Weg tiefer und tiefer in ihn hinein zu bahnen. Ich entblöße die Zähne wie in einem wütenden Ruf, und ich beiße sie, hasse mich und dringe in sie ein, in deine Tochter, mit meinem Hass auf mich, ungeachtet dessen, dass du es bist, die ich hasse, weil du nicht hier bist, sondern sie, deine Tochter, und ich kann dich nicht finden, weder in ihrem Äußeren noch in ihrem Inneren, ganz egal, wie tief ich in meinem verzweifelten, wahnsinnigen, hasserfüllten Suchen vorstoße. Und ich weiß nicht, ob sie Angst vor mir bekommt oder es mag oder nicht, denn ich sehe sie nicht an, nicht ein einziges Mal, obwohl meine Augen sich in ihren Körper bohren, zusammen mit meiner Männlichkeit, die nicht mehr meine ist, sondern etwas, das ich genau wie dich und deine Tochter und mich hasse.

Schlafen. Ich will schlafen. Lass mich in Frieden, lass mich vergessen, alle beide, auch dich, Tanya Katharina, aber noch mehr und vor allem und in Wirklichkeit dich, Zoja Maria. Kannst du so nett sein und mich schlafen lassen?

»Süß?«, wiederholst du und hebst spöttisch die rechte Augenbraue. »Als süß bezeichnet man Buttercreme und kleine Kätzchen.«

Du nimmst das Glas mit dem Wein, und langsam, so langsam, dass es fast unmöglich ist, schleuderst du mir beides, Glas und Inhalt, ins Gesicht. Der Wein ist weiß, und ich bekomme eine Beule, und es tut weh, doch ich muss über deine kolossale Wut lachen, und du lachst mit mir, entschuldigst dich nicht, aber dein Lachen ist trotzdem eine Vergebung, die ich erteile, während du mir das Gesicht mit einer Ecke des Daunenbezuges abtrocknest, ohne viel Wesens darum oder um mich oder um dich oder um etwas anderes zu machen. Und das Laken ist bereits nass, noch bevor ich dich mit der Vorsicht nehme, der Verlegenheit, die die Geschichte erfordert, wenn es die einzige ist, die ist, ungeachtet dessen, dass sie nicht sein darf und jede Bewegung eine Erklärung dessen ist, dem ich keinen Namen geben will, weil jeder Name zu klein, zu winzig ist.

Das war Wien, im Juni 1992. Zwei Monate nach dem ersten Mal, als wir uns zum zweiten Mal trafen.

Ja, ich habe sie gezählt, um sie festzuhalten, die Augenblicke, bis es so viele wurden, dass ich es mir erlauben konnte, sie eine Geschichte zu nennen, auch wenn du zuerst nicht wolltest, sondern daran festhieltest, dass es zwei waren, bis auch du nicht umhinkonntest einzuräumen, dass es nur ein und dieselbe Geschichte war, und zwar die, die du getötet hast, sodass ich jetzt mit einem Kind im Bett liegen muss, das nicht meins ist. Sondern deins. Statt mit dir (vergib mir nicht).

Drittes Leben

Das dritte Leben ist Strategie.
Du weißt, was du willst, wo du willst,
wann du willst, warum du willst.
Das Wie ist alles, was dir fehlt.

Amtsvatnir heißt ein Gewässer, und Lyngvi eine Insel in dem Gewässer, und Siglitnir eine Anhöhe auf der Insel, und Tviti heißt ein Pflock, der auf der Anhöhe steht, und Gnjøll heißt ein Loch, das durch den Pflock gebohrt ist. Und Hræda heißt eine Kette, an die der Fenriswolf gebunden ist und die durch das Loch geführt ist, und Gelgja heißt der Bolzen, der davorgeschoben ist. Die Fessel, die ihn hält, heißt Glejfnir. Zuerst wurden zwei Fesseln für ihn gemacht, Dromi und Læding, doch keine hielt. Da wurde Glejfnir aus sechs Dingen geschaffen: aus dem Stampfen der Katze, dem Bart der Frau, den Wurzeln des Felsens, den Sehnen des Bären, dem Atem des Fisches und dem Speichel des Vogels, daraus wurde Glejfnir gemacht. Deshalb gibt es diese Dinge seitdem nicht mehr, denn sie alle wurden damals gebraucht.

Genauso wie sie erzählt werden soll, erzählte mein Stiefvater mir die Geschichte von dem Versuch der Götter, den Fenriswolf und den angekündigten Weltuntergang zu bezwingen. Genauso erzähle ich sie dir.

Das adriatische Meer. Wir sitzen in Trogir in einem Restaurant direkt am Wasser. Es ist August 1994. Eine leichte Brise weht vom Hafen her und macht es möglich zu atmen. Ich habe eine Mitfahrgelegenheit in einem Konvoi der Vereinten Nationen zur Küste bekommen. Du bist über Split aus Wien gekommen. Hier ist kein Krieg, und es ist fast übernatürlich still. Wir sie die einzigen Gäste in dem Restaurant. Uns gegenüber, auf der entgegengesetzten Seite des Hafenbeckens, steht ein Vater und fischt. Mit seinem Sohn, nehme ich an. Da steht ein Mann und fischt mit einem gut fünfzehn Jahre alten Jungen, das weiß ich.

Das Wasser ist grau, von einem tiefen, undurchsichtigen blauen Granitgrau, nur wenige Töne dunkler als die Mole, auf der der Mann und der Junge standen, geduldig standen, und die Leinen ansahen, die im Wasser schaukelten, nicht einander. Man sieht einen Mann nicht an, der gerade die eigene Mutter geheiratet und sie und einen selbst mit in ein fremdes Land genommen hat, ein Land, in dem das Wasser kalt und bleiern granitgrau ist.

»Amtsvatnir heißt ein Gewässer«, begann er, »und Lyngvi eine Insel in dem Gewässer.«

Ich konnte nicht ein Wort Norwegisch, aber er wollte, dass ich ihm die Worte nachsprach, eins nach dem anderen.

»Amtsvatnir«

»Amtsvatnir«

»heißt«

»heißt«

»ein«

»ein«

»Gewässer«

»Gewässer«

Ich sah ihn noch immer nicht an, aber ich wiederholte die Worte, eins nach dem anderen, verstand nichts und fand nur, dass das die hässlichste Sprache war, die ich jemals gehört hatte. Wir fuhren bis zum Ende des Verses fort und begannen wieder von vorne. So standen wir den ganzen Morgen und den ganzen Vormittag und fischten und sprachen nichts anderes als diesen Vers, den ich langsam auswendig lernte, erst den ersten Satz, dann den zweiten und zuletzt alles. Hin und wieder zog einer von uns einen Fisch heraus, aber das war nicht oft, und die Fische waren erbärmlich und klein und nur dazu geeignet, wieder ins Wasser geworfen zu werden. Doch den Vers lernte ich, und als ich ihn zweimal hintereinander fehlerfrei und mit einem Akzent aufgesagt hatte, der ganz akzeptabel war, packten wir zusammen.

»Es ist Glejfnir, die mich an deine Mutter bindet«, sagte er auf dem Heimweg in seinem gebrochenen Englisch, und ich nickte, noch immer ohne die Geschichte zu verstehen, die er mich hatte auswendig lernen lassen. »Sonst hätte ich das nie getan!«

Mein Stiefvater schlug ein dröhnendes Gelächter an und war plötzlich fröhlich, und seine Hand, die mir hart auf die Schulter klopfte, gab mir zu verstehen, dass das, was er sonst nie getan hätte, das mit meiner Mutter war, und darum ging ich mit.

»Später lernte ich die Worte verstehen. Erst jetzt habe ich verstanden, was Glejfnir ist«, sage ich.

Du siehst mich fragend an, du verstehst die Sprache des Nordens und meine zweite nicht.

»Glejfnir besteht aus dem Stampfen der Katze, dem Bart der Frau, dem Atem der Fische, dem Speichel des Vogels, den Wurzeln des Felsens und den Sehnen des Bären.«

Ich nehme deine Hand und lasse dich die Geschichte auswendig lernen, während ich zusehe, wie der alte und der junge Mann mit ihren Haken kleine, unfertige Fische aus dem Wasser holen und sie zurück ins Hafenbecken werfen. Ich erkläre mich nicht, sage nur, als du die Geschichte in der Sprache, die du nicht kennst, auswendig kannst: »Es ist Glejfnir, die mich an dich bindet.«

Ich schreibe eine Adresse auf einen Briefumschlag zu einem Brief, den ich nicht geschrieben habe:

Zoja Maria Berchtold Balthasar
poste restante
Zentralpostamt, Oslo
Norwegen

Einen Briefumschlag für einen Brief, den ich nicht schreiben werde.

Aus irgendeinem Grund hast du dich entschieden, nach Norden zu reisen, um deine Geschichte über den Völkermord zu schreiben. Bevor ich nach Bosnien zurückgehe, muss ich irgendwo sein, wo die Leute glauben, dass die Gewalt nichts mit ihnen zu tun hat, Völkermord und Krieg sie nichts angehen, ihnen nicht zustoßen können, hast du gesagt. Das wird mich daran erinnern, wie die Leute in Sarajevo dachten, was sie 1989, 1990, 1991, ja bis zum März 1992 zueinander sagten, zu mir. Das wird mich an den Mord erinnern, den wir alle mit uns herumtragen. Das wird mich an dich erinnern. Letzteres sagtest du nicht, aber ich las es in deinen Augen. Das wird mich an dich erinnern und es mir leichter machen, dich zu töten, las ich.

Glaube ich. Das kann man nicht wissen.

(Es gibt Kinder, für die Europa keinen Platz hat. Sieh nur meine Nichte, Habiba.)

Es ist lange her, dass wir die Dinge bei ihrem Namen genannt haben. Es ist lange her, dass ich nach Wien gezogen bin und die Wahrheit aufhörte und wir stattdessen begannen, all das zu sagen, was nicht ist, was nicht war. Glaube ich. Man kann sich nicht sicher sein. Wir tun als ob, taten als ob (es ist vorbei), alles war, wie es sein sollte, ich tat als ob. Ich glaube, auch du tatest als ob. Warum sonst die Anrufe in der Nacht, die unerwarteten Besuche? Die Einladungen, dich genau dort zu treffen, wo ich nicht hingehörte? Und dann plötzlich: der Mord an dem Kind und die Abreise. Warum in ein kaltes, unbedeutendes Land reisen, in eins meiner Heimatländer? Um nach den Wurzeln des Felsens zu suchen? Um die Wurzeln des Felsens zu finden und sie zu kappen, oder?

Ich hätte dir diese Geschichte nie erzählen dürfen. Das ist Vergangenheit, und ich war nicht lange dort. Siebzehn Monate, dann wurde meine Mutter von einem Auto überfahren, und das war's. Ich war sechzehn und ohnehin auf dem Weg ins College nach Philadelphia, und im Jahr darauf starb mein Stiefvater. Aus Trauer, hieß es, und ich fragte nicht weiter und kehrte nie mehr dorthin zurück.

Das war die Geschichte von Glejfnir.

Jetzt ist da eine andere Geschichte, die ich dir nicht erzählen werde, nicht erzählen will, nie, doch du wirst sie von einer anderen Seite hören, glaube ich, ich weiß es nicht. Das ist das Merkwürdige, ich weiß noch immer nicht, was du hören und was du nicht hören wirst, ich weiß nur, was du nicht hören solltest und trotzdem hören sollst. Wenn es um Mord geht, darf man keine kalten Füße bekommen, nicht wahr, Slobo? Wirf Eis auf die Füße, falls du sentimental werden solltest, stell dich an den Nordpol und bleib dort stehen, bis du wieder klar bist. Um zu töten.

Warum schreibst du nicht über den Mord, der in mir ist und von dem du nicht wusstest, dass er das war? Von dem ich nicht wusste, dass er das war? Dass er das ist?

Wie konnte ich das tun?

Aber du hast recht, Slobo: Wenn getötet, wenn gesäubert werden muss, heißt es zu handeln, solange der Überschwang anhält, sodass es zu spät ist, wenn der Kater sich erst meldet, zu spät zu bereuen. Vor allem wenn man bereuen wird. Und jetzt schellt das Telefon, und obwohl ich nicht gestört werden will, nehme ich ab, weil ich trotz allem darauf gewartet habe, dass es schellt.

»Natürlich, komm nur.«

Es sind vier Tage vergangen, und genau wie letztes Mal ruft sie erst an, als sie auf dem Weg ist. Fast wie du, nur dass du keine andere Möglichkeit hattest, dass du nicht anders konntest: Ruf an, wenn der Fluss stillsteht, wenn Berg und Tal eins sind, ruf an, wenn deine eine Geschichte sich für eine andere öffnet.

Natürlich, komm nur, wiederhole ich, nachdem ich den Hörer aufgelegt habe. Wie gesagt, Wiederholung schafft Wahrheit, und die Wahrheit brauche ich jetzt, wo ich die Mordwaffe in meiner Hand gehalten habe, wo die Mordwaffe wieder auf dem Weg ist, sodass ich tiefer zustechen kann, denn wenn es um Mord geht, muss man sorgfältig vorgehen, bleibe nie auf halbem Weg stehen, lass nie die barmherzigen Teile die Oberhand gewinnen, sonst bist du erledigt, Schluss. Nein, locke, trickse, zwinge die Zweifelnden, am härtesten zu treten, am gehorsamsten zu sein, die Kinder zu erschießen und die Zerbrechlichsten zu vergewaltigen, die Jüngsten der Frauen, denn wenn erst das Blut die Seele der Soldaten beschmutzt, wird der Zweifel ertrinken in dem Drang, das Gewissen auszuschalten und der Brutalität der Glieder einen Sinn zu geben, und diesen Sinn schenken wir ihnen: den Feind!

Beim zweiten Mal geht es schon leichter.

Beim dritten Mal geht es wie von selbst (vergib mir).

Die Gläser stehen auf dem Tisch. Auch den Rum, den sie letztes Mal mitgebracht hat, habe ich hingestellt.

Ich hole Eis, und sie setzt sich, windet sich auf dem Sofa,

und diesmal lasse ich nicht die Eiswürfel auf den Boden fallen, diesmal braucht es nur einen Augenblick, das Eis herauszubrechen und in dem Behälter zu stapeln, dann bin ich wieder da, bin da, neben ihr auf dem Sofa, neben Tanya Katharina (vergib mir nicht).

Sie greift nach dem Glas, um zu trinken, setzt es wieder ab und zeigt auf einen Klumpen rostigen Metalls, der mitten auf dem Sofatisch liegt.

»Was ist das?«, fragt sie.

»Sarajevo, 5. Februar 1994. Sagt dir das etwas?«

Sie schüttelt den Kopf, hat sofort das Interesse verloren, und die Augen, die nicht, die niemals die Farbe wechseln, sondern gelblich hellbraun bleiben, werden in dieser Sekunde leicht staubig, als lege sich eine feine Haut aus Langeweile zwischen sie und das, was ich erzählen will.

»Das interessiert dich nicht?«, frage ich und denke an die Körper, die im Bruchteil einer Sekunde aufhörten, Körper zu sein. Neunundsechzig Tote, zweihundertacht Verletzte. Stumpen für die Leichenwagen, die noch immer rufenden, schreienden, blutigen Teile auf den selbstgebauten Tragen, unterwegs zu den Krankenhäusern, wo sie versuchen werden, auf die eine oder andere Weise wieder zu Menschen zu werden. Banal? Banal. So etwas passiert so oft. Es gibt viele Arten, Gemüse zu kaufen.

»Der Krieg ist vorbei, nicht wahr?« Sie zuckt mit den Schultern und schüttelt leicht den Kopf, als wolle sie so den Krieg von sich abschütteln, was sie bestimmt auch tut, denn dieser Krieg ist nicht ihrer.

Ich weiß nicht, was ich sagen soll. Ja, sicher, der Krieg ist vorbei, doch Mord ist und bleibt Mord, und Völkermord ist und bleibt Völkermord, und mit Worten, die ich zu spät als die deinen erkenne, antworte ich: »Vielleicht für uns. Nicht für die

Toten, nicht für die Hinterbliebenen. Deshalb müssen wir uns an die Geschichte erinnern, uns daran erinnern und aus ihr lernen. Nur so können wir die Spur der Geschichte verlassen und eine neue betreten.«

»Genau so etwas hat meine Mutter auch gesagt!«, ruft Tanya Katharina, nicht irritiert, aber fast. Dann lächelt sie mit dem Lächeln, das wie zwei in einem ist, ein Lächeln hinter einem anderen, und wieder habe ich dieses Gefühl, dass nur das erste Lächeln, das vordere, für mich bestimmt ist.

»Lass uns von etwas anderem reden«, sagt sie und lacht.

»Auch wenn man nicht darüber redet, verschwindet es nicht.«

»Das macht nichts.«

Sie sieht mir in die Augen, ohne zu lächeln, weder mit dem einen noch mit dem anderen ihrer Lächeln, und eine Traurigkeit, eine ganz und gar unbekannte Traurigkeit macht ihr Gesicht überraschend aufrichtig, und deine Tochter wird plötzlich zu einer, die ich nicht kenne, und eine heftige Sympathie steigt in mir auf. Ich habe Lust, sie zu umarmen und etwas zu sagen, egal was, das das Traurige verschwinden und das Helle, Lachende zurückkommen lässt, doch dann ist der Augenblick vorbei, und das Wort »Ja?« wird mit noch einem doppelten Lächeln gesagt, und da hatte sie mich, und das weiß sie. Und sie weiß, dass ich es weiß, genau wie ich weiß, dass sie weiß, dass ich es weiß. Das Einzige, was ich nicht weiß, ist, was dieses eine, womit sie mich hatte, ausmacht.

Ich habe ein Glas getrunken, zwei Gläser, schenke mir ein drittes ein und trinke langsam, sehr langsam, denn Langsamkeit bedeutet Zeit für Gedankentätigkeit, Langsamkeit ist das Hinausschieben von Entschlüssen, die nicht getroffen werden können, und ein anderer Entschluss, den zu treffen ich nicht in der Lage bin, ist das Stellen der Frage, wer Habiba war und warum Europa keinen Platz hatte und welche anderen Kinder. Deshalb hebe ich langsam, ganz langsam mein Glas und blicke in die braune Flüssigkeit, die von dünnen, reißenden Bächen schmelzenden Eises durchzogen ist, die wie glühende Erde funkeln, wie Granat in einem Armband, das ich dir einmal geschenkt habe, weil du meine Explosion warst und ich dich nicht mit mir nehmen konnte, sodass mir nichts anderes blieb, als deine Hand anzuketten, dich an mich zu ketten, mit künftigen Explosionen von Licht, die wie das Stampfen der Katze nicht festzuhalten sind, obwohl es dröhnt und kracht und blitzt und donnert und reißt und kratzt, dass die Tränen fließen, fließen wie Flüsse aus dem Herzen, und langsam, so langsam, dass es kein Trinken, sonder eher ein Befeuchten der Lippen ist, der Vorderzähne, der Zunge, des Gaumens, des Halses, ein Befeuchten der Gedanken, neige ich das Glas, sodass feuerbrauner Granat und reißende Bäche aus meinem Blickfeld in meinen Mund verschwinden, der warm wird, warm und kalt. Und da ist keine Entscheidung mehr zu treffen, ich brauche die Langsamkeit nicht mehr, und schnell, schnell kippe ich noch einen, noch zwei Schlucke in mich hinein, stelle das Glas mit einer so heftigen Bewegung ab, dass eine Lawine Erde und schmelzendes Eis mischt und ein leeres Glas mit halb geschmolzenen Eiswürfeln auf dem Sofatisch steht.

Und ich brauche nicht mehr zu trinken, zögere nicht länger, ihre rechte Hand zu nehmen, die sich meiner in einer Bewegung nähert, die an eine Katze erinnert, die sich an ihre Beute heranschleicht, nein, die Katze gehört uns, die sich meiner Hand nähert wie ein Jagdhund, der auf den Schuss des Jägers, auf das Signal wartet, den bereits erlegten Vogel zu holen, wie paramilitärische Truppen auf dem Weg in die Stadt, die mürbe gemacht worden ist, zerschlagen in Tagen, Wochen, Monaten des Beschusses (vergib mir).

Welche Hand ist Jäger?
Welche Hand ist Beute?
Diese Frage stelle ich nicht.

∞

Seine Verlobte ist eine andere, wie sie da neben ihm liegt. Das macht ihn froh. Er verlässt leise das Bett und geht ins Wohnzimmer, zum Schreibtisch. Er schließt die oberste Schublade auf. Weit hinten, hinter Briefumschlägen in allen Größen, findet er einen verschlossenen Umschlag. Er holt ihn heraus und öffnet ihn, zieht ein zusammengefaltetes Dokument aus dem Umschlag. Einen Augenblick sieht er auf die Handschrift in der obersten Ecke, *Grinzing, Himmelstraße 43, zweiter Stock*, zerknüllt das Dokument und geht in die Küche. Er wirft das zusammengeknüllte Papier in die Spüle, macht ein Streichholz an und zündet es an. Das Dokument verbrennt ungleichmäßig, das Papier in klaren Flammen, das Klebeband in rußigen Spiralen. Das Feuer geht mehrere Male aus. Auch als kein Papier mehr da ist, liegt das Klebeband noch immer in verwickelten schwarzen Spiralen da. Er gießt Wasser darüber, dann hebt er den Papierbrei auf und wirft ihn in den Abfalleimer.

Es ist möglich, die Vergangenheit zu begraben und neue Wege zu gehen, denkt er und kriecht leise zurück ins Bett.

Später erinnert er sich, dass er genau das um halb drei in der Nacht zum 23. Juli 1999 gedacht hat.

∞ ∞

Seltsam wie trivial Mord wird, wenn man erst seinen ersten begangen hat.

Heute Abend nehme ich deine Tochter mit in die Oper.

Da ist so viel, das getötet werden soll, dass ich den Mord in Unterabteilungen aufteilen muss. Man braucht eine Strategie: Mord ist eine praktische Aufgabe mit einem Anfang und einem Ende, und ich beginne an dem einen Ende und bewege mich zu dem anderen hin, meine Strategie ist die totale Zerstörung. Nichts darf zurückbleiben und Nährboden für den kleinsten Hoffnungsschimmer geben, denn Hoffnung ist ein Feind, der selbst den stärksten Willen besiegen kann, das stärkste Heer. Ist es nicht so, Slobo? Jegliche Hoffnung muss getötet werden. Erst wenn die Hoffnung auf die Wiedererschaffung dessen, was war, nicht mehr da ist, bleiben sie (du) weg, für immer?

Die totale Zerstörung von Hoffnung ist wie ein Sieg.

Und ich bin ein guter Schüler, ich habe die Lektion gelernt, ich bin an der Arbeit, ich beginne mit dem Bereich Gehör, und was höre ich?

Worte, und ich habe sie bereits in Angriff genommen: Wo gibt es nicht mehr. *Wo. Wann. Unser. Du.*

Eins nach dem anderen. Worte, die mit L oder l anfangen, brauche ich nicht zu töten, sie waren nie Teil von uns, nur Teil von der Art und Weise, auf die andere anderen von uns erzählen würden. Doch die Musik gehört dazu, denn mit der Musik ist es wie mit den Worten, die ich mich weigere zu gebrauchen, sie ist so viel größer, als sie ist, als gäbe es nichts anderes, als existiere nur der Ton, der dem vorhergehenden folgt, und mit den Tönen ist es wie mit dem Stampfen der Katze: Die Reihenfolge ist vorgegeben, es kann nicht anders sein, und genau das ist das Problem mit der Musik. Musik ist ein Übergriff. Musik ist eine so überrumpelnde Belagerung, dass kein Widerstand möglich ist, ich muss mich kampflos ihrer klangvollen Unerträglichkeit ergeben: Erinnerung ohne Wirklichkeit. Musik ist ein Schlachtfeld, auf dem ich der Tote bin.

Die einzige Verteidigung gegen die Musik ist, sie auszustellen.

Schon lange steht meine Stereoanlage unbenutzt da, und auch das Radio in der Küche habe ich nicht mehr eingeschaltet, seit du gegangen bist. Das ist alles, worüber ich die Kontrolle habe. Hinterhalt lauert in jeder Bar, in jedem Restaurant, ja selbst in den Taxen, Straßenbahnen, Geschäften, auf Straßen und Gassen. Wo immer ich es am wenigsten erwarte, stehen ein paar Violinen, ein Cello oder sogar ein Flügel. Ich habe längst eingesehen, dass es nicht möglich ist, diesen Angriffen aus dem Hinterhalt zu entgehen, genau wie es nicht möglich ist, sie zu besiegen: Nicht alle schalten freundlicherweise die Musik aus, wenn ich darum bitte. Nein, ich muss die Töne unschädlich machen, und das ist nur möglich, indem ich den Tönen eine neue Erinnerung gebe, indem ich eine Erinnerung zu einer anderen, ein Heer zu einem anderen mache, und hast du nicht genau das getan, Slobo? Schleuse deine eigenen Generäle in Jugoslawiens Heer ein, vertreibe alle, die nicht für das großserbische Reich zu kämpfen bereit sind, und plötzlich ist Jugoslawiens Heer dein Heer – ein Heer, das für dich gegen die anderen kämpft, statt umgekehrt. Sieh, ich lerne schnell, Slobo, nicht wahr? Sieh, ich schlage schnell *Vienna this Month* auf, treffe meine Entscheidung und greife zum Telefon und wähle neun Zahlen, bestelle zwei Karten für Freitag, zwanzig Uhr, lege auf, greife wieder zum Hörer und wähle neun andere Zahlen und führe eine kurze Unterhaltung, die als Einladung verstanden werden kann, und anschließend gilt es nur noch zu warten, dass Mittwoch zu Freitag wird (vergib mir).

Es ist unglaublich, wie schnell und langsam zugleich Mittwoch zu Freitag werden kann, und ich sitze in der zweiten Reihe in der mittleren Loge, Platz Nummer siebzehn, mit deiner

Tochter, Tanya Katharina, rechts von mir auf Platz Nummer sechzehn, und lausche dem, woraus ich mir nie etwas gemacht habe, wie sehr du es auch versucht hast, doch ich saß nur deinetwegen dort, denn auch das ist eine dieser europäischen Erfindungen, die ich mir nie zu eigen machen konnte. Doch plötzlich, hier in der zweiten Reihe, passiert das Merkwürdige, während Cavaradossi seine Verzweiflung zu Ehren Toscas und des Publikums heraussingt, sodass kein anderer das tun muss, und es ist so furchtbar trivial und schon so viele Male passiert, dass es seltsam ist, dass noch jemand es aushält, sich das anzuhören, und was passiert ist, dass ich, genau an der Stelle, wo Cavaradossi am pathetischsten ist, zu weinen beginne.

Zuerst lasse ich mir nichts anmerken, und glücklicherweise lässt sich auch niemand sonst etwas anmerken, denn die Oper ist wie ein Fußballplatz: ein Ort, an dem ein Europäer sich selbst vergessen darf, ohne das Gesicht zu verlieren, und auch ich tue das, ich verliere mich selbst oder zumindest meine Tränen wie Salz und Wasser auf meinen Wangen, und in dem Moment begreife ich, dass Tränen eine Erinnerung zu einer anderen machen, und ich huste, um trotz allem nicht zu heulen, obwohl ich weiß, dass es gilt zu weinen, bis keine Tränen mehr übrig sind. Was mich überlegen lässt, wie viele Tränen in mir sind, und während ich darüber nachdenke, versuche ich, die Tränen die Töne entwaffnen zu lassen, aber das funktioniert nicht, weil der Töne so viele sind und eine Träne auf einen Ton kommt. Und obwohl ich genug Tränen habe, um alle Töne unschädlich zu machen, glaube ich nicht, dass es klug ist, so viele Tränen auf einmal zu vergießen, und schon gar nicht hier auf Platz Nummer siebzehn in der zweiten Reihe der mittleren Loge. Aber ich weiß auch nicht, ob ich sie irgendwie aufhalten kann, denn ich huste nur immer weiter und wische die Tränen mit dem Taschentuch fort, das ich in meiner Brusttasche habe, und so habe ich auch herausgefunden, warum Herrenjacken geschnitten sind, wie sie sind.

Männer weinen nicht. Männer weinen nicht, selbst wenn das, worüber sie nicht weinen, Cavaradossis Arie ist, die auch die ihre ist (vergib mir).

Männer weinen nicht, auch ich nicht. Und dann ist es vorbei, glücklicherweise, und man sieht mir nichts an, glaube ich, hoffe ich, und ich falte das Taschentuch zusammen und stecke es dorthin zurück, wo ich es hergeholt habe, und wir können aufstehen und uns einen Weg ins Foyer bahnen und uns unter die anderen mischen, die in der Schlange an der Bar stehen und mit Cavaradossi und mir geweint haben oder auch nicht, und ich kann deiner Tochter ansehen, dass jetzt die Frage kommt, die ich nicht hören und vor allem nicht beantworten will, und da ist sie: »Ist etwas nicht in Ordnung?«

Alles ist in Ordnung bis auf die Tatsache, dass ich im Begriff bin, die einzige Katze zu töten, die jemals für mich gestampft hat, und sie ist die Mordwaffe und gleichzeitig ein Faden, mein einziger, zu der Katze, die getötet werden muss, und plötzlich weiß ich nicht, ob ich töten kann (vergib mir, Slobo), oder richtiger, ob ich es auf die richtige Weise tue, denn es scheint, dass nicht ich entscheide, was passiert: ungeachtet dessen, dass ich die Entscheidungen treffe, treffe ich sie nicht. Sie passieren einfach. So wie ich ihren Arm nehme und sie durch die Menge der Männer, die geweint haben oder auch nicht, und der Frauen in den kurzen oder langen Kleidern hinausführe. Wir haben keine Mäntel, doch sie hat einen großen Schal, den sie um sich schlägt, als wir in die Sommernacht hinaustreten und ich einem Taxi winke, doch das tun viele andere auch, und wir haben kein Glück, deshalb gehen wir, gehen langsam die Kärntnerstraße hinauf über die Philharmoniker Straße, an der Krugerstraße vorbei und die Annagasse hinunter, wo wir uns entschließen, in eine Bar zu gehen, zu der auch ein Restaurant mit einem Pianisten und einem Flügel gehört, wieder Musik, und wir gehen hinein und suchen uns einen Tisch, und ich kann auf die Herrentoilette hinausgehen, und diesmal frage ich, was nicht in Ordnung ist. Und ich stelle die Frage dem Spiegel über dem leicht angeschmutzten Handwaschbecken, genau wie die nächste: was um alles in der Welt ich vorhabe?

»Etwas nicht in Ordnung, nein, nein«, brumme ich noch einmal vor dem beschlagenen Spiegel vor mich hin und drehe den Wasserhahn auf, der kaltes Wasser ausspuckt, um das Gesicht zu waschen und die Tränen fortzuspülen.

Ich fühle mich wie neu, und ich erfinde diesen Augenblick als Beginn einer neuen Geschichte, denn ich habe die alte fortgewaschen, deine und meine, oder zumindest einen wesentlichen Teil davon (vergib mir), mit Wasser und Salz, zusammen mit der Oper, die die deine war, und dem Wort, das unseres war, und das macht es mir möglich, zu Tanya Katharina und der Geschichte zurückzugehen, zu dem Kapitel, das genau hier angestimmt wird.

Was tut man, wenn man mitten in einem Krieg ist, dem man nicht entrinnen kann?

Man lässt sich erschießen oder man lacht.

Deshalb war mein lächerliches Einmanntheater so populär, deshalb ist es so populär, deshalb ist es das einzige Stück, das ich spiele, das einzige, das ich spielen kann: das Stück, in dem ich genau da lache, wo ich am liebsten weinen würde.

Eine Käseplatte ist nicht leicht zu bekommen in einer Pianobar nach elf Uhr, deshalb entscheiden wir uns für das Tagesgericht, das Schnitzel, das heiß ist wie die Wärme, die wir draußen gelassen haben, heiß wie all das, worüber wir nicht sprechen, und worüber reden wir? Oder reden wir nicht, denn ich sage nichts, weil ich nichts zu sagen habe, und dieses eine Mal schweigt auch Tanya Katharina, jedenfalls eine Zeit lang, und dann frage ich doch:

»Hat es dir gefallen?«

»Was?«

»Die Vorstellung?«

»Jaaa …« Sie hebt das Glas und trinkt einen Schluck Wein, dann noch einen, lehnt sich zurück, betrachtet mich mit leicht zusammengekniffenen Augen und fängt plötzlich an zu kichern: »Eigentlich mag ich keine Opern.«

»Ich auch nicht«, sage ich, dann lache ich, denn was soll ich sonst tun. Und sie lacht auch, und wir lachen zusammen, und es ist auch ziemlich komisch, alles in allem, aber ich irre mich, denn noch bevor das Lachen verstummt ist, lehnt Tanya Katharina sich vor.

»Warum mussten wir sie uns dann ansehen?«, fragt sie mit einem Lächeln, in dem wieder zwei stecken, und jegliche Lust auf Lachen, das vielleicht noch in meiner Kehle steckt, verstummt, wird zu einem Murmeln, das alles bedeuten kann, bis ich beschließe, was es bedeuten soll: weil ich lernen möchte, sie zu mögen. Deshalb sage ich ein wenig lauter, ein wenig deutlicher:

»Weil ich lernen möchte, Opern zu mögen.« Ein wenig spät, ein wenig zu spät, um so höflich zu sein, wie die Worte klingen, füge ich noch hinzu: »Und weil ich geglaubt habe, dass du Opern magst.«

»Warum?«

Ihrer Intelligenz fehlt es an nichts, das gebe ich zu, sie hat vollkommen recht: Nichts in ihrer und meiner Bekanntschaft, nicht das kleinste bisschen, hat mir bis heute den geringsten Anlass gegeben zu glauben, dass sie Opern mag. Abgesehen davon, dass sie deine Tochter ist, doch das kann ich nicht sagen, aber etwas muss ich schließlich sagen, deshalb sage ich:

»Ich habe das einfach vorausgesetzt, weil … weil deine Mutter, soweit ich mich erinnere … Opern sehr gerne mochte … sehr gerne mag.«

Und ich weiß nicht, ob Tanya Katharina mich beobachtet oder ob ich sie beobachte, aber ansehen tun wir uns, lange, so lange, dass es beginnt, peinlich zu werden, dass es peinlich werden wird, wenn ich nicht das tue, was ich tue, den Arm in dem hochgekrempelten, leicht verschwitzten, allzu verschwitzten Hemdärmel in Richtung ihres Weinglases ausstrecken, ausstrecken in der 90-Grad-Bewegung, die ein Arm beschreiben muss, wenn er vom Abstützen des Kinns auf dem Ellenbogen auf dem Tisch zu ihr hingelangen, wenn meine Hand von mir zu ihr kommen, sich über ihrer ausbreiten will, bittend und beharrlich. Nicht wie eine Katze. Auch nicht als Teil des Mordes an einer Katze. Nur wie etwas ganz Kleines, fast Affektiertes, das noch nicht geboren ist, aber flehentlich bittet, für diesen Augenblick erfunden zu werden, für diese Geschichte, auf dass sie Leben bekommt. Nur für eine kurze Weile. Und ohne Worte, ganz und gar ohne Worte und nur mit der Hand, mit meiner auf ihrer, bitte ich darum, dass ihre und meine Geschichte sich ineinanderwinden, sodass die, die ist, nicht mehr sein wird, sondern zu einer anderen wird, zu der, die ist. Dass ich es nicht besser weiß, ist eine Lüge, die ich für die Wahrheit ansehen möchte, bis sie sich wie die Wahrheit anfühlt in diesem einfältigen, stupiden Augenblick von Gedanken, die der wirklichen Wirklichkeit entflohen sind, weil diese Wirklichkeit nicht auszuhalten, nicht festzuhalten ist, während die Geschichte vor mir eine Verbindung zu etwas hat, das ich töten muss, und ihre Hand ist wirklich, und ihre Hand in meiner lässt sich den Körper in einer Lust rühren, die möglich ist, und die Berührung ist wie ein Lachen, das allzu lange vergessen war.

Tanya Katharinas Hand ist stumm. Doch gerade als die Hand, meine Hand, glaubt, dass das Ausbleiben einer Antwort die Antwort ist, die sie sich wünscht, öffnet sich der Mund zu einer anderen Antwort und zwar zu der Frage, ob wir zu mir gehen sollen und das bald, und diese Frage wird mit einer Hand gestellt, die nicht auf dem Tisch liegt, sondern auf meiner Hose, in der ein Schenkel steckt, der bald kein Schenkel mehr ist, sondern dort, wohin die Hand, Tanya Katharinas Hand, auf dem Weg ist, zu etwas anderem wird.

»Ein Schlüssel«, sage ich und hole den Haustürschlüssel aus der Tasche. »Ein einfaches Stück Metall. Der Anfang zu einer Geschichte.«

Ich hebe das Glas und sehe ihr, Tanya Katharina, in die Augen, doch ihre Augen sind nicht da, wo ihre Hand ist, und ich begreife, dass nicht nur ihr Lächeln ein doppeltes ist, da ist auch ein Körper, hinter dem noch ein anderer ist, und der eine will etwas, das der andere auch will, aber auf eine andere Art oder aus einem anderen Grund.

Jedenfalls proste ich mir alleine zu, vielleicht proste ich auch der Hand zu, die unter dem Tisch beschäftigt ist, während die andere ungeduldige Ringe auf die weiße Tischdecke zeichnet, ja, genau, die weiße Tischdecke, als müsste ich gerade jetzt an Weiß erinnert werden, wo mich vor allem die Ringe interessieren, die deine Tochter, nein, das ist sie nicht länger, *dein* gehört auch zu den Worten, die ich getötet habe, wenn nicht schon früher, dann jetzt, die Ringe, die Tanya Katharina ganz woanders als auf der weißen Tischdecke zeichnet, und ich bezahle, und wir gehen, sie mit ihren beiden Händen. Mit der Hand, die Ringe auf dem Tisch, und der, die Ringe unter dem Tisch gezeichnet hat, und ich frage mich, welche die wahre ist.

Welche Hand die Wahrheit sagt?

Aber ist es nicht so mit der Wahrheit, dass wir nach ihr fragen, weil wir sie nie begreifen werden? (vergib mir) (Es gibt Kinder, für die Europa keinen Platz hat. Sieh nur meine Nichte, Habiba.)

Ich bin müde.

Ich bin müde, und wir sind in Sarajevo, Mai 1993.

Der Krieg hat sich im Laufe des Winters verändert, die bosnischen Kroaten haben die Allianz mit der bosnischen Regierung gebrochen: Alter Freund, guter Freund, gib mir dein Gewehr, und ich erschieße dich!

Ich bin so unendlich müde, und alle sollen zur Hölle fahren. Ich will nichts wissen, will nichts davon wissen. Ich bin der Menschen müde, die andere Menschen umbringen, ich bin es müde, Granatreste aus Körpern zu entfernen, die nie mehr heilen würden, müde, Arme und Beine zu amputieren, müde, zusammenzuflicken, was andere in Stücke gesprengt haben, und ich bin es müde, Geschichten zu hören, warum man Dinge und Menschen in Stücke sprengen muss.

Schweig!

Ich will nichts mehr hören. Gib mir eine Spritze, eine Metzenbaum und Nahtmaterial, und wir beginnen von vorn, ja Herr, ja Frau, Sie sind so gut wie neu, gehen Sie ruhig und lassen Sie sich noch einmal umbringen.

Hör auf!

Doch nichts hört auf, und noch immer weiß ich nicht warum, will ich nicht wissen warum. Auch von der neuen Front des Krieges will ich nichts wissen.

»Mir reicht es zu wissen, dass der, der tötet, schuldig ist«, sage ich, als du überraschend vier Tage, bevor ich dich erwartet habe, auftauchst.

»Ein französischer Militärkonvoi hat mich mitgenommen.«

»Verdammt, du sollst doch nicht mit den Franzosen fahren!«, rufe ich.

»Unsinn.« Du lachst über meine Verärgerung.

»Die Franzosen werden häufiger bombardiert als alle anderen.«

Da ist auch eine andere Episode, eine, an die ich am liebsten nicht denke und der ich nicht so viel Beachtung geschenkt hätte, wäre nicht gerade meiner Abteilung im Januar die durchlöcherte Leiche des Vizepräsidenten Turajlic zugestellt worden, der erschossen wurde, weil französische UN-Soldaten wider besseres Wissen bewaffnete serbische Soldaten in den gepanzerten Wagen gelassen haben, in dem dem Vizepräsidenten auf dem Weg von einer Besprechung zum Flughafen internationaler Schutz zugesichert worden war …

»Ach, und warum nicht?«

»Ich weiß nicht warum. Und ich will es auch nicht wissen. Es ist einfach so, dass die französischen Konvoifahrer, die französischen Soldaten und Helfer am häufigsten zerfetzt, ohne Arme oder Beine, ankommen oder überhaupt nicht ankommen.«

Schon am kommenden Tag beim Mittagessen erzählst du mir, dass das nur Statistik ist. Das französische Militär trägt die Hauptverantwortung in diesem Gebiet, und deshalb sind vor allem französische Soldaten auf den Straßen unterwegs. Und natürlich weil die Franzosen nicht zurückschießen.

Du bist acht Wochen fort gewesen, doch nach einem einzigen Tag in der Stadt sehr viel besser informiert, was vor sich geht, als ich.

»Internationale Politik und die alte Allianz mit den Serben«, sagst du.

»Ich will das nicht wissen«, antworte ich. »Das verwirrt nur.

Ein verstümmelter Körper ist ein verstümmelter Körper, und mir ist das mehr als genug.«

»Ich will das nicht wissen«, rufe ich, als du mir erneut die historischen Details zu erklären beginnst, die verdreht worden sind, um Miloševićs Großmachtträumen zu dienen, die dann Tudjmans ausgelöst haben.

»In Bosnien leben viele Volksstämme«, beharrst du. »Sie können die einzelnen Teile nicht voneinander trennen, ohne das ganze Land zu zerstören.«

»Wenn die Leute nicht miteinander leben können, ohne einander zu töten, ist es dann nicht vernünftig, sie zu trennen?«

»Aber das stimmt doch nicht!«, rufst du. »Die Leute können miteinander leben, das haben sie Jahrhunderte lang getan. Mehr als ein Viertel der bosnischen Bevölkerung hat einen Ehepartner, der einer anderen als der eigenen Religion angehört. Praktisch gesehen sind alle mit jemandem verwandt, der einer anderen Religion angehört. Das ist kein Problem, es sei denn, ein paar Untermenschen sind der Meinung, die Macht an sich reißen zu können, indem sie den Leuten voreinander Angst machen.« Du atmest schnell und gehst im Wohnzimmer auf und ab. »Im Übrigen sind viele in diesem Land überhaupt nicht religiös. Vor dem Krieg haben die meisten Moslems in dieser Stadt nie einen Fuß in eine Moschee gesetzt. Dieser Krieg hat nichts mit Ethnologie, nichts mit Religion, nichts mit Sprache zu tun. Es geht um Geld und Macht. Das ist alles. Man nennt es nur anders!«

»Sprich nicht davon«, sage ich. »Ich will nicht verstehen, was Menschen dazu bringt, andere Menschen zu töten. An dem Tag, an dem ich das verstehe, bin ich selbst Teil des Krieges.«

»Es gibt keine Neutralität«, sagst du und kommst endlich zu

mir hin. »Du beziehst Stellung, indem du dich entscheidest, wen du wieder zusammenflickst.«

»Meine Neutralität besteht darin, immer auf der Seite der Schwächsten zu stehen«, antworte ich. »Ich flicke Menschen zusammen, die wieder zusammengeflickt werden müssen. Das reicht mir.«

Du schüttelst den Kopf, lächelst, legst die Arme um mich. Ich weiß, dass du glaubst, ich bin auf der Seite Bosniens, des multiethnischen Bosniens, weil ich auf Seiten der bosnischen Regierung Zivilpersonen zusammenflicke. Du sagst es nicht, und ich sage auch nichts. Ich würde jeden zusammenflicken, den man mir blutend vor die Füße legt. Als du erneut sprichst, sprichst du nicht mehr nur zu mir, sondern zu Horden wohlmeinender Journalisten und Diplomaten aus Europa und der restlichen Welt, die genau wie ich Touristen in einem Krieg sind, der nicht der ihre ist:

»Neutralität ist ein Versteck für Feiglinge und Opportunisten!«

Ich weiß, dass du recht hast. Sich für keine Seite zu entscheiden, ist auch eine Entscheidung. Und all die Neutralen, Wohlmeinenden haben sich mit ihrer Passivität für die Seite der Übermacht entschieden und damit für die Seite der Belagerer. Und ich selbst, wofür habe ich mich entschieden? Opfer zusammenzuflicken, sodass sie wieder in den Krieg ziehen und erneut zu Opfern werden können, sodass sie wieder in den Krieg ziehen und andere zu Opfern machen können. Was kann ich sonst tun?

»Sem, du willst das nicht wissen, aber du hast dich für eine Seite entschieden. Allein dadurch, dass du hergekommen bist, hast du dich für eine Seite entschieden«, sagst du.

»Für die der Schwachen!«

»Ja, genau, und das ist das Gleiche, wie für das Prinzip der menschlichen Gleichberechtigung zu kämpfen, der menschlichen Gerechtigkeit«, insistierst du. »Und dafür kämpft das bosnische Volk. Für sein, für unser Recht, in Frieden in unserem multiethnischen Staat zu leben, für unser Recht zu überleben. Die Serben sind nicht dazu geboren, uns abzuschlachten, ihr herrschsüchtiger Anführer und ihre irrsinnige Propaganda haben sie zu unseren Schlachtern gemacht ...«

»Ich weiß mehr als genug, wenn ein Patient halb tot auf meinem Operationstisch liegt!«, unterbreche ich dich, und im gleichen Moment klopft es an der Tür. Das Kinderheim ist getroffen, und sie wissen nicht, wie viele Tote, wie viele Verletzte es gibt. Ich muss gehen.

Seit du das letzte Mal hier warst, habe ich eine Wohnung von einer alten serbischen Dame gemietet, deren Sohn mit seiner kroatischen Frau und seinen beiden Kindern außer Landes geflüchtet ist, um nicht Teil dieses Krieges zu werden. Ihr selbst ist der Krieg gleichgültig.

»Ich habe mein ganzes Leben in Sarajevo gewohnt, ich habe den ersten Weltkrieg überlebt, und ich habe den zweiten überlebt. Ich werde auch das überleben.«

Das sagt sie in regelmäßigen Abständen in ihrem gebrochenen Deutsch, und ich verstehe es nur, weil eine meiner Kolleginnen es für mich übersetzt hat. Sie wohnt mit ihrer Schwester, deren Mann Moslem ist, in der Wohnung über der, die ich gemietet habe.

Dir gefällt das nicht, obwohl es eine gute Wohnung ist. Sie hat ein Wohnzimmer, ein weiteres Zimmer und eine Kammer, zu diesem Zeitpunkt ein Luxus in dieser Stadt. Natürlich wird es im Winter unmöglich sein, sie zu heizen, doch wahrscheinlich bin ich dann gar nicht mehr hier, und wenn doch, muss ich alle Türen schließen und in der Küche leben, wo ich

Tee auf kleinen Spirituskochern koche, die auch Wärme an den Raum abgeben. Jetzt ist es Mai und so warm, dass ich die Heizung, selbst wenn ich es könnte, nicht einschalten würde. Die Wohnung liegt mitten in der Stadt, im zweiten Stock, eingezwängt zwischen zwei hohen Gebäuden, die uns sowohl vor den Mörsergranaten von den Hügelkuppen wie vor den Heckenschützen in den Hochhäusern schützen. Wir sind unter und außerhalb ihrer Schussweite, du kannst am Schreibtisch sitzen und arbeiten, ohne etwas befürchten zu müssen, und trotzdem spüre ich die ganze Zeit deine Unsicherheit.

»Du wärst besser im Hotel geblieben«, sagst du.

»Zusammen mit den ganzen Diplomaten?« Ich schüttele den Kopf. »Nein. Außerdem bekomme ich kein Diplomatengehalt.« Ich lache, kann dich nicht ernst nehmen. Mein Zweiundsiebzig-Quadratmeter-Palast, noch nie habe ich mitten in einem Krieg so gut gewohnt.

Dienstagabend passiert etwas, das vielleicht deine Bekümmerung erklärt, vielleicht, sage ich, weil ich nicht weiß, ob du davor Angst gehabt hast oder vor etwas anderem, und das, was passiert, passiert nicht am ersten Dienstagabend, den du zurück bist, und auch nicht am zweiten, sondern am Dienstagabend der dritten Woche. Es ist noch früh am Abend, und ich sitze mit einer Tasse starken Tees neben dir auf dem Sofa, mit dem Tee, den ich dich als Einziges für mich einschmuggeln lasse, sitze ich da und nicke vor Müdigkeit ein, als ich den Schlüssel im Schloss höre, einen Schlüssel, der nicht hierhergehört, denn der Schlüssel ist ein Krach, der die Tür bersten lässt.

Herein kommen zwei Männer mit schwarzen, über die Gesichter gezogenen Mützen, doch es sind nicht die Mützen, die ich betrachte, es sind die Gewehre, und etwas stimmt nicht mit diesen Gewehren, denn obwohl wir in Sarajevo sind und es Juni 1993 ist und obwohl Krieg ist, dürfte der Krieg nicht in mein Wohnzimmer kommen, denn ich bin neutral, ich helfe allen, wissen sie das wirklich nicht? Und noch etwas anderes stimmt nicht mit den Gewehren: Sie sind nicht auf mich, sondern auf dich gerichtet.

»Kommen Sie mit!«, ruft der eine, der kräftigere der beiden Männer.

Und ich verstehe nicht, denn Sarajevo müsste sicheres Terrain sein, sicher für Leute wie mich, sicher für Leute wie dich, doch dann fällt mir etwas Einleuchtendes ein, etwas, woran ich vorher nicht gedacht habe: dass es Leute wie du sind, Leute deiner Herkunft, die in diesen Tagen getötet werden. Doch auch dieser Gedanke ergibt keinen Sinn, denn in Sarajevo stehen alle zusammen, Moslems, Kroaten, Serben, alle, die noch da sind, und darüber hinaus sind wir beide, jeder auf unserer Seite natürlich, durch unsere Internationalität geschützt. Das bilde ich mir wenigstens ein, geschützt durch die Vereinten Nationen, die sich selbst und Leute wie uns beschützen sollen, aber wir müssten natürlich wissen, dass dieser Schutz nicht das Geringste wert ist, weniger wert ist als jeder andere Schutz, sodass man zumindest damit rechnen muss, sich selbst zu schützen, sich selbst beschützen zu müssen, doch auch dieser Gedanke ergibt keinen Sinn, hier, wo der Kräftige ruft: »Kommen Sie!«

Er greift nach deinem Arm, und du stehst auf oder bist bereits aufgestanden, ich bin mir nicht sicher, denn mein Gedächtnis lässt mich genau in dem Moment im Stich, wo ich Teil einer Geschichte werde, die eigentlich nicht meine war, nicht meine ist.

Meine Müdigkeit ist weg, und da ist ein großer Mann, der sich erhebt und mit meiner Stimme ruft: »Was zum Teufel geht hier vor?«

»Halt's Maul!«, zischt der Kleinere der beiden und richtet die Gewehrmündung auf mich.

Er zögert, und dieses Zögern gibt mir Mut, weil ich weiß, dass er nicht schießen wird. Vielleicht weiß er, wer ich bin, was ich mache, natürlich weiß er, wer ich bin, was ich mache, hier wissen alle alles, das lese ich in seinem Zögern, und mein Mut wächst, und ich rufe erneut: »Was zum Teufel geht hier vor?«

»Wir tun Ihnen nichts. Wir werden nur sie mitnehmen.«

Sein Englisch ist gebrochen und fast unmöglich zu verstehen, und trotzdem verstehe ich jedes Wort.

»Ihr nehmt sie nirgendwohin mit«, rufe ich und stoße den Gewehrlauf des Kleineren zur Seite.

Er wechselt einen Blick mit dem Kräftigen, der, den Gewehrlauf noch immer auf deinen Kopf gerichtet, in einer seltsamen Mischung aus Entschuldigung und Anklage zischt:

»Sie ist eine Spionin!«

Ich atme erleichtert auf.

»Sie irren sich. Sie müssen sie mit jemandem verwechseln«, sage ich friedfertig.

Der Kräftige schüttelt den Kopf, und der Kleinere richtet sein Gewehr wieder auf mich.

»Das ist okay«, sagst du zu mir, und ich verstehe noch weniger als vorher, als ich nichts verstanden habe, und sehe nur deine Augen, die von einer gefrierenden eisweißen Farbe sind, die ich noch nie gesehen habe, und ich weiß, dass etwas nicht stimmt, ganz und gar nicht stimmt, aber auch dass du glaubst, die Dinge am besten alleine regeln zu können.

Doch diesmal irrst du dich. Das sehe ich, nicht in deinen Augen und nicht an dem kleinen Kerl mit dem auf mich gerichteten Gewehr, ich sehe es an dem Großen, an dem, dessen Augen in deine sehen, ohne zu sehen. Und ich weiß, dass ich nur eine einzige Chance habe, dass ich sie hier und jetzt aufhalten muss, sonst wird es zu spät sein, deshalb sage ich, ohne zu zögern, denn so etwas muss man ohne zu zögern sagen, auch wenn ich nicht weiß, wo ich den Mut hernehme, denn um so etwas zu sagen, bedarf es eines anderen Mutes als dem, der mich zwei Gewehrläufen entgegentreten lässt:

»Sie ist meine Frau!«, sage ich.

Sie rühren sich nicht, und ich wiederhole: »Sie ist meine Frau. Zoja Maria Grant, lassen Sie sie in Ruhe.«

Ich sage es mit der gleichen Ruhe, als bäte ich die Krankenschwester nach einer gelungenen Operation, eine Wunde zuzunähen, und ich weiß, dass die Ruhe den Ausschlag gibt. Die Ruhe zwingt sie zurück, auch wenn ich nicht glaube, dass sie mir glauben. Doch das ist ein Kampf zwischen zwei Männern und zwei Willen, und der stärkere Wille gewinnt, denn die Gewehrläufe haben nicht den Willen, den Mann zu töten, nur die Frau, auch wenn der Mann nicht versteht warum. Doch solange die Gewehrläufe glauben, nein, solange sie wissen, dass sie die Frau nicht ohne den Mann bekommen, müssen sie davon Abstand nehmen, und sie ziehen sich zurück. Zuerst der Kleinere, dann der Kräftige, und wir sind wieder alleine in der Wohnung, die jetzt eine Tür hat, die sich nicht mehr verschließen lässt und in der ein höhnisches Nachäffen in der Luft hängt:

»Maria, dass ich nicht lache!«

Du erzählst mir nicht, was es mit dem Auftritt auf sich hat, obwohl ich weiß, dass du es weißt, doch in der Erleichterung habe ich nicht die Kraft, nicht den Mut (vergib mir), dich zu fragen, und ziehe es vor, die Geschichte zu glauben, die ich auf der Stelle erfinde: dass auch du nicht verstehst warum. Obwohl du früh am nächsten Morgen beschließt, Sarajevo zu verlassen und nie zurückzukehren.

Das Einzige, das einer Erklärung nahekommt, sind die Worte, die du zu mir sagst, als du mich zum Abschied küsst und in das Führerhaus eines leeren UN-Lastwagens kletterst, der auf dem Weg aus der Stadt ist.

»Der Preis für manche Entscheidungen währt ewig.«

Und ich begreife nicht ein Wort. Welcher Preis? Welche Entscheidungen? Doch das ist nichts Neues, und ich frage noch immer nicht, habe nie gefragt, doch ohne zu wissen warum, habe ich das unentrinnbare Gefühl, dass die Erklärung etwas mit den Kindern zu tun hat, für die Europa keinen Platz hat. Und mit dem Satz, der mir erst jetzt wieder einfällt, oder richtiger nicht mit dem Satz, sondern mit der Art, wie er mit verächtlichem Sarkasmus gezischt, herausgestoßen wurde:

»Maria, dass ich nicht lache!«

Was war das für eine Entscheidung, Zoja Maria? Und was ist das für ein Preis?

Was, Zoja Maria, was?

Wer hat sich für was entschieden?

Wer hat sich für was entschieden?

Das ist ein Rätsel, doch das ist nicht das Rätsel, das ich im Begriff bin zu lösen, weil ich nicht glaube, dass der Schlüssel zu dir hier liegt. Es ist nur der Schlüssel zu dem, was Tanya Katharina mir erzählt, während sie leichtfertig hingegossen auf meinem Bett liegt, voll des Übermuts, der gerade aus mir herausgeströmt (vergib mir nicht) und nun Teil meiner und ihrer Allianz ist, die ganz natürlich nach einer Oper vor ungefähr vier Stunden begann.

»Ist es nicht sonderbar, dass ich einen Onkel und eine Tante und zwei Vettern habe, die ich nicht kenne?«, sagt sie wie eine Fortsetzung der Geschichte, die sie gerade über ihre Familie erzählt hat.

»Ja«, murmele ich, unvorbereitet, überrascht. (Es gibt Kinder, für die Europa keinen Platz hat. Sieh nur meine Nichte, Habiba.)

Ich frage nicht warum. Vielleicht weil ich weiß, dass diese Antwort von dir hätte kommen müssen, oder auch weil ich weiß, dass es eine Antwort auf eine Erzählung ist, etwas, das dir und mir gehört, und weil ich gerade jetzt nicht an diese Geschichte erinnert werden will, wo ich mitten in einer anderen Geschichte stecke, doch die Antwort – oder ein Teil davon – kommt trotzdem.

»Ihr Bruder wollte sie nicht mehr sehen, nachdem sie nach Österreich gezogen war und meinen Vater geheiratet hatte.«

Sie erzählte mir etwas, das ich weiß. Was ich nicht weiß, ist, warum das so war, warum das so ist. Was ich auch nicht weiß, ist, warum sie mir das erzählt. Jedenfalls nicht bis sie nach einer kurzen Pause wie zufällig fortfährt, oder sehe ich jetzt wieder Gespenster?

»Ist es nicht sonderbar, ich könnte eines Tages meinem Vetter begegnen und mich in ihn verlieben, ohne zu wissen, dass wir miteinander verwandt sind?«, fragt sie.

Ich ziehe mich umgehend, unmerklich zurück. Oder richtiger, ich hoffe, mich unmerklich zurückzuziehen. Falls man es doch merken kann, bemerkt Tanya Katharina es offensichtlich nicht. Ich sehe ihr in die Augen, die wieder zwei Lächeln sind, ein Lächeln hinter einem anderen, und vermag nicht herauszufinden, welches diesmal die Wahrheit ist. Ich will nur eine Geschichte, eine neue Geschichte, eine von den Geschichten, die einen vergessen lassen, was man gerade gehört hat.

Tanya Katharina, willst du mir nicht eine Vergissgeschichte erzählen?

Das will sie nicht.

Tut sie nicht.

Sie tut etwas anderes, das mich unmittelbar auf andere Gedanken bringt, und obwohl diese anderen Gedanken der Gegenwart und dem Augenblick angehören, sind es keine Gedanken, die ich denken will, und ich begnüge mich damit, das Blut zu spüren, das sich zu der Stelle hinbewegt, zu der ihre Hand sich den Weg gebahnt hat, und das ist eine Geschichte, die für diesen Abend beendet sein sollte, die jedoch wieder und wieder erzählt werden kann, und damit beginnt sie auch, bis oder richtiger während sie den Kopf über meine Schulter hebt, einen Blick auf den Wecker wirft, der auf dem Nachttisch hinter mir steht, und sagt:

»Es ist bald drei, ich sollte sehen, dass ich nach Hause komme.«

Sie küsst mich, erst leicht, dann leidenschaftlich, und ich lasse mich in diesen Kuss hineinführen, bis ich meine Lust nicht mehr verbergen kann, und in diesem Augenblick, in dem die Lust nicht mehr verborgen, sondern ein sehr sichtbarer, sehr spürbarer Teil von mir ist, fährt sie fort:

»Ich möchte gerne noch etwas schlafen, bevor meine Mutter morgen aus Norwegen nach Hause kommt.«

Sie sagt es leichthin, nachlässig, als spräche sie über das Wetter, und ich hoffe, sie bemerkt mein Keuchen nicht, meine Lust, die umgehend in sich zusammenfällt, meine Wut, die aufwallt und aufwallt, die zu einer Sturmflut wird, die ich dir ins Gesicht schreien möchte:

Du hast kein Recht, mich das auf diese Weise wissen zu lassen!

Aber ich habe gemordet, und ein Mörder hat kein Recht, und jetzt passiert ein anderer Mord, auch wenn ich mir nicht ganz sicher bin, nicht weiß:

Durch wen?

An wem?

»Ja.«

»Ja.«

Es gibt ein Ja, das ein Nein ist. Ein Nein, das wie ein Ja klingt. Das spricht er aus, bevor der Pfarrer mechanisch den Rest des Rituals heruntermurmelt, die Ringe ausgetauscht werden, er die Frau an seiner Seite küsst und der Musik den Rest überlässt.

Später versucht er, sich nicht daran zu erinnern, dass es der 31. Juli 1999 war.

∞ ∞

Du rufst nicht gleich an, als du nach Hause kommst. Du rufst zwei Stunden später an. Du weißt nichts, das höre ich. Ich kann es dir nicht sagen. Schon gar nicht durch Mikrofone und Rohre und Leitungen tief unter der Erde und den Straßen der Stadt. Es war auch nicht so gedacht, dass *ich* es dir sagen sollte.

»Bist du morgen zu Hause?«

Du fragst atemlos, vorsichtig, und vielleicht liegt es an deiner Vorsicht, dass ich nichts anderes antworten kann: »Ja.«

Auch wenn es ein Brummen ist, das so viel bedeuten kann und doch eindeutig ja bedeutet, und obwohl ich nein und nein und nein und ausschließlich nein hätte antworten sollen. Es ist eines zu töten, etwas anderes, den Mord zu leugnen, ihn zu verschweigen.

Vier Tage sind vier Tage sind nur vier Tage, dann wirst du wieder abreisen, daran erinnere ich mich, weil ich dabei war, wieder hereinzufallen, und ist es nicht so, Slobo, ist man nicht erledigt, wenn man in die Schlammgrube der Barmherzigkeit fällt? Das hast du mich bereits gelehrt, mich und die ganze Welt (und dieses Du ist mein Freund Slobo und nicht du): Mord wird verleugnet, verschwiegen und wieder verleugnet. Und selbst wenn die Leichen, die Massengräber gefunden werden sollten, kann man einfach sagen, dass sie das selbst getan haben. Der Feind hat den Feind umgebracht, weil der Feind Mitleid wollte, Sympathie. Das Mitleid der Welt, die Sympathie der Welt. Denn so ist der Feind! Es ist die Schuld des Feindes, ihre Schuld, eure Schuld, deine Schuld. Alles.

Die Definition des Feindes ist Schuld.

Wenn du nicht fortgegangen wärst, wäre es nicht passiert! Wenn du unser Kind nicht getötet hättest, wäre es nicht passiert!

Wenn du nicht bei deinem Mann geblieben wärst, wäre es nicht passiert!

Es ist deine Schuld, dass es meine Schuld ist, und deshalb ist es nicht meine Schuld, sondern deine!

Und jetzt schellt es an der Tür.

Ich weiß nicht, was ich mir vorgestellt hatte, nur das nicht:

Dass du vor mir stehst und alles wie immer ist.

Das dürfte nicht möglich sein. Gibt es kein physisches Gesetz, das besagt, dass nichts jemals das Gleiche sein kann? Dass ein Körper, auf den eine Kraft einwirkt, sich bewegt? Und der Körper bin ich, und die Kraft ist Mord, und die Bewegung führt weg, und trotzdem stehst du da und bist alles und das Gleiche und genau das, was ich haben will, ohne die geringste Rücksicht darauf, dass ich vor langem beschlossen habe, es nicht haben zu wollen, weil ich es nicht haben kann. Es sollte ein Naturgesetz geben, das verbietet, sich etwas zu wünschen, das man nicht haben kann.

Ich küsse dich auf die Stirn, denn die Stirn bedeutet Sicherheit, denn die Stirn ist Gesicht ohne Augen. Trotzdem prickelt es sofort auf den Lippen, die ich ganz leicht auf deine warme Stirn drücke, und ich ziehe mich zurück, als hätte ich mich verbrannt, und das habe ich auch, obwohl das nichts mit der

Wärme deiner Stirn zu tun hat. Ich wende dir abrupt, viel zu abrupt, den Rücken zu und gehe ins Wohnzimmer. Ich weiß, dass die Frage kommen wird, nicht mit Worten, nein, denn du fragst nie mit Worten, aber die Frage wird in deinem Blick stehen, wird in der Luft und in meinem Wohnzimmer hängen und dort hängen bleiben, in schreiend orangefarbenen Neonbuchstaben, bis ich dir antworte, doch das tue ich nicht. Ich tue es nicht. Auch wenn mich die orangefarbenen Neonschlangen erwürgen, ich antworte nicht. Du hast kein Recht auf eine Antwort. Du hast unser Kind getötet, und daran halte ich fest, daran klammere ich mich.

Die Schuld liegt bei dir, nicht bei mir.

Du fragst nicht. Du fragst nicht! Und was erwartest du, dass ich sage, und kann ich überhaupt etwas sagen, etwas, das alles nicht nur noch schlimmer macht? Und wollte ich nicht genau das? Wollte ich es nicht? Was, Slobo? Was? Du fragst nicht.

Stellst dich nur ans Fenster und schaust auf den Marktplatz hinunter und siehst aus wie immer, und auch der Marktplatz sieht aus wie immer, und wieder wende ich dir den Rücken zu, weil ich das, das zu tun ich am meisten Lust habe, nicht tun werde, weil es Morde gibt, die nicht begangen werden dürfen. Oder verliere ich jetzt wieder die Richtung, die Entschlossenheit? Was, Slobo? (Franjo, Radovan, General Ratko?) Sind es die Morde, die man nicht begeht, durch die man den Krieg verliert, die Säuberung, die Endlösung?

Ich nehme meinen Mut zusammen, aber Mann sein kann vieles bedeuten und manchmal auch, dass du getötet wirst, bevor du andere töten kannst, und so ist es in diesem Augenblick: dass mein Körper oder zumindest ein wesentlicher Teil von ihm nicht das kann, was ich gerne will, und bevor er dazu im Stande ist, habe ich Glück (Unglück, vergib mir), denn du gehst vom Fenster zum Sofa und setzt dich, und ich kann den Rotwein aufmachen und eine kleine extra Weile in der Küche verbringen, indem ich ein paar Oliven in eine Schale fülle, Käse auf eine Platte lege und Brot auf eine andere. Ich weiß, dass du nicht gekommen bist, um zu essen, aber genauso wie Essen Nähe schaffen, Zeit verschlingen kann, kann Essen Abstand schaffen, Zeit gewinnen, und Letzteres brauche ich, und zwar in Kilometern und Stunden, weil ich keine Ahnung habe, was passiert, was passieren wird.

Ich weiß nur, dass meine Hände zittern.

Meine Hände, die sonst nie zittern, nie, nie zittern, egal wie viel ich am Vorabend getrunken habe, egal wie klein das Kind ist, in das ich schneide, egal wie nahe am Herzen ich das Messer führe, meine Hände, die nie zittern, zittern jetzt, als ich die Platten zu der Frau hineinbringe, die ganz still auf dem Sofa sitzt. Und ich frage mich, ob der Mord, von dem ich nicht sprechen kann, meine Hände zittern lässt oder die Katze, die so laut stampft, dass der Boden zittert, der Körper zittert, die Schultern zittern, die Arme zittern, die Hände zittern wie bei dem alten Mann, der ich eines Tages sein werde und gerade jetzt so gerne wäre, weil dann nichts Merkwürdiges daran wäre, dass meine Hände wie die eines alten Mannes zittern.

Ich schenke Wein in die Gläser, die du aus dem Schrank geholt hast, und lächle, kann das Lächeln nicht unterdrücken. Ich weiß nie, für welche Gläser du dich entscheiden wirst, und jedes Mal, wenn ich glaube, sie durchschaut zu haben, deine Art zu entscheiden, welche Tage zu welchen Gläsern passen, stelle ich fest, dass ich mich geirrt habe.

So ist das mit dir: Ich irre mich immer.

Du bist immer anders, und vielleicht liegt es daran und nicht an dem Zittern der Hand, dass ich einige Tropfen verkleckere, die wie blutige Bäche am Fuß des Glases entlanglaufen, während ein einzelner, nein zwei Tropfen auf den Sofatisch fallen. Du lachst nicht, du lächelst nicht einmal, und trotzdem ist ein Lachen in dem Nacken, den du mir halb zuwendest, ein Lachen, das mir und dem Wohnzimmer und einer Vergangenheit gehört, in der es eine Geschichte gab, von der du hier, jetzt und hier, während dein Nacken lacht, vergisst, dass sie vorbei ist. Und ich sehe deinen Nacken und dein Lachen, und meine Hände vergessen zu zittern, und ich vergesse den Mord, den ich begangen habe, den Mord, den du begangen hast, und ich stelle die Flasche zurück, stelle mich vor dich hin, ein Bein auf jeder Seite deiner Beine, greife nach deinen kantigen Schultern und drücke meinen Mund auf deinen Mund mit allem, das mich und dich und uns ausmacht, früher und immer und vor allem jetzt, und bevor wir den Wein probieren, liegen wir auf dem Sofa und sind nur noch du und ich und wir beide, und es ist wie ein Spiel, das Lachen heißt und das wir für diesen Augenblick erfinden, obwohl es ein Spiel ist, das wir unzählige Male gespielt haben, und ich will nicht denken. Tue es lieber auch nicht, denken. Nicht einmal an dich, Slobo, der du sicher in deine großen Hände klatschen würdest. Mord, Doppelmord, was kommt als Nächstes? Doch daran denke ich nicht, als es passiert. Denn als es passiert, denke ich nicht, überhaupt nicht, bin ich nur: du und ich und wir beide.

Zoja Maria, verstehst du das? Verstehst du, dass das alles ist, das ist? Dass nichts anderes ist, nie etwas anderes sein wird?

Dass ich das deshalb töten muss? (vergib mir)

Doch im Moment töte ich überhaupt nichts. Im Moment bin ich nur Hände, die nicht zittern, sondern sich suchend auf deinem Körper abwärtsbewegen, auf deinem Körper, der plötzlich nackt ist und den ich kenne, den ich immer gekannt habe und trotzdem nicht kenne, meine Frau, und wir sind ineinander, umeinander, mit der Vorsicht, der Angst zu verletzen, die immer die unsere war, die immer unsere Geschichte war, der Angst, dass die Katze zu heftig stampft, dass man es hören kann. Obwohl sie genau das getan hat. Obwohl sie genau das tut (vergib mir).

Wir liegen nackt auf dem Bett, ganz nah beieinander, ganz still. So nah, dass jede Bewegung uns voneinander entfernen würde. Eine Endlosigkeit, in der ich gerne verschwinden, die ich gerne ausdehnen würde, bis nichts mehr existiert als diese Endlosigkeit. Wenn es denn so wäre, aber so ist es nicht: Du dehnst die Endlosigkeit nicht aus, sondern dich, und ich weiß, dass das Unabwendbare als Nächstes kommt: Du wirst gehen.

Dann erinnere ich mich, dass das Unabwendbare nicht länger dein Abschied ist. Das Unabwendbare ist auch nicht der Mord, denn der ist geschehen. Das einzig noch Unabwendbare ist, dass du von dem Mord erfährst.

»Ich war mir nicht sicher, ob du mich sehen willst«, sagst du und lässt deine Finger in die Vertiefungen zwischen meinen Rippen gleiten, wie du es so oft getan hast, dass es mir ganz trivial erscheinen müsste, aber das tut es nicht. Wenn es um dich geht, scheinen die Naturgesetze aufgehoben, und ich schwebe in einem Raum ohne Regeln, ohne oben und unten, rechts und links. So muss es außerhalb der Erdatmosphäre sein, doch du liegst hier, und ich kann dich anfassen, und was oben und unten ist, ist gleichgültig, und ich lege die Hände auf deine Schultern und umklammere mit meiner rechten Hand deine linke Schulter, mit der linken deine rechte, und begreife, dass ich, solange ich deine Schulterblätter mit meinen Händen umklammere, weder oben noch unten brauche.

»Wie läuft es mit dem Buch?«, frage ich, obwohl mir das völlig und absolut gleichgültig ist, ich dich nur festhalten will und dich deshalb alles Mögliche hätte fragen können, nur um dich weiter festzuhalten, und so frage ich zufälligerweise nach dem Buch.

»Gut«, antwortest du. »Ungefähr die Hälfte ist fertig. Mir fehlen noch einzelne Informationen, und ich muss noch gewisse Dinge überprüfen, die übrige Zeit schreibe ich…« Du setzt dich im Bett auf. »Wusstest du übrigens, dass sowohl Miloševićs Vater als auch später seine Mutter Selbstmord begangen haben? In zwanzig Jahren wird die Geschichte bestimmt glauben, dass das der Grund für alles war, und alle werden Mitleid mit ihm haben und ihm vergeben, und man wird einen armen großen Mann aus ihm machen, in dem ein armer kleiner Junge wohnte.«

»Genau das ist falsch an der Geschichte«, sage ich, obwohl ich weiß, dass ich dir das schon früher gesagt habe. »Man braucht die Geschichte als Entschuldigung für alles, doch die Geschichte ist für nichts eine Entschuldigung. Selbst die Erklärung ist gleichgültig. Was ist, ist, und für das, was man tut, was man selbst tut, ist man verantwortlich! Der Rest ist gleichgültig.«

»Das stimmt nicht, Sem«, sagst du.

Wir sind dabei, eine Diskussion zu wiederholen, die wir schon so viele Male geführt haben, dass sie Teil von uns ist, von unserer Geschichte, doch stattdessen lachst du kurz und ernst und stürzt dich in eine detaillierte Erklärung der historisch bedingten Mischung auf Größenwahn und Minderwertigkeit der Serben, einiger Serben, richtest dich im Bett auf und lässt deine Hände für dich sprechen, und es fällt mir schwer, dir zu folgen, doch nicht wegen der Hände, auch wenn sie mich nicht wenig faszinieren, und auch nicht wegen deiner Augen, die in einer weißgrauen Explosion leuchten, was mich sonst allein schon vergessen lassen kann zuzuhören, nein, was mich deine Worte nicht hören lässt, ist die Bedeutung, die Bedeutung dessen, was ich gerade selbst gesagt habe:

Die Geschichte ist für nichts eine Entschuldigung.

Ich suche nach der Essenz, und ich wünschte, dass es die Essenz des Lebens wäre, nach der ich gesucht habe, aber das ist sie nicht, oder vielleicht ist sie es doch, was weiß ich, aber im Moment suche ich nach der Essenz dessen, was mich an dich bindet, suche nach diesem Band, das nirgendwo existiert und doch bindet. Bindet wie das offene Land, bindet wie die ungenutzten Möglichkeiten, bindet wie die Wahrheit über mich, die Wahrheit über dich. Denn ist es nicht vor allem das: eine Gewissheit, dass wir immer zueinander gehört haben, immer zueinander gehören werden. Eine Gewissheit, die so schreckenerregend ist, dass der erste Impuls der war wegzulaufen, und sieh, genau das hätte ich tun sollen, dann würde ich jetzt nicht als Mörder hier liegen, als Doppelmörder, und der Leiche, meiner Leiche, oder ist sie die Schuldige, in die Augen sehen.

Du hast dich wieder hingelegt. Ich betrachte dein Gesicht, lasse den Blick über deine scharfen Augenbrauen gleiten, deine grauen Augen, deine Narbe, die an der linken Seite der Nase zum Mund hinunter verläuft, deine fast unsichtbaren Sommersprossen.

»Können wir nicht einfach weitermachen wie vorher?«, flüsterst du, und diese Frage ist wie ein Messer.

Vielleicht hätten wir weitermachen können, wenn du nicht gefragt hättest. Vielleicht hätte ich den Mord vergessen können, den ich begangen habe, den du begangen hast, und wir hätten so tun können als ob, bis dieses Als-ob Wirklichkeit geworden wäre und wir wieder du und ich wären, genau wie wir es einmal waren. Doch du hast die Frage gestellt und damit das

Vergessen getötet. Die Meeresstille, in der ich mich versteckt hatte, seit du vor meiner Tür standest, nein, das stimmt nicht ganz, seit du dich auf mein Sofa gesetzt hast und ich mich neben dich. Ich hätte an dem Vergessen festhalten können, wenn du es nur zugelassen hättest, doch das hast du nicht, weil du, du, die du nie Fragen stellst, nie, niemals Fragen stellst, nicht einmal mit den Augen, wenn du die Antwort nicht im Vorhinein kennst, gerade jetzt fragen musstest.

Ich sehe dich an, starre dich an, versuche dich als die zu sehen, die du bist: eine Frau von vierundvierzig Jahren, Mutter zweier Kinder, Ehefrau eines anderen Mannes. Eine Frau, aufrechtgehalten, niedergehalten von den Konventionen deiner eigenen Entscheidungen. Ich sehe dein Kastanienhaar, das ungewöhnlich glatt dein Gesicht umschließt, als hättest du dieses eine Mal beschlossen, der Frau zu gleichen, der Frau eines anderen, die du bist. Ich sehe deine Nacktheit und versuche das Bild der Frau eines anderen Mannes festzuhalten, einer Frau von vierundvierzig Jahren, Mutter zweier Kinder, deren weiche, leicht plattgedrückte Schneebälle jetzt, wo du dich auf die linke Seite legst und mich mit dem auf dem Unterarm ruhenden Kopf ansiehst, wie Pappschnee nach links rutschen. Ich betrachte deinen Hals, der wie immer lang und ein bisschen zu dünn ist, dessen Haut langsam runzlig wird wie ein Pfirsich, der zu lange in der Sonne gelegen hat und bald weggeworfen werden wird. Ich sehe auf die schwachen, aber eindeutigen Streifen auf deinem Bauch hinunter, der sich leicht nach außen wölbt, sehr leicht, da du immer mager gewesen bist, der sich aber trotzdem wölbt, und ich betrachte deine Beine, deine langen, kräftigen Beine, die nicht länger die einer jungen Frau sind und die ein Eigenleben führen, ein Leben unabhängig von der Frau, die du bist.

Und während ich dich so betrachte, genau in dem Augenblick, in dem ich dich so betrachte, die ungewöhnliche, gewöhnliche Frau, die Frau eines anderen, bekomme ich unbändige Lust auf dich. Eine Lust, die nichts mit der Lust zu tun hat, die mich früher überkam, bevor ich dich genommen hatte, sondern mit etwas völlig anderem, von dem ich nicht sicher bin, ob ich wissen will, was es ist, und ich werfe mich auf eine Weise auf dich, die ich nicht beschreiben will, die jedoch der nicht unähnlich ist, auf die ich deine Tochter zum ersten Mal genommen habe, und nicht zuletzt der Hass ist der Gleiche, und ich starre in deine Augen, die von blaugrau zu schwarzgrau wechseln, zu grüngrau, zu weißgrau, zu weiß, doch ich bin der, der explodiert, und diesmal bist du mir gleichgültig, total gleichgültig. Denn ich nehme dich, um dich hinauszuwerfen. Ich nehme dich, um dich zu töten.

Die Frau eines anderen. Ich vernichte dich, und trotzdem weiß ich, dass du mich vernichtet hast, als du dich ruhig von dem Bett erhebst, deine Sachen aufsammelst und Stück für Stück anziehst, als wäre nichts passiert, als hätte ich dich nicht gerade vergewaltigt, denn das habe ich, nicht wahr?

Dich genommen ohne dich? (vergib mir)

Darüber reden wir nicht, stattdessen reden wir darüber, wie du dich erhebst und dein Höschen nimmst, dein weißes Höschen und deinen weißen BH und darüber, wie du dir still und ruhig das Kleid über den Kopf ziehst, und während du das Kleid über den Kopf ziehst, sagst du: »Ich vermute, das war eine Antwort«, und ziehst dir das Kleid über den Kopf.

Und es liegt an deiner Ruhe, nicht an den Worten und nicht an dem Kleid über deinem Kopf, sondern an deiner Ruhe, dass ich nichts sagen, nicht zurücknehmen kann, was eben geschehen ist, und ich lasse dich gehen, ohne aufzustehen. Das ist gelogen. Ich lasse dich nicht gehen, ohne aufzustehen.

Ich wünschte, ich hätte dich gehen lassen, aber ich tue es nicht. Ich stehe auf und folge dir in die Diele, und genau als du deine Hand, deine lange, schmale, zerbrechliche, starke Hand auf die Türklinke legst, genau da sage ich mit einer Wut, von der ich nicht ahnte, dass ich sie in mir hatte:

»Europäerin!«, sage ich.

Du wirbelst auf der Stelle herum. Deine Augen haben eine Farbe wie schmutziges Salzwasser, eine Mischung aus Explosion und Meeresgrund, die ich noch nie zuvor gesehen habe.

»Wie meinst du das?«

»Europäerin«, sage ich wieder, diesmal nicht ganz so wütend. »Warum? Warum diese Lüge? Diese Verfälschung der Geschichte!«

Ich schieße nicht ins Blaue, ich habe eine Vermutung ungeachtet dessen, dass ich nicht weiß, was für eine Vermutung ich habe. Und ich, dem die Herkunft der Leute, ihre Zugehörigkeit, vollkommen gleichgültig ist, immer gewesen ist, immer sein wird, mache es mir zur Ehre, gerade jetzt völlig außer mir vor Wut zu sein, dass du deine Zugehörigkeit geändert hast. Als hättest du mich dazu verleitet, es mit den Falschen zu halten, auch wenn ich genau weiß, dass weder das mich so rasend macht, noch die Tatsache, dass du die Dinge geändert hast, denn Herkunft und Zugehörigkeit sind das Privilegium jedes Einzelnen, mit dem er tun kann, was er will, und noch immer weiß ich nicht richtig, was für eine Vermutung ich habe, und trotzdem fahre ich fort:

»Europäerin! Das zu sein, davon träumen alle Kroaten, das behaupten sie zu sein.« Ich lache höhnisch. »Aber du hast es umgesetzt. Du bist es geworden. Ha, ha. Europäerin!«, zische ich. Und noch einmal: »Europäerin!«

Als läge in diesem einen Wort der Code zu all den Ungereimtheiten, denen ich in meinem Leben begegnet bin, als sei es der Code zu all der Bedürftigkeit nach dir, die ich in mir spüre.

»War es wirklich so wichtig, Europäerin zu werden? War es das, Zoja Maria?«, rufe ich, und plötzlich verstehe ich etwas ganz anderes, etwas, das ich lieber nicht verstehen würde. (Es gibt Kinder, für die Europa keinen Platz hat. Sieh nur meine Nichte, Habiba.) Und dieses Verständnis scheint die Luft zusammen mit den Worten aus mir herauszupressen:

»Deshalb hast du das Kind getötet, nicht?«

Dein Gesicht wird weiß, doch du antwortest nicht.

»Antworte mir!«, schreie ich dir ins Gesicht. »Antworte mir!«

Ich greife nach deinen Schultern und schüttele dich und weiß plötzlich, dass es eine dritte Art Mord gibt, eine, die keine Katzen, sondern Menschen tötet, und dass diese Art Mord vielleicht die effektivste ist.

∞

Tage vergehen.

Wochen vergehen.

Monate vergehen.

Später erinnert er sich an den Spätsommer 1999 als an etwas, das verging.

∞ ∞

Und ich, der ich nie die Hand gegen eine Frau erhoben, nie zuvor Lust dazu verspürt habe (nein, das ist gelogen, an dem bald viele Wochen zurückliegenden Tag in deinem Garten hatte ich Lust dazu), ich hebe die Hand und schlage dich auf die eine Wange, sodass dein Kopf zurück gegen den Türrahmen knallt, und an dem Dunkel in deinen Augen sehe ich, dass es wehtut, doch du sagst kein Wort, und ich schlage dich noch einmal, diesmal auf die andere Wange. (Denn in Europa darf man das nicht vergessen: die andere Wange hinzuhalten, nicht wahr? Vergib mir.)

»Europäerin!«, rufe ich, als schlüge ich dich deshalb, und ich schlage noch einmal zu, während ich erneut rufe: »Europäerin!«

Ich schlage und schlage und rufe und rufe, und während ich schlage und schlage und rufe und rufe, kann ich nicht umhin, das Lächerliche daran zu bemerken, dass ich hier nackt in meiner Diele stehe und mit voller Kraft eine Frau schlage, während meine Männlichkeit kraftlos in der Luft baumelt wie ein Bild von etwas, das ich eines Tages verstehen werde, nicht jetzt, denn ich bin so wütend, dass ich das Lächerliche nicht sehen kann und einfach schlage und schlage, und noch immer sagst du kein Wort, aber schließlich stehen dir doch Tränen in den Augen, in beiden, nicht nur in dem rechten, und dass die Tränen auf einmal aus beiden Augen laufen, ist wohl der Grund, dass ich aufhöre zu schlagen, und als ich nicht länger zuschlage, sondern meine Arme kraftlos an den Seiten herunterbaumeln, als wären sie genauso im Weg wie die Männlichkeit, auch wenn ich nicht weiß, wem oder was sie im Weg sind, doch so empfinde ich es, sagst du nur:

»Manchmal muss man eine Entscheidung treffen.«

Das ist eine Antwort auf etwas, das mir bereits wieder gleichgültig ist, und ich schlinge die Arme um dich und drücke dich an mich, und plötzlich bin ich es, der weint.

»Bleib«, weine ich.

Und das ist so pathetisch, dass ich wieder Lust habe zu schlagen, doch diesmal möchte ich mich schlagen. So habe ich das noch nie gesagt. Aber ich sage es jetzt, während ich weine und sehe, wie deine Tränen trocknen:

»Bleib, Zoja Maria.«

Und es scheint, als könnte ich den Mord ungeschehen machen, wenn du nur hierbleibst, wenn du nur nicht die Tür öffnest und in die Welt hinausgehst, in der mein Mord existiert. Solange wir hier drinnen sind und du und ich und wir beide sind, gibt es keinen Mord, und alles ist gut und kann nicht besser werden.

»Bleib«, schluchze ich und kann nicht verstehen, warum ich immer noch schluchze, denn alles ist gut und kann nicht besser werden, und du hältst mich fest, und ich weine in dein Gesicht, das rot und geschwollen ist und auch ein Teil meines Weinens, auch wenn mir nicht ganz klar ist, wie das zugehen kann.

»Ssst«, flüsterst du leise. »Ssst.«

Du streichst mir über das Haar, als wäre ich ein Kind, das du trösten willst, als wäre ich dein Kind und nicht dein Mann. Aber ich will nicht dein Kind sein, und wenn ich nur die verdammten Tränen zum Versiegen bringen könnte, könnte ich dein Mann sein, und plötzlich weiß ich, dass die Tränen dich dazu bewegen werden zu gehen und dass ich sie zurückhalten muss, aber ich weiß nicht wie, denn ich habe keine Erfahrung im Weinen und somit auch keine Erfahrung, wie man aufhört zu weinen, deshalb weine ich weiter und weiter, und auch du streichst mir weiter über das Haar und sagst: »Ssst.«

Und ich muss einräumen, dass es angenehm ist, mich so dem Weinen und deinen Händen zu überlassen, denen ich gehöre, auch wenn ich nicht weine und die Tränen nicht aus meinen Augen über dein Gesicht, an der Narbe entlang zu meiner nackten Schulter laufen und weiter meine Brust hinunter, bis sie auf dein Kleid tropfen und auf dem weißen Stoff nasse Flecken hinterlassen.

»Ssst, das macht nichts«, flüsterst du. »Das geht vorbei.«

Ich wünschte, du meintest, was du sagst, aber das tust du nicht, denn du weißt nicht, wovon du sprichst, denn es macht doch etwas, und es geht auch nicht vorbei, weil es nicht vorbeigehen kann. Aber das weißt du nicht, und ich kann es dir nicht erzählen, aber ich weiß, dass du es eines Tages erfahren wirst, und dann wirst du wissen, dass es etwas macht, und du wirst wissen, dass ich es dir nicht erzählt habe, und deshalb musst du sofort gehen. Deshalb darfst du niemals gehen, denn von dem Moment an, in dem du die Tür hinter dir schließt und außerhalb meiner Welt und wieder in deiner bist, führt kein Weg zurück, das ist es, was ich weiß und du nicht, und deshalb schluchze ich erneut: »Bleib«, obwohl ich noch nie einen erwachsenen Mann so etwas Pathetisches habe tun sehen, einen nackten erwachsenen Mann, aber so ist es nun einmal, und ich weine und weine, während du mir über das Haar streichst wie dem Kind, das ich bin.

»Komm«, sagst du und ziehst mich auf den Boden hinunter, und dann sitzen wir auf dem dunkel lackierten Parkett der Diele, den Rücken gegen dieselbe Wand gelehnt, unsere Seiten berühren einander, und du nimmst meine Hand und führst sie an deinen Mund und küsst sie leicht und greifst nach dem Daumen und beginnst mit den Worten, die ich dich vor bald vier Jahren gelehrt habe:

»One little pig went to market.« Du lässt meinen Daumen los und greifst nach dem Zeigefinger. »One little pig stayed home.« Fährst mit dem Mittelfinger fort, dann mit dem Ringfinger: »One little pig had roastbeef, and one little pig had none.« Du schließt die Hand um meinen kleinen Finger und flüsterst den letzten Satz in mein Ohr: »The last little pig cried all the way home.«

Sie lässt meinen kleinen Finger los und nimmt meine beiden Hände in ihre. Sie ballt erst eine meiner Hände zur Faust, dann die andere.

»Sem«, sagt sie ernst. »Weine nicht und schon gar nicht, wenn andere es sehen.« Sie drückt meine Fäuste so fest zusammen, dass die Knochen wehtun. »Die sollst du gebrauchen, statt zu weinen.« Sie lässt meine Hände los und steht auf. »Es gibt nur zwei Arten zu überleben, und weinen ist keine davon.«

Kingston, 1962. Ich bin acht Jahre alt, und meine Großmutter kehrt mir den Rücken zu und geht zum Herd, und ich glaube, sie will mir einen Keks aus der Dose im Regal über dem Herd holen. Aber meine Großmutter holt ein Bild. Ein Bild von einer Familie, die ganz steif wie bei einer großen Feierlichkeit dasteht, ein Vater und eine Mutter und fünf Kinder, drei Mädchen und zwei Jungen, offensichtlich in ihren besten Kleidern. Das Bild ist vergilbt und an den Kanten zerknickt, aber darüber denke ich erst viele Jahre später nach, als ich erwachsen bin und mich daran zu erinnern versuche, was ich als Kind denke, als ich das Bild und den Finger meiner Großmutter, der auf das älteste der Mädchen zeigt, zum ersten Mal sehe.

»Elf war ich. Und später in diesem Jahr ist alles passiert«, sagt meine Großmutter. Sie seufzt, nicht traurig, nur als würde sie konstatieren, dass Dinge passieren, und das, was sie mir erzählen will und wobei ich das vage Gefühl habe, es nicht hören zu wollen, passierte nun einmal in diesem Jahr. Und sie erzählt es mir:

»Es geschah im selben Herbst, gut ein halbes Jahr nachdem das Bild aufgenommen worden war, dass meine Mutter meinen Vater tötete, weil sie es nicht ertragen konnte, ihn zu verlieren. Und weil sie ihn getötet hat, kam sie ins Gefängnis. Und es gab niemanden, der sich um uns kümmern konnte, niemanden bis auf einige Tanten, die keine Zeit hatten. Deshalb blieben wir in dem Haus wohnen, das ohnehin nur ein Schuppen war und zu wertlos, um es zu verkaufen. Und ich kümmerte mich um meine Geschwister. Und ich versuchte herauszufinden, welches Unkraut essbar war. Und wie viele Käfer man hinunterschlucken konnte, ohne krank zu werden. Und wie lange Bananenschalen kochen mussten, um aus dem Wasser ein Dessert zu machen.« Sie senkt die Stimme. »Das Wichtigste, das ich lernte, war, dass es nicht hilft zu weinen. Tränen sind Verschwendung von Wasser und von Salz.«

Meine Großmutter steht plötzlich auf und kehrt mir den Rücken zu, streicht sich mit einem Zipfel der Schürze über das Gesicht. Sie hustet, dann setzt sie sich wieder.

»Meine Mutter.« Sie zeigt auf ihre Mutter, meine Urgroßmutter, die auf dem Bild eine weiße Haube trägt und ein langes schwarzes Kleid mit einem weißen Kragen, das sie sich sicher von jemandem geliehen hatte, der besser gestellt war als sie. Sie sieht sehr ungefährlich aus, wie jemand, der Essen kocht und Kinder zur Welt bringt, nicht wie eine Frau, die ihren Mann umbringt.

»Meine Mutter hat im Gefängnis nur geweint. Und als sie zwei Jahre geweint hatte, starb sie. Einige sagten, dass sie an Auszehrung gestorben sei. Andere sagten, dass sie vor Kummer gestorben sei. Ich habe niemandem geglaubt. Denn ich wusste, dass sie am Weinen gestorben ist. Denn Weinen heißt, sich selbst auf die Erde zu verschütten. Und schließlich ist nichts mehr da. Vergiss das nicht, Sem.«

Meine Großmutter hebt mein Gesicht zwischen ihren Händen und sieht mir in die Augen.

»Jedes Mal, das du weinst, Sem, verschüttest du ein wenig von dir.«

Sie schüttelt den Kopf, lacht und fährt mir durch das Haar, und die Küche ist wieder so, wie sie immer ist.

»Klettere ruhig hoch und hol dir einen Keks.«

Meine Großmutter schweigt, während ich auf den Küchentisch klettere, die Keksdose aus dem obersten Regal hole, einen Keks aus der Dose nehme, die Dose zurückstelle, von dem Küchentisch springe und mir den Keks in den Mund stopfe. Erst als ich ganz zu Ende gekaut und geschluckt habe, fügt sie hinzu: »Und nächstes Mal, wenn sie sagen, dass du keinen Vater hast, erinnere dich daran, dass du zwei Fäuste hast. Und wenn die anderen zu groß oder wenn es zu viele sind, hast du auch zwei Beine, um zu laufen.«

Daran erinnere ich mich jetzt: dass ich mich nicht als Wasser und Salz auf die Erde verschütten soll, dass ich zwei Fäuste habe, und falls die anderen größer sind als ich, habe ich zwei Beine, mit denen ich weglaufen kann.

Du bist nicht größer als ich, doch mit Frauen ist das anders, und größer als ich bist du trotzdem, wie du da ganz stillsitzt und mir über das Haar streichst, obwohl die Tränen längst versiegt und nur noch die dunklen Flecken auf deinem weißen Kleid nass sind, und ich frage mich, ob ich jetzt laufen soll oder ob es Augenblicke gibt, wo das mit den Beinen nicht gilt? Und ich erinnere mich, warum ich mich an die Geschichte erinnere, erinnere mich, dass ich als Kind wusste, dass man sich zu Tode weint, wenn man jemanden umbringt. Man kann es genauso gut lassen.

Und genau das hatte ich vergessen (vergib mir).

Daran erinnere ich mich, und wenn ich könnte, würde ich es ungeschehen machen, doch da ich es nicht ungeschehen machen kann, würde ich, wenn ich könnte, mich hier in deinen Armen zu Tode weinen, während du mir über das Haar streichst. Das wäre weniger schrecklich als der Tod, in den ich mich weinen werde, wenn du gegangen bist, denn ich weiß, dass du das wirst, gehen. Und wieder klinge ich pathetisch, doch vielleicht ist das Leben so, wenn es einem zu nahe kommt, und vielleicht ist es deshalb besser, es ein wenig auf Abstand zu halten?

Und dann erinnere ich mich an meine Großmutter, und auch du scheinst dich zu erinnern, obwohl ich mich nicht erinnere, dir jemals diese Geschichte erzählt zu haben, aber vielleicht kennst du sie trotzdem, jedenfalls stehst du gleichzeitig mit mir auf und sagst: »Ich sollte besser gehen.«

Natürlich sagst du das, und natürlich sagst du es in genau diesem Moment, und ich selbst sage nichts, nicke jedoch mit dem bisschen Würde, das noch verblieben ist, wenn man sich als Wasser und Salz verschüttet hat. Und ich habe die Fäuste gebraucht, und mir bleiben nur noch die Beine, die ich auch noch gebrauchen kann, und damit fällt der Entschluss, den ich selbst nicht kenne, bis ich ihn ausspreche: »Ich fahre nach Hause«, sage ich.

Du siehst mich an, ohne zu fragen, aber ich antworte trotzdem, denn mir ist etwas klar geworden, das ich nicht gewusst habe und in den sechs Jahren und sechs Monaten und achtundzwanzig Tagen, die vergangen sind, seit Nathan … ja, seit Nathan … völlig vergessen hatte. Ich habe kein Zuhause oder zumindest keins, das mir einfällt.

»Weg«, füge ich deshalb ins Blaue hinzu, wie ein für sich stehendes Wort, das für sich selbst spricht.

»Wann fährst du?«, fragst du, diesmal in Worten, die nur eine Frage sind, aber trotzdem mein Wohnzimmer ausfüllen und meine Ohren und meine Lungen, und ich muss antworten, auch wenn ich die Antwort nicht kenne, muss eine Antwort finden und sage:

»In vier Wochen.«

Ich weiß sofort, dass ich ungefähr so lange brauchen dürfte, um die Wohnung zu kündigen und meine Sachen zusammenzupacken und zu verschicken und meine Ankunft vorzubereiten, wenn ich nur wüsste wo, aber ich weiß genau, dass ich es nicht sehr viel länger aushalten kann, in dieser Stadt zu sein, die deine und nicht meine ist, und übermorgen bist du schon wieder fort, und selbst wenn du hierbleiben würdest, habe ich uns getötet, und es ist nur eine Frage der Zeit, bis du die Leiche findest und ich mich zu Tode weinen werde, und das will ich nicht hier unter Fremden.

»Du bist nicht hier, wenn ich zurückkomme. Weihnachten.« Du sagst das nicht wie eine Frage, sondern wie eine Feststellung.

Ich nicke.

»Wo kann ich dich finden?«, fragst du, trotz allem fragst du, und obwohl ich es in diesem Augenblick nicht weiß, mit dem Verstand nicht weiß, klammere ich mich daran, jetzt wie auch später, dass du wissen möchtest, wo du mich finden kannst, und damit weiß ich auch, dass du fragst, um uns zu finden, nicht die Leiche, nicht den Mörder, sondern uns, dich und mich.

»Weiß ich nicht«, brumme ich, brumme ich undeutlich, weil ich ganz damit beschäftigt bin, mein verschüttetes Ich wieder von der Erde aufzusammeln, wozu es mehr bedarf, als nicht noch mehr zu verschütten, ich muss auch das aufsaugen, was ich bekommen kann, was ich von dir bekommen kann, um mich selbst wieder aufzufüllen, um aufrecht stehen zu können, auch wenn diese Fülle eine geliehene ist, deshalb begnüge ich mich damit zu brummen und den Kopf zu schütteln. Und es stimmt, dass ich nicht weiß wo, aber ich sehe keinen Grund, dir zu sagen, was ich nicht weiß. Zum Schein könnte ich dir natürlich die Adresse meines Freundes Jonathan in Paris geben, ja, nach ihm ist Nathan benannt, er ist Nathans Pate, aber können wir nicht aufhören, von Nathan zu reden, wenn ich dich darum bitte? (Es gibt Kinder …)

»Du lässt mich wissen, wo ich dich finden kann, ja?«, fragst du.

Die Rollen scheinen wie vertauscht, seit ich mich entschlossen habe, nach Hause zu fahren, wegzufahren. Denk nur, dass so viele Jahre vergehen mussten, um herauszufinden, wie recht meine Großmutter hatte mit der Macht in den Beinen, die man auch noch hat, deshalb brumme ich noch einmal etwas Undeutliches, Bedeutungsloses, und du siehst mich mit deinen Augen an, die die ganze Zeit ihre Farbe verändern, sodass ich nicht sehen kann, was sie sagen, und das ist vielleicht auch gut so, denn ich will die Bedeutung nicht sehen, ich will nur, dass du gehst. Dass du gehst, damit ich gehen kann.

Nein, das stimmt nicht ganz, ich wünschte, du würdest bleiben, damit ich gehen kann, doch so geht das nicht, denn wir sind bei mir, und das ist eine Tatsache, und man muss sich immer den Tatsachen entsprechend verhalten, deshalb musst du gehen, erst dann kann ich gehen. Und das ist es wohl, was man Geschichte nennt.

Du gehst. Du gehst zur Tür, legst die Hand auf die Klinke und drückst sie langsam hinunter. Die Tür öffnet sich durch deine Hand, ganz langsam, öffnet sich zu einem Halbkreis, in den dein Arm sie mühelos und lautlos zwingt, und als die Tür schon offen ist, als du schon hinausgetreten bist und mit einem Bein im Treppenhaus stehst, drehst du mir das Gesicht zu und sagst: »Dann dauert es lange, bis ich dich wiedersehe?«

Und diesmal bist du es, die Tränen in den Augen hat, während ich nicht weinen muss, und antworten muss ich auch nicht, nicht mit Worten jedenfalls, deshalb nicke ich stumm, und da schließt sich die Tür, und ich bleibe in der Diele stehen und blicke auf die geschlossene Tür und sage mir, dass sie genau das ist und nichts anderes: eine geschlossene Tür.

Viertes Leben

In der Hälfte des vierten Lebens
halbiert sich die Hälfte.
Du kennst den Krieg, und der Krieg kennt dich.
Die Hälfte enthält wieder eine Hälfte.

Zwischen uns war einmal eine geschlossene Tür, und du warst auf der einen Seite und ich auf der anderen, und obwohl du nichts sagtest, wusste ich, dass die sich hinter dir schließende Tür bedeutete, dass du nicht zurückkommen würdest, nein, das stimmt nicht, die Wahrheit ist die, dass du nicht zurückkommen würdest, wenn du es lassen könntest zurückzukommen. Und es gab keinen Grund für Ozeane, denn damals wusste ich noch nicht, dass man Katzen töten kann, und ich hörte sie stampfen und wusste, dass du zurückkommen würdest, was du auch tatest, doch das war damals.

Das Telefon schellt.

Es ist Sonntag, und soweit ich das ausrechnen kann, bist du abgereist. Das Telefon schellt wieder. Ich erwäge, nicht abzunehmen, und als es zum dritten Mal schellt, lasse ich es schellen, doch nur noch ein-, zweimal, dann greife ich zum Hörer, als wäre ich eine Maschine, genau darauf programmiert, den Arm auszustrecken, nach dem Hörer zu greifen, ihn zum Ohr zu führen. Ich sage hallo, und einen Augenblick herrscht Stille mit einer Menge Lärm und einer Lautsprecherstimme im Hintergrund, und ich kann den Lärm als Flughafenlärm ausmachen, bevor ich deine Stimme höre: »Sem?«

Es klingt wie eine Frage, obwohl ich weiß, dass du weißt, dass ich am Telefon bin.

»Ja«, sage ich, und meine Stimme ist ein Brummen, aber ein Brummen, das man nicht missverstehen kann, auch wenn ich gerne so geklungen hätte, dass man es missverstehen könnte, aber ich brumme nur ja, ja, ich bin noch hier, noch immer (immer, vergib mir).

»Ich musste es tun.«

Ich ahne nicht, wovon du sprichst, glaube, dass du von dem Kind sprichst, hoffe, dass du es nicht tust, denn darüber kann ich nicht sprechen, darüber will ich nicht sprechen, das ist wie mit Nathan, über ihn will ich auch nicht sprechen, aber du sprichst nicht von dem Kind.

»Es ist so lange her. Damals hatte es keine Bedeutung. Dann kam der Krieg.« Du sprichst schneller, nervöser, als hättest du Angst vor deinen eigenen Worten: »Sem, wir alle müssen andere werden als die, die wir sind, dann ist der Völkermord unmöglich. Du kannst nicht länger die anderen töten, ohne dich selbst zu töten.«

»Das macht nichts«, sage ich wie ein Echo von etwas, das du mir vor wenigen Tagen gesagt hast, vor unendlich langer Zeit. »Es wird schon gehen.« Auch wenn ich nicht verstehe und nicht nach dem frage, was ich nicht verstehe, sondern nach etwas ganz anderem, das ich auch nicht verstehe: »Was ist mit deinem Bruder?«

Du keuchst. Oder ich interpretiere den halb erstickten Laut so, der zusammen mit der Lautsprecherstimme und den Stimmen der Menschen und den Lauten von Kofferrädern und hohen Absätzen auf Fliesen durch die Leitung kommt.

»Alle Entscheidungen haben einen Preis.«

Das beantwortet weder das eine noch das andere, das ich nicht verstehe. (Es gibt Kinder, für die Europa keinen Platz hat. Sieh nur meine Nichte, Habiba.) Doch ich weiß nicht, wie ich noch einmal fragen soll, sodass ich nicht frage und mich stattdessen wundere, wie hart deine Worte klingen, wie dünn deine Stimme ist, und ich wünschte, ich stände neben dir und könnte das Meer von deiner rechten Wange wischen und die Wiederholung einer Bewegung, die ich einmal gemacht habe und die vergessen sein sollte, es aber nicht ist. Ich frage dich nicht, was für eine Entscheidung das war oder was der Preis für diese Entscheidung war, was der Preis für diese Entscheidung ist, weil auch das Fragen sind, von denen ich nicht weiß, wie ich sie stellen soll.

»Ganz egal um welchen Preis?«, frage ich stattdessen, und du verstummst, verstummst trotz allem, und lange lausche ich nur deinem sachten Atem und dem Flughafenlärm, der Teil deines Schweigens wird.

»Erinnerst du dich an den Tag, an dem wir uns begegnet sind?«, sagst du langsam.

Eine unnötige Frage, die keiner Antwort bedarf. Du wartest auch nicht auf eine Antwort, sondern fährst leise, fast unhörbar fort: »Ich habe eine Entscheidung getroffen, die der Anfang der Bezahlung der ersten …«

Das Telefon in meiner Hand wird warm. Plötzlich verstehe ich etwas. Plötzlich verstehe ich etwas nicht. Trotzdem wiederhole ich: »Ganz egal um welchen Preis?«

»Die eine Entscheidung hat einen Preis, die andere Entscheidung einen anderen.«

Ich wünschte, du sprächst von uns, doch das tust du nicht, nicht einmal, obwohl du von dem Tag sprichst, an dem wir uns begegnet sind.

»Vielleicht wäre der Preis für die erste Entscheidung nicht so hoch, wenn man die Entscheidung ändern würde?«

»Man kann eine Entscheidung nicht ändern, nur eine neue

treffen.« Du zögerst kurz. »Manche Entscheidungen führen andere Entscheidungen mit sich.«

Ich weiß nicht, ob du von dem Krieg oder von deinem eigenen Leben sprichst, doch danach frage ich nicht:

»Und du konntest keine neue treffen …?«

»Der Preis, nicht nein zu sagen, war höher.«

Du flüsterst so leise, dass ich dich bitten muss, es zu wiederholen.

»Der Preis, nicht nein zu sagen, ist immer höher.«

Und wir? Und jetzt?

Das frage ich nicht.

War der Preis nein zu sagen niedriger, als es der Preis ja zu sagen gewesen wäre?

War er das, Zoja Maria? War er das?

Kennst du den Preis dafür, nein zu sagen?

Kennst du ihn, Zoja Maria? (vergib mir)

Das Telefon schellt.

Diesmal lasse ich es schellen.

Seit deinem Anruf sind achtundzwanzig Minuten vergangen, und du kannst es nicht mehr sein, weil dein Flugzeug längst abgehoben haben und durch die leicht graue Wolkenschicht in das lichte Blau aufgestiegen sein muss, wo ich dich nicht mehr sehen und schon gar nicht mehr erreichen kann. Das Schellen des Telefons ist schrill und unmöglich zu überhören. Ich muss die Lautstärke reduzieren, es ist nicht auszuhalten, und ich entscheide mich zu ignorieren, dass ich die Lautstärke vor einigen Tagen lauter gestellt habe, um sicherzugehen, das Telefon, selbst wenn ich im Bad bin, nicht zu überhören. Viermal, fünfmal, sechsmal. Dann wird aufgelegt, aber es vergehen nur wenige Sekunden, bis es wieder schellt, faktisch nur die Anzahl, die nötig ist, um den Hörer aufzulegen, den Hörer wieder aufzunehmen und die Nummer noch einmal zu wählen, ohne die Wahlwiederholung zu drücken. Es könnte immerhin sein, dass dein Flugzeug Verspätung hat, denke ich. Ich denke es ohne Hoffnung, denn selbst wenn du das sein solltest, was würde das ändern? Du reist ab, reist ab, jetzt oder in einer Stunde oder in zwei, du reist ab, und du wirst nicht zu mir zurückkehren. Darüber haben wir gesprochen oder richtiger nicht gesprochen, denn es gibt Dinge, mit denen verhält es sich so, als hätte man darüber gesprochen, ohne jemals darüber gesprochen zu haben.

Trotzdem ist Hoffnung in der Bewegung, die mein Arm ausführt, in dem Heben, Strecken, Senken und Abnehmen, als wäre er eine fein justierte Maschine, als würde nicht ich den Unterarm vom Tisch heben, den Ellenbogen strecken, die Hand senken und nach dem Hörer greifen, ihn abnehmen, den Ellenbogen wieder beugen und den Hörer mit dem genau auf das Zentrum meines Ohrs gerichteten Lautsprecher in eine senkrechte Stellung bringen.

»Triff mich bei Landtmann.«

Tanya Katharina. Ich hätte es wissen müssen. Ich sehe auf die Uhr, und ganz richtig, neunzehn Uhr fünfundzwanzig, genau fünf Minuten nachdem dein Flugzeug abgehoben hat oder zumindest abgehoben haben sollte, und ich frage mich, ob ich mir das einbilde oder ob ich Flughafengeräusche im Hintergrund höre? Natürlich habe sie dich zum Flughafen gebracht, und das heißt, dass sowohl ihre Schwester als auch ihr Vater, dein Mann, wahrscheinlich nicht weit von der Telefonzelle entfernt stehen. Oder telefoniert sie mit dem Handy, und sie stehen direkt neben ihr, denn wäre das nicht typisch für sie?

»Ich arbeite«, brumme ich, ohne richtig zu wissen, was ich

mit dieser Bemerkung sagen will. Vielleicht nur, dass ich einen Entschluss hinausschieben möchte, den zu treffen ich keine Lust habe, ob die Antwort nun ja oder nein lautet.

»Um acht. Wir sehen uns …«

Letzteres ist eine Mischung aus einer Feststellung und einer Frage, die gerade so viel Frage ist, dass die Worte kein Befehl sind, und so wenig Frage, dass ich nicht Stellung beziehen muss. Das ist bereits geschehen, es ist Stellung bezogen worden, und ich kann nicht umhin, ihre Fähigkeit zu bewundern, mich tun zu lassen, was sie will, und ich frage mich, ob das eine angeborene, instinktive Eigenschaft ist oder ein angelerntes, einstudiertes Können, das sie sich mit besonderem Hinblick auf mich angeeignet hat?

Im Grunde ist es gleichgültig, denn sie hat recht, denke ich, als ich aufstehe, um mich umzuziehen.

∞

»Ich bin ein verheirateter Mann, ich liebe meine Frau.«

»Ich liebe meine Frau, ich bin ein verheirateter Mann.«

Eins, zwei, drei, vier, fünf. Eins, zwei, drei, vier, fünf, sechs. Eins, zwei, drei, vier, fünf. Eins, zwei … Es gibt viele Methoden, von der U-Bahn durch die Stadtlandschaft ins Büro zu kommen. Heute geht er im Takt eines Liedes, das er sich ausgedacht hat. Es ist ein gutes Lied, und es ist ein wahres Lied, und er singt es lauter und lauter.

Später erinnert er sich, dass er fast vergessen hatte, dass es der 18. Oktober 1999 war und somit genau achtundsiebzig Tage vergangen waren, seit er zuletzt von ihr gehört hatte.

∞ ∞

Ich sehe sie, sobald ich das Lokal betrete. Sie hat einen Tisch ganz hinten gewählt, genau wie du es getan hättest. Wieder habe ich dieses Gefühl der Wiederholung von etwas, das keine Wiederholung ist. Ich möchte wissen, ob es das ist, was man unter einem Déjà-vu-Erlebnis versteht? Ob unser Gedächtnis so undetailliert ist, dass etwas Ähnliches uns immer gleich erscheint, gleich vorkommt? Ob wir deshalb sofort das Gefühl haben, dass verschiedene Geschichten ein und dieselbe sind, weil sie letztendlich das Gleiche bedeuten, gleich enden? Und tun Geschichten das nicht, gleich enden? Oder richtiger, auf eine der beiden Weisen enden: glücklich oder unglücklich.

Können sie überhaupt anders enden?

Das ist nicht der richtige Zeitpunkt, an Enden zu denken, denn jetzt setze ich mich, nein, das ist gelogen, jetzt küsse ich die junge, helle, lachende Frau auf die Wangen, auf den Mund, ganz leicht, wir sind schließlich an einem öffentlichen Ort, das könnte der Grund sein (vergib mir), doch darüber will ich jetzt lieber nicht nachdenken, stattdessen setze ich mich und sehe einen Augenblick in ihre bernsteinbraunen Augen, die so aussehen, als hätte sie nur ein Lächeln, als würde sie sich freuen, mich zu sehen, oder nehme ich wieder den Mund zu voll?

Ich gucke in die Speisekarte, denn davon gibt es mit Sicherheit nur eine, und wieder muss ich mich entscheiden. Was soll ich nehmen? Ich entscheide mich nicht, ich nehme ganz einfach das, was zuoberst steht, und das ist ein Tatar, wie man es eigentlich in Brüssel macht, mit Kräutern und Ei und anderen Dingen gemischt, und ich bin zufrieden, als es vor mich hingestellt wird und ich zu essen beginne. Ich habe keine Lust, Alkohol zu trinken, nein, das ist gelogen, die Wahrheit ist die, dass ich es nicht für klug halte, zu dieser Tageszeit und mit genau dieser Frau Alkohol zu trinken, denn Lust habe ich, und sie auch, und noch immer sprechen wir nur von dem Alkohol, zu dem anderen kommen wir später. Doch lass uns mit dem

Alkohol beginnen, den ich umgehend in Form einer Flasche österreichischen Rotweins bestelle, von dem man sich vielleicht ganz fernhalten sollte, und diesmal denke ich nicht an den Alkohol, auch wenn das der Fall sein könnte, nein, diesmal spreche ich von dem Österreichischen, was ich vielleicht lassen sollte, denn in diesen Jahren kann man sich furchtbar unbeliebt machen, wenn man etwas weniger Positives über etwas sagt, in das ein anderer seinen nationalen Stolz legt. Deshalb sage ich nichts, trinke nur den Wein, der ein bisschen sauer und ein bisschen süß zugleich ist, und der Geschmack bleibt oben im Mund, obwohl ich einen Schluck nach dem anderen trinke und schlucke und schlucke und bald noch eine Flasche bestelle, und noch immer habe ich das Tatar erst halb aufgegessen, hat Tanya Katharina ihr mariniertes Babylamm erst halb aufgegessen, das in einem dekorativen Halbkreis auf ihrem Teller liegt, fast wie das Lächeln, das sie mir zuwirft und das wieder nur ein Lächeln ist, nicht zwei, und das macht mich unruhig, denn ich weiß nicht, ob es ein Lächeln ist, auf das ich mich verlassen kann, oder nur eins, hinter dem sich ein anderes verbirgt.

»Lass uns nächstes Wochenende nach Sarajevo fahren …«

Wieder sind ihre Worte ein Zwischending aus Frage und Feststellung, eine Gegebenheit, und ich nehme schnell einen großen Bissen von dem Tatar, das roh ist und gut gekaut werden muss, sodass der Geschmack von Kapern und Ei und Öl und feingehackten Zwiebeln und ganz kleinen Sehnenstückchen, so klein, dass man sie kaum wahrnimmt, sich gut mischt, und während ich kaue, habe ich Zeit nachzudenken, und ich denke nur eins: nein. Und dieses eine, dieses Nein, denke ich noch immer, als Tanya Katharina lächelnd hinzufügt: »Ganz ruhig, meine Mutter ist nicht dort.«

Das stimmt, ich weiß sehr wohl, dass du noch einige

Wochen in Norwegen sein wirst, bevor du nach Bosnien zurückkommst, du hast das selbst irgendwann erwähnt, wann, daran kann ich mich nicht erinnern, und plötzlich bin ich sicher: Es ist wirklich nur ein einziges Lächeln. Ein Siegerlächeln. Und das Siegerlächeln gibt es natürlich nur einmal, und ich will den Gedanken nicht denken, der mir jetzt durch den Kopf geht, »durch« trifft es vielleicht nicht ganz, denn der Gedanke kommt angeflogen wie eine Ahle und setzt sich genau zwischen meinen Augen fest, bull's eye, wie es so schön heißt, wenn etwas angeflogen kommt wie die Boeing 737, in der du jetzt sitzt, setzt sich zwischen meinen Augen fest, und ich weiß, ich glaube, ich weiß etwas, das ich absolut nicht wissen will, weiß, dass das Lächeln nicht der Sieg über mich, sondern über dich ist.

Nein, denke ich wieder, nein und so viele Male nein und nein und nein, dass es fast wie das Gegenteil klingt, wozu es auch wird, als ich antworte: »Wir werden sehen.«

Doch ich sehe nur, dass diese drei Worte genau wie ja, ja, ja klingen, auch wenn ich nicht richtig weiß, wie das zugehen kann, und deshalb stehe ich auf und gehe zur Toilette, um dort etwas zu tun, von dem ich zumindest weiß, um was es geht, und zwar von Anfang bis Ende, von dem Moment an, in dem ich mir die Hose aufknöpfe, bis zu dem, in dem ich sie wieder zuknöpfe.

Das Urteil über den Mann.

Ich denke nicht, dass ich mich für etwas schämen muss, und trotzdem kann ich nicht verhindern, dass mein Blick auf Wanderschaft geht, wenn auch nur, um mich zu versichern, dass ich noch immer besser ausgestattet bin als die meisten, denn so etwas ändert sich glücklicherweise kaum mit dem Alter, ganz gleich ob die Frau jünger oder älter ist, und an dich will ich auf gar keinen Fall denken, denn du bist wieder abgereist (vergib dir), ohne mich wiedergesehen zu haben (vergib dir nicht).

Mit festen, zielgerichteten Schritten gehe ich zu einer ganz anderen Art Urteil zurück, dem Urteil, das ich und die Geschichte über mich sprechen, indem ich mich setze und auf eine Weise lächle, die ja bedeuten kann, obwohl das wieder eins der Worte ist, die als nein gedacht waren. Vielleicht verwandelt der Weg von meiner rechten Gehirnhälfte durch die linke, den Gaumen hinunter, durch den Hohlraum des Mundes bis zu den Lippen ein Wort in ein anderes. Ein Echo, das eine vollendete Schraube macht, einen Salto mortale rückwärts mit perfekter Landung, und ab auf das Podest als Gewinner, mit Goldmedaille und einem Ja. Oder mit Wut und einem Ja?

Wie es zugegangen ist, wie es zu dem Ja kam, müssen wir den Trainer fragen, und der Trainer ist mein guter, alter Freund Slobo, ein Freund und Lehrmeister, wie konnte ich das vergessen. Und ich bin Slobo, und ich esse ein Mittagessen, ein heimliches Mittagessen (deshalb sitzen wir ganz hinten im Lokal) mit meinem allerbesten Erzfeind und somit mit meinem allerbesten Erzfreund, Franjo, und wir teilen uns die Katze im Sack, nein, es ist natürlich Bosnien-Herzegowina, das wir uns teilen, das Land in der Mitte, von dem Franjo wieder und wieder klagt, dass es der Bissen sei, der ihm gestohlen wurde, aus SEINEM Apfel, und der Apfel ist Kroatien, und sieh selbst, sagt er und holt die Karte hervor, das geht zurück bis zum März 1991 und wiederholt sich immer wieder. Er zeichnet eine Linie auf die Karte, oder die Linie ist schon da, und er folgt ihr nur mit dem Finger, während ich, Slobo, ein wenig an der Karte ziehe, mich räuspere und leicht brumme, den Kopf auf diese meine charakteristische, leicht manische stolze Art hebe, die eine Manier sein könnte, es aber nicht ist. Denn die

Serben haben doch keine Manieren. Jedenfalls nicht, wenn man den Kroaten Glauben schenkt, und genau denen hören wir jetzt zu, Slobo und ich, und der Biss, der von dem Apfel abgebissen wurde, ist uns gleichgültig, weil wir ebenso wie der Rest der Welt und der Geschichtsbücher wissen, dass Bosnien nur selten ein Teil Kroatiens war, wenn überhaupt, war es eher umgekehrt, aber eigentlich passt es uns recht gut, so zu tun als ob, denn schließlich tun wir, Slobo und ich, das so oft, dass es fast ein Teil unserer selbst geworden ist, und deshalb fällt es auch nicht schwer, den Finger auf die Karte zu setzen und eine andere Linie zu ziehen, denn bis dorthin soll Serbien, Großserbien reichen, und die anderen müssen raus, damit wir in Sicherheit sind, und über die genaue Linie diskutieren wir ein wenig hin und her, und schließlich sind wir uns einig: Die Linie ist klar auf der Serviette erkennbar. So bleibt nur noch herauszufinden, wie wir das erreichen wollen, denn will man die Katze im Sack teilen, muss man sie erst fangen, ihr den Strick um den Hals legen und sie in den Sack stecken.

Aber der Strick zieht sich zusammen, weil die Karte, auf der mein Finger liegt, eine Karte von Europa ist und die Linie, die mein Finger gezeichnet hat, der Weg von Wien nach Sarajevo, und der ist nicht so weit, wie man meinen sollte, und ansonsten könnte man auch fliegen, doch da Tanya Katharina das Auto ihrer Mutter benutzen darf (nein, doch), während ihre Mutter außer Landes ist, besteht kein Grund zu fliegen, und diese Information kam zu spät, denn der Finger hat die Linie bereits gezeichnet, und der Mund, der hätte geschlossen bleiben sollen, hat bereits gesagt: »Zwölf bis vierzehn Stunden, denke ich.«

Und diese Worte kann man nicht zurücknehmen, denn auch sie haben ein Echo, und das Echo kommt aus dem Mund der Frau mir gegenüber, die hell und unbekümmert lacht:

»Am Freitag«, klingt das Echo. »Wir müssen nur früh aufbrechen!«

Und ich kann nur nicken und denken, dass der Preis für eine tote Katze zerkratzte Hände sind, doch alle Entscheidungen haben ihren Preis, hast du das nicht gesagt? (Es gibt Kinder, für die Europa keinen Platz hat. Sieh nur meine Nichte, Habiba.) Und was wollen wir auch mit Katzen? Genau wie Slobo es einmal getan haben muss, hebe ich das Glas zu einem Prost auf die Linie, die das Todesurteil über ein Land ist, über dich, und genau wie Franjo es einmal getan hat, hebt auch Tanya Katharina ihr Glas, und wir prosten uns zu, und kein Zweifel, ich weiß mit unfehlbarer Sicherheit, dass mein allerbester Erzfeind mein allerbester Erzfreund ist, und deshalb halte ich Tanya Katharinas Hand gut fest, und Hand in Hand bahnen wir uns mühelos den Weg zwischen den Tischen hindurch, lassen uns die Mäntel an der Garderobe geben, treten aus dem Restaurant in Wind und Abenddunkel, wo wir uns verabschieden oder richtiger, wo Tanya Katharina sich mit einem Kopfwerfen und einem Lächeln verabschiedet, das diesmal bestimmt zwei ist, und bevor ich antworten kann, haben ihre Lippen mir einen trockenen Kuss auf die Wange gedrückt, und sie ist weg.

»Wir sehen uns«, sage ich zu ihrem Rücken und weiß nicht, warum ich plötzlich wünsche, brennend wünsche, dass es nicht so wäre.

∞

Aus der Entfernung gleicht die Himmelstraße 43 einem Museum.

Aus der Nähe kann man sehen, dass es nur ein imposantes Haus mit einer Anzahl von Wohnungen ist. Im zweiten Stock brennt kein Licht, doch auf der zweiten Schelle von oben steht

Balto in regelmäßigen, schrägen Buchstaben. Der Park hinter dem Haus ist verschlossen, und die Heurigenbar gegenüber hat zu. Es ist keine Saison. Er muss bis zu dem Hotel hinter dem Bahnhof hinuntergehen, um ein Bier zu bekommen. Dafür hat das Etablissement – wie nur wenige in Grinzing – keinen Namen mit Rudolf.

Sie hätte nicht so nahe am Wald und den vierzehn Generationen von Ahnen wohnen müssen, denkt er.

Er ist bei Bier Nummer drei angekommen, als ihr kleiner Blauer draußen vorbeifährt. Als er wenig später wieder an der Himmelstraße 43 vorbeikommt, brennt Licht in der zweiten Etage. Er schellt nicht.

Es ist nichts falsch daran, auf dem Heimweg ein oder zwei Bier zu trinken, und später erinnert er sich, dass er nichts anderes getan hat als das am 2. November 1999.

∞ ∞

Geld habe ich genug, deshalb buche ich ein Zimmer im Holiday Inn, das nicht nur Gold und Grün, sondern auch eine Geschichte in sich selbst ist. Und das ist so passend, dass ich nicht umhinkann zu lächeln, dass mein Geld gerade hier ausgegeben werden soll, mein Geld, mein Blutgeld, verdient als Reisender in den Leiden anderer, verdient an meinen kleinen Berichten über die Frauen in diesem Land, über das, was man ihnen angetan hat, verdient an meiner fortlaufenden Erzählung einer Geschichte, die vergessen werden sollte, weil sie zu grausam ist, um sich daran zu erinnern, doch trotzdem wollen alle genau diese Erzählung von dem Krieg hören, alle Frauen jedenfalls, denn sie ist der Beweis: der Beweis, worauf Männer aus sind.

Wie sonst könnte diese Geschichte ein Teil der Geschichte des Krieges werden? Wie können Männer ihre eigenen Frauen verlassen, um andere Frauen zu nehmen, bis diese Frauen zerbrechen, nur um dann wieder nach Hause zu den Frauen zu gehen, die sie ihre eigenen nennen?

Sagt das nicht alles über die Männer?

Die andere Frage, die, wie viele Frauen für dieses Wochenende ihr Leben lassen mussten, vermeide ich geschickt, mir zu stellen, während dein Wagen geschickt den Weg aus Wien heraus findet, den Schubertring entlang, den Opernring, nach links Richtung Graz aus der Stadt hinaus, auf die Autobahn nach Süden. Das frühe Morgendunkel weicht langsam dem Vormittag und dem Licht, und die sanften Tal- und Bergkurven werden schärfer, je weiter dein Auto nach Süden kommt. Von Zagreb aus windet sich die Straße in Kurven um einen gezackten Berg nach dem anderen, und auch ich winde mich, doch vor allem in Gedanken, auf der Suche nach etwas, das ich sagen kann.

»Warum fahren wir nicht über Mostar?«, frage ich deshalb, was Tanya Katharina zu einer langen, komplizierten Erklärung veranlasst, dass das unpassend wäre, da ihre Mutter, du, lange keinen Kontakt mehr zu ihrer Familie gehabt hat, und dass es auch unpassend wäre, in die Stadt zu kommen, ohne seine Verwandten zu besuchen.

Und das war mir bekannt, deshalb ist es nicht das Unpassende, sondern die Wortwahl um das Unpassende herum, die mich interessiert. Und das ist doch nicht so schlimm? Oder ist es das?

(Es gibt Kinder, für die Europa keinen Platz hat. Sieh nur meine Nichte, Habiba.)

Irgendwo vor Banja Luka übernehme ich das Steuer und lenke dein kleines blaues Auto durch diese brutal schöne Landschaft, von stoppeligen Bergfeldern an grünen Flüssen entlang zu goldenen, zerrissenen Felslandschaften mit knotigem, dornigem Gestrüpp, vorbei an Ruine um Ruine und einzelnen, silbern lachenden Olivenbäumen auf einer grauroten dünnen Erde, die sich ewig an alles erinnern wird.

Ich auch.

Auch ich erinnere mich an alles.

So wie ich die Worte ermorde, eins nach dem anderen, muss ich die Orte ermorden (vergib mir).

Zuerst nehmen wir Sarajevo ein, Tanya Katharina und ich, mühelos und schnell. Wir winden uns durch die Reste des Industriegebiets zwischen schwarzen Hügelspitzen, von denen aus die Einwohner Sarajevos knapp vier Jahre lang beschossen wurden, und wir müssen nicht die Köpfe einziehen und Angst haben, denn es gibt keine Heckenschützen und Abfeuerungsrampen auf den Hügelspitzen mehr, und wir sind kein Konvoi mit Lebensmitteln und Medizin, denn vor knapp einem Jahr waren die vier Jahre zu Ende, und was sind in Wirklichkeit schon vier Jahre? Und während ich darüber nachdenke, gleiten wir in die Peripherie der Stadt, die wie die meisten Peripherien europäischer Großstädte vorwiegend aus viereckigen Betonklötzen besteht, sodass hier kein Grund zu der Überlegung gegeben ist, ob Sarajevo Europa ist oder nicht, und dann sind wir über die Eisenbahn und in der Großstadt, und wir sind da.

Sarajevo gehört uns.

Das stimmt nicht.

Sarajevo gehört nicht uns, gehört uns nicht länger, dir und mir, und gehört uns noch nicht, Tanya Katharina und mir. Aber wir sind da, hier, Tanya Katharina und ich, und wir, *wir*, suchen unser Hotel, und dieses *unser* sind nicht wir, sondern wieder Tanya Katharina und ich, was langsam zur Gewohnheit wird. Und Gewohnheit ist gleich Wiederholung, und du weißt, was Wiederholung bedeutet, Zoja Maria, weißt du das?

Deshalb parken wir, *wir*, das Auto, öffnen die Heckklappe und greifen nach unseren, sieh nur, wieder nach *unseren* zwei leichten Wochenendtaschen, nach meiner aus altem, zerschlissenen Leder und ihrer aus geblümtem Brokat einer bekannten Marke, dessen bin ich mir sicher, auch wenn ich sie nicht kenne. Ich greife also nach diesen beiden Taschen und schließe die Heckklappe, denn Tanya Katharina hat die Zentralverriegelung bereits aktiviert, und dann gehen wir hinein, direkt an die Rezeption, ohne nach rechts oder links zu schauen, es ist spät. Oder richtiger, ich schaue nicht, ich bin schon einmal hier gewesen, Tanya Katharina schaut, und was sie sieht, sind ein staatskommunistischer großzügiger Raum mit Gerüsten und Abdeckungen an einer Wand, ein gestreifter Marmorboden, eine hohe Decke und gedrückte Stimmung. Wir bekommen die Schlüssel zu unserem Zimmer, und damit kann sie beginnen: die Eroberung Sarajevos.

Es war eine lange Fahrt, und ich schlafe tief.

»Zeig mir, wo du und meine Mutter euch begegnet seid«, sagt Tanya Katharina am Samstagmorgen, als wir im Hotel beim Frühstück sitzen.

Und mit einem Kälteschauer, der glücklicherweise nicht sichtbar ist, denke ich, ja, warum nicht, lass uns genau dort anfangen, wo wir uns begegnet sind, und jetzt sind wir wieder du und ich, auch wenn ich dieses »wir« bereits einmal getötet habe.

Wir sind zeitig aufgestanden, und die Geschäfte Sarajevos haben noch nicht geöffnet. Wir parken das Auto hinter dem zerstörten Hotel Central und gehen langsam durch die löchrigen Straßen, zwischen Gebäuden, die niedergerissen werden; Gebäuden, die noch immer mit fehlenden Fenstern und eingestürzten Mauern dastehen; Gebäuden, die bereits neue Fenster bekommen haben, neue Dächer, sodass nur noch ihre durchlöcherten Fassaden daran erinnern, dass auch an ihnen der Krieg nicht spurlos vorbeigegangen ist: Ihr konntet uns nicht zerstören!

Ich bin nicht mehr hier gewesen, seit ich im Januar nach Wien gezogen bin. Alles hat sich verändert, es gibt keine Sandsäcke, keine Barrikaden mehr, nur eine chaotische, riesige Baustelle mit halb fertigen Geschäften und Buden mit allen möglichen Waren zwischen den Beinen der Kräne. Den größten Unterschied machen die Menschen in den Straßen aus, die ruhig ihres Weges gehen, ohne nach links oder rechts zu schauen, ohne mit eingezogenem Kopf von der einen Straßenecke zur nächsten zu hasten. Den wesentlichen Unterschied macht die Menge aus, die allmählich Straßen und Cafés füllt.

Wir gehen langsam, ohne zu reden, langsam in einem großen kreisförmigen Umweg zum Fluss und den Ruinen der Universität zurück, der Fakultät für Kunst und Wissenschaft. Hier hast du unterrichtet. Ich sage es Tanya Katharina nicht, betrachte nur die eingefallenen Mauern, das Gras, das dort wächst, wo es nicht gedacht ist. Ich habe dieses Bild viele Male gesehen. Im Gegensatz zu deiner Tochter. Sie stellt keine Fragen, was mich wundert. Sie sieht mit einem leichten Lächeln um den Mund zu den eingestürzten Gebäuden hin und scheint mehr überrascht über die enorme Wiederaufbautätigkeit als über die Zerstörung.

»Nun ja, hier war eben Krieg«, sagt sie leichthin, als ich nicht umhinkann, zu der anderen Flussseite hinüberzuzeigen, wo die Ruinen der Post mitten in einer Reihe zerstörter Gebäude stehen.

Ich spüre, dass sie wartet, und ich weiß auch, worauf sie

wartet, deshalb gehe ich langsam weiter, Tanya Katharina einen halben Schritt hinter mir, und langsam auf noch einem Umweg oder zweien, langsam, mit noch einer Überquerung des Flusses, kommen wir zum Markt, wo damals die neu gegründete bosnisch-serbische Partei, SDS, vor einer Tito-Statue, die längst nicht mehr steht, ihre Brandreden hielt, am 2. April 1992 um genau zu sein, und wo sich jetzt ein amerikanisches Pizza-Restaurant etabliert hat, was ich äußerst passend finde. Denn so hat er doch recht bekommen, der Redner, der gesagt hat, dass der serbischen Kultur die Vernichtung drohe und sie sich deshalb mit Schnabel und Krallen verteidigen müssten, und Schnabel bedeutete, dass sie sich festbeißen und ein Teil Serbiens werden, und Klauen, dass sie so viel des bosnisch-herzegowinischen Landes an sich reißen sollten wie möglich. Das war natürlich nicht der genaue Wortlaut, aber so klang es, und damals wusste ich nicht, wozu das, was er sagte, führen würde, wollte nicht wissen (vergib mir), dass die Worte der Beginn eines Krieges waren: »Wir Serben müssen uns gegen die islamischen Fundamentalisten und die kroatischen Ustasa verteidigen. Traut dem unterwürfigen Lächeln und den falschen Worten nicht. Sie sind nur darauf aus, uns zu vernichten. Das zeigt die Geschichte! Wir müssen die Serben und die serbische Geschichte vor der Ausrottung retten!«

Und diese Worte ließen dich aufstehen, und dies »du« bist wieder du, Zoja Maria, und sagten: »Unsinn!«

Das erzähle ich Tanya Katharina, wie du aufgestanden bist und »Unsinn« gesagt hast, vielleicht weil ich nicht weiß, wie ich ihr sonst von der Tito-Statue erzählen soll, die es nicht mehr gibt, und von deinem Nacken. Denn eigentlich wollte ich den mit einem Fleckschuss treffen, nicht wahr?

Dann begehe ich meinen zweiten Fehler an diesem Wochenende, von dem ersten werde ich erst später erzählen, denn obwohl er bereits gemacht ist, weiß ich noch nicht, dass es ein Fehler ist, und das trotz des leicht mulmigen Gefühls im Magen. Doch man sieht mir zumindest nichts an, denn ich habe daran gedacht, die Maske der Besonnenheit einzupacken, so wie ich immer an alles denke, so bin ich nun einmal, ich habe ein gutes Gedächtnis. Und falls man sonst nichts Gutes über mich sagen kann, so wenigstens das: Ich habe ein gutes Gedächtnis.

Deshalb ist es auch merkwürdig, dass ich das richtige Restaurant nicht finde, das, in dem ich auf der karierten Decke nach deiner Hand gegriffen habe, die genau eineinhalb Zentimeter vom Fuß deines Weinglases entfernt lag, denn das Restaurant hat längst wieder geöffnet, und wir gehen direkt an den Bäumen vorbei, die freundlich in dem nicht existierenden Wind wanken, folgen den Autos, die dicht daran vorbeifahren, und dann sind auch wir vorbei. Denn selbst wenn man langsam geht, absolut langsam, bewegt man sich vorwärts, was beweist, dass Zenon nicht recht hatte, dass die Unmöglichkeit des ganzen Wegs sich aus der fortgesetzten Halbierung des Wegs ergibt, denn wir sind bereits vorbei und das ungeachtet dessen, wie oft wir die Distanz halbiert haben. Jetzt, auf dem Weg vom Restaurant weg, verdoppeln wir sie die ganze Zeit, als könnte es nicht schnell genug gehen. Was bestimmt auch der Wahrheit entspricht, doch der Wahrheit kann man sich nie absolut sicher sein, vor allem nicht in diesem Land, der Hochburg der Geschichtsverfälschung. Und deshalb entscheide ich mich für ein ganz anderes Restaurant, eins, das ich noch nie zuvor gesehen habe, und nicht einmal das stimmt, denn es war bestimmt schon hier, als ich das letzte und vorletzte Mal in Sarajevo war. Doch das ist gleichgültig, es hätte ebenso gut nicht existieren können, denn es ist nicht Teil von uns, von dir und mir, also lass uns sagen, dass es nicht hier war, und hier bleibe ich stehen, und hier sage ich: »Hier!«

Und zeige auf einen Tisch auf der Terrasse, und wir setzen uns an den Tisch, auf dem eine karierte Tischdecke liegt, aber hier gibt es keine Bäume, nur Wimpel, die freundlich in dem nicht existierenden Wind wehen, und das ist der Fehler, für den ich ausgepeitscht werden sollte, ruhig mit einer neunschwänzigen Katze, und du, Slobo, du Meister im Führen der Peitsche, darfst sie gerne führen, nein, du musst sie führen, denn wie konnte ich so dumm sein, nicht auf den Nacken zu zielen? Stattdessen ziele ich auf etwas, das gleich scheint, ohne gleich zu sein, und es stimmt offensichtlich, dass Sentimentalität hin und wieder dazu führen kann, dass man das Bein bricht statt des Nackens, dass man nicht genug Brutalität in sich hat zu töten und deshalb nur vergewaltigt? (vergib mir, Slobo) Und ich muss an dich denken und an das, was ich dir angetan habe, als ich dich das letzte Mal sah. Warum sind wir Männer so? Nein, das stimmt nicht, daran denke ich nicht, denn ich finde nicht, dass ich so bin, und ich bin einer von ihnen. Ich frage mich, warum wir Männer so sind, warum wir uns so verhalten, dass die Frauen denken, dass wir so sind? Und das lässt mich unglücklicherweise die Frage ganz umdrehen, eine Geschichte mit einer eleganten Schraube und einem doppelten Salto, denn warum sind die Frauen so, dass sie die Männer dazu bringen, sich so zu verhalten?

Warum hast du mich dazu gebracht?

Das wüsste ich nur zu gerne!

Doch nicht jetzt, jetzt möchte ich gar nichts wissen, denn jetzt sitze ich in einem Restaurant mit karierten Tischdeckchen auf den Tischen und einer Hand, die mir gehört und die auf dem Weg zu einer unbekümmerten, herzerwärmenden, hellen Hand ist, der Hand deiner Tochter, die unter meinen Fingern sofort hell auflacht, und lange bevor der Kellner uns auf seine kantige und unhöfliche Art den lokalen Rotwein und unsere Ćevapčići bringt, deren Namen ich nie korrekt auszusprechen lerne, denke ich an etwas ganz anderes als Essen und Trinken, aber sind Männer nicht so? (vergib mir)

Nicht einmal das stimmt, ich denke, dass es keine gute Idee war, dass ich nie hätte mitkommen dürfen, und ich gestehe mir ein, dass die Fahrt nach Sarajevo mein erster Fehler war, das denke ich noch, als Tanya Katharina sagt »Komm!« und weiterwill.

Ich bezahle die Rechnung, und wir stehen auf. Es ist ein ungewöhnlich warmer Septembernachmittag, und doch kann einem kalt werden, wenn man still sitzt, und während wir durch Starigrad, den alten Stadtteil gehen, vorbei an den kundenlosen Souvenirläden, die wieder überfließen vor endlosen Mengen gleicher Ware: russische Puppen, Kelimteppiche, Postkarten, türkische Kaffeeservices mit Kupferkessel, Tablett und vier Tassen, und zierlich geschnitzte Schachspiele, denke ich wieder, dass das eine schlechte Idee war, eine sehr schlechte Idee. Und noch bevor wir an der halb wiederaufgebauten Gazi-Husrefbegova-Moschee vorbei sind und die breitere Fußgängerzone im habsburgischen Sarajevo mit ihren teilweise wiederaufgebauten Sport- und Bekleidungsgeschäften erreicht haben, erweist sich der Gedanke als richtig, denn Tanya Katharina hat meine Hand genommen und redet und redet, und was sie erzählt, will ich nicht hören, denn sie erzählt von ihrer Kindheit, was eigentlich ganz in Ordnung wäre, würdest nicht ausgerechnet du darin eine Rolle spielen, die sich bald als die Hauptrolle erweist, und von da an will ich nichts mehr hören.

»Ich habe einmal den Geliebten meiner Mutter getroffen«,

fährt sie fort. »Das erste Mal war ich neun.« Tanya Katharina sieht mich an, doch ich weiß nicht, ob sie den Effekt ihrer Worte prüfen will oder ob es nur natürlich ist, ob es die Höflichkeit nicht gebietet, denjenigen, mit dem man spricht, anzusehen.

Sie lacht: »Guck nicht so schockiert.«

Und da habe ich die Antwort, und ich sehe bestimmt leicht schockiert aus, ungeachtet dessen, dass ich mein Bestes tue, gleichgültig auszusehen.

»Mein Vater war lange Zeit auf Reisen.« Sie lacht lauter, als lache sie sowohl über mich als auch über ihre eigene Vergangenheit. »Kinder wissen immer alles. Man sollte sich da nichts vormachen.«

Ihr Lachen hört abrupt auf, und ich weiß nicht, ob sie der Ansicht ist, dass es nichts mehr zu lachen gibt, oder ob der Grund der ist, dass auch ich abrupt zu lachen aufgehört habe, oder ob mein Gesichtsausdruck, bevor ich die Maske der Besonnenheit wiedergefunden hatte, nicht zum Lachen einlud. Jedenfalls zieht sich Tanya Katharinas Stirn zu einer tiefen Kluft zwischen den Augenbrauen zusammen, und die Unebenheit in der Tiefe der Kluft sagt mir, dass hier zwei miteinander kämpfen, und diese zwei, die miteinander kämpfen, sind nicht Tanya Katharina und ich, nein, und dieses *nein* ist sehr überraschend, die beiden, die miteinander kämpfen, sind die Tanya Katharina, die Mitleid mit ihrem schockierten Alliierten hat, und die Tanya Katharina, die im Begriff ist, ihren Erzfeind auszulöschen, und sie lächelt, deine Tochter, lächelt mit einer plötzlichen Eindeutigkeit, hebt ihre rechte Hand und streichelt mein Gesicht, vorsichtig, als wolle sie ihre eigene Kluft fortwischen, und es besteht kein Zweifel, dass die erste, die mitleidende Tanya Katharina gewonnen hat, als sie sagt: »Mach dir nichts draus. Das ist einfach so.«

Sie sieht mir direkt in die Augen, ohne ein Lächeln und ohne zwei Lächeln, ohne Kämpfe in der Kluft und bald ganz ohne die Kluft, und sagt ohne Hass und ohne Liebe, ohne Liebe, ohne jegliches Gefühl, sondern nur sehr ernst, als sei es das Wichtigste, das sie überhaupt zu sagen hat: »Und weil Kinder alles wissen, verstehen sie auch alles.«

Und sieh, damit könnte ich leben, damit könnte ich gut leben, und hier könnte das Gespräch zu Ende und ein schreckliches, aber auch überlebenswertes Gespräch sein, doch Tanya Katharina fügt hinzu, ganz leise, fast flüsternd, doch so, dass ich nicht umhinkann, es zu hören, obwohl ich mein Bestes tue, es nicht zu hören: »Fast alles«, fügt sie hinzu.

Und *fast* ist ein Wort, das das Zwerchfell sprengt, denn von *fast* bis zu der Erkenntnis, dass wir zwei, sie und ich, aus dem gleichen Grund in diesem Krieg sind, ist es nicht weit, ja, absolut nicht, sodass ich sofort verstehe, hier mitten in der Fußgängerzone vor einer durchlöcherten Ruine, die in ihrem teilweise wieder aufgebauten Erdgeschoss eine verblüffend gut sortierte Parfümerie beherbergt, dass deine Tochter und ich genau aus dem gleichen Grund in diesem Krieg sind: um zu verstehen, was wir nicht verstehen – dich. Und dass wir deshalb in Wirklichkeit auf genau derselben Seite des Krieges stehen, auch wenn jemand, du, jeden von uns auf seiner Seite hat kämpfen lassen. Und so ist das wohl im Krieg, man muss seinen Feind isolieren, nicht wahr, Slobo? Nicht wahr, Zoja Maria? Doch der Feind hat mit dem Feind gesprochen, und damit ist der Feind auf dieselbe Seite übergewechselt, und in dieser unheiligen Allianz, geschaffen durch das Wort *fast*, wird mir klar, dass nur ich weiß, dass wir echte Alliierte sind, deine Tochter und ich, und diesmal rede ich, und ich sage: »So ist es auch mit den Erwachsenen.«

Tanya Katharina öffnet den Mund, versteht nicht ganz, will

fragen, doch bevor sie fragt, erkläre ich: »Auch Erwachsene verstehen nur fast alles«, sage ich, und erst als ich die Worte ausgesprochen habe, begreife ich, dass es dieser Satz ist, die Hilflosigkeit, die in dem Wort *fast* liegt, die meine einzige Verteidigung ist, diese Allianz eingegangen zu sein, diese unheilige Allianz mit deiner Tochter (vergib mir).

Eine wohl definierte Allianz braucht ein wohl definiertes Ziel, ist es nicht so, Slobo?

Die anderen.

Die anderen, du, müssen weg, vertrieben werden, das hat Slobo gesagt, und das sage ich, sie hätten schließlich nicht im vierzehnten Jahrhundert zum Islam konvertieren müssen, genau wie du unser Kind nicht hättest entfernen lassen dürfen, dann hätten sie, hättest du, nicht das ganze Unglück über sich, über dich gebracht.

Das ist alles.

Denn das andere, von dem meine Alliierte mir noch erzählt hat, das von damals, als sie neun war, entschließe ich mich zu überhören, noch lange nachdem wir die Fußgängerzone verlassen haben und durch Straßen mit Massen von neuen Diplomatenwagen und geschrumpften lokalen Fahrzeugen gewandert sind und unser Auto geholt haben, deins, das blaue, und zurück im Hotelzimmer sind, noch lange nachdem es Nacht geworden ist und Tanya Katharinas Hand meine losgelassen und stattdessen Knöpfe geöffnet, Reißverschlüsse geöffnet hat und zu Fingern geworden ist, die sich langsam in kreisförmigen Bewegungen meinen Körper hinunterbewegen.

»Findest du mich schön?«, fragt sie, während ihre Finger mit den Haaren über meinem Nabel spielen, auf diesem Stück Bauch, der ein wenig zu dick ist, aber flach, ganz akzeptabel flach, wenn ich wie jetzt auf dem Rücken liege. Und sie muss nicht fragen. Denn sie ist schön mit dem hellen Haar, das an den Seiten ihres Gesichts hinunterfällt, das in den Nacken fällt (nein, nicht Nacken, doch, Nacken) und sich über der weichen Schulter teilt, bis die Spitzen die schwere, runde einundzwanzigjährige Brust erreichen, schön mit ihren großen, weit auseinanderstehenden goldenen, bernsteinbraunen Augen, die unter den dunklen, fast zu fein gebogenen Brauen doppelt lächeln, mit der ebenmäßigen Nase und dem sehr, vielleicht zu sehr einladenden Mund. Sie ist schön, fast unfassbar, vorhersehbar schön, wie ein Traum geboren aus dem Schaum der Wellen, doch danach hat sie nicht gefragt. Sie hat gefragt, ob ich sie schön finde. Und was soll ich darauf antworten?

»Du bist unfassbar schön«, antworte ich. »Du bist schön wie ein Traum geboren aus dem Schaum der Wellen.«

Und es ist so abgedroschen, so etwas zu sagen, dass es die Wahrheit sein muss, und es ist die Wahrheit, aber es ist eine Wahrheit, die der Lüge zum Verwechseln ähnlich klingt, und es ist eine Lüge, denn ich finde sie nicht schön. Die Schönheit ist dein, und sie ähnelt dir nicht im Geringsten. Oder vielleicht ein ganz klein wenig um die fast fünfeckigen, weißen Zähne, die ein wenig zu eng beieinanderstehen und dadurch schief gewachsen sind, und plötzlich sehe ich dich in ihrem Mund, in den Zähnen sehe ich dich, und das sage ich ihr: »Du hast schöne Zähne«, sage ich.

Und falls sie die Lüge in der Wahrheit vorher gehört hat, kann sie jetzt sicher nur die Wahrheit hören, und mit dieser Wahrheit greife ich nach ihrem Nacken und ziehe sie zu mir hinunter und küsse sie, küsse diesen Mund, der deine Zähne hat und mir Lust auf alles Mögliche macht, das nichts mit dir zu tun hat und schon gar nichts mit dir und damals, als deine Tochter neun Jahre alt war. Und wenn es so wäre, würde es alles nur noch schlimmer machen, als es schon ist, nicht wahr?

Dass ich anschließend Lust habe, die Augen zu schließen und für immer zu schlafen und für immer zu vergessen, das werde ich dir nicht erzählen. Es spielt auch keine Rolle, denn ich habe es nicht getan. Ich habe es nicht getan (vergib mir).

∞

»Himmelstraße 43, zweiter Stock?«

Es dauert nur einen Augenblick, dann bekommt er die Nummer und entschließt sich, den Anruf direkt durchstellen zu lassen. Doch noch bevor das Telefon am anderen Ende schellt, hat er aufgelegt, und später erinnert er sich ganz klar, dass er am 10. November 1999 nicht anders konnte.

∞ ∞

Wie du hören kannst, ist es mir nicht gelungen, Sarajevo zu töten.

Vielleicht weil es mit Sarajevo so ist. Man kann Sarajevo belagern, man kann Sarajevo beschießen, man kann Sarajevo bestürmen, man kann Sarajevo besudeln. Man kann Sarajevo befruchten. Man kann Sarajevo nicht besiegen.

Oder spreche ich von dir?

Wir fahren schweigend nach Hause.

Tanya Katharina hat mir das Steuer überlassen, sie ist müde, sagt sie, und ich versuche, ebenso ruhig zu fahren, wie ich auszusehen versuche, doch ich weiß nicht, ob mir das gelingt. Im Grunde ist es mir gleichgültig, denn dieses Wochenende ist misslungen, für beide von uns, auch wenn ich nicht genau weiß, was hätte gelingen können, nur dass es für uns beide nicht das Gleiche gewesen wäre, und damit bin ich zurück bei meinem ersten Fehler:

Zu glauben, dass ich Sarajevo einnehmen könnte.

Und das gleicht sehr deinem Fehler, nicht wahr, Slobo? Oder war es Radovans Fehler, oder vielleicht General Ratkos? Wer von euch, von uns, ist auf die Idiotie gekommen, diese Stadt einnehmen zu wollen? Zugegeben: Hast du den Nacken nicht getroffen, hast du nicht getötet, das weiß ich, ich bin nicht umsonst Chirurg, und deshalb schweige ich. Warum Tanya Katharina schweigt, weiß ich nicht.

Was ich weiß, ist, dass Sarajevo eine Lüge ist, eine Lüge war. Wenn sie gewollt hätten, wenn ich gewollt hätte, hätten sie, hätte ich Sarajevo ohne Weiteres einnehmen können. Doch Sarajevo war ein idealer Ort, die Augen der internationalen Friedensgesprächführer, der Journalisten und der ganzen Welt auf sich zu konzentrieren, sodass man an anderen Orten in Ruhe ganz andere radikale Säuberungen vornehmen konnte. Das war eine ausgezeichnete Strategie, Slobo, oder war es deine, Radovan? Sie hat funktioniert: Banja Luka, Bihaj, Foca, Goražde, Srebrenica, Tuzla, Zvornik …

So verschlagen bin ich nicht. Oder doch? Warum habe ich deine Tochter mit nach Sarajevo genommen und nicht an einen anderen Ort? Diese Frage muss ich mir stellen, und während ich das tue, nehme ich die Augen von der Straße, einen Augenblick, nur einen kleinen Augenblick, ich weiß, dass es gefährlich ist, die Augen länger als einen Augenblick von der Straße zu nehmen, und ich brauche nur einen Augenblick, um Tanya Katharinas Blick einzufangen, einen Blick, der leer und doppeldeutig zugleich ist, genau wie der Augenblick, den es braucht, ihren Augen mit meinen zu begegnen, die nicht auf den Weg gerichtet sind, und es passiert kein Unglück, nein, es passiert kein Unglück, nicht einmal mit dem überladenen Lastwagen, der uns donnernd entgegenkommt, halb auf unserer Spur, sodass ich es gerade noch schaffe, zur Seite zu ziehen, und der Lastwagen es gerade noch schafft, ein wenig weiter auf die eigene Fahrbahn zu kommen, bevor wir einander mit ungefähr fünfzehn Zentimeter Abstand zueinander passieren und so dem Unglück entrinnen.

Trotzdem fahre ich an den Rand und halte an.

Ich steige aus und zünde mir eine Zigarette an, lehne mich gegen das Dach des Autos und gucke über das Tal mit der Stadt, die wir gerade verlassen haben, und ohne zu wissen warum, überkommt mich plötzlich eine furchtbare Lust zu weinen. Und ich sage mir, dass das Weinen von dem Gedanken an die vier Jahre dauernden Leiden der vier Jahre belagerten Stadt ausgelöst wird, die sich vor meinem Blick ausbreitet, dem Gedanken an die Einwohner ohne Heizung, ohne fließendes Wasser, ohne Elektrizität, die jedes Mal ihr Leben auf Spiel setzten, wenn sie Wasser und Brot holten, wenn es überhaupt etwas zu holen gab. Doch selbst wenn ich vor der belagerten Stadt und ihren Leiden die Augen verschließe, sind die Tränen noch immer da, und ich würde mich gerne rühmen, über Sarajevo zu weinen, denn wer würde nicht über Sarajevo weinen, aber ich weine nicht. Ich habe nur den unbändigen Drang zu weinen, nicht über Sarajevo und nicht über die hunderttausend anderen vertriebenen und vernichteten Einwohner Bosnien-Herzegowinas, sondern über mich, vielleicht auch über uns, über dich und mich, doch mit einer unabweisbaren Sicherheit weiß ich, dass ich vor allem über mich weinen möchte.

Ein Soldat, der nicht töten kann.

Wer müsste nicht über mich weinen?

∞

Er lässt das Telefon einmal schellen, dann zweimal, dreimal, doch in dem Moment, als er den Klick am anderen Ende hört, legt er auf, und später ist es gleichgültig, ob das der

16., 17. oder 18. November 1999 war, denn es war jedes Mal das Gleiche.

∞ ∞

Das ist etwas, das ich nicht erzählt habe und das ich lieber auch nicht erzählen würde, und vielleicht stimmt es auch nicht, vielleicht erinnere ich mich falsch, doch das, woran ich mich erinnere, bist du: Du stehst am Fenster und siehst hinunter.

Alles ist wie immer, und doch hat sich etwas verändert, doch was sich verändert hat, ist in mir, hat nichts mit dir oder dem Fenster oder dem Licht oder den Gardinen zu tun, und doch scheint alles anders zu sein.

»Ich weiß nicht mehr, was passiert«, sagst du.

Ich frage nicht, was du meinst. Weil ich die Antwort kenne und weil ich weiß: Wir sind uns abhandengekommen. Aber es stimmt nicht, dass ich die Antwort kenne, denn du sagst: »Ich kann ohne dich nicht leben.« Du drehst dich nicht um, senkst bloß die Stimme und flüsterst, als würdest du mir in die Augen starren. »Sem, bist du da, wenn ich meinen Mann verlasse?«

Doch das ist nicht das Merkwürdige, das Merkwürdige ist, dass du fortfährst und fragst: »Sem, willst du mit mir leben?« Und auf die Antwort wartest mit Schultern, die schmäler werden und sich zum Nacken hin zusammenziehen, wo die Haare zu Berge stehen, während sich dein linkes Bein drei, vier, fünf Zentimeter vom Boden hebt, genau in dem Moment, in dem ich die Arme hätte ausbreiten und sagen sollen: Komm, Zoja Maria, komm und bleib. Mehr hätte ich nicht sagen müssen, das sehe ich jetzt, aber ich bin mir nicht sicher, ob ich das damals gesehen habe. Denn als ich antworten will, kann ich dir nur den Rücken zukehren und in die Küche gehen, wo ich die Eiswürfel aus dem Gefrierfach nehme, ein paar in ein Glas schütte, das Glas mit Whisky auffülle, randvoll, und zurückgehe, mich auf das Sofa setze und dich ansehe, die du noch immer am Fenster stehst.

Das späte Nachmittagslicht lässt dein Haar hell erscheinen, fast blond. Die Gardinen bewegen sich im Wind des offenen Fensters, und du schwankst leicht, als könntest du mit der Brise fortreisen, dein linkes Bein schwebt noch immer in der Luft, deine Schultern sind noch schmaler, höher, die Haare in deinem Nacken stehen zu Berge, und du siehst furchteinflößend aus wie eine Geschichte, die darauf wartet, geschrieben zu werden, und ich habe nicht genug Worte. Ich habe nicht genug Worte, ist das Einzige, das ich denken kann, und das stimmt, denn das einzige Wort, das mir einfällt, ist du, und du ist keine Geschichte, die man jemandem anbieten kann, und das Grauen greift um sich, um mich, und ich sage nichts.

Und da ich das Wort nicht ausspreche, das der Anfang der Geschichte hätte sein können, wird keine Geschichte daraus. Und wer weiß, es wäre wohl nie eine daraus geworden, ganz gleich was ich gesagt haben könnte. Davon bin ich überzeugt.

Fast.

Was ich weiß ist, dass ich das Wort nicht ausspreche, als ich die Möglichkeit dazu habe.

Was du nicht weißt, was ich nie gesagt habe ist, dass der Grund nicht der war, dass ich das Wort nicht aussprechen wollte, dass ich mir das nicht mehr als alles andere wünschte, nein, der Grund ist der, dass der Wunsch so groß ist, dass ich das Wort nicht aussprechen kann, zu groß, als dass ich es sagen kann, denn was mich erfüllt, was sich geändert hat, ist die Einsicht:

Solange du mir nicht gehörst, kann ich dich nicht verlieren.

Das habe ich geglaubt, damals. Heute, während ich mit deiner Tochter an meiner Seite über die Ruinen von Sarajevo schaue, während ich die erste Zigarette auf die Erde werfe, sie mit meinem Absatz austrete und mir sofort eine neu anzünde, weiß ich, dass ich mich geirrt habe.

Auch wenn du mir nicht gehörst, kann ich dich verlieren.

∞

»Balto … Hallo.« Die Stimme hebt sich zu einer Frage. »Hallo? … Hallo?«

Der Atem ist sehr leise, aber er kann ihn trotzdem hören. »Hallo«, sagt sie wieder und legt auf, als noch immer keine Antwort kommt.

Er bleibt lange mit dem Hörer in der Hand sitzen. Es ist gleichgültig, dass er später weiß, dass es der 26. November 1999 ist, denn bevor er das weiß, weiß er, dass er etwas tun muss.

∞ ∞

Da ist etwas, das ich dir nicht erzählt habe, und ich erzähle es nicht gerne, aber es ist trotzdem da. In Sarajevo bin ich mit etwas konfrontiert worden, das mir nicht gefallen hat: Ich bin mir nicht länger sicher, ob mir deine Tochter Tanya Katharina überhaupt gefällt, und es gefällt mir nicht, das zu erzählen. Doch im Grunde ist das gleichgültig, nicht gleichgültig ist, dass ich mir nicht länger sicher bin, ob ich sie mag. Ob sie mich mag? Ich weiß es nicht, ich glaube es nicht, vielleicht hat sie mich nie gemocht, habe ich sie nie gemocht (vergib mir).

Wir spazierten zwischen den Grabsteinen in dem kleinen, schräg abfallenden Veliki-Park umher. Es war Sonntag, früher Vormittag, wir hatten aus dem Hotel ausgecheckt, das Auto bepackt und wollten nur noch einen kurzen Gang durch die

Stadt machen, einen Kaffee trinken und uns ein letztes Mal umsehen, bevor wir fahren mussten. Der Kaffee war getrunken, der Gang gemacht, und wir waren auf dem Weg zurück zum Auto, und mitten zwischen den eingestürzten Steinen sagte ich, aus Versehen, im Nachhinein ist mir klar, dass ich das nicht hätte sagen sollen, das weiß ich, aber es schien so vollkommen in Ordnung, als die Worte ausgesprochen wurden, und doch bedeuteten sie etwas ganz anderes, denn als ich zu sagen glaubte: »Das ist der Lieblingsplatz deiner Mutter in Sarajevo«, sagte ich in Wirklichkeit: Diese Geschichte handelt von deiner Mutter und mir, nicht von dir.

Und obwohl das die Wahrheit war, hätte ich das nicht sagen dürfen, und mehr noch, es war auch strategisch dumm, denn da ging sie hin, meine Allianz, genau wie deine Allianz mit Franjo dahinging, Slobo, als Franjo einsah, dass Kroatiens Zukunft besser gesichert war, wenn er deine Träume von einer serbischen Oberherrschaft über den größten Teil Bosnien-Herzegowinas nicht teilte. So ist das im Krieg, man muss gut auf seine Allianzen achtgeben, jedenfalls besser, als ich es in diesem deinem Lieblingspark getan habe, nicht weit von der Stelle entfernt, wo ich fünf Jahre zuvor deinem Nacken gefolgt war, und da sagte deine Tochter:

»Eigentlich ist es traurig für meine Mutter, dass sie nicht mehr so aussieht, wie sie einmal ausgesehen hat«, sagte sie.

»Deine Mutter ist eine sehr schöne Frau«, antwortete ich, konnte ich nicht umhin zu antworten, auch wenn ich das natürlich nicht hätte tun sollen.

»Nun ja«, rief Tanya Katharina. »Dich hat sie natürlich auch …«

Sie beendete ihren Satz nicht, trat nur hart gegen ein paar Mauerbrocken.

»Lass uns von etwas anderem reden.«

Ich versuchte, die Hand nach ihr auszustrecken, legte meine Hand auf ihre Schulter und wollte sie an mich ziehen, aber sie schüttelte meine Hand ab, drehte sich um und rief mit hasserfüllter Stimme: »Immer, immer diese Geschichte. Und was ist mit meinem Vater? Was ist mit uns?«

Sie machte eine ausladende Armbewegung und sah einen Moment so resigniert aus, dass sie mir unendlich viel bedeutete, und ich hätte beinahe gefragt, so ganz und absolut ohne Ironie gefragt, was mit der Familie passiert ist, die sich so nahesteht, hielt es jedoch für klüger, es nicht zu tun, weil Tanya Katharina mit einem erneuten Hass, der umgehend die Resignation und mein Wohlwollen auslöschte, fortfuhr: »Ich hoffe, sie wird nie mit dem Buch fertig. Denn dann wird sie ganz unausstehlich!«

Wenn eine Allianz zerbricht, kann ein Rückzug und eine Neuorganisation der Truppen das Klügste sein, eine Änderung der Strategie, bevor man wieder zum Angriff übergeht. Ist es nicht das, was mein alter Freund Slobo mich gelehrt hat? Deshalb nahm ich meinen Arm, meinen Körper, meine Beine und drehte mich um, ging ruhig Richtung Auto, wo ich nicht viele Minuten warten musste, bis Tanya Katharina auftauchte und sich auf den Beifahrersitz setzte, stumm und mürrisch auf eine sehr unkleidsame Weise, und doch war es nicht das Unkleidsame, das mich in diesem Augenblick beschäftigte. Was mich beschäftigte war, wie leicht man sich in einem Krieg, in dem das Ziel die Vertreibung des dritten Parts ist, Alliierte zu Feinden macht. Und erst da begriff ich, dass Tanya Katharina ihren ganz eigenen Krieg führt. Einen Krieg, in dem auch ich mehr Waffe als Ziel bin, und ist das nicht immer so in einem Krieg, in dem das Ziel weit entfernt ist, dass man erobert, was auf dem Weg zum Ziel erobert werden muss, und dass das, was man erobert, Teil der auf das Ziel gerichteten Waffe wird?

Und bei diesem Gedanken richtete ich vor einem Augenblick den Blick genau in dem Moment auf Tanya Katharina, als ein Lastwagen uns entgegendonnerte und mich damit lehrte, mit aller Deutlichkeit lehrte, das verspreche ich dir, Slobo (vergib mir): Man darf die Augen nie von dem Ziel abwenden. Auch nicht einen Augenblick.

(Es gibt Kinder, für die Europa keinen Platz hat. Sieh nur meine Nichte, Habiba.)

Ich werfe noch eine Zigarette auf die Erde und zünde eine weitere an, sehe noch einmal über Sarajevo, und mir wird klar, dass man Allianzen leichter verliert als gewinnt, sodass ich, als ich die dritte Zigarette wegwerfe, die ich erst halb aufgeraucht habe, und mich ins Auto neben die noch immer mürrische, noch immer verdrossene Tanya Katharina setze, sage: »Lächle mich an, meine Liebe«, und meine Hand auf ihre lege und sie festhalte, ungeachtet dessen, dass sie sie zu sich ziehen will. Schließlich muss sie doch lächeln, und mir ist es gleichgültig, ob das ein einfaches Lächeln ist oder zwei Lächeln in einem, denn ich selbst wurde in dem Augenblick in zwei gespalten, in dem ich beschloss: Man muss seine Allianzen pflegen.

∞

Sie öffnet die Tür, lässt ihn ohne ein Wort herein. Auch er sagt nichts. Er schiebt sich an ihr vorbei und tritt durch die erste Tür, die er sieht. Das Wohnzimmer ist überraschend klein. Von dem Fenster kann er auf die Straße hinunter fast bis zum Bahnhof sehen, von dem er vor wenigen Minuten gekommen ist. Er dreht sich um, als er ihre Schritte hört, schlingt die Arme um sie und drückt sie an sich. Sie riecht nach Lakritz, und plötzlich erinnert er sich, dass sie immer so gerochen hat.

»Ich wusste, dass du kommst«, flüstert sie und löst sich von ihm.

Ohne mehr zu sagen, zieht sie sich vor seinen Augen aus. Zuerst den Pullover, dann die Bluse, den BH, den Rock, die Strumpfhose, das Höschen, und sie steht nackt vor ihm.

Die Zeiger des Weckers leuchten im Dunkeln. Neun, zehn, elf, halb zwölf…

»Ich muss gehen«, sagt er und macht vorsichtig seinen Körper unter ihrem frei, setzt sich auf.

Er streicht ihr über die Haare, und sie greift nach seiner Hand. Betrachtet den Ehering.

»Wir sehen uns«, sagt sie.

»Ich weiß nicht…«, flüstert er. »Ich weiß nicht, ob ich kann.«

»Wir sehen uns«, wiederholt sie.

Später denkt er, dass diese ihre Worte kurz vor Mitternacht am 29. November 1999 vielleicht mehr eine Antwort waren, als es den Anschein hatte.

∞ ∞

Ein Mann geht unten vorbei.

Dann eine Frau, dann noch ein Mann und noch einer, dann folgen drei Frauen und hinter ihnen ein Paar.

Es kommen noch mehr, und alles ist, wie es immer ist, absolut vorhersehbar, und ich frage mich, wohin sie wollen, all diese sauber gewaschenen und fein gemachten Menschen, denke über dieses Wunder nach, dass sie alle auf dem Weg zu einem Ziel sind, genau wissen, welchen Weg sie gehen müssen, und es ist nicht dasselbe Ziel, jeder ist zu seinem unterwegs, sie spazieren nur hier vorbei, überqueren den Marktplatz, einer nach dem anderen, in einem sanften Strom farbiger Textilien und weißer Menschen, denn hier über diesen Platz kommen nur weiße Menschen, wenn man von mir absieht natürlich, aber es gibt natürlich auch die, die behaupten würden, dass ich in meinem tiefsten Inneren weiß bin, was entweder ein Ausdruck tiefster Verachtung und tiefsten Misstrauens oder höchster Achtung und höchsten Vertrauens ist, je nachdem ob derjenige, der das sagt, selbst schwarz oder weiß ist, außen. Mir ist es eigentlich gleichgültig. Ich bin außen schwarz, und innen habe ich die Farbe, die du mir gibst, und im Moment ist sie blau, und jetzt überquert eine blaue Jacke den Marktplatz, dann ist sie weg. Stell dir vor, man könnte ein Stampfen ebenso schnell verjagen.

Die Gardine flattert in einem kräftigen Windstoß, und ich werfe den Zigarettenstummel auf den Bürgersteig hinunter und schließe das Fenster. Es wird langsam Winter. Die Bäume in den Parks und entlang der Straßen sind längst gelb geworden, und die wenigen Blätter, die sie noch haben, werden schnell von den kalten Windstößen heruntergerissen, die von den Bergen kommen und den Winter ankündigen, während die Sonne noch immer scheint und es an den meisten Tagen möglich ist, nur im Pullover und ohne Mantel draußen herumzulaufen, ohne die Gesundheit zu gefährden.

Durch die Fensterscheibe betrachte ich noch eine Weile den Strom von Menschen, die auf dem Weg irgendwohin vorbeispazieren, und es ist wie ein Gefühl von Leben, das da vorbeispaziert, und dann will ich nicht mehr denken, sondern setze mich an den Schreibtisch, schalte den Computer ein und hole meinen Bericht und einige Bücher hervor und denke.

Und woran denke ich?

Nein, ich denke nicht an dich, ich denke an deine Tochter, Tanya Katharina, von der ich seit fünf Tagen nichts gehört habe. Ich denke, dass ich fünf Tage nichts von Tanya Katharina gehört habe, seit wir Sonntagnacht von Sarajevo zurückgekommen sind, und daran, ob auch sie ihre Truppen umorganisiert oder ob ihr Krieg schon vorbei ist, und ich weiß, dass ich sie anrufen müsste, aber ich kann mich nicht dazu durchringen. Denn jedes Mal, wenn ich nach dem Hörer greife, höre ich den letzten Satz, den sie gesagt hat, bevor ich ausgestiegen bin und mein Gepäck genommen habe, und dieser Satz verunsichert mich, nicht wie du mich verunsicherst, sondern wie man sich einem Alliierten gegenüber verunsichert fühlt, der ein Feind ist.

»Ich könnte dir noch sehr viel mehr erzählen. Denn es hat mehr als einen gegeben«, hat sie gesagt.

Und ist es nicht merkwürdig, so etwas zu sagen? Ist es nicht absolut seltsam, so etwas überhaupt von einem Alliierten zu denken, geschweige denn zu einem Alliierten zu sagen, und dann in dieser Situation? Vielleicht bedeutet es auch gar nicht das, was ich glaube, wie soll ich das wissen, will ich das überhaupt wissen, will ich das wissen?

Und was weiß ich im Grunde von Tanya Katharinas Krieg, ich, der nicht einmal weiß, ob ihr Krieg darauf abzielt, dich zu erobern oder zu vernichten? Und ob es nun das eine oder das andere ist, was weiß ich, welche Rolle ich in ihrem Krieg spiele? Ich weiß auch nicht, ob sie weiß, welche Rolle sie in meinem Krieg spielt, ob sie überhaupt weiß, dass auch ich im Krieg bin? Und so weiß ich eigentlich gar nichts über den Krieg, der keine klaren Fronten hat, keine Ost- und keine Westfront, nicht ein Heer hier und ein Heer da, einen Schützengraben auf der einen und einen auf der anderen Seite. Nein, das ist ein moderner Krieg, das Ultimative, was unser Jahrhundert zu bieten hat, ein Krieg ohne Heere, ohne Zivilisten, ein Krieg aller gegen alle. Und trotzdem stimmt das nicht, denn ich bin der Aggressor, und die Front ist genau da, wo ich meine Truppen und anderen Handlanger hinschicke, aber ich bin der Aggressor, weil ich mich gegen die anderen verteidigen muss, die mich sonst vernichten würden, gegen dich, die du mich sonst vernichten würdest. Ist es nicht so, Slobo? Bin ich nicht ein guter Schüler? Ich habe alles auswendig gelernt.

Das Beste ist, dass es stimmt: Ich töte dich, weil sonst du mich töten wirst.

Was Tanya Katharina mit der Sache zu tun hat, ist vielleicht nicht so einleuchtend, doch so ist das im Krieg, manchmal durchschaut man die Strategie erst im Nachhinein, und ich strecke die Hand aus und greife nach dem Telefon, wähle die Nummer, von der ich nicht mehr sagen mag, dass es ihre ist, auch wenn das so ist, und es ist auch ihre Stimme, die durch den Hörer kommt: »Hallo.«

Ihre Stimme wird in dem Moment fern und eisig, in dem sie begreift, dass ich es bin. Ich habe sie bisher nur ein einziges Mal angerufen, wird mir in dem Augenblick klar, als ich frage: »Kommst du vorbei?«

»Nein«, sagt sie.

Und ich begreife, welch scharfe Waffe ein Nein ist. Eine scharf geschliffene Machete und ein fester Griff um den Schaft, und sie muss nur ein einziges Mal geschwungen werden: Der Kopf rollt. Und ich denke mit dem Kopf, der unter den Tisch gerollt ist und nicht ganz klar sieht, weil ihm ein wenig schwindlig ist von der ganzen Rollerei, mit diesem Kopf denke ich: Was für eine Waffe ein Nein doch ist. Das muss ich ausprobieren: Nein. Eine Machete für einen Massenmord, nicht schlecht. Nein.

Gerade jetzt ist mein Kopf jedoch weit von der Hand entfernt, und nicht ich halte die Machete, und das Merkwürdige ist, dass die Stimme genau in dem Moment, in dem ich den endgültigen Schlag erwarte, sagt: »Vielleicht später.«

Ich frage nicht wann, denn auch dieses Wort habe ich getötet. Stattdessen schweige ich, denn ich weiß, dass Schweigen eine Frage sein kann und dass es gewisse Situationen gibt, in denen Schweigen die effektivste Art zu fragen ist, und ja, ich räume ein, dass du mich das gelehrt hast, aber daran denke ich jetzt nicht, und erst später geht mir auf, das auch Tanya Katharina im Fragen ohne Worte geschult sein muss, sonst könnte die Wirkung nicht so effektiv sein, denn sie sagt: »Um sechs. Vielleicht.«

Bevor sie sich hastig verabschiedet und auflegt, und ich weiß, dass ihr »vielleicht« nicht vielleicht bedeutet, sondern nur ein Ehrenwort ist, ein kleines zweisilbiges Wort mit zehn Buchstaben, dessen es bedarf, um sie ihren Stolz nicht verlieren zu lassen, und ich sehe wieder aus dem Fenster auf die Menschen, die unten über den Platz spazieren, und sieh nur, ich bin einer von ihnen, denn auch ich habe ein Ziel, das ich heute erreichen muss, auch wenn man vielleicht einwenden könnte, dass das Ziel zu mir kommt, aber so sehe ich das nicht. Denn um das Ziel zu erreichen, das zu mir kommt, muss ich eine lange Reise machen, und dazu werde ich den größten Teil des Nachmittags brauchen. Das weiß ich auch. Es gibt Fragen, die ich stellen muss. (Es gibt Kinder, für die Europa keinen Platz hat. Sieh nur meine Nichte, Habiba.) Man muss seine Allianzen pflegen.

Man muss seine Allianzen pflegen, und während ich warte, denke ich an das Wort *wann*, denn obwohl ich *wann* getötet habe, kann ich mich gut erinnern, dass *wann* einmal existiert hat, wann habe ich dir Folgendes gesagt:

»Kinder sind wie offene Wunden, in die das Leben Salz streut.«

Einige Kilometer nördlich von Jajce, weit genug entfernt, um nicht Teil des Krieges zu sein, nah genug, um das Dröhnen der Granaten zu hören. Wir sitzen auf unbequemen Klappstühlen im Operationswagen um einen abblätternden Klapptisch mit einer Frau in den mittleren Jahren, die verletzt ist und überall im Haar, im Gesicht und auf der Kleidung getrocknetes Blut hat und die ununterbrochen redet, als würde sie nichts merken, was sie in ihrem Schock bestimmt auch nicht tut. Ich verstehe ihre Worte nicht, aber du übersetzt in einem fließenden, reißenden Strom geflüsterter Laute, als wolltest du die Frau nicht stören, deren Reden wie ein Weinen ist, das aus dem Mund strömt, statt aus den Augen.

»Sie haben die Tür eingetreten. Ich saß in der Küche bei meiner Nachbarin. Wie wir jetzt hier sitzen.«

Die Frau schlägt mit der Hand auf den Tisch, sodass noch ein Emaillestück abspringt, und obwohl sie über etwas spricht, das viele Kilometer entfernt passiert ist, zeigt sie in eine Richtung, als könnte sie die Wohnung ihrer Nachbarin hinter den Bäumen und den wenigen Lastwagen sehen.

»Meine Nachbarin hat ihren Sohn gegriffen. Zehn Jahre.« Sie zeigt die Zahl mit den Fingern beider Hände.

Ich nähe den letzten Stich in ihrer Wange, tupfe mit Salzwasser nach und klebe ein Pflaster darauf. Die Frau scheint nichts davon zu merken, fährt in ihrem Redestrom fort.

»Zehn Jahre. Es waren drei Männer, ein großer Mann und zwei kleinere.«

Ich schneide ihr an der rechten Seite die Haare ab, um die Platzwunde an ihrem Kopf zu versorgen.

»Ich kenne einen der Kleineren. Ich habe ihm zugerufen, dass sie gehen sollen, dass das meine Nachbarn sind, dass sie gute Menschen sind. Er hat nicht geantwortet, hat mich nur mit dem Gewehrkolben ins Gesicht geschlagen.«

Der Körper der Frau zittert so heftig, dass ich sie mit der Schere steche, doch sie bemerkt es nicht, und ihre Stimme fährt fort: »Der Große riss den Jungen aus den Armen der Mutter, zwang eine Pistole in seinen Hals und die Hand der Mutter um den Griff. ›Schieß‹, rief er.«

Ich schließe einen kurzen Moment die Augen, wünsche, du würdest nicht weiterübersetzen, kann dich jedoch nicht darum bitten.

»Ich schrie, dass sie das nicht tun dürfen, schrie so laut ich konnte. Ich versuchte aufzuspringen. Doch der Kleine, der Sohn meines alten Klassenkameraden, schlug mir das Gewehr noch einmal auf den Kopf, und ich fiel zu Boden. Als ich erwachte, war überall Blut, und es war still. Niemand war da außer mir.«

Die Frau sieht sich verwirrt um, und ich nutze den Augenblick, sie auf die Liege zu bekommen, wo ich mit der linken Hand ihren Kopf fest genug gegen die Matratze drücke, um die Platzwunde zu reinigen.

»Ich weiß nicht, wo sie hin sind, ich muss sie finden.«

Sie versucht aufzustehen, und obwohl ich sie zurückhalte, kann ich sie nicht dazu bewegen still zu liegen.

»Ja, aber ich muss das Blut wegwischen, damit alles sauber ist, wenn die Tochter aus der Schule kommt. Sie kommt bald. Wie spät ist es, ich muss mich beeilen.«

Sie kämpft gegen meine Hände, und du versuchst sie mit Worten zu beruhigen, die ich nicht verstehe, aber es hilft nicht. Ich erwäge, ihr etwas Beruhigendes zu geben, aber davon haben wir nicht viel, und in dem Moment ertönt ein lauter Ruf. Ich drehe den Kopf. Die Nichte, die die verletzte Frau zu uns gebracht und die bis jetzt mit vollkommen ausdruckslosem Gesicht gegen die Türöffnung des Wagens gelehnt dagestanden hat, schimpft heftig und schlägt mit den Armen in alle Richtungen, als drohe sie mit etwas, das schlimmer ist als das, was bereits passiert ist, und es wirkt. Die Frau liegt still, und als sie ihre verwirrte Rede wieder aufnimmt, geschieht es mit gedämpfter Stimme: »Nein, nein, es ist bereits nach fünf, ich komme zu spät, und sie wird das Blut sehen, und das darf sie nicht. Sie ist erst acht.«

Du sagst etwas, das ich nicht verstehe, aber ich verstehe aus deiner Stimme, dass es damit zu tun haben muss, dass die Frau nicht mehr tun konnte, als sie getan hat. Dass die Tochter der Nachbarin hoffentlich von der Situation informiert worden und nie in die Wohnung zurückgekehrt ist. Dass es fünf Uhr morgens und nicht fünf Uhr nachmittags ist, dass sie die ganze Nacht bewusstlos gewesen sein muss und Glück gehabt hat, dass ihre Nichte sie gefunden und hierhergebracht hat. Dann drehst du dich zu der Nichte um und fragst sie etwas, bestimmt, ob sie einen Platz haben, wo sie bleiben können, und die Nichte nickt.

»Mein Sohn«, fährt die Frau fort und beginnt wieder zu zittern, zittert noch mehr als vorher. »Er kommt bald nach Hause. Sobald der Krieg vorbei ist. Er ist im Krieg.« Ihr Zittern bewegt das Papier auf der alten Liege mit einem scharrenden Kratzen hin und her. »Er macht so etwas nicht. Nein, mein Sohn macht so etwas nicht. Er ist im Krieg. In dem richtigen Krieg.«

Die Frau zittert weiter, doch ich sehe es nicht länger, ich sehe die Tränen, die in diesem Augenblick deine Augen füllen und in dem rechten überlaufen und einige Sekunden später auch in dem linken und die deine Wangen hinunterströmen, bis sie lautlos auf deinen Pullover tropfen.

»Er ist im Krieg, mein Sohn. In dem richtigen Krieg«, wiederholt die Frau. »Er macht so etwas nicht.«

Du nickst und lächelst, und als du mit leiser, fast monotoner, beruhigender Stimme sprichst, während die Tränen noch immer über deine rechte Wange strömen, erkenne ich die Worte der Frau wieder: »Er macht so etwas nicht.«

Ich bin fertig mit der Platzwunde am Kopf der Frau und reinige und verbinde die oberflächlicheren Schrammen an einem der Arme, während sie wieder und wieder ihre Geschichte erzählt, der ich nicht länger folgen kann, da du aufgehört hast zu übersetzen, ich nicke nur hin und wieder und sage ja oder nein, es gibt Worte, die selbst ich verstehe, und sobald ich mit der letzten Wunde fertig bin, sage ich, dass sie versuchen sollen, nach Hause zu kommen und zu schlafen. Falls sie kann, soll sie einen Arzt vor Ort finden und nach den Wunden sehen und nächste Woche die Fäden ziehen lassen, falls nicht, muss die Nichte das machen. Wir haben Befehl, mit dem Operationswagen morgen Richtung Südosten zu fahren.

Du übersetzt meine Instruktionen, und gestützt von der Nichte, erhebt sich die Frau, während sie ununterbrochen mit ihrem Wasserfall von Worten fortfährt. Später erzählst du mir, dass sie die Geschichte wieder von vorne angefangen hat, immer und immer wieder, den ganzen Weg von dem Platz fort und die Straße hinunter, solange du es hören konntest, dass sie sicher die Geschichte wieder und wieder erzählt hat, während die Nichte sie nach Hause in ihr zerstörtes Dorf gebracht hat. Sie hat Glück gehabt. Sie hat überlebt, und sie hat ein Heim, in das sie zurückkehren kann, und vielleicht, vielleicht wird sie nie erfahren, was ihr Sohn im Krieg macht.

»Da siehst du es«, sage ich, als sie verschwunden sind und ich Nahtmaterial, Schere und Verbandzeug vom Tisch geräumt und mich mit einem Kaffee, den du mir gekocht hast, zu dir gesetzt habe, da es ohnehin zu spät ist, in dieser Nacht noch zu schlafen. »Kinder sind offene Wunden, in die das Leben Salz streut.«

»Nein«, antwortest du und weinst wieder lautlos und ohne Scham, als wären die Tränen ein Lächeln mit umgekehrtem Vorzeichen, ein Lächeln, das nur zufälligerweise nach unten und nicht nach oben zeigt. »Kinder sind Lächeln.«

Und für eine Frau, die sowohl nach oben wie auch nach unten lächeln kann, kann das, das sehe ich sehr wohl, eine wahre Aussage sein, aber ich frage mich trotzdem, ob du das noch immer meinen würdest, wenn du die Türklingel hören könntest, die schellt, und mich die Tür öffnen sähest, nicht für eine verletzte bosnische Frau, die gerade Zeugin geworden ist, wie man ihre Nachbarin gezwungen hat, ihren eigenen Sohn zu erschießen, sondern für eine hellhaarige, herzerwärmend lachende Frau, die Tochter ist, deine Tochter (vergib mir).

∞

Seine Frau ist eine andere, wie sie da neben ihm liegt. Und wartet. Ihre Haut ist glatt, ohne Narben, ohne Pickel, ohne allergische Flecken, ohne Spuren beginnender oder vollendeter Falten. Erikas Haut ist jünger als sie selbst. Das müsste seine Finger freuen und tut es gewöhnlich auch, aber heute freut es die Finger und vor allem seinen Körper nicht.

Später erinnert er sich, dass es am 6. September 1999 begann, dass er keine Lust empfand.

∞ ∞

»Komm«, sage ich und führe Tanya Katharina ins Wohnzimmer, wo ich darauf achte, mich in die ihr entgegengesetzte Ecke des Sofas zu setzen. Der Kaffee steht schon in der Thermoskanne bereit, heute kein Alkohol, denn ich muss sie etwas fragen und sollte versuchen, Kopf und Körper kühl zu halten, und genau das versuche ich, während ich sage: »Kaffee?«

Doch Tanya Katharina hat mich sofort durchschaut und lächelt ihr doppeltes Lächeln und sagt völlig unschuldig und fast lässig: »Du hast keinen Rum mehr? Denn eigentlich würde ich gern ein Glas trinken. Mit Eis.«

Und natürlich habe ich noch Rum, obwohl das natürlich nicht so selbstverständlich ist, denn in diesen Tagen wurde einiges bei mir getrunken, doch da ich Whisky vorziehe oder richtiger, weil ich gerne etwas von dem guten Rum für besondere Gelegenheiten aufbewahre, ist fast noch eine Drittelflasche übrig, und da es mir schwerfällt zu leugnen, dass das eine besondere Gelegenheit ist, hole ich ihn und bringe ihn mit ins Wohnzimmer, nachdem ich Eis in ein Glas für Tanya Katharina gebrochen habe und ja, zugegeben, auch in eins für mich (vergib mir).

Da sitzen wir wieder, deine Tochter und ich, nippen an dem Rum, und sie lehnt sich zurück und setzt sich aufrecht, hat die Situation unter Kontrolle, genießt sie nahezu, daran besteht kein Zweifel. Wie ich sie unter Kontrolle bekommen soll, ist dagegen zweifelhafter, auch wenn ich hart darum kämpfe, die rechte Art zu finden, nur eine der vielen Fragen zu stellen, die ich für mich formuliert habe, seit wir morgens um vier nach Wien zurückgekommen sind und sie mich an der Ecke Seilerstätte Weihburggasse abgesetzt und gesagt hat: Ich könnte dir noch sehr viel mehr erzählen, denn es hat mehr als einen gegeben.

Was könnte sie erzählen?

Wovon hat es mehr als einen gegeben?

Und vielleicht schaffe ich es nicht zu fragen, weil ich die Antwort kenne, in groben Zügen zumindest, und vielleicht schaffe ich es nicht zu fragen, weil ich mir gar nicht sicher bin, ob ich wissen will, was ich noch nicht weiß?

Während ich dasitze und nachdenke und an dem Rum

nippe und weiter nachdenke und weiter nippe, wird mir klar, was für eine attraktive Frau Tanya Katharina ist, und ich registriere, wie sie ohne jede Eile und ohne Hemmungen langsam ihre Bluse aufzuknöpfen und auszuziehen beginnt und nach wenigen Minuten mit nacktem Oberkörper vor mir sitzt, nackt bis auf einen sehr kleinen und sehr durchsichtigen wasserblauen BH.

»Es ist so warm hier«, sagt sie. »Du hast doch nichts dagegen, dass ich so hier sitze?«

Und was kann ich anderes sagen als: »Nein, natürlich nicht.«

Obwohl ich natürlich sehr viel dagegen habe, weil ich genau in diesem Augenblick den Kopf auch hinter der Maske besonnen halten muss, und die ausgezogene Bluse macht das sehr schwer, fast unmöglich.

Sie bewegt leicht ihren Körper, macht es sich auf dem abgenutzten Ledersofa bequem, den Rücken gegen die Armlehne gelehnt, die Beine leicht angezogen, und sie braucht ihren kurzen, ein wenig zu eng sitzenden Tweedrock gar nicht auszuziehen, ich kann von hier, wo ich sitze, alles sehen, auch dass sie kein Höschen anhat und es so auch nicht ausziehen muss, und ich frage mich noch einmal, wie einen etwas anziehen kann, von dem man nicht angezogen werden will? Doch daran will ich jetzt nicht denken, ich will an all die Dinge denken, die ich wissen muss, egal ob ich das will oder nicht, und ich gieße mir eine Tasse Kaffee ein. Aber es ist auch unangenehm warm, und ich bekomme selbst Lust, das Hemd auszuziehen, aber ich tue es nicht, tue es nicht, schiebe nur die hochgekrempelten Ärmel noch ein Stück weiter nach oben und sehe in die andere Richtung und trinke meinen Kaffee und gieße mir noch eine Tasse ein.

»Wie die Mutter, so die Tochter … nicht?«

Ich muss den Kopf wenden, denn Tanya Katharina redet, und ich bin nicht ihrer Meinung, doch nicht bezüglich dessen, was sie sagt, sondern bezüglich ihres Hinweises, dass es mehr als einen gegeben hat, und das gibt mir eine überraschende Möglichkeit, von sicherem Grund aus zu beginnen: »Du bist eine Frau, die viele Liebhaber hat, nicht?«, frage ich langsam.

»Wie die Mutter, so die Tochter«, lacht sie mit ihrem doppeldeutigen Lächeln.

»Wir sprechen von dir.«

»Ach, jetzt sprechen wir von mir. Na schön. Aber ist das auch das, was du wissen willst?«

Sie ist ziemlich frech, deine Tochter, und jetzt meine ich nicht die Art, wie sie ihren Körper bewegt, sodass der BH mir die Brüste entgegendrückt und der Rock noch zwei Zentimeter weiter nach oben rutscht, obwohl ich auch das meinen könnte, es aber nicht tue, sondern einen kühlen Kopf behalte, versuche, einen kühlen Kopf zu behalten, und ganz plötzlich ist mein Kopf kühl und der restliche Körper auch, denn etwas in ihrer Aufdringlichkeit, ihrer einstudierten Unwiderstehlichkeit macht sie vollkommen widerstehlich, und ich sage ruhig: »Ja, natürlich.« Ich lache. »Du bist eine gefährliche Frau, und das weißt du.«

»Warum sitzt du dann da, so weit weg …?«

»Ich habe dich etwas gefragt«, sage ich kurz angebunden.

»Ach ja, meine Liebhaber. Einer, zwei, viele … Warum willst du das wissen?« Das Lächeln ist verschwunden, und ihre Stimme ist misstrauisch. Sie richtet sich auf und zieht den Rock ein wenig hinunter, greift nach ihrer Bluse.

»Nein. Bleib so sitzen!«, rufe ich.

Ihre Augen schweifen von der Bluse zu mir, und ich beeile mich fortzufahren: »Was wolltest du mir erzählen? Wovon gab es mehr als einen?«

Sie lehnt sich wieder zurück, und noch bevor sie ihr Zwei-in-einem-Lächeln lächelt, weiß ich, dass ich zu viel gesagt habe. Sie wartet lange, sitzt einfach da und lächelt ihre zwei Lächeln und sieht mich mit einer Art nachsichtiger Verachtung an.

»Wie die Mutter, so die Tochter«, sagt sie schließlich sehr ruhig, sehr langsam.

Die Wut überwältigt mich, wie konntest du (vergib dir nicht), und plötzlich ist Tanya Katharina wieder unwiderstehlich, und wie konnte ich mich nur in diese Situation bringen? Ein Hinterhalt, ein einfacher Hinterhalt, und Slobo, Radovan, Ratko, alte Freunde, was macht man in so einem Fall? Ach so, ich stehe auf und nehme ihre Hand und führe sie direkt ins Schlafzimmer, und dort schiebe ich den Rock nach oben, Strümpfe und Strumpfhalter haben den Vorteil, dass sie nicht ausgezogen werden müssen, und das werden sie auch nicht, und sie hat mir in der Zwischenzeit meine Jeans und mein weißes Hemd ausgezogen, und wir sind so nackt wie nötig und ineinander, noch bevor wir liegen und das zu Ende bringen, was wir im Stehen angefangen haben, ungeachtet dessen, dass ich nicht weiß, ob einer von uns weiß, welche Grausamkeit wir diesmal mit diesem Akt vollenden. Nur noch eine von denen, die begangen werden müssen (vergib mir nicht).

Das Ziel heiligt die Mittel, nicht wahr, Slobo?

Und das Ziel ist die Zerstörung, das Mittel ist Salz.

Siehst du das, Zoja Maria? Hast du das gesehen (vergib mir)?

Nein, vergib mir nicht.

Auch ungeborene Kinder sind Wunden, so offen wie Gefäße, die darauf warten, dass man Salz in sie streut.

Tanya Katharina verlässt mich ohne ein Wort.

Auch ohne ein Lächeln, ohne ein doppeltes und ohne ein einfaches. Ich selbst verabschiede sie mit etwas, von dem ich hoffe, dass es ein freundliches Winken ist, das aber eher an einen Gruß im Rausch erinnert, wie ihn Milizsoldaten nach einer besonders geglückten Mission austauschen. Glaube ich zumindest, ich war nie Soldat, was weiß ich also? Bis auf das, was ich den Berichten auf meinem Schreibtisch entnehmen kann. Doch das ist nicht wenig, nicht wahr? Sind diese kleinen, schwarz auf weiß festgehaltenen Abscheulichkeiten wirklich so weit von der Wahrheit entfernt?

Worte und keine Sinnesempfindung.

Oder macht genau das den Unterschied aus?

Der Geruch, der Laut, der Geschmack, der Anblick, das Gefühl, die fehlen?

Worte und keine Sinnesempfindung.

War es das, was mir die Männer nicht erklären konnten, wenn sie unter meinem Messer lagen und über die Schmerzen klagten, die ich ihnen zufügte, und nicht über die, die der Krieg ihnen zugefügt hatte? War es das, was die Frauen mir nicht erzählen konnten, wenn sie mit ihren Wunden kamen, mit denen, die ich heilen, und denen, die ich ihnen zufügen sollte, indem ich ihnen die aufgezwungenen Kinder aus ihrem Inneren schnitt? Haben sie deshalb über all das andere gesprochen, das passiert ist, und nicht über das Gefühl, nach dem jeder Showmaster, ja, in diesen Tagen auch jeder Nachrichtensprecher, jeder Journalist mit Respekt vor sich selbst (und nicht vor den anderen) gefragt haben würde: »Was hast du gefühlt?«

»Wie hat es gerochen, geklungen, ausgesehen, geschmeckt, sich angefühlt?«

Ist das nicht genau die Frage, die der, der lebt, nicht stellen kann, nicht nur aufgrund ihrer vollkommenen Albernheit, da jeder mit einem Körnchen Einfühlungsvermögen mehr fühlen als erklären kann, sondern auch weil die Frage eine Religion ist, der Glaube, dass die Wirklichkeit in dem Gefühl des anderen liegt und dass man an diesem Gefühl, an dem Gefühl des anderen teilhaben muss, um selbst zu leben, das ist ungefährlich, genau wie das Berühren des Mantels der Toten. Er ist für mich gestorben, lass mich den Mantel berühren, den Sarg, die Naht, ihn, sein Bild. Auf diese Weise geben die wenigen, die ihr Leben riskieren, den vielen Leben, die nur zusehen.

Ha, es hat mich nicht erwischt, sondern ihn.

Aber ich habe es gefühlt, habe ihn gefühlt.

Auch ich lebe!

Ich habe sie nicht gefragt. Ich will mich nicht besser machen, als ich bin. Der Grund, dass ich nicht gefragt habe, war weder der, dass ich mich nicht getraut hätte zu fragen, hätte ich es wissen wollen, noch der, dass ich die Sprache nicht verstand, bereitwillige Übersetzer gab es genug, sondern der, dass ich zu feige war. Ich wollte nicht wissen, wie es ist, wenn einem das Bein bei einem Granatenangriff abgerissen wird, wie es ist, mit der warmen Hirnmasse der eigenen Tochter bespritzt zu werden, während man selbst hilflos daliegt und einem das Blut aus den zerrissenen Gedärmen läuft. Ich wollte nicht teilhaben an dem Teil des Lebens, der der ihre geworden war. Ich war schon nahe genug daran, es könnte mich treffen, oder wichtiger, es könnte dich treffen, und das wollte ich nicht wissen. Ich wollte, dass du und ich das Leben waren, du und ich und eine Katze, die stampfte und lächelte, und dass dieses Lächeln nur nach oben zeigte und dass dort, wo das Lächeln nach unten zeigte, ein verschlossener Raum ohne Eingang war, dessen Schlüssel ich versteckt hatte. Zusammen mit dem Bild von Nathan.

Ich wollte nicht, dass das Leben spürbar wurde wie die blutigen, verletzten Gesichter, die Unterleiber der Frauen, wollte nicht, dass es spürbar war wie die Mischlingskinder, die ich aus ihnen herausschnitt, und wie das, was vorher gewesen war. Ich wollte nicht wissen, dass das Leben aus den Geschichten bestand, die sie erzählten, und ich habe mir gesagt, dass all diese Geschichten nur ein und dieselbe waren und dass diese Geschichte unglücklich endet. Ich entschied mich, in dem Glück zu leben, das es im Unglück gab, dass mein Patient lebte. So lange es dauerte und zumindest physisch, und ich schloss einfach die Augen vor der Blässe und den Blicken, die von dem inneren Tod erzählten, sodass ich glücklicherweise nicht daran denken musste, dass das Leben, das so war, das sich so anfühlte, auch mich im Griff hatte. Mein Leben war dein kitzelnder Atem an meinem Hals, der mich lächeln ließ, und das nur nach oben und das mitten in der grausamsten Geschichte, die das moderne Europa zu erzählen hat, wenn denn jemand zuhört.

Hallo, seid ihr da?

Ist da jemand, der diese Geschichte hört?

Oder habt ihr alle eure Ohren verschlossen? So wie ich. Zu der Wirklichkeit gehören trotz allem Dinge, die man nicht hören will, die man nicht hören, sehen, riechen, schmecken, fühlen will, nicht?

Aber wie fühlte es sich an?

Erst als ich die Haustür zufallen höre, schließe ich langsam die Wohnungstür. Ich lehne mich dagegen und schließe die Augen.

Wie fühlt es sich an? Fühle ich mich an?

Krieg ist etwas furchtbar Beschissenes.

Da ist noch etwas anderes, das ich dir nicht erzählt habe, das ich keine Lust habe, dir zu erzählen, und deshalb erzähle ich es nicht, und was ich nicht erzähle, ist das, was Tanya Katharina zu mir gesagt hat, als sie sich anzog.

»Wir werden zu dritt sein«, sagte sie und reichte mir eine Eintrittskarte, die sie aus ihrer Tasche geholt hatte: eine längliche Eintrittskarte zu einer Premiere am nächsten Mittwoch.

Nicht zu zweit, zu viert oder zu sechst, sondern zu dritt. Und darüber denke ich nach, während ich an der Tür lehne und denke: zu dritt.

Fünftes Leben

Das fünfte Leben ist die Aussicht auf das Ende. Auch wenn du noch nicht ahnst, wie das Ende aussieht, und den Weg nicht kennst, der dorthin führt.

Es ist sonderbar, wie deine Töchter dir nicht ähneln. Vielleicht war es bodenlos naiv (vergib mir) zu glauben, dass Nathan aufwachsen und eine bessere, größere Ausgabe von mir werden würde. Doch jetzt sprechen wir wieder von Nathan, und das will ich nicht, vergiss das nicht, aber es ist nun einmal so, dass die Mädchen, die Frauen, dir nicht ähneln: Tanya Katharinas helle Sinnlichkeit und lockender Übermut sind dein direkter Gegensatz, Anna Charlottas dunkle Angespanntheit und düstere Kargheit verströmen eine drohende Melancholie, die du nicht besitzt.

Und das also ist deine älteste Tochter.

Ich frage mich, ob eine von ihnen jemals nur mit einem Nachthemd bekleidet durch Wiens nachtdunkle Straßen fahren würde, um zwei Stunden mit einem Mann in einem Hotelzimmer zu verbringen, während der, der dem Gesetz zufolge ihr Mann ist, zu Hause in dem obligatorischen Schlafzimmer liegt und hoffentlich schläft und sich, falls er nicht schläft, fragt, wo seine Frau ist, und vielleicht aufsteht und nach ihr sucht, bis er aufgibt und ruhelos herumwandert und vielleicht erwägt, die Polizei anzurufen, die Krankenhäuser, die Feuerwehr und vielleicht niemanden davon. Vielleicht weiß er, dass Geduld die stärkste Waffe der Belagerung ist. Du bist bei mir geblieben, warst knapp zwei Stunden bei mir, mit mir in jener Dienstagnacht im Oktober letzten Jahres, einhundertzwölf Minuten, um ganz genau zu sein, das heißt sechstausendsiebenhundertzwanzig Sekunden, die tickten und tickten, bis die Zeit explodierte, und wie alles, das explodiert, explodierte sie grandios, überwältigend, wie ein riesiges Feuerwerk aus Krach und Licht in allen möglichen gelben, roten, grünen, blauen und orangenen Nuancen, und wie alles, das explodiert, folgte der Terror erst später, als die Luft wieder stillstand und die Zeit wieder einsetzte, als du wieder fort warst, auf dem Weg zurück zu deinem Mann, und mir nicht viele Stunden blieben, bis ich selbst aufstehen und packen und zurück nach Sarajevo musste. Da war es still, absolut still, in mir und um mich herum, still wie hier, wo ich auf dem einen der Sofas sitze, das in einem rechten Winkel zu dem anderen steht, auf dem deine beiden Töchter sitzen, nein, auf dem zwei Frauen sitzen, die eine hell, die andere dunkel, und ich an diese Ratespiele aus der Kindheit denken muss: rechte oder linke Hand?

Wählst du richtig, gibt es Limonade und Kuchen.

Wählst du falsch, gibt es nichts.

Vielleicht ist es auch gar nicht so, und auf jeden Fall ist es unwichtig, wichtig ist, dass die Mädchen, die Frauen, mir dort gegenübersitzen und nichts sagen und dass auch ich nichts sage, denn ich weiß nicht, was ich sagen könnte, falls ich mich entschließen sollte, etwas zu sagen, was ich jedoch nicht tue. Und mitten in dieser Stille begreife ich, dass die Entscheidung gar nicht bei mir liegt – ich spreche jetzt nicht von den Worten –, sondern bei den Mädchen, den Frauen. Ich begreife es, weil ich flüchtig sehe, wie Tanya Katharina mit einem Mundwinkel kurz ihr doppeltes Lächeln lächelt, den schiefen Blick zu der Schwester hin sehe, die nicht zurücklächelt, sondern nur die Mundwinkel in einem Bogen nach oben zieht, den manche vielleicht als Lächeln bezeichnen würden, der aber mehr an eine überspannte Violine erinnert, die nur darauf wartet, dass der Violinist freundlicherweise die Spannung ein wenig lockert. Und trotzdem schlägt sie, die dunkle Violine, die Stimmung, die Richtung im Raum an, vielleicht schon lange bevor sie den Raum betreten haben, denn die stets aufreizende Tanya Katharina ist nicht nur in eine lange Hose mit einer leicht aufgeknöpften, aber doch zugeknöpften Bluse gekleidet und trägt das lange, helle Haar zu einem strammen Pferdeschwanz gebunden, sie ist auch seltsam schamhaft mit den übereinandergeschlagenen Beinen und dem auffälligen Ausbleiben übertriebener Körperbewegungen.

»Lasst uns gehen!«, sage ich, um doch etwas zu sagen.

Anna Charlotta nickt unsichtbar, und Tanya Katharina springt auf, zu eifrig, um natürlich zu wirken, doch ich habe mich allmählich an ihre unnatürliche Art, natürlich zu sein, gewöhnt, sodass ich es fast nicht bemerke und stattdessen registriere, wie Anna Charlotta sich langsam erhebt, unmerklich, in einer Bewegung, die an Schweigen erinnert, auffällig in ihrer Art, lautlos zu sein.

Wie immer gelingt es Tanya Katharina, ein Taxi zu bekommen, sobald wir auf die Straße treten. Ich halte die Tür auf, und Tanya Katharina windet sich auf den Rücksitz, während Anna Charlotta lautlos hineingleitet. Mir fällt auf, dass sie sich wie eine Schlange bewegt, und ich begreife mit einer unverkennbaren Deutlichkeit, warum Menschen immer Angst vor Schlangen gehabt haben: Während ich die ganze Zeit weiß, wo Tanya Katharina ist, kann ich Anna Charlotta ansehen und trotzdem aus dem Blick verlieren, und genau das tue ich, ich verliere sie aus dem Blick, lange bevor das Auto anhält und ich bezahle und wir aussteigen und sie in der Menge verschwindet. Nein, das zu sagen wäre falsch, sie verschwindet nicht in der Menge, sie reiht sich in die kunterbunte Reihe festlich gekleideter Menschen ein und ist plötzlich wieder da, genau neben mir.

»War es nicht ein Glück, dass ich drei Karten geschenkt bekommen habe?«, fragt Tanya Katharina an meiner anderen Seite.

»Ja«, antworte ich.

Ich glaube ihr nicht. Ich weiß nicht warum. Vielleicht liegt es an der Art zu fragen, vielleicht an den Blicken, dem doppelten Lächeln, mit dem sie mich, mit dem sie ihre Schwester anlächelt. Oder eher an dem Film: Er heißt *Untreue*. Ein skandinavischer Film, natürlich. Wäre es ein amerikanischer Film, wäre es ein Pornofilm geworden, wäre es ein französischer, hätte er von dem gehandelt, dem ich keinen Namen geben will, auch wenn es zu etwas Nichtssagendem transformiert worden wäre, denn so ist es doch mit den französischen Filmen, oder? Da es jedoch ein schwedischer Film ist, geht es natürlich um Moral und Unmoral. Oder heißt es Amoral?

Es kann auch gut sein, dass es vor allem an der Art liegt, wie Tanya Katharina mich später, als der Film zu Ende ist, fragt, wie er mir gefallen hat, die mich ihr und ihrer Geschichte von den drei Eintrittskarten keinen Glauben schenken lässt: »Der Film war wie für dich gemacht, findest du nicht?«

Wir sitzen in einer Bar in der Nähe des Kinos.

Der Tisch ist klein, aber groß genug für die drei Gläser, die darauf Platz haben müssen, zwei mit Wein und eins mit Wasser. Auch die Bar ist klein, doch da sie nur halb voll ist, wirkt sie größer, als sie ist. Ich antworte nicht, gucke nur von einer zur anderen und beschließe, dass Angriff die einzige Verteidigung ist.

»Viele halten euch bestimmt nicht für Schwestern«, sage ich. »Ich meine, ihr seht euch nicht sehr ähnlich.«

Tanya Katharina antwortet nach einem schnellen Blick zu der Schwester, die unmerklich nickt:

»Stimmt …« Sie zuckt mit den Schultern. »Das ist doch bei vielen Geschwistern so.«

Das kann ich nur schwer bestreiten, und ich suche, suche verzweifelt nach neuen Perspektiven, denn Fragen gibt es genug (es gibt Kinder, für die Europa keinen Platz hat. Sieh nur meine Nichte, Habiba), ich muss nur die richtigen finden und sie in der richtigen Reihenfolge sortieren, und ich muss mit etwas Neutralem, etwas vollkommen Neutralem anfangen, und das tue ich: »Wie sieht es denn mit der Persönlichkeit aus? Dem Wesen? Habt ihr die gleichen Interessen?«

Wieder sieht Tanya Katharina die Schwester an, bevor sie mit ihrem doppelten Lächeln antwortet: »Nein, eigentlich nicht …« Sie lacht, wirft das Haar zurück und rutscht leicht hin und her, beginnt sich selbst zu ähneln. Sie wird plötzlich ernst: »Anna Charlotta studiert Medizin.«

Und das gibt mir die Gelegenheit, mir deine älteste Tochter genauer anzusehen und ihr eine Reihe ganz natürlicher und sehr neutraler Fragen zu stellen, die sie alle kurz und ohne dass sich die Bogensehnen verziehen beantwortet:

»Im dritten Jahr.«

»Ja.«

»Nein.«

»Naturmedizin.«

Und dann verziehen sich die Bogensehnen doch, und sie überrascht mich, sowohl mit dem, was sie sagt, als auch mit den Bogensehnen, die sich erst gar nicht und dann doch verziehen, und während sie mit einem noch überraschenderen Eifer von Bach und seinen Blüten und den Behandlungsmethoden, die er durch Selbstversuche entdeckt hat, erzählt, kommt mir der Einfall, dass der Weg von dir fort, die Rache, der Sieg über dich, auch alle beide sein könnten (vergib mir). In Frankreich würde man sagen, das ist normal. Auf meiner Heimatinsel würde man gar nichts dazu sagen, sondern nur sagen: Hey man, you shot the family! Und mir wie einem Helden auf den Rücken klopfen. Trotzdem ist es dieser Gedanke, der Gedanke an sie beide, der mir sagt, dass ich langsam den Verstand verliere. Mir sagt, dass ich besser sehen sollte, nach Hause zu kommen. Oder Slobo, ist jetzt die Zeit zuzuschlagen: während der Verstand ausgeschaltet ist und ich nicht sicher bin, dass ich weiß, was ich tue, was ich denke?

Ich erinnere mich daran, dass die beiden Frauen deine Töchter sind. Das kann ich gut, mich erinnern, doch dass ich mich erinnern muss, macht mich unruhig. Deshalb sehe ich zu, dass die Flasche bald leer ist, sehe zu, dass eine neue bestellt wird, sehe zu, dass ich aufstehe, besonnen, denn nach außen hin trage ich noch immer die Maske der Besonnenheit, sehe zu, dass ich brumme: »Es ist an der Zeit, nach Hause zu gehen.«

Und das ist es, höchste Zeit, denn ich kann sehen, dass Tanya Katharina nur darauf wartet, dass ich zusammen mit ihnen in das Taxi steige, das auf ihr Winken hin hält. Doch mit nach Hause meinte ich, ich in mein Zuhause und sie in ihr Zuhause. Was sie meinen, weiß ich nicht und will ich nicht wissen. Glaube ich.

»Kommt gut nach Hause«, sage ich deshalb und küsse jede von ihnen zum Abschied auf die Wange, erst die eine, dann die andere, Wange und Weib.

»Auf Wiedersehen!«, sagt Tanya Katharina und schlägt mit einer etwas zu großartigen Bewegung ihren Umhang um sich, bevor sie sich auf den Rücksitz des Taxis windet, dicht vorbei an meiner Hand, die die Tür aufhält.

Anna Charlotta sagt nichts, zieht nur kurz an den Enden der Bogensehnen und gleitet lautlos auf den Platz neben ihrer Schwester. Ich schließe die Tür, das Auto fährt an, und dann dreht Anna Charlotta ihr Gesicht zu mir um, und ich erahne einen Schatten der Erleichterung in den dunklen Pupillen. Und genau dieser Schatten, diese Ahnung dunkler Erleichterung, verändert plötzlich alles.

Sagt nicht jemand, dass in Krieg und L… alles erlaubt ist?

Ist es nicht so, Slobo?

Zoja Maria?

Vergebt mir.

∞

Er steht lange vor ihrem Haus, bevor er schellt.

Es ist leer in Grinzing, nahezu keine Autos, nahezu keine Menschen. Es ist Montagnachmittag, kurz vor Weihnachten. Er hat gesagt, dass er zum Zahnarzt muss, und ist am Karlsplatz in die Achtunddreißig gestiegen.

Sie unterrichtet montags nicht, das weiß er. Die Universität muss auch Weihnachtsferien haben. Er hat eine Stunde in der Heurigenkneipe gegenüber gesessen. Am Fenster mit einem Glas Grüner Veltliner und später noch einem. Konnte hin und wieder sehen, wie sich ein Umriss in dem Wohnzimmer bewegte.

Er drückt auf die Klingel, und die Tür wird aufgedrückt. Ein schwaches Summen. Er steigt schnell die Treppe hinauf und erreicht den zweiten Stock in dem Moment, in dem die Wohnungstür aufgeht.

»Sem, warum kannst du nicht vorher anrufen, sodass wir eine Zeit ausmachen können? Ich hätte genauso gut nicht zu Hause sein können.«

Sie schließt die Tür hinter ihm und geht ins Wohnzimmer. Er geht zum Fenster, stellt sich hinter sie und sieht über ihre Schultern auf die Straße und das Heurigenlokal hinunter, in dem er gesessen hat. Wenn er die Augen zusammenkneift, sieht er nur ihren Nacken und die vagen Konturen der Bauwerke draußen vor dem Fenster, und es ist so wie früher. Er legt seine Hände auf ihre Schultern. Spürt ihre Härte in seinen Handflächen, während er die Nackenhaare anstarrt, die sich langsam aufrichten. Plötzlich greift er unter sie, hebt sie hoch, trägt sie ins Schlafzimmer. Eineinhalb Stunden später, um 19:41 am 20. Dezember 1999, geht er, daran erinnert er sich später ganz genau, auch daran, dass er kein Wort gesagt hat.

∞ ∞

Das Telefon schellt nicht. Ich sehe es an. Es ist grau und nichtssagend wie immer. Plastische Neutralität, nichts sagen, nichts tun, das ist wohl auch eine Art, am Krieg teilzunehmen? Und wer soll anrufen: eine Mutter? Eine Tochter? Eine andere, die andere?

Dass Tanya Katharina anruft, wäre am ehesten zu erwarten, dass du anrufst, wünsche ich mir am meisten, und trotzdem ist es ein merkwürdiger dunkler Schatten in den Augen, auf den ich immer wieder zurückkomme, als könnte er mir den Code zu allem liefern, zu uns, zu dir. Da war etwas, wonach ich hätte fragen sollen, sie, die Mädchen, und ich kann mich nicht erinnern, was es war, aber es war wichtig, es hatte etwas mit dir zu tun, und jetzt ist es zu spät, gestern Abend hätte ich fragen können: Es gibt Kinder, für die Europa keinen Platz hat, sieh nur meine Nichte, Habiba.

Und was hat es mit Habiba auf sich?

Und warum? Und welche anderen Kinder?

Und von was für einem Europa sprechen wir?

Und warum? Warum?

Ich betrachte eingehend das Telefon. Die Leitung ist eine Ahnung dunkler als der Rest. Oder sie ist nur schmutzig. Zehn Ziffern und drei Funktionsknöpfe, deren Funktion ich nicht kenne. Der Hörer ist symmetrisch wie bei den alten Telefonen, und dieses sehr neutrale, hässlich neutrale, moderne Telefon sieht auch aus wie eine billige, farblose Leichtgewichtversion des Originals aus den Vierzigern. Doch ganz gleich, wie es aussieht: Es schellt nicht. Ich bitte, ich drohe und drohe noch einmal, es hilft nicht. Ich strecke die Hand aus, nehme den Hörer ab, schüttele ihn, versichere mich, dass der Apparat funktioniert, auch wenn ich ihn auf den Kopf stelle, auch wenn ich nicht daneben stehe. Der Ton klingt hohl, leer und enervierend, egal wo ich stehe, und ich lege auf.

»Verdammter Apparat!«

Eine einzige schnelle Berührung mit dem Arm, und das Telefon kracht auf den Boden. Der Hörer rutscht unter die Heizung, der Rest liegt vor meinen Füßen. Ein irritierendes Tuten ertönt, und ich setze den Apparat wieder zusammen und stelle ihn auf seinen Platz auf dem Tisch. Was soll's: Den Telefonen sind die Menschen gleichgültig.

Den Telefonen sind die Menschen gleichgültig.

Wusstest du das, Zoja Maria? Den Telefonen sind die Menschen gleichgültig. Wusstest du das? Oder ist dir das gleichgültig? Hältst du dich deshalb fern, bist auch du gleichgültig? Auch den Menschen sind die Telefone gleichgültig.

Wusstest du das, Zoja Maria?

Den Menschen sind die Menschen gleichgültig.

Slobo hat das gewusst. Auch Radovan, General Ratko, Franjo, vielleicht auch Alija, und natürlich die Friedensunterhändler, die Staatsmänner Europas, die EU, die UN, selbst die NATO hat das gewusst: Den Menschen sind die Menschen gleichgültig.

Vielleicht warst du immer gleichgültig, und ich war Zerstreuung, Würze des Lebens, Kardamom vielleicht, vielleicht Zimt, das, was dem Ganzen ein wenig Farbe verleiht, nein richtiger: Ich war der Kakao des Lebens, war ich das nicht? Den du dickflüssig trinken konntest, warm, mit viel Sahne, nicht? Die Art Getränk, das man des Genusses wegen zu sich nimmt, damit das Leben rutscht. Nicht die Art, die man braucht, um zu überleben. Ich war dein Genuss, du warst mein Leben. Oder werde ich jetzt wieder pathetisch? Vielleicht ist das Leben pathetisch, weil alles gelebt, alles gefühlt, alles gesagt ist. Aber es ist doch trotzdem so, nicht?

Selbst wenn ich warme Schokolade für dich war und du mein Wasser.

Oder habe ich wieder etwas missverstanden?

Drei Tage. So lange brauche ich, um zu begreifen, dass ich mich im Kreis drehe. Meine Gedanken jagen davon, kommen aber nirgendwo an, drehen sich nur im Kreis, jedes Mal, wenn ich stehen bleibe und mich umsehe, stehe ich an derselben Stelle. Du und du und du.

Wenn man sich trifft wie du und ich, der eine dem anderen folgt, der andere dem einen, wird immer ein Zweifel bleiben: warum ich? War es nur Zufall, war es der Zeitpunkt? Und es gibt keine Antwort, die eine Antwort ist. Wie kann ich den Unterschied zwischen deinem und dem Nackenhaar anderer Frauen erklären, ohne total unglaubwürdig zu klingen? Wagtest du deshalb nicht, zu mir zu kommen? Weil du geglaubt hast, dass ich eines Tages einem anderen Nacken ebenso selbstverständlich folgen würde, wie ich deinem gefolgt bin? Wie konntest du das glauben? (Wie kann ich das?)

Ich stelle mir all die anderen Männer vor, die aufstehen und dir folgen, die deine Hand nehmen werden und denen du folgen wirst. Denn was ist der Unterschied zwischen meiner Hand und ihrer? Das frage ich dich, Zoja Maria.

Das frage ich dich.

Es ist Sonntag. Es wird vier Uhr, bevor ich merke, dass ich den ganzen Tag nichts gegessen habe. Deshalb ist mir wohl so sonderbar zumute, so seltsam leicht im Kopf, bestimmt schellt deshalb das Telefon nicht. Ich habe nichts im Kühlschrank, und es ist weder Mittag- noch Abendessenszeit, deshalb entschließe ich mich, in das kleine Café hinunterzugehen. In einem seltsamen Halbschlaf ziehe ich mich an, und erst als ich den Mantel anziehen will, fällt mir ein, dass ich nicht im Bad gewesen bin. Ich mag nicht alles wieder ausziehen, nur um mich zu waschen, sei's drum. Ich mag mich auch nicht rasieren, spritze mir stattdessen nur kaltes Wasser und etwas Aftershave ins Gesicht. Naiv vertraue ich darauf, dass mein Geruch auch niemand anderen stören wird, wenn er mich nicht stört, lächerlich naiv, aber ich brauche die Naivität, schaffe es anders nicht (vergib mir).

Ich gehe die Treppe hinunter, über den Marktplatz, öffne die Tür des Cafés, und noch immer bewege ich mich nur in meinem Kreis, der aus drei Punkten besteht: du und du und du.

Oder vielleicht kann ich das dahingehend ändern: du und deine Töchter.

Wusstest du das, Zoja Maria, wusstest du, dass man nur drei Punkte für einen Kreis braucht?

Eins, zwei, drei – ein Kreis.

Slobo, das ist es! Natürlich! Man gewinnt einen Krieg, indem man den Feind einkreist, den Griff strafft, ihn einkreist, umkreist, eins, zwei, drei, Vernichtung, gewonnen! Jetzt muss es nur noch umgesetzt werden, und der Gedanke, was umgesetzt werden muss, macht mich ganz froh. Auch wenn mir bei dieser Freude sonderbar zumute ist, das gebe ich zu.

Es gibt keine freien Tische, deshalb zwänge ich mich auf die Bank vorne neben der Bar, bestelle das Tagesgericht, eine Gulaschsuppe, was mich freut, und verspeise sie, ohne auf etwas anderes als die Suppe und die alte, zerkratzte Tischplatte der Bar zu achten. Die Suppe hilft, ich beginne etwas im Körper zu empfinden, das Wohlsein gleicht, und eine Tasse starken Kaffees vertreibt den Rest von dem, was Müdigkeit war. Warum fühle ich mich dann immer noch müde? Ich bestelle noch eine Tasse Kaffee und kurz darauf einen doppelten Whisky. Ich brauche etwas, um die Gedanken zu wecken, sie scheinen stehengeblieben zu sein wie eine Uhr, die jemand vergessen hat aufzuziehen, und wenn ich nur wüsste, wo die Krone sitzt, wäre es so viel leichter. So sehe ich mich gezwungen, noch einmal die junge Frau hinter der Bar zu rufen und sie um noch einen doppelten Espresso und noch einen doppelten Whisky mit Eis zu bitten. Zu warten bis sie die Espressomaschine angestellt hat und die Tasse mit einem Knall auf die Theke stellt, der den Kaffee überschwappen lässt, und dann ist es Zeit, Eis in ein Glas zu geben, den Korken von der Flasche zu ziehen, um einen Doppelten einzuschenken, und endlich, endlich steht das Glas vor mir, und endlich, endlich kann ich es an meinen Mund führen, während ich langsam erst einen, dann zwei, drei Schlucke trinke, dann den Rest.

Oh, das war gut! Ich sehe alles klarer.

Das ist die reinste Lüge. Ich sehe nichts klarer, es breitet sich nur eine behagliche Wärme in meiner Brust und in meinem Magen aus, und das ist äußerst angenehm, und noch einen Doppelten, danke, und noch einen, und ich denke noch immer nicht, aber das macht nichts mehr, weil ich vergessen habe, warum ich der Meinung war, denken zu müssen, und es ist auch nicht länger wichtig, da ich den Feind langsam einkreise, und dann erinnere ich mich an das Einzige, an das ich mich erinnern muss, an das, was ich zu fragen vergessen habe: »Warum habt ihr nie die Familie eurer Mutter in Mostar besucht?«

Nun gut, da war das mit dem Onkel.

Aber es gibt auch noch Großeltern. »Warum habt ihr nie eure Großeltern besucht?«

(Sieh nur meine Nichte, Habiba.)

»Wo liegt Europa, Großmutter?«

»Europa liegt nicht. Europa ist ein Kuchen.«

»Was für ein Kuchen ist Europa, Großmutter?«

»Europa ist eine Torte.«

»Was für eine Torte ist Europa, Großmutter?«

»Europa ist eine Geburtstagstorte mit einem dicken Boden und vielen Schichten. Und vor allem mit Sahne und Zuckercreme. Sehr schön und sehr teuer sieht sie aus! Und sättigen tut sie kein bisschen. Sitz nicht da und träum! Europa ist eine Torte, auf der all die schönen Worte hellrote Zuckercreme sind, die zu nichts wird, wenn du kaust. Wir sind der Boden. Und das ist alles, was du über Europa wissen musst!«

»Warum gibt es Kinder, für die Europa keinen Platz hat, Großmutter?«, frage ich nicht, denn meine Großmutter ist seit langem tot. Stattdessen fällt mir etwas anderes ein.

Ein aufgeschlagenes Buch liegt auf dem Tisch, es gehört nicht mir, sondern dir, ich soll es lesen. Sagst du.

»Um Europa zu verstehen, muss man die europäische Literatur lesen«, sagst du, indem ich das Buch mit einem Seufzer zur Seite lege. Ohne in ihm gelesen zu haben: Goethes *Faust*.

Und welche Bücher muss man lesen, um dich zu verstehen, denke ich. Ich sage es nicht. Ich bin Europas müde, deines Europas, eures Europas, nicht meines Europas. Europa wird nie meins sein, sieh mich an. Selbst wenn ich hier geboren wäre, würdet ihr Europa nicht meines sein lassen.

»Und wie viele Bücher muss man lesen, um Europäer zu werden?«, frage ich leise, aber aggressiv, unfreundlich, das ist mir sehr wohl bewusst, aber so fühle ich, so fühle ich immer öfter, wenn das Gespräch auf Europa kommt. Denn was ist es, worauf die Europäer glauben, worauf ihr glaubt, ein Patent zu haben?«

»Sem«, sagst du und legst deine Hand auf meine. »Es besteht kein Grund …«

Ich ziehe die Hand zu mir, stehe auf und gehe zum Fenster, sehe hinaus und starre über den Marktplatz auf die Kirche gegenüber.

»Soll ich dir von Europa erzählen?«, frage ich, ohne mich umzudrehen.

Du antwortest nicht, und das ist auch keine Frage, die auf eine Antwort wartet, denn ich fahre bereits fort: »Soll ich dir von dem Europa erzählen, das sich selbst seit Jahrtausenden bekriegt, das eine Unzahl anderer großer Zivilisationen der Welt erobert, ausgemergelt und zerstört hat? Einem Europa, das immer wieder die ethnische Säuberung seiner eigenen Leute betreibt – ein unendlicher Boxkampf, nur unterbrochen von kurzen Pausen, ding, ding, vergiss den Gebissschutz nicht!, dann machen wir weiter. Einem Europa, das gleichgültig zusieht, wie eine Gruppe seiner hochzivilisierten Einwohner eine andere abschlachtet, was bedeutet: einen Teil seiner selbst. Ist es das Europa, über das ich lesen soll?«

Ich balle die Fäuste, atme tief ein und lasse die Luft langsam wieder entweichen. Ich habe nicht gewusst, dass ich so wütend war.

»Oder sag mir eins, wo liegt das andere Europa, das, von dem du sprichst, von dem alle anderen sprechen? Das, in dem die Zivilisation sich durchgesetzt hat? Das Europa, das an einen Humanismus glaubt, der alle Menschen umfasst? Das Europa, das die Gedanken der Philosophen zu den Grundpfeilern der Gesellschaft gemacht hat? Für alle? Das mehr an die Menschen und die Demokratie glaubt als an das Geld? Das Europa, in dem Logik und Mitmenschlichkeit herrschen und nicht Gier? Zeig es mir, und ich werde die Literatur dieses Europas auswendig lernen. Von vorne bis hinten!«

Ich drehe mich um.

Du sitzt auf meinem Sofa, die Beine unter deinen Rock gezogen, der lang und weit um dich wallt wie der Widerschein eines vergessenen Traums, doch das sehe ich nicht. Ich sehe dein Gesicht, das der Widerschein eines Alptraums ist, ich sehe den Bodensatz in deinen Augen, die sich mit Wasser füllen, und schon lange bevor es passiert, weiß ich genau, wann das rechte überlaufen wird, und etwas später das linke, doch ich gehe nicht zu dir hinüber, um deine Tränen zu trocknen, denn ich bin ihrer müde. Und ich kann dich nicht trösten, denn das Europa, über das du weinst, ist nicht verloren. Es hat nie existiert.

Oben und unten kann nicht ohne einander existieren. Hast du einmal dran gedacht? Güte findet sich nur, wenn es Bosheit gibt. Das Bessere existiert nur gegenüber dem Geringeren. Die höhere Zivilisation ist nur möglich, wenn die niederen Instinkte in die Gruben verbannt werden, in den Rinnstein, in die speziellen Klubs oder am liebsten hinunter in die Kolonien. Die Dritte Welt! Es ist etwas anderes, die, die anders aussehen als wir, zu schlagen, zu peitschen, zu versklaven, zu vergewaltigen. Nichteuropäer fühlen nicht das Gleiche, sind nicht das Gleiche. Sie sind anders, die anderen. Europa ist auf den Begriff *die anderen* aufgebaut. Schwarz, gelb, rot, arm, jüdisch, moslemisch, unterentwickelt, die anderen, der Feind (ich). Und mit dem Feind können wir machen, was wir wollen. Und uns gleichzeitig bereichern!

»Sem…«, versuchst du, aber ich unterbreche dich und fahre fort, als könnte ich jahrelang fortfahren, was ich sicherlich könnte, auch wenn ich es nicht tue, ich fahre nur fort: »Ha, sie kennen trotzdem nicht den Unterschied zwischen Diamanten und Glas, zwischen Eisen und Gold. Ha, wir sind es, die die Waffen besitzen; wir, die das Wort besitzen; wir, die die Geschichte schreiben. Ha, die, die Macht haben, bestimmen, wir haben die Macht, und wir bestimmen. Wir bestimmen auch, dass wir die Guten sind, die Richtigen, die Besseren.«

»Das tun alle …«

»Europa hat das Wesentliche vergessen, hat auf der Jagd nach dem Übermenschen den Menschen vergessen. Doch was hat euer Sokrates angesichts seines Todesurteils gesagt: Ihr könnt mir nichts tun, wodurch ihr euch mit euren Handlungen keinen größeren Schaden zufügt als den, den ihr mir zufügt. Ein wenig frei erinnert, aber es kommt auf dasselbe raus. Wenn ihr mich als geringer anseht, sagt das vor allem etwas über euren Mangel an Einsicht aus. Wenn ihr es nötig habt, mich als Untermenschen zu definieren, um euch als Übermenschen zu fühlen, zeugt das vor allem von eurem Mangel an Weisheit. Das ist die Ordnung der Welt, sagt ihr, ohne euch an die Ordnung der Weltgeschichte zu erinnern, den Ursprung der Erde und des Menschen, und das sagt am meisten über euch selbst aus, über euren Mangel. Und wenn die Hälfte eurer jungen Menschen vom Weg des Lebens abkommt und aufgrund eurer Gesellschaftsordnung in diesen oder jenen sie selbst zerstörenden Treibsand gerät, Alkoholismus, Narkomanie, Ludomanie, Esssucht und Essphobie, Arbeitsmanie, TV-Manie, Perversitätsmanie, sagt das alles über euren Zustand der Ordnung.«

»Sem…«, schreist du fast.

»Und das nennt ihr Zivilisation!«, unterbreche ich dich und will fortfahren, schnappe aber außer Atem nach Luft, habe den Faden verloren und kann die richtigen Gedanken nicht finden, die richtigen Worte.

»Sem, lass es, das ist nicht nötig…«, flüsterst du und streckst den Arm aus. »Ich weiß…«

»Wenn ihr wirklich an die Idee glauben würdet, brauchtet ihr euch nicht zu definieren, indem ihr uns definiert: die anderen. Dann würde die Idee für sich sprechen«, unterbreche ich ohne Wut, aber fest, bestimmt, keinen Widerspruch duldend. »Ich denke, ergo bin ich. Sagt ihr das nicht?« Ich lache höhnisch, habe den Faden wiedergefunden. »Ha, ha, damit habt ihr eure eigene Definition der anderen zunichtegemacht. Denn ergo gehören Wissen, Gedanken, Erfindungen denen, die danach greifen.« Ich lache wieder. »Vergiss das nicht«, füge ich sanfter hinzu, fast fürsorglich, bevor mir aufgeht, dass das, was ich gerade gesagt habe, dem gleichkommt zu sagen, dass ich Europas Literatur lesen muss, um ein Teil Europas zu werden.

Doch was ist dann mit den Europäern? Was müssen sie? Und was ist mit den Gedanken der restlichen Welt? Wo wäre Europa ohne sie?

Und was wäre, wenn ich hier geboren wäre, wenn ich nicht erst als Erwachsener in Europas total zersplitterten Nacken gekommen wäre? Wann wird man Europäer? Wie denkt ein Europäer? Wie sieht ein Europäer aus? Wie klingt ein Europäer? Wie riecht ein Europäer? Wie fühlt ein Europäer? Wie schmeckt ein Europäer?

Nicht wie ich, das ist das Einzige, das mir klar ist. Manchmal wie du, nie, nie wie ich!

Es gibt Kinder, für die Europa keinen Platz hat, sieh nur meine Nichte, Habiba. (Was hat es mit Habiba auf sich, was zum Teufel war mit Habiba?)

Und unser Kind? Wäre unser Kind ein Europäer gewesen? Nicht richtig, oder? War es das, was du nicht ertragen konntest, dein geliebtes Europa aufzugeben? Dann lieber das Kind und mich. Weißt du was? Ich weiß nicht, ob ich dich noch mag! Und übrigens: Goethe selbst, was hat er verstanden, was nicht jedes karibische Mädchen weiß, bevor es vierzehn ist? Als wäre es etwas Besonderes, das in Worte zu fassen! »Was für ein Kuchen ist Europa, Großmutter?«

Daran denke ich, während ich von Anna Charlottas Wohnung aus langsam durch die Stadt laufe.

∞

Seine Frau ist eine andere, wie sie da neben ihm liegt. Zumindest macht er sie zu einer anderen, bevor er tun kann, was man als Ehemann hin und wieder tun muss.

Schön ist das nicht, und ohne die Wut würde es gar nicht gehen, und dann geht es doch, und er schließt die Augen, als er seine Frau besteigt und in sie eindringt, raus und rein, als wäre sie eine andere, als wäre er ein anderer. Später erinnert er sich, erinnert er sich ganz genau, obwohl er wünschte, sich an etwas anderes zu erinnern, dass es zwischen halb eins und eins am 29. Dezember 1999 war.

∞ ∞

Anna Charlotta wohnt in der Grillparzerstraße Nummer fünf. In dieser Straße gibt es keine Bäume, hinter denen man sich verstecken kann. Ich bleibe nicht stehen, gehe nur ein einziges Mal langsam an der Ecke Ebendorferstraße und ihrer Haustür vorbei, schaue schräg über die Straße und gehe weiter, ohne mich umzusehen.

Das Café Einstein ist ein merkwürdiger Ort: karierte Böden, schwere, primitiv geschnitzte Holzmöbel, verbrauchte, fast gegorene Luft, Mengen an Bier und stärkeren Sachen und freie Aussicht auf das, worauf ich eine Aussicht haben will. Der Wissenschaftler ist überall zu sehen, auf lächelnden Fotos, schlechten Malereien, Kopien von Diplomen und Ähnlichem, Statuen und Büsten und darüber hinaus als große, geschmacklose Puppe, die sich an einer Lampe festhält oder abstützt, je nachdem wie man es sieht. Ich nehme den ersten Tisch am Fenster. Habe schon früher hier gesessen. Das erste Mal, als ich an einem Sonntagnachmittag leicht berauscht hier hineingetaumelt bin. Zwei Tassen Kaffee und zwei Stunden später ging ich wieder, nüchtern, und kam in der Woche darauf wieder. Und in der darauffolgenden Woche und am darauffolgenden Tag, gestern, war ich hier, und das bin ich auch heute, an einem Mittwoch mitten im Oktober, einem Tag, an dem ich früher von der Arbeit nach Hause gegangen bin, um rechtzeitig zu dem Fenstertisch zu kommen, bevor andere, Anna Charlotta, nach Hause gehen.

Das Café Einstein und mein Fenstertisch liegen an der Ecke Rathausplatz/Grillparzerstraße und haben volle Aussicht auf die Kreuzung Grillparzerstraße/Reichsratsstraße, wo jeder, der in der Grillparzerstraße 5 wohnt, mit großer Wahrscheinlichkeit auf seinem Heimweg von der Universität oder von wo auch immer vorbeikommt.

Dass Tanya Katharina wahrscheinlich auch hier vorbeikommt, daran denke ich nicht, will ich nicht denken (vergib mir). Bei einer rot-weiß gekleideten, rot-weiß-häutigen Österreicherin bestelle ich einen doppelten Whisky, den ich langsam trinke, und dann noch einen. Es gibt Kinder, für die Europa keinen Platz hat, sieh nur meine Nichte, Habiba, das denke ich, denn da ist etwas, wonach ich fragen muss, und da ist etwas, das vorher war, vor dem Café Einstein, und das, was vorher war, ist Tanya Katharina, die nicht ans Telefon geht, die nicht zurückruft, ungeachtet welche Nachrichten ich hinterlasse. Deshalb sitze ich hier und warte auf eine, eine andere und halte an der Frage fest, als wäre sie alles, woran ich mich festhalten kann, und an dem Glas natürlich, und das Glas ist glatt und solide mit einem fein geschliffenen groben Muster und so dick, dass man die Kälte des Eises kaum spürt, sodass man sich gut daran halten kann, an dieses Glas. Und es ist klein, deshalb bestelle ich noch eins. Man kann von Whisky high werden oder deprimiert, je nachdem wie man es betrachtet, auch wenn ich nicht das betrachte, sondern die Straße draußen, auf der die Autos, vor allem die Autos, aber auch die Menschen in einer stillen und unablässigen Flut vorbeiströmen. Einem Zug ohne Hindernisse, einem Zug, der von Gegenwind nichts weiß und von schwarzen Menschen eigentlich auch nichts, jedenfalls nicht bis ich mich von dem Tisch erhebe, auf dem ich eine Anzahl von Zetteln hinterlasse und nahezu aus dem Café stürze und plötzlich in diese Flut trete und sage: »Fräulein.«

Was sozusagen alles ist, was mein Deutsch zu bieten hat, aber es reicht, denn das Gesicht, das sich mir zuwendet, ist offen in seiner Überraschung und zieht an den Bogensehnen, das es fast zu lächeln scheint, und dieses Lächeln ist zumindest kein doppeltes Lächeln, daran halte ich mich, als ich beschließe, Augenblick und Zufall zu ergreifen (vergib mir).

Nein, das stimmt nicht, denn dieser Entschluss ist schon vor langer Zeit gefallen, und das hier hat nichts mit dem Augenblick zu tun, sondern alles mit der Frage, und vielleicht machte, vielleicht machte es der Zug an den Bogensehnen nur leichter, den Entschluss in die Tat umzusetzen, und hier bleiben wir stehen.

Das heißt: ich bleibe stehen und damit bleibt auch sie, Anna Charlotta, stehen, denn an mir kommt man nicht so einfach vorbei, sodass ich im Grunde genommen nicht wie, ob sie das wirklich will, stehen bleiben, denn sie steht einfach mit leicht gelockerten Bogensehnen vor mir, als wolle sie abwarten, was ich tue, denn dass ich etwas tun werde, dessen scheint sie sich sicher, und das ist auch richtig, denn sonst würde ich wohl kaum mitten auf dem Bürgersteig stehen bleiben?

Und was lasse ich mir einfallen, was lasse ich mir ganz schnell einfallen, nachdem ich die letzten drei Stunden, die letzten drei oder richtiger fünf Tage darüber nachgedacht habe, ich lasse mir einfallen: »Ich habe mir nur das Rathaus …«

Das Rathaus ist mir eingefallen, in dem man eine Führung machen kann und vor dessen ins Auge fallender Fassade ich so gesehen gerade stehe und in dessen Richtung ich ohne Anstrengung nicken kann und glücklicherweise fragt sie nicht, wie es mir gefällt, das Rathaus, denn das zu beantworten, wäre, ohne zu lügen, ein wenig schwierig geworden, und da ist schon so viel anderes, das nicht ganz der Wahrheit entspricht, das dürfte für den Moment mehr als genug sein, deshalb halte ich die Worte zurück, bevor ich die Unwahrheit sage und frage: »Kaffee?«

Und wir gehen ins Einstein, das ich gerade verlassen habe, suchen uns einen anderen Tisch und das Personal ist glücklicherweise diskret genug, nicht zu kommentieren, dass ich schon wieder da bin, und ich trinke noch einen Doppelten.

Anna Charlotta sitzt stumm vor ihrem Mineralwasser und betrachtet mich mit einem Ausdruck in den Augen, der leer und präsent zugleich ist, und ich muss wieder an die Einkesselung denken, und das, woran man sich erinnert, muss man umsetzen (nicht wahr, Slobo?), also mache ich mich zur Einkesselung bereit, und die Frage, die der erste Schritt ist, lautet: »Was macht das Studium?«

»Ich werde im Dezember nach Paris gehen. Eine Vorlesungsreihe in medizinischer Ethik.« Sie zieht die Bogensehnen so eifrig nach oben, dass das Dunkel in ihrem Gesicht einen Augenblick weicht. »Ich habe gerade in anatomischer Pathologie bestanden.«

»Ja, die Medizin, das Mekka der Menschlichkeit«, sage ich langsam und nicke. Die Verdammnis der Mitmenschlichkeit, denke ich, sage ich nicht, und erst viel später, in einer ganz anderen Geschichte, begreife ich, dass es vielleicht genau umgekehrt ist.

»Du bist Chirurg, nicht?«

Sie spricht auf eine tiefe, unbewegliche Weise, als käme die Stimme von den Wänden des Raums und nicht aus ihrem Mund, sie spricht, als würde jeder Satz die Konversation abschließen, selbst wenn der Satz eine Frage ist.

»Ja.«

Sie fragt nicht, warum ich dann in Wien am Schreibtisch sitze, was von allen die natürlichste Frage gewesen wäre, und obwohl ich Schwierigkeiten gehabt hätte, diese Frage zu beantworten, ohne zu lügen jedenfalls, bekümmert es mich in höchstem Grade, dass sie nicht fragt, denn das Ausbleiben der Frage gibt Grund zu einer ganz anderen Frage, zu einer, die ich mir nicht stellen will.

Deshalb beginne ich, ohne danach gefragt worden zu sein, von meiner Arbeit in Bosnien zu erzählen, denn da lässt sich viel erzählen, das mir neutral erscheint und mich doch langsam, aber sicher zu dem hinführt, wonach ich sie gerne fragen will, und damit ist das Erzählen ein Ablenkungsmanöver mit einer klaren Leitlinie, und Slobo, mein alter Freund, wäre stolz auf mich. Etwas, viel habe ich gelernt, und ohne dich mit nur einem Wort, einem einzigen Wort zu erwähnen Zoja Maria, erzähle ich von Orten, an denen wir, du und ich, zusammen gewesen sind, geografisch, nicht wirklich, und ich muss mich nicht fragen, wie ich das Gespräch auf Mostar und dich und deine Familie bringen kann, denn es ergibt sich ganz natürlich, zufällig, dass ich meine Erzählung mit einer Frage beenden kann: »Bist du einmal in Bosnien gewesen, in Mostar? Dort habt ihr doch Familie, nicht?«

Anna Charlottas Gesicht, das während der ganzen Erzählung ausdruckslos gewesen ist, spannt sich nun in einer undurchdringlichen dunklen Wachsamkeit an.

»Ja … nein … ich meine, ja, wir haben Familie in Mostar, aber ich bin nie dort gewesen«, sagt sie zögernd. Sie gewinnt in wenigen Sekunden die verlorene Fassung zurück und schüttelt lässig und unmerklich und wieder vollkommen gefasst den Kopf und fährt fort: »Das ist eine lange Geschichte.«

Und damit ist vollkommen klar, dass ich zu diesem Thema keine Fragen mehr stellen soll, jedenfalls keine direkten, und ich versuche zu dem unverfänglichen Geplauder zurückzufinden, und mir fallen die Texte ein, zu denen man immer Zuflucht nehmen kann, und genau das tue ich:

»Die Artikel«, sage ich. »Ich meine, ich habe ein paar sehr interessante Artikel über Ethik. Willst du sie lesen?«

Ich halte nicht den Atem an, das wäre zu offensichtlich, einen kurzen Moment atme ich einfach nicht.

Anna Charlotta nickt unverpflichtend, aber sie nickt mit leicht nach oben gezogenen Bogensehnen.

»Sie sind auf Englisch, ich hoffe, das macht nichts?« Ich klinge zu eifrig, das weiß ich, trotzdem halte ich nicht inne. »Wenn du Interesse hast, kann ich dich mit einem der Autoren bekanntmachen. Wir haben zusammen studiert.«

Das habe ich erfunden. Fast. Dr. Leckton kennt mich nicht, wir kommen von derselben Universität, das ist alles, wir sind nicht einmal derselbe Jahrgang. Aber Anna Charlotta sieht nicht so aus, als würde sie mir nicht glauben, sie sieht aus, als sei es ihr gleichgültig, und wieder nickt sie mit leicht angezogenen Bogensehnen und einer geringfügigen Vergrößerung der Pupillen, was man mit sehr viel gutem Willen als Anzeichen von Höflichkeit auslegen könnte.

»Mit etwas Glück kann ich ihn vielleicht dazu überreden, dir ein paar gute Ratschläge zu geben, wie du dein Studium am besten aufbaust, welche Fächer … ja, wenn du willst …?«

Ich beende den Satz absichtlich mit einer Frage, will sie zwingen zu reagieren. Sie täuscht mich: Sie nickt auf die gleiche Weise wie vorher, die gleichen leicht nach oben gezogenen Bogensehnen, die gleiche geringfügige Vergrößerung der Pupillen. Ich weiß nicht warum, aber plötzlich fällt mir auf, dass ihre Nase krumm ist. Sie ist schmal und leicht nach rechts hin geknickt, als würde sie einen spitzen Winkel zum rechten Mundwinkel bilden. Und ihr rechtes Auge ist kleiner und sitzt etwas tiefer als das linke, was zusammen mit der Nase ihrem Gesicht eine bemerkenswerte Asymmetrie verleiht. Und sie ist dünn, mager auf diese ausgemergelte europäische Weise. Im Grunde genommen ist sie hässlich, deine älteste Tochter, hässlich und ungewöhnlich betörend, das ist das Merkwürdige. Nicht auf eine aufgedonnerte, fordernde Weise betörend wie ihre Schwester, diese Fülle unbekümmerter, heller und lachender Unberechenbarkeit, auch nicht wie du, die du vielleicht gar nicht betörend warst, nicht betörend bist, sondern nur auf eine Art, um die man nicht herumkommt. Anna Charlotta ist hässlich und damit brutal betörend, wie es die Ruinen des Krieges für den sind, der die Getöteten nicht kennt. Anna Charlotta ist betörend wie der Schatten des Lichts, ein grundloses Moor, und ich kann meine Augen nicht von ihr abwenden (vergib mir).

Ich warte, ich warte auf diese Ahnung einer Vergrößerung der Pupillen, die das Dunkel um sie herum zu unterstreichen scheint, und doch sind es nicht ihre Augen, ist es nicht die Bewegung der Pupillen, die mich bezaubert, oder richtiger nicht allein die Ahnung einer Bewegung im Dunkeln, es ist ihre Lautlosigkeit, ihre Fähigkeit, gleichzeitig hier und doch nicht hier zu sein. Sie antwortet nicht, sagt nichts, auch nicht mit den Pupillen, und schließlich kann ich nicht länger warten.

»Komm!«, sage ich und lege ein paar Scheine auf den Tisch. »Wenn du nichts vorhast, können wir auch sofort zu mir gehen und die Artikel holen.«

Sie sieht mich lange an, ohne etwas zu sagen.

Ihre Art, mich anzusehen, hat etwas Beunruhigendes, als überlege sie etwas und als ginge es dabei mehr um eine Taxierung als um eine Überlegung. Sie steht auf, noch immer ohne zu antworten, und erst als wir draußen auf der Straße stehen und ich die Tür des ersten Taxis in der Reihe öffne, erst als sie einsteigt und sich lautlos auf den Rücksitz des Taxis gleiten lässt, weiß ich, wie ihre Antwort lautet.

Anna Charlotta sitzt unbeweglich, nicht unbequem, nur ganz still im Taxi. Mir wird unangenehm bewusst, wie groß und grobschlächtig ich bin, laut durch das bloße Reiben meiner Jeans, wenn ich ein Bein bewege. Ich versuche, sie nicht anzusehen, und doch betrachte ich ihren Nacken, den sie mir zugewandt hat, da Anna Charlotta die ganze Fahrt über aus dem Fenster sieht, sodass ich ihre Augen oder ihr Gesicht oder ihren Mund nicht sehen kann, sondern nur ihren Nacken. Ihr Haar ist zu einem Pferdeschwanz gebunden, und die Nackenhaare liegen glatt auf der Haut an, als hätte jedes einzelne seinen ganz speziellen Platz, an dem es genau so liegt, wie es liegen soll. Hier gibt es keine Wildheit, keine Unordnung, und doch kann ich dem Drang kaum widerstehen, meine Fingerspitzen über die feinen, glatten Haare gleiten zu lassen, die Nackenvertiefung hinunter, und ich weiß, dass das so ist, weil genau dort, in der Vertiefung des Nackens, die Antworten auf eine Frau zu finden sind.

Die Form der Vertiefung, ihre Länge, ihre Tiefe, das Gleichgewicht zwischen rechts und links, die Harmonie der Krümmung, der Anfangs- und der Endpunkt und vor allem die Art, wie die Haare sich legen, all das erzählt ganz genau, neben was für einer Frau man sitzt.

Anna Charlottas Nacken ist eine Geschichte, die ich gerne hören will.

Das ist mir nicht vergönnt, jedenfalls nicht jetzt, denn als wir unser Ziel erreicht haben, die Treppen hinaufgestiegen und in meiner Wohnung sind, bleibt Anna Charlotta nicht länger als genau die vierzehn Minuten, die ich brauche, um die Artikel zu holen, während ich zwischendurch so tue, als würde ich den einen oder anderen nicht finden, obwohl ich ganz genau weiß, wo er ist. Ich frage sie nicht nach dir, das wäre zu früh, zu unpassend, stattdessen versuche ich, ihr einige Dinge zu zeigen, ihre Aufmerksamkeit mit Hilfe der Artikel einzufangen, schlage verschiedene Stellen auf, zeige auf einen Abschnitt, dann auf einen anderen. Anna Charlotta ist ebenso wenig interessiert wie ich. Sie nickt unmerklich, ohne an den Bogensehnen zu ziehen, ohne eine Vergrößerung der Pupillen in ihren Augen, deren Farbe ich nicht anders als grünlich braun bezeichnen kann, vielleicht wie die Moore, deren Tiefe man nicht ahnt. Sie nimmt die Artikel, sieht mir zum ersten Mal direkt in die Augen, und ihr Blick erinnert an Moore von einer Art, bei der ich nicht sicher bin, ob ich Lust habe, sie zu betreten.

»Danke«, sagt sie und betrachtet weiter mich anstelle der Artikel.

»Bitte«, brumme ich und beginne, von Paris und meinem Freund Jonathan und seiner Klinik zu erzählen.

Sie macht mich nervös, ich sage das Falsche, und die Maske der Besonnenheit hilft nicht. Ich habe das Gefühl, nicht zu wissen, wer sie ist. Oder weiß ich ihr gegenüber nicht, wer ich bin? Ihre Stille ist eine Aggression, die sehr viel beunruhigender ist als Tanya Katharinas konstante Bewegung. Sie hat etwas Merkwürdiges, nicht einfach Unerotisches, sondern perfektioniert Asexuelles wie ein Mensch ohne Geschlecht, ein Mensch, der deshalb alles sieht, alles weiß. Vielleicht zwingt mich das oder, zugegeben, eher ihr halber, fast unmerklicher Schritt zur Tür hin, die Einkreisung aufzugeben und direkt zu zielen (vergib mir, Slobo), und ich frage schroff und ohne Einleitung: »Warum wurde deine Cousine Habiba getötet?«

Sie sieht mich an, ohne zu antworten, starrt mir einfach in die Augen, ungeniert, ausdruckslos, und ich weiß nicht, wie ich mit ihrer Art zu schauen umgehen soll, und ich gucke einfach zurück und versuche, genauso ungeniert und unbeeindruckt zu wirken, als wäre an meiner Frage nichts Merkwürdiges, und das ist es schließlich auch nicht, oder? Trotzdem bin ich derjenige, der den Blick abwendet, und nicht sie, und das macht mich verlegen, auch wenn ich es ganz natürlich mache, sodass absolut nichts falsch daran ist, dass ich genau zu diesem Zeitpunkt in der Geschichte meinen Blick und meinen Kopf abwende, der dem Körper, den Beinen, den Füßen in die Diele folgt, um die Tür zu öffnen, ihr die Tür aufzuhalten, deiner ältesten Tochter, die offensichtlich auf dem Weg nach draußen ist. Sie folgt mir lautlos, so, dass ich nicht merken würde, dass sie hinter mir geht, wüsste ich es nicht und hätte mich nicht ihre Art, lautlos zu gehen, irgendwie dazu veranlasst vorauszugehen.

Anna Charlotta ist keine Frau, die ich gerne noch einmal treffen würde. Auch wenn sie vielleicht die Antworten kennt. Ihre Gegenwart hat etwas Beunruhigendes, etwas, das mir Unwohlsein verursacht, das es mir unmöglich macht, einen Vorwand, sie noch einmal zu sehen, auf die richtige Weise vorzubringen, und das nicht nur, weil ich das nicht will. Etwas, das es mir unmöglich macht vorauszusehen, dass es gar keines Vorwandes bedarf, denn was ich nicht voraussehe ist, dass sie sich in der Tür umdreht und mir noch einmal in die Augen sieht.

»Ich komme wieder«, sagt sie, und im gleichen Moment füllen und leeren sich meine Lungen mit Luft. »Mit den Artikeln.«

»Das ist nicht nötig.« Ich zucke auf eine Weise mit den Schultern, die nonchalant hätte sein sollen, doch nur linkisch wirkt, das weiß ich.

»Doch«, sagt sie und wendet endlich den Blick von mir ab und das Gesicht, das zusammen mit dem Körper in einer stillen, gleitenden Einheit der Bewegungen aus der Tür, die Treppe hinunter verschwindet, sodass es mir kalt den Rücken hinunterläuft.

Dann bleibt sie stehen, und dieses Abbremsen, die Art wie es die Bewegung unterbricht, sagt mir, dass jetzt etwas kommt, das ich nicht vergessen werde, das ich keine Lust haben werde zu vergessen (vergib mir). Anna Charlotta dreht sich zu mir um, lässt den Blick langsam von meinen Füßen bis zu meinen Augen hinaufwandern, und plötzlich breitet sich ein Licht in ihren Augen aus, ihre Gesichtsmuskeln lockern sich, und der Mund ist nicht länger eine stramm angezogene Bogensehne, sondern ein offenes Lachen, und sie lacht tief und wild, beschwingt und blitzend, keinen Widerspruch duldend, vor allem keinen Widerspruch duldend, sodass ich völlig sprachlos dastehe und nicht antworte, als sie sagt: »Wir sehen uns.«

Und ich habe den unwiderstehlichen Drang, die Treppe hinunter hinter ihr herzulaufen, die Hand nach ihr und dem Licht auszustrecken, auf dass sein Schein nicht erlischt, und ich sehe nicht, dass sie sich umdreht, mir den Rücken zukehrt und weiter die Treppe hinuntergeht. Ich sehe nur, spüre mehr als ich sehe, dass das Licht schwindet und das Treppenhaus dunkel wird, so dunkel wie ich nie bemerkt habe, dass Dunkelheit sein kann und selbst als ich mich in meine Wohnung zurückziehe, die Wohnungstür schließe und ins Wohnzimmer gehe und alle Lichter einschalte, ist es dunkel.

Ich setze mich an den Schreibtisch, schalte den Computer ein und hole meine Berichte und Notizen hervor. Ich arbeite nicht, ich versuche es nicht einmal. Ich vergrabe das Gesicht in den Händen, lasse das Gesicht in den Händen ruhen, die auf den Ellenbogen ruhen, die auf den Büchern ruhen, die auf dem Tisch ruhen. Das hättest du mir ruhig sagen können, Slobo! Es hätte mir sehr geholfen, es im Vorhinein zu wissen und es nicht selbst entdecken zu müssen, so plötzlich, so ganz unvorbereitet. So ganz ohne jegliche Verteidigung. Warum hast du mir das nicht gesagt: Krieg ist eine unvorhersehbare Angelegenheit.

Und das nicht nur, weil es Fragen gibt, die ich nicht gestellt bekomme (vergib mir).

∞

Es ist unmöglich, mit einer Frau zu schlafen, die man nicht liebt. Einen Beischlaf mit einer Frau zu vollziehen, die man nicht liebt, ist eine Kunst.

Nicht dass Erika neben ihm liegt, stört ihn. Sondern die Wärme ihrer Haut, ihr leichter, leicht zischender Atem, die Bewegungen auf der Matratze, wenn sie sich herumdreht, ihre Handfläche auf seiner Schulter, ihre Haarspitzen auf seiner Haut und vor allem die Erwartung. Wie oft kann man sagen, heute Nacht nicht, ohne dass es etwas anderes bedeutet, als es tatsächlich bedeutet?

»Ich komme gleich.«

Er schlägt die Bettdecke zur Seite und steht auf. Geht ins Badezimmer, bleibt lange dort, rasiert sich, obwohl es nicht nötig ist, putzt sich zum zweiten Mal die Zähne, wäscht sich gründlich die Hände, studiert lange sein Spiegelbild, bevor er tief einatmet und die Tür öffnet. Anstatt ins Schlafzimmer zu gehen, geht er ins Wohnzimmer. Versucht den rettenden Gedanken zu finden. Öffnet die Schublade mit dem Schlüssel. Versucht Bilder von nackten Frauen von den Augen in den Körper hinunterwandern zu lassen. Es funktioniert, sein Körper rührt sich. Er lässt Erikas Gesicht das oberste Bild ausfüllen, und es funktioniert nicht mehr. Hölle und Teufel!

Er steht auf, geht zum Fenster und schiebt die Gardine ein wenig zur Seite. Regnet es immer in dieser Stadt? Er nimmt eine Chicos aus der Packung, schneidet die Spitze ab, zündet sie an und öffnet das Fenster. Ihm fällt etwas ein, doch der Gedanke gefällt ihm nicht, sodass er ihn sofort wieder verwirft.

Nicht alle Tage beherrscht man die Kunst, eine zu einer anderen zu machen.

Eine Chicos schmeckt nicht so gut bei Regenwetter, oder es liegt an dem Gedanken, der sich nicht hinauswerfen lässt, bald ein halbes Jahr, und er wirft die Zigarre auf die nassen Steine des Bürgersteigs hinunter, und später erinnert er sich an das Regenwetter, vielleicht weil er sich nicht erinnern will, dass er am 7. Januar 2000 wieder ins Bett ging mit dem Gedanken an die Himmelstraße 43 und den Worten: »Nicht heute Nacht.«

∞ ∞

Früher suchte ich die Gleichheit der Tage. Ich mochte die Wiederholung, die kleinen Gewohnheiten, die einem mitten im Chaos des Krieges ein Gefühl der Unendlichkeit gaben, ein Gefühl, dass das Leben ewig währte und die Alltäglichkeit zurückkehrte, dass nichts unmöglich war, wenn ich nur weitermachte, inständig genug wollte, lange genug.

Zugegeben, diese Unmöglichkeit, von der ich träumte, war nur teilweise mit dem Ende des Krieges verbunden und damit mit dem Ende der Reihe zerfetzter Körper, die auf meinem Operationstisch landeten. Es war die Zeit mit dir, die ewig währen sollte, die die Gleiche sein sollte, auch wenn du nicht da warst. Von dem Rest sagte ich: »Ich will nicht denken, ich will nichts wissen.«

»Wir alle haben die Pflicht zu wissen«, sagtest du.

»Ich habe keinen Einfluss auf diesen Krieg, dieses Abschlachten eines Volks. Ich habe keinen Einfluss darauf, ob die Großmächte eingreifen oder nicht. Ich bestimme nicht darüber, wen man mir auf den Operationstisch legt. Ich operiere. Ich operiere, so gut ich kann. Das ist alles.«

Das habe ich gesagt. Ich konnte, ich wollte keine Verantwortung für etwas anderes als die Körper übernehmen, die ich zusammenzuflicken versuchte. Jedes Mal, wenn es misslang, dachte ich an Nathan. Jedes Mal, wenn es gelang, dachte ich an Nathan. Das war alles.

Mein Wissen reichte nicht weiter als mein Messer in den verletzten Körpern. Ich brauchte keine historischen oder politischen Gründe, um einen Verletzten zusammenzuflicken. Ich wollte nicht mehr wissen, brauchte keine Details über den Völkermord und die genau geplanten Strategien dahinter, um den Glauben an die Güte der Menschen zu verlieren. Den hatte ich schon lange verloren. Und ich brauchte nichts über die Feigheit und das Doppelspiel der UN und der Großmächte zu wissen, vor allem Großbritanniens und Frankreichs, um die Hoffnung auf ihr Eingreifen zu verlieren. Ich habe nie den Glauben der Privilegierten an den Willen der westlichen Zivilisation geteilt, für die Prinzipien der Menschlichkeit zu kämpfen.

Nein, ich hatte nur eine Hoffnung: dass die Zeit mit dir ewig währen, dass die Zeit mit dir zur Normalität werden würde. Dass diese Hoffnung ebenso lächerlich war wie Bosniens Hoffnung auf den Willen Westeuropas, dem Land seine Normalität zurückzugeben, fand ich erst heraus, als ich nach Wien zog und wieder daran erinnert wurde, dass die Hoffnung eine Religion ist, die die Wirklichkeit zum Atheismus macht.

Jedes Mal.

Nicht wahr, Alija, Harris und all ihr anderen in der bosnischen Regierung, im bosnischen Volk?

Aber hallo, da landete ich auf der falschen Seite, da identifizierte ich mich mit den Schwachen, und du kannst nicht töten, wenn du mit den Schwachen fühlst, deshalb muss ich umgehend mit dem Mitgefühl aufhören und mich daran erinnern, dass ich als Erstes die Hoffnung zerschlagen muss, denn die Hoffnung wird den Feind bewegen zu bleiben, zu kämpfen. Ist es nicht so, Slobo? Sollte es nicht deshalb so brutal wie möglich zugehen? So irrsinnig, erschütternd, wahnsinnig gewalttätig, dass niemand sich wünschte zurückzukommen? Niemand von den anderen.

Auch du nicht (vergib mir nicht).

Früher suchte ich die Gleichheit der Tage. Jetzt suche ich die Unterschiedlichkeit der Tage. Die Vernichtung scheint im Unterschied zu liegen, in der Versicherung, dass jeder Tag anders ist als der vorhergehende, in der Bekräftigung, dass nichts wie vorher ist und niemals wieder so sein wird. Ich gehe in meine Küche, um Kaffee zu kochen, und ich koche ihn mit einer modernen Kaffeemaschine, um mich zu versichern, dass es in keiner Weise der Art gleicht, wie du den Kaffee aufgebrüht hast, in einem offenen Kessel, in dem Wasser und grob gemahlener Kaffee bei starker Hitze aufgekocht wurden, und während die Kaffeemaschine durchläuft, dämmern mir plötzlich zwei Dinge: Zum einen dämmert mir, dass in der Vergangenheit der Tage eine Gleichheit liegt, und darüber will ich nicht weiter nachdenken, denn man wird wahnsinnig, wenn man zu viel über so etwas nachdenkt. Nein, stattdessen will ich über das andere nachdenken, das mit dämmert: der Kaffee.

Warum kocht ein Kroate auf bosnische Weise Kaffee?

Freund oder Feind?

Es gibt Kinder, für die Europa keinen Platz hat, und vielleicht hat das auch gar nichts zu bedeuten, das mit dem Kaffee? Wir leben in der Zeit der Möglichkeiten, der Mannigfaltigkeit, nicht hinter den Gittern der Tradition. Die Leute machen den Kaffee so, wie er ihnen am besten schmeckt, oder?

Ich schrecke zusammen, als das Telefon schellt. Ich nehme nicht sofort ab, ich lasse es noch einmal schellen. Freund oder Feind? Das weiß man nie so genau, nicht wahr? Was sagt Alija: Wann ist Franjo für dich, wann gegen dich? Wann kämpft ihr zusammen mit den Kroaten gegen die Serben, wann kämpfen die Kroaten mit den Serben gegen euch? Wann kommen euch die UN, Europa, die USA zu Hilfe? Wann stehen sie im Weg? Woher wusstest du das, Alija, das frage ich dich: Woher wusstest du, wer der Feind war, wer der Freund? Wann wer was war?

Wie wusste dein Volk, ob du sein Freund warst, sein Feind? Und warst du ein Freund? Ein Feind?

Oder gibt es nicht so viel zu irren, wenn der Gewehrlauf auf dein Gesicht gerichtet ist und dein früherer Nachbar, dein früherer Freund auf den Abzug drückt?

Wem kann man vertrauen? Wem nicht?

Das Telefon schellt wieder, lauter wie mir scheint, insistierender als vorher, und ich hebe langsam den Hörer ab und brumme: »Hallo«, versuchsweise, Freund oder Feind?

»Hei.«

Ich kann den Unterschied nicht hören, dann höre ich den Unterschied: »Bist du zu Hause, dann komme ich vorbei?«

»Gerne«, sage ich froh, überrascht, und bereue es, als ich den Hörer auflege.

Wir waren in Zenica in der Woche, als es passierte.

Ich weiß nicht, wie es dir gelungen ist, mich zu finden. Du hast nie über deine Art gesprochen, die Dinge zu regeln, du hattest deine Verbindungen. Ich habe nicht darüber nachgedacht, das war dein Land, dein Volk, du warst mit einem österreichischen Topdiplomaten verheiratet.

Militärische Stellungen, humanitäre Nothilfe müssen verlegt werden und mit ihnen: Lastwagen, Proviant, Waffen, Munition und Menschen. Vor allem Menschen.

Deshalb waren wir zusammen, als die Brücke in deiner Geburtsstadt nach drei Tagen konstanten Beschusses am Morgen des 9. November 1993 in die Neretva stürzte. Du warst am Vorabend angekommen, bereits verändert. Du weigertest dich, darüber zu sprechen, sowohl über die Brücke als auch über deine Veränderung, die du als optische Täuschung hinstelltest, meine, und vielleicht ein wenig Müdigkeit, deine, nur um dann nur wenige Wochen später am Telefon in Wien unaufhörlich über nichts anderes als über die Brücke zu reden, fast manisch. Über deine Veränderung weigertest du dich noch immer zu reden, du sprachst nur über die Brücke und ihren Sturz in den Fluss, eine Unendlichkeit von Verzweiflung, die die wenigen Minuten füllte, die ich mir bei den internationalen Journalisten und ihren Satellitentelefonen hatte borgen können, um mit dir zu reden.

»Wie konnten sie das tun?«, weintest du.

Es war die Brücke, erbaut von einem türkischen Sultan im fünfzehnten Jahrhundert, auf der du als Kind gespielt hattest, auf der alle Kinder in Mostar gespielt hatten, serbische, kroatische, moslemische und all die anderen Mischlingsvarianten, die Brücke, die Kroaten und Moslems gemeinsam gegen die Serben verteidigt hatten und die jetzt plötzlich oder richtiger nach drei Tagen direkten Beschusses unter dem Feuer der Kroaten, deines Volkes, zusammengebrochen war. Freund oder Feind?

Es war nicht schwer. Man nimmt eine Mörsergranate, lädt sie, zielt und feuert. Und die Stimme des Gewissens: Du kannst mir nichts tun, das dir selbst nicht mehr Schaden zufügt, als deine Handlung mir schadet, wird übertönt vom Jubel der Minderwertigkeit, wenn die Geschichte mit Hilfe einer kleinen modernen Erfindung und einer Hand am Abzug, die in diesem Augenblick einem sehr großen, sehr kleinen Mann gehört, in Rauch aufgeht, und ich will es nicht wissen, ich will nichts davon wissen.

»Wie konnten sie das tun?«, weintest du.

Und ich war nicht länger sicher, dass es um die Brücke ging, aber da ich nicht wusste, um was es sonst gehen könnte, antwortete ich auf die Brücke. »Es ist Krieg«, sagte ich nur.

»Ja, aber sie können doch nicht die anderen vernichten, ohne sich selbst zu vernichten«, sagtest du und fuhrst fort, als wolltest du deine eigenen Worte korrigieren, ohne dass ich ganz verstand, worin die Korrektur bestehen sollte. »Man kann nicht die eine Seite seiner Geschichte zerstören, ohne die ganze Geschichte zu korrumpieren«, sagtest du. »Aber das wollen sie, genau wie die Serben. Sich mit der Seite der Geschichte begnügen, die sie selbst glorifizieren.«

»Man ändert nicht die Wahrheit, indem man die Geschichte umschreibt«, sagte ich.

»Man kann die Wahrheit so lange ändern, bis die Geschichte, die folgt, sich ändert«, sagtest du. »Wenn man den Kampf um die Vergangenheit gewinnt, hat man die Zukunft gewonnen.«

Man kann eine Geschichte nicht erzählen, ohne eine andere anzuhalten.

Ist das Gerechtigkeit?

Oder Rechtfertigung?

Oder nur Selbstgerechtigkeit?

Jedenfalls gibt es gewisse Geschichten, die es verdienen zu sterben, sagt der Mörder, sage ich. Und was sagt Tanya Katharina, die in diesem Augenblick zu der Tür hereinkommt, die ich beim ersten Klingelton öffne?

Freund oder Feind?

Die Feinde des Feindes werden zu Freunden.

Was werden die Feinde der Feinde des Feindes?

»Bitte«, sagt Tanya Katharina und lächelt ein einfaches Lächeln, aber ein Lächeln, von dem ich mir nicht sicher bin, ob ich es mag, doch vielleicht sind es auch die Artikel, die sie auf den Tisch legt, die ich nicht mag. Eins, zwei, drei, vier.

Es sind die Artikel, die ich Anna Charlotta geliehen habe, vor acht Tagen. Acht Tage habe ich gewartet, dass sie anruft, Anna Charlotta, gewartet, dass es natürlich oder zumindest nicht zu auffällig erscheint, wenn ich anrufe. Ha, das ist nicht länger möglich, lächelt Tanya Katharina, oder sehe ich Gespenster? (Vergib mir.)

»Ich soll grüßen und mich für das Ausleihen bedanken«, lächelt sie, diesmal laut, so laut, dass kein Zweifel bestehen bleibt.

Dann kommt sie zu mir, stellt sich so dicht neben mich, dass ich die Wärme ihres Körpers spüre. Ich stehe am Küchentisch, Tanya Katharina steht am Küchentisch. Vergessen ist der Kaffee, ich drehe ihr die Seite zu, konzentriere mich darauf, die Weinflasche zu öffnen, die ich herausgeholt habe. Der Korken zerbröselt und zerbricht auf halbem Weg. Es war vorauszusehen, dass mir so etwas genau in diesem Augenblick passieren würde, mir, dem nie, nie ein Korken beim Ziehen zerbricht. Freund oder Feind? Geist oder Materie? Ich will den Geist, aber ich bekomme die Materie: Tanya Katharina. Die Frage ist, ob sie das weiß? Ob sie deshalb aufgetaucht ist, sich deshalb so dicht neben den Küchentisch stellt, neben mich? Ohne Grund. Ohne ihre Schwester.

Wir gehen ins Wohnzimmer, ich nehme den Wein mit, aus dem ich endlich die Reste des zerbröselten Korkens gefischt habe und den wir aus Gläsern trinken, die einen Rand aus Korkstaub und -resten bekommen, nachdem wir uns gesetzt haben, ich auf das eine Sofa, Tanya Katharina auf das andere, bis sie wieder ohne Grund und völlig ohne Scham zu mir herüberrückt. Auf mein Sofa.

»Schade, dass du dich nicht für Jura interessierst«, sagt

sie leichthin und scharrt mit den Beinen, die von den dünnen Strümpfen unter dem kurzen Rock heute nur ansatzweise verborgen werden.

Licht und Dunkel. Beides sind Waffen, die eine Katze töten können. Zwei Leben mit zwei Seiten derselben Sache. Zwei Leben mit zwei Töchtern, zwei Seiten derselben Frau: von dir.

Wie viele Seiten hat eine Frau?

Wie viele Leben hat eine Katze?

Es war nach der Geschichte mit der Brücke, dass du dich verändertest, dass du aufgabst, die Hoffnung auf deinen bosnisch-herzegowinischen Staat verlorst und plötzlich von Frieden um jeden Preis zu reden begannst. Selbst wenn die Veränderung unmittelbar davor passiert sein mochte, brachte ich deine Veränderung mit der Brücke in Verbindung, denn das war ein Anhaltspunkt, ihre plötzliche Nichtmehrexistenz, dass du die Nichtmehrexistenz der Brücke anerkanntest, während du nie, niemals deine eigene Veränderung, die Nichtmehrexistenz derjenigen, die du früher warst, zugegeben hättest.

Bisher hattest du immer für den Kampf für einen multiethnischen bosnischen Staat plädiert, koste es, was es wolle.

Danach wurdest du fast zu einer fanatischen Pazifistin. Nicht dass du die Einzige warst, es gab viele, vor allem in der UN und im übrigen Westen, besonders in England und Frankreich, Serbiens alten Alliierten, die einen Frieden um jeden Preis wollten, auch wenn das den Sieg der ethnischen Säuberung bedeutete: das Akzeptieren einer Teilung Bosniens in drei reine ethnische Staaten (oder zumindest so rein wie möglich, wenn ein Drittel der Bevölkerung gemischter Herkunft ist, vergib ihnen), was auch der einzig möglichen Lösung recht nahe kam, solange kein Land auf der Welt Truppen zu Bosniens Unterstützung entsenden wollte. Es war nur eine markante Veränderung an dir.

Bis zu diesem Punkt und nach diesem Punkt.

Eine ungerechte Handlung rechtfertigt keine andere.

Oder tut sie das, Zoja Maria? Tut sie das?

War es die Brücke, Zoja Maria? Oder war es vorher, war es der Winter, in dem sich drei statt zwei Parteien im Krieg befanden, der Winter 92-93, in dem die Kroaten sich nach und nach gegen die Moslems stellten? War es, als auch die Kroaten in Mostar sich gegen die Moslems stellten? Oder war es Habiba? Ein Kind, für das Europa keinen Platz hat. Wurde der Preis für deinen multiethnischen Staat zu hoch? Ich will nicht wissen, in welche Richtung die Gewehre zeigten, will von Serbiens Anteil an den bosnisch-serbischen Gemetzeln, von der opportunistischen Kriegsteilnahme der Kroaten nichts wissen, ich will von dem *Wo* und *Wann* nichts wissen, auch nichts von der Aufgabe der eingesperrten Bevölkerung Srebrenicas, Mostars seitens der Politiker, du kannst deinen verdammten Krieg mit seinen vielen Kapiteln behalten. Ich will nur eins wissen: Was war mit Habiba? Was war mit dir? Letzteres kann ich nicht fragen, aber Ersteres, und deshalb frage ich:

»Was war mit Habiba?«

Meine Frage ist so unpassend, dass ich schnell einlenken muss, das sehe ich an Tanya Katharinas bernsteinbraunen Augen und dem vollständigen Fehlen eines Lächelns darin, weder eines Lächelns noch eines zweiten, und an ihrem Körper, der sich von dem Sofa erhebt und hin und her geht, bis sie sich ans Fenster stellt und hinaussieht. Erst kommt keine Antwort, dann kommt sie doch, lange nachdem ich es aufgegeben habe, einen glaubwürdigen Rückzug zu finden, und lange nachdem Tanya Katharina zu dem Sofa zurückgekommen ist, auf das sie sich mit einem tiefen Seufzer und einem doppelten Lächeln windet, und die Antwort lautet: »Morgen wird es schneien.«

Die Antwort wird lässig über die Schulter geworfen, genau wie das lange Haar, das auch locker über die Schulter geworfen wird, begleitet von einem großen Lächeln, das, ohne dass ich mir etwas einbilde, nur ein Lächeln zu sein scheint, nicht zwei, nur weiß ich nicht, welches Lächeln, und eigentlich ist das auch gleichgültig. Auch bei der Antwort bin ich mir nicht sicher, wie sie zu verstehen ist, sodass ich auch auf sie hätte verzichten können. Und statt die Fäden in der Antwort zu entwirren, versuche ich, an der Frage festzuhalten, indem ich eine Menge aneinandergereihter Worte über meinen Bericht über Massenvergewaltigungen als Waffe und die Anzahl der Frauen mit Namen Habiba vor mich hin murmele. Und das ist dummes Gerede, nicht das, was passiert ist, das lässt sich nicht mit Worten beschreiben, nein, was ich murmele, ist dummes Gerede, auch wenn es die Wahrheit ist. Aber ich schaffe es nicht, die Wahrheit als Wahrheit auszudrücken, sondern nur als gemurmeltes, dummes Gerede, und es ist zu spät, etwas daran zu ändern, sodass ich stattdessen die Hand auf eine Weise nach Tanya Katharina ausstrecke, die unverkennbar Wahrheit ist (vergib mir), und ich nehme deine jüngste Tochter, wie ich sie schon einmal genommen habe. Nehme sie zusammen mit Wein Nummer zwei, den ich, ohne die geringsten Spuren von zerbröselndem Korken zu hinterlassen, geöffnet habe und den wir aus Gläsern trinken, die noch immer kleine staubige Reste von dem vorigen Korken tragen. Nehme sie mit ins Schlafzimmer, vorbei an den nassen Handtüchern von der Dusche, die ich noch nehmen konnte, bevor sie an der Tür geschellt hat. Nehme sie, wie ich sie schon vorher genommen habe, abgesehen davon, dass ich nicht an dich denke. Während ich deine jüngste Tochter nehme, denke ich an deine älteste Tochter (vergib mir).

Es geht nicht anders. Das sagt er ihr, als sie insistiert.

»Sem, du kannst das, was ich dir angetan habe, nicht dadurch aufwiegen, dass du mir das Gleiche antust.«

Sie spricht mit Nachdruck auf jedem Wort. So wie er einmal zu ihr gesprochen hat, erinnert er sich.

Er kommt, er geht, er sagt nichts. Er weiß es. Es geht nicht anders.

»Du hast mir auch … vergiss das nicht. Wir müssen noch einmal von vorne beginnen«, fährt er fort.

Er antwortet nicht.

Sie setzt sich im Bett auf, zieht die Decke um ihren Körper.

»Das hier ist nur eine neue Form des Krieges«, sagt sie.

»Nein«, sagt er langsam. »Das ist der Epilog zu einer Geschichte, die schiefgelaufen ist.«

Er beugt sich vor und küsste die Vertiefung im Nacken, wo die Haare zu Berge stehen. Greift nach ihr und der Bettdecke.

»Es geht nicht anders.«

»So soll es nicht laufen«, sagt sie und weicht vor ihm zurück.

Sie sitzen stumm da, ein wenig voneinander entfernt.

»Niemand kann die Geschichte umschreiben«, sagt er schließlich.

Erst später, als er bereits in der Straßenbahn auf dem Weg zurück in die Stadt sitzt und der 29. Januar 2000 gerade zum 30. Januar geworden ist, beginnt er über die Bedeutung ihrer Antwort nachzudenken.

»Nein«, hat sie gesagt. »Aber man kann aus einer Geschichte eine andere machen.«

∞ ∞

Einer fehlt.

Daran erinnere ich mich wieder, seit mir Tanya Katharina

die anderen gebracht hat. Ein Artikel fehlt. Die Frage ist, ob es sich um ein Versehen handelt? Oder richtiger: Die Frage ist, ob es sich um Tanya Katharinas oder Anna Charlottas Versehen handelt? Oder richtiger: Die Frage ist, ob eine von ihnen ihn vergessen hat oder ob eine von ihnen ihn absichtlich vergessen hat?

Die Frage ist: Welche von ihnen?

Wie solidarisch sind Schwestern?

Ich zähle die Tage, wie ich die Artikel gezählt habe: immer wieder.

Als ebenso viele Tage vergangen sind, vier, wie ich Artikel zurückbekommen habe, vier, nehme ich mich zusammen und entschließe mich, dieses kleine Versehen zu vergessen. Artikel kann man neu anfordern. Am fünften Tag nehme ich mich zusammen und ziehe meinen Mantel an und trete in die Diele mit dem Ziel Grillparzerstraße und Anna Charlotta, und dann nehme ich mich zusammen und ziehe meinen Mantel aus und gehe zurück ins Wohnzimmer und hebe den Hörer ab, wähle die Nummer und warte.

Wie oft muss ein Telefon schellen, bevor man auflegt? Einmal, zweimal, dreimal, viermal, fünfmal, ich sollte auflegen, doch genau in dem Moment wird abgenommen, und das ist ein Zeichen, dass man nicht zählen soll, denn es funktioniert ohnehin nicht, oder es ist ein Zeichen, dass man weiterzählen soll, denn früher oder später funktioniert es, und der Hörer wird abgenommen, und eine Stimme, die dunkel und die richtige ist, sagt hallo, auch wenn es nicht deine ist, sondern die deiner Tochter, der ältesten.

Zwei Stunden später klopft es zaghaft an der Tür. Ich hätte es wissen müssen, natürlich benutzt Anna Charlotta nicht die Klingel, und natürlich sind ihre Knöchel trotz der Wärme des

Treppenhauses von einem Handschuh bedeckt, der ihr gedämpftes Klopfen nahezu zu einem Nichts dämpft, das trotzdem ein Poltern ist, dem man nicht widerstehen kann. Und ich mache auch keinerlei Versuch zu widerstehen. Ich gehe und öffne, und sie tritt ein, gleitet an mir vorbei, lautlos, wenn auch nicht unmerklich, denn ich kann nicht umhin, sie zu bemerken, da die Wange, die sie der Höflichkeit halber einen Augenblick meinen Lippen darbietet, eine stumme und brennend trockene Dunkelheit in meinem Mund hinterlässt, der sofort Lust auf sehr viel mehr und trotzdem Lust auf gar nichts hat, genau wie der Körper, den ich spüre, der aber trotzdem keine Lust hat, als wäre das Verlangen nach mehr und dir ein anderes als das, das der Mann in mir spürt, und da mir nichts Angemessenes zu sagen einfällt, sage ich etwas vollkommen Unangemessenes: »Setz dich.«

Und das ist noch schlimmer als unangemessen, weil sie, deine älteste Tochter, sich nicht setzt, sondern ganz still mitten im Zimmer stehen bleibt, als wäre ihr gerade eine Wahrheit eingefallen.

»Setz dich«, sage ich noch einmal unangemessen töricht, weil ich im Moment unangemessen töricht bin (vergib mir) und mir wiederum nichts anderes einfällt. Ich mache eine ausladende Handbewegung zum Sofa hin, zeige willentlich auf einen anderen Platz auf dem Sofa als den, auf dem ihre Schwester sich gewöhnlich windet, auf den ihre Schwester sich gewöhnlich fallen lässt.

Und natürlich setzt sie sich nicht, Anna Charlotta. Anstatt sich zu setzen, zieht sie langsam die Handschuhe aus, um etwas aus der Tasche zu holen.

»Danke für's Ausleihen.«

Sie reicht mir den Artikel, den fünften und letzten, ohne das Gesicht zu verziehen. Doch genau in dem Moment, als ich die Hand nach ihm ausstrecke und sie ihn loslässt, ziehen sich ihre Bogensehnen nach oben und lux fiat, lux fuit, erhellt sich ihr Gesicht, in meinem Wohnzimmer, in mir.

»Ich muss gehen«, sagt sie und, lux finale, erlischt das Licht so plötzlich, wie es angegangen ist, und mir bleibt nichts, als zu fragen:

»Wann fährst du nach Paris?«

»Ich fahre nächste Woche.«

»Ist nächste Woche nicht noch lange genug hin, um heute ein Glas Wein zu trinken?«

Ich halte den Atem nicht an, atme nur nicht, weder aus noch ein.

»Wasser«, sagt sie, und das Licht erstrahlt erneut, bevor es noch einmal erlischt: »Mit Tanya Katharina um fünf.«

Sie sieht mich an, forschend, und plötzlich weiß ich nicht, was sie sieht, und ich weiß auch nicht, ob sie findet, was sie sucht, aber etwas hat sie gefunden, denn sie fährt fort, weder freundlich noch unfreundlich, nur mit drei zufälligen Buchstabengebilden, die mit einem Fragezeichen enden: »Kommst du mit?«

Das ist eine Frage, auf die es nur eine Antwort geben dürfte, und diese Antwort ist nein. Und das ist eine Frage, auf die es nur eine Antwort gibt, doch diese Antwort ist ja, und auch ich habe eine Frage zu stellen oder zwei oder drei oder vier, daran erinnere ich mich, als ich Anna Charlotta in die Diele begleite, wo ich nach einer Jacke und einem Schal greife, bevor ich die Eingangstür hinter uns zuziehe und mich auf dem Weg die Treppe hinunter wieder frage, wie das Schicksal oder richtiger die Spinnerin des Schicksals heute heißt, am 2. November 1996:

Anna Charlotta? Oder Tanya Katharina?

Oder einfach Zufall?

Wer ist im Krieg mit wem? Gegen wen?

Freund oder Feind?

Und dann gehen wir hinunter, um Tanya Katharina zu treffen.

Das ist keine Frage, die ich gerne beantworte.

Und auch keine, auf die ich die Antwort kenne, und doch weiß ich, dass keine Antwort genau die Antwort ist, die ich nicht geben darf, da die Frage ein Bajonett ist, das sich mehr als einmal einsetzen lässt, und das Duplikat tötet ebenso wie das Original: »Wie findest du unsere Mutter?«

Wie viele Gedanken können einem in den Sekunden durch den Kopf gehen, die es braucht, eine Frage, die man nicht beantworten kann, ohne zu lügen, nicht zu beantworten?

Deinen Nacken sehe ich nicht vor mir, aber ich denke an ihn, obwohl ich weiß, dass ich das nicht sagen kann, deshalb versuche ich, den Nacken herumzudrehen und an dein Gesicht zu denken, das ich plötzlich nicht vor mir sehen kann, was mich erschreckt, aber das kann ich auch nicht sagen, deshalb denke ich, dass ich später darüber nachdenken muss, und denke stattdessen an deinen Körper, den ich genau vor mir sehe, aber über den sprechen wir hier nicht, über den können wir hier auch nicht sprechen, und deshalb spreche ich nicht über ihn, über deinen Körper, und denke weiter an dich, und dieser Gedanke trägt viele Gedanken in sich, denn was denke ich eigentlich von dir, über dich, Zoja Maria? Das denke ich, während ich mein Glas hebe und trinke, langsam, und noch einmal, langsam, das denke ich, während ich die Mädchen ansehe, die Frauen, die mir gegenübersitzen, während ich langsam, langsam das Glas zurück auf den Tisch stelle. Und dann denke ich gar nichts mehr, kann nichts mehr denken, versuche nur, das Messer so zu führen, dass es genau dort schneidet, wo es schneiden soll. Aber es gelingt mir nicht, gerade zu schneiden, hier, wo ich auf eine Frage antworten soll, die wie ein Bajonett tief zwischen die Rippen sticht, zwischen meine Rippen.

»Eine schöne Frau, eine kluge Frau.«

Ich schneide außen herum, schneide Zuflucht hinter Allgemeinheiten, Äußerlichkeiten, derer Männer sich immer bedient haben: Komplimente der augenfälligen, der lächerlich objektiven Art. Komplimente sind ein Umweg, ein Schutz der Wahrheit. Du bist schön (alle Frauen sind schön), du bist klug (nicht alle Frauen sind klug). Abgesehen davon, dass Schönheit, jedenfalls deine, vielleicht nicht das ist, was ich zuerst erwähnt haben sollte, jedenfalls nicht wenn Tanya Katharina die Fragen stellt.

Sie lächelt ihr doppeltes Lächeln, ohne dass es die Augen erreicht. Machiavelli, wer war die Frau, von der du gelernt hast? Und Slobo, ja, wer die Frau hinter dir war, das weiß ich sehr wohl, das weiß die ganze Welt, alter Freund, und ich weiß auch, dass ich noch etwas anderes über die Frauen lernen muss, wenn vielleicht auch nicht von dir. Regel Nummer eins: Antworte nie auf die Frage einer Frau nach einer anderen Frau. Regel Nummer zwei: Ich darf mich nie in eine Situation bringen, in der ich eine Frage beantworten muss, die sich nur mit einer Lüge oder einer Wahrheit beantworten lässt, die schlimmer als eine Lüge ist. Regel Nummer drei, falls ich mit der Wahrheit geantwortet habe, die schlimmer als eine Lüge ist: Ich muss die Antwort umgehend in eine Frage umwandeln. Angriff ist ab und zu, immer, die beste Verteidigung, und Letzeres ist zumindest eine Lehre, von der ich weiß, dass ich sie von dir habe, Slobo. Danke.

»Was haltet ihr von der Familie eurer Mutter?«

Und hier beginnt sie, meine Operation *Spion in der Familie*, und wie einfach das war, als es darauf ankam, denn ich stelle sie mit Absicht, diese Frage, von der ich weiß, dass sie sie nicht beantworten können. Es ist die Art, wie sie sie nicht beantworten, die mich zu der nächsten Frage führt, zu der, die mich wirklich interessiert. Es bleibt eine Weile still, nicht lange, doch lange genug, dass es auffällt, und mir fällt auch auf, dass sie sich ansehen und sozusagen stumm und in unauffälliger Unauffälligkeit zu einigen scheinen, was sie antworten werden und wer antworten wird, und das ist Tanya Katharina, und sie sagt: »Wir haben sie nie getroffen. Zuerst waren wir zu klein, und später kam der Krieg und all das, und es war nicht länger möglich.«

Sie sagt es mit Überzeugung, einer Überzeugung, die zu übertrieben für die Frage ist. Ich kann nicht erkennen, ob sie weiß, was sie verbirgt, oder ob sie es nicht weiß, ob nie drüber gesprochen oder darum herumgeredet worden ist. Wieder wechselt sie Blicke mit ihrer großen Schwester, doch diese Blicke kann ich nicht anders als ein leichtes Unbehagen deuten.

»Sie wissen aber, dass es euch gibt, oder?«

»Ja, ja«, antwortet Tanya Katharina schnell, fast erleichtert, als sei sie froh, genau das erzählen zu können: »Oma, unsere Großmutter, schickt jedes Weihnachten Geschenke.«

»Das muss vor dem Krieg gewesen sein …?«

»Ja, natürlich. Danach war nichts mehr möglich.«

»Was ist mit Vettern und Cousinen, kennt ihr die nicht?«

Ich hebe langsam mein Glas, trinke langsam, stelle das Glas langsam zurück auf den Tisch, lehne mich zurück, versuche gleichgültig auszusehen, ziehe die Maske der Besonnenheit über das Gesicht, während ich abwechselnd beobachte, wie das Dunkel in Anna Charlottas moorgrünen Augen sich ausweitet und Tanya Katharinas Mund sich an einem Lächeln versucht, das weder zu einem noch zu zweien wird.

»Wir haben drei Vettern und eine Cousine«, sagt sie. »Hatten. Meine Cousine … das weißt du ja, und einer meiner Vettern sind im Krieg gestorben.«

Einen ganz kurzen Moment zieht etwas Trauriges, Aufrichtiges über das Gesicht deiner jüngsten Tochter, etwas, das ich nur ein einziges Mal zuvor gesehen habe. Dann scheint sie sich zusammenzunehmen, wieder sie selbst zu werden oder richtiger die, von der ich glaube, sie zu kennen, die ich vielleicht aber gar nicht kenne, wie ich einsehen muss, oder zumindest nicht sehr gut. Sie sieht zu ihrer Schwester hinüber, doch Anna Charlotta schaut vor sich hin, sieht durch Tanya Katharinas Blick hindurch, als ginge sie das alles nichts an, weder ihre kleine Schwester noch ich noch die halb ausgelöschte Familie.

Zu meiner Überraschung wird mir klar, dass ich Tanya Katharina vielleicht doch lieber mag als Anna Charlotta, viel lieber, und wieder erinnere ich mich, dass ich nicht hier bin, um die eine oder die andere zu mögen, sondern um Antworten auf einige Fragen zu bekommen, und ich greife nach dem Glas und frage wieder: »Ich habe gehört, dass eure Cousine auf eine fürchterliche Weise ermordet worden ist?«

»Ja, das waren auch die Moslems!«, bricht es aus Tanya Katharina heraus, und ich muss mich konzentrieren, meine Verblüffung nicht zu zeigen. »Meine Mutter verteidigt sie immer, aber sie haben meine Cousine vergewaltigt und verbrannt, sie war erst zwölf. Das kann man nicht verteidigen!«

Stimmt, denke ich. Seltsam genug, dass ich zustimme, denke ich dann. Kein Verbrechen rechtfertigt ein anderes, das habe ich immer gesagt, und trotzdem geht hier etwas nicht auf, und darüber denke ich nach, doch es geht immer noch nicht auf, ganz gleich wie lange ich darüber nachdenke.

Wenn Habiba von Moslems getötet wurde, muss Habiba

Kroatin gewesen sein, und warum hat dein Bruder dann mit dir gebrochen? Mit seiner katholischen, kroatischen, europäischen Schwester? Oder ist der Grund der, dass du so parteiisch, so antikroatisch geworden bist? Und warum wurdest du so antikroatisch, wenn nicht sie, die Kroaten, Habiba getötet haben?

Es gibt Kinder, für die Europa keinen Platz hat. Sieh nur meine Nichte, Habiba.

Ich verstehe das nicht, verstehe das überhaupt nicht, weder die Geschichte von Habiba noch das knappe, doppelte Lächeln, das sich in Tanya Katharinas Mundwinkel setzt.

»Habiba?«, frage ich langsam, und Tanya Katharina nickt und lächelt noch immer, lächelt seltsam äußerlich, wie zwei Lächeln in zweien, und dann frage ich nicht mehr, habe auch keine Möglichkeit dazu, denn Anna Charlotta sieht auf die Uhr und sagt, dass sie keine Zeit hat und gehen muss, oder richtiger, sie sagt es nicht, sie sieht nur auf die Uhr und nickt wie zu sich selbst, steht auf und zieht ihren Mantel an, als müsse sie nicht mehr sagen. Und das tut sie auch nicht, weil wir verstehen, Tanya Katharina und ich, die wir uns auch erheben, und ich lege Geld für Wein und Wasser auf den Tisch, und ich halte ihnen die Tür auf. Wir treten auf die Straße hinaus, und während ich mich frage, wie ich noch ein oder zwei Fragen stellen kann, bevor wir uns verabschieden, oder vielmehr wie ich mich so verabschieden kann, dass es ein Wiedersehen geben wird, sagt Anna Charlotta: »Lasst uns woanders hingehen. Es war so verraucht da drinnen.«

Und wieder verstehe ich nichts, doch das ist nichts Neues, und ich gehe mit, weil ich das, was ich nicht verstehe, dann vielleicht verstehen werde. Das denke ich, während ich ihnen durch die gepflasterten Fußgängerzonen folge, ohne noch mehr Fragen zu stellen, nicht einmal wohin wir gehen (vergib mir).

Anna Charlotta führt uns durch die Straßen zum Café Central, das geräumig und hoch ist, mit kleinen runden Marmortischen und üppigen Kronleuchtern und alten Vitrinen mit einer üppigen Auswahl fein geformter Kuchen und Torten, die gut zu ihrer Art passen, sich still und unmerklich gleitend mit übereinandergeschlagenen Beinen und im Schoß liegenden Händen hinzusetzen. Dass sie uns führt, trifft es eigentlich nicht, denn sie geht einen halben Schritt hinter Tanya Katharina und mir und gibt doch auf sonderbare Weise die Richtung an, bis sie ohne einen Laut oder ein Zeichen meine Schritte nach rechts abbiegen, einen Schritt weitergehen und meine rechte Hand sich öffnen und die Tür zu dem Café aufhalten lässt. Auch Tanya Katharina setzt sich mit übereinandergeschlagenen Beinen, und aufgrund der Form des Tisches und der Stellung der Stühle sitzen die beiden auf der einen Seite wie eine Jury und ich auf der anderen wie ein Angeklagter. Ich kenne mein Urteil noch nicht und will es auch nicht hören, sodass ich schnell eine Entschuldigung vorbringe, eine ganz kleine Entschuldigung, die mich retten soll, und das tut sie auch: »Entschuldigt mich einen Augenblick.«

Denn ich werde entschuldigt, und ich gehe auf die Herrentoilette, und ich verrichte mein Bedürfnis, während ich versuche, die richtigen Fragen in der richtigen Reihenfolge zu platzieren, und dann habe ich die Fragen, und dann habe ich die Reihenfolge, und dann bin ich zurück und setze mich wieder vor mein Richtergremium.

»Warum bist du eigentlich in Wien?«

Das ist nicht meine Frage – was ist aus ihr geworden? Darüber nachzudenken habe ich keine Zeit, denn ich muss die Antwort auf die Frage finden, die Tanya Katharina gestellt hat und jetzt wiederholt, während Anna Charlotta mich ausdruckslos mit Pupillen von genau der Größe ansieht, die Pupillen bei dieser Beleuchtung an einem späten Novembernachmittag und bei gedämpften Kronleuchtern nun einmal haben, und ich habe bereits vergessen, wonach ich fragen wollte, und es ist auch nicht wichtig, wichtig ist, eine Antwort zu finden, eine Antwort, die zu einem Freispruch führt.

»Man hat mir einen Job angeboten«, sage ich. »Als der Krieg zu Ende war.«

Das ist nur eine halbe Antwort, das weiß ich, das wissen sie auch, die Richter, und nur für die Hälfte werde ich nicht freigesprochen.

»Aber du bist Chirurg«, sagt Tanya Katharina. »Warum arbeitest du dann in einer Organisation, die sich mit Politik und Berichten befasst? Es gibt so viele andere Orte, wo sie Chirurgen besser gebrauchen können, oder Orte, zu denen du eine Verbindung hast, New York oder … Paris?«

Da hatte ich sie: So solidarisch sind Schwestern, und damit habe ich das Urteil über sie gefällt, denn ich habe nie, nie mit Tanya Katharina über Paris gesprochen, nur mit Anna Charlotta, doch im gleichen Augenblick, in dem ich das Urteil über die Mädchen, die Frauen, gefällt habe, wird mir klar, dass es mir in keiner Weise hilft, denn warum Wien? Warum Wien, Zoja Maria?

Einen Augenblick überlege ich, was passieren würde, wenn ich die Wahrheit sage: dass ich gekommen bin, um dir nahe zu sein, ihrer Mutter, dass ich gekommen bin, weil ich geglaubt habe (unverzeihlich naiv, vergib mir), dass meine Nähe dich dazu bewegen könnte, sie und ihren Vater meinetwegen zu verlassen. Doch noch während ich überlege, was der Preis für die Wahrheit wäre, weiß ich, dass ich sie nicht aussprechen werde, sodass ich gleichzeitig überlege, für welche Lüge ich mich entscheiden soll. Denn so ist das mit den Lügen, dass es zwar nur eine Wahrheit, aber viele Lügen gibt, und deshalb gilt es, die Richtige zu wählen, diejenige, die am besten, am glaubwürdigsten klingt; diejenige, an die du dich erinnerst, auch das nächste Mal, wenn du gefragt wirst, und diesmal bist du ich und nicht du.

»Es war eine interessante Aufgabe. Ich war müde nach dem Krieg, ich brauchte … eh, ich brauche etwas Ruhe, und … eh … ich möchte gerne bei der Dokumentation all dessen dabei sein … bei der Dokumentation der Kriegsverbrechen … in Bosnien.«

Das ist eine Lüge, die meine Richter nicht zufriedenstellt, aber es ist eine Lüge, die auch die Wahrheit sein könnte, und deshalb ist es eine Lüge, gegen die sie nichts einwenden können, und so gesehen habe ich genau die richtige Lüge gewählt, denn sie schiebt auch weiteren Fragen einen Riegel vor, vor allem als ich der Lüge noch eine Wahrheit hinzufüge: »Und der Job, den man mir in Paris angeboten hat, konnte warten, kann warten, bis ich hier fertig bin, denn die private chirurgische Klinik leitet ein enger Freund von mir. Sobald der Bericht fertig ist, werde ich vermutlich dorthin gehen.«

Und selbst wenn das der Wahrheit so nahekommt, wie es nur kommen kann, vielleicht mit Ausnahme des letzten Zusatzes, da ich nicht weiß, ob ich jemals nach Paris gehen werde, schiebt diese annähernde Wahrheit nicht dem Nächsten, das kommt, einen Riegel vor, und das ist sehr viel schlimmer, denn das ist das Urteil, und das Urteil strömt aus Tanya Katharinas Mund: »Man soll sich aus den Familien anderer heraushalten!«

Und was soll ich dazu sagen? Ich sage nichts, rutsche nur auf dem Stuhl zurück, greife nach dem Glas mit Whisky und hebe es hoch, bevor ich feststelle, dass ich das schon so oft gemacht habe, dass es leer ist, und was macht man da? Was sagt man da? Nun, es ist nicht an mir, etwas zu tun oder zu sagen, denn es ist bereits bestimmt, dass Tanya Katharina fortfährt: »Vor einigen Jahren gab es einen Mann, für den unsere Mutter uns beinahe verlassen hätte.«

Es gibt als Fährten verkleidete Worte, die alles bis auf das Gehör paralysieren, und deshalb höre ich noch immer die gedämpften Gespräche von den Tischen um uns herum, das Klirren der Teller, einer Gabel, die auf den Boden fällt, und ich denke über die Eigentümlichkeit nach, dass man manche Dinge hört, wenn sie zu Boden gehen, während andere mit einer dröhnenden Lautlosigkeit hinfallen.

»Vor sieben, acht Jahren. Ein französischer Geschäftsmann. Sie war sehr verliebt in ihn. So etwas kann passieren, auch wenn man eigentlich einen anderen liebt.«

Tanya Katharina lacht kalt und doppelt, und obwohl ich es nicht will, muss ich an das denken, was sie, deine Tochter, mir in Sarajevo erzählt hat von dem Wissen und dem Verständnis der Kinder und von damals, als sie neun war.

»Sie ist nach Paris gezogen. Unsere Eltern hätten sich beinahe scheiden lassen. Doch dann konnte sie uns doch nicht verlassen und kam zurück, und dann kam der Krieg in Jugoslawien, und seitdem sind mein Vater und sie sehr glücklich miteinander.«

Eine Vereisung beginnt im Magen und breitet sich weiter im Körper aus, bis sie gleichzeitig meine Hände, meine Füße, meinen Nacken und mein Gehirn erreicht, Hände, Füße, Nacken und Hirn lähmt. Ich kann mich nicht rühren. Das Urteil lautet nicht nur lebenslänglich, das Urteil lautet lebenslängliche Qual. Wie soll ich jemals eine Antwort auf das *Warum* bekommen? *Warum* du mir nie von ihm erzählt hast? Von dem Franzosen? Ob er dir mehr bedeutet hat? Und ob das der Grund war, der Grund, dass du nicht mit mir nach Paris wolltest, Zoja Maria, war er das?

»In ihn war sie wirklich verliebt«, redet Tanya Katharina weiter, und auch der Kellner trägt weiter Teller und Kuchen und Tassen mit Kaffee zu den Tischen, an denen auch die Gespräche weitergehen und das Lachen und der Lärm, und es ist absolut unverständlich, dass alles einfach weitergeht, und jetzt redet auch Tanya Katharina weiter: »Natürlich hat es auch noch andere gegeben. Meine Mutter ist so. Sie braucht Liebhaber. Alle glauben, der Einzige zu sein. In Wirklichkeit gibt es aber nur meinen Vater. Die anderen hat sie nur zum Vergnügen, sie kann es nicht lassen. Meinem Vater ist das gleichgültig. Die Ehe und die Familie zählen.« Sie sieht mir in die Augen. »Findest du das nicht auch?«

Das Glas habe ich leer getrunken, daran erinnere ich mich, und ich bin bereits so weit in dem Stuhl zurückgerutscht, wie ich kann, daran erinnere ich mich auch, und was macht man da? Was sagt man da? Slobo, alter Junge, ich habe dich total vergessen, was würdest du jetzt sagen? Na schön, natürlich ist das kein Problem, Frauen zählen schließlich nicht, würdest du sagen. Sie sind Waffen in einem Krieg. Mehr nicht! Und dass du, Zoja Maria, plötzlich nicht mir gehörst, sondern allen Männern, was schert mich das! Das macht es nur leichter, dich auf dem Scheiterhaufen zu verbrennen. Und was sagst du noch über die Frauen, Slobo: dass ich sie ruhig alle nehmen soll, eine nach der anderen, das gehört zum Krieg und hält gleichzeitig die Moral der Truppen hoch. Zwei Fliegen mit einer Klappe oder richtiger zwei Frauen mit einem Fick, verdammt, ist das hässlich, aber ist der Krieg nicht so? (verdammt, verflucht, hässlich, vergib mir) Und die zwei sind Tanya Katharina und du, Zoja Maria. Denn Anna Charlotta ist noch nicht mit in diesem Krieg. Oder doch?

Im Moment sitzt sie da und sagt nichts.

Vielleicht ist Schweigen auch eine Art Krieg?

Jedenfalls greift das Schweigen um sich, bis es so unüberwindlich ist, dass ich aufstehe und sage, dass ich nach Hause muss. Denn was sollte ich sonst sagen?

»Ich muss sehen, dass ich nach Hause komme«, sage ich noch einmal, wie um die Notwendigkeit zu unterstreichen.

Anna Charlotta sagt nichts.

Sie bleiben beide sitzen, und mein Aufstehen ist so auffällig, dass ich drauf und dran bin, mich wieder hinzusetzen, und es auch getan hätte, wäre es nicht ebenso auffällig, deshalb strecke ich die Hand zum Abschied aus, und da erhebt sich Tanya Katharina und küsst mich sehr demonstrativ auf den Mund, und wieder verstehe ich nichts.

»Wir sehen uns vorläufig wohl nicht«, sagt sie laut, so laut, dass sowohl ich und Anna Charlotta als auch viele an den Tischen um uns herum es hören.

Und ich weiß nicht, was ich darauf antworten soll. Denn die einzig richtige Antwort ist die Frage warum nicht, und die einzige in diesem Augenblick auf keinen Fall mögliche Antwort ist warum nicht, und ich will die Antwort auf die Antwort auch gar nicht hören, denn heute habe ich bereits mehr als genug gehört, sehr viel mehr als genug. Deshalb muss ich mir etwas anderes einfallen lassen, und ich entschließe mich, nicht zu antworten und stattdessen die Arme nach Anna Charlotta auszustrecken, die sich ebenfalls erhoben hat, unmerklich wie es scheint, und die mir ihre Wange trocken und lautlos darbietet, sodass es an mir ist, sie zum Abschied zu küssen, ohne ihren Augen zu begegnen, die geschickt meinen ausweichen, bis ich meine Jacke angezogen habe und die Zeit nicht länger hinauszögern kann. Da sieht sie mich an, und ihr Blick ist ein Moor, so dunkel, so triefend vor Hohn, dass ich nicht länger weiß, wo die Fronten dieses Krieges verlaufen.

»Gute Reise«, sage ich und gehe, denn was sollte ich sonst sagen, was sollte ich sonst tun?

∞

»Wie macht man das?«

»Was?«

»Eine Geschichte zu einer anderen?«

Sie zögert einen Augenblick, dann sagt sie: »Du wählst die Zukunft anstelle der Vergangenheit.«

»So einfach ist es wohl nicht?«

»Doch. Glaube mir, ich weiß das.«

Später, nachdem er aufgelegt hat, blickt er lange aus dem Fenster auf die Fensterscheiben des Bürogebäudes gegenüber und den Schnee, der dicht fällt am 8. Februar 2000.

∞ ∞

Wie bringt man eine Katze dazu, nicht mehr zu stampfen?

Man hört die Katze bei jemand anderem stampfen.

Wie vergisst man eine Katze, die stampft?

Man schafft sich eine andere Katze an.

Da ist ein Punkt, an dem man aufhört zu fühlen. Die Stelle liegt im Nacken zwischen dem obersten und dem zweitobersten Wirbel, knack und aus. Es ist schwer genau zu sagen, wo sie liegt, aber du zweifelst nicht, wenn du sie triffst. Das braucht seine Zeit, aber dann geht es plötzlich ganz schnell.

Ich fühle nichts. Das ist das sonderbarste Gefühl, eine Befreiung, als hätte ich mich auf den Boden fallen lassen und vergessen mich aufzusammeln. Ein prächtiges Gefühl von keinerlei Gefühlen. Du bist vergessen, Tanya Katharina ist vergessen, Anna Charlotta ist vergessen. Ich bin nichts anderes als dieser Körper mit seinen Bedürfnissen. Wie einfach das Leben doch sein kann.

Was ist passiert?

Ich bin vom Café Central nach Hause gegangen, das ist passiert. Das Urteil der Töchter: eine französische Guillotine und fertig. Wenn du am Ende bist, bist du am Ende, ist es zu Ende. Was dem gleichkommt zu sagen: Wenn du alles verloren hast, hast du alles verloren, hast du nichts mehr zu verlieren. Was dem gleichkommt zu sagen, dass es von jetzt an nur noch bergauf gehen kann. Wenn das Kriegsglück so lange auf Seiten der anderen war, dass dir die Vernichtung droht, bedeutet Überleben Sieg. Der beste Soldat ist der, der bereits alles verloren hat. Als die Bosnier nur noch kleine Flecken von ihrem Land besaßen und nur noch ein Bruchteil von ihnen ein Zuhause hatte, begannen sie, den Krieg zu gewinnen.

Das Stampfen der Katze ist ein Betrug, eine romantische Mythologie, erfunden in Europa und in alle Ecken der Welt missioniert. Die Illusion der Zusammengehörigkeit, eine Religion fußend auf dem Märchen von der Verständigung der Seelen. Der Kolonialismus der Liebe! Der widerlichste Unsinn. Vergiss das nicht! Es gibt Millionen von Katzen, Tausende von biegsamen, schmiegsamen, schmachtenden Kätzinnen mit biegsamen, schmiegsamen, schmachtenden Frauenkörpern, geschaffen zur Beglückung eures Körpers, ja, genau Ihres Körpers, Herr, genau dieses Körpers.

Wie ist das passiert?

Gestern war ich auf einem Fest.

Nachdem ich eine Woche wie paralysiert auf dem Boden meines ganz eigenen Massengrabes verbracht hatte, bestehend aus Whisky, noch mehr Whisky und der verdammten, lächerlichen Hoffnung der Vergangenheit, bin ich auf ein Fest gegangen, und das Fest dauerte erst zehn Minuten, als die Tür sich hinter einer biegsamen, schmiegsamen, schmachtenden Kätzin schloss, einer Kätzin mit einer Zunge wie die Pforte des Himmelreichs, und mir Schwachkopf, mir wurde endlich klar: Das ist das Leben und nichts anderes.

Und jetzt muss es gefeiert werden.

Bis dass der Tod uns scheidet (von diesem Körper und all dem Genuss, den er zu geben vermag).

Ich bin zweiundvierzig, das Leben gehört mir, das denke ich, während ich meinen Körper durch die Seifenblasen in die Badewanne sinken lasse und das dampfende Wasser mich dicht umgibt. War ich nicht lange genug ein Jünger des Fluchs der Hoffnung? Habe Krieg gegen einen Traum geführt, der nie etwas anderes war als ein Traum? Doch ich, ich bin der desertierte Soldat, bin der, der endlich die Ketten der Desillusion gesprengt hat, ich habe es verdient, heute habe ich es verdient, mich in der Badewanne zurückzulehnen, den Kopf auf den Fliesen ruhen und mich von dieser behaglichen Mattigkeit des Körpers erfüllen zu lassen, die vollständiger physischer Befriedigung entspringt, dem Nichtvorhandensein von Bedürfnissen. Und ich denke nicht, das ist das Letzte, das ich denke, bis ich nicht einmal das mehr denke.

Erniedrigung ist die Voraussetzung des Krieges.

Verleugnung ist die Waffe des Krieges.

Vergessen ist das Ende des Krieges.

Ist es nicht so, Slobo? Bin ich nicht ein guter Schüler?

Das Wasser ist fast kalt, als ich mich endlich erhebe, nach dem Handtuch greife und mich langsam abtrockne, die Haut reibe, bis sie gut durchblutet ist. Es geht mir ungewöhnlich gut, und ich bin überrascht über dieses neue, tiefe Wohlbehagen. Ich wickle mich in den Bademantel ein, binde den Gürtel wie einen Sieg um die Taille und fühle mich wie ein Meister, habe ich etwa nicht gewonnen? Ich gehe ins Wohnzimmer, hole dein Bild aus der Schublade, lege es auf den Schreibtisch, hole das Vergrößerungsglas und beuge mich darüber.

Warum war das so wichtig? Warum warst du so wichtig? Endlich scheine ich unsere Geschichte von außen zu betrachten, dich von außen zu betrachten, und du, Zoja Maria, du bist eine ganz gewöhnliche vierundvierzigjährige Frau mit kleinen Falten um die Augen, leicht zerzaustem kastanienrotem Haar, einer langen, quer verlaufenden Narbe, und auf diesem Bild lächelst du, ein Lächeln, das in Kontrast zu dem Misstrauen in deinen Augen steht. Vor allem bist du die Frau eines anderen Mannes, verheiratet mit einem Leben, das du nicht zu verlassen wagst. Ich sehe plötzlich das Lächerliche in deiner Situation, in deinem Leben, und ich kann weder das noch dich respektieren, dich nicht einmal mögen, faktisch verachte ich dich, und deshalb reiße ich das Bild in der Mitte durch, und ich verachte dich noch mehr, weshalb ich noch einmal reiße, sodass das Bild jetzt aus vier Stücken besteht, und obwohl etwas mich dazu veranlasst, nicht weiterzureißen und die Teile nicht zusammenzuknüllen und auch nicht in den Abfall zu werfen, sondern sie zurück in die Schublade zu legen, bin ich enorm zufrieden.

Schluss. Mit einem Schlag, einer Nacht, habe ich den Rest der Katze vernichtet und das allein durch die Erkenntnis, dass das Stampfen der Katze nicht existiert, dass die Katze eine Illusion ist, von der die europäische Zivilisation, das Herrenvolk, und du mit ihm, mich hat glauben lassen, dass sie alles oder nichts ist. Du einzige Geliebte. Und ich, der ich es hätte besser wissen sollen (vergib mir). Ich, der in den blauen Bergen geboren wurde und violette Winde und salzige Sonne in den Knochen habe. Ich, dem das sichere Privileg des Sklaven ins Kleinhirn vererbt wurde: Die Weisheit, dass der Sinn des Lebens das Leben ist. Ich, der weiß, dass dieses Leben das einzige ist, das wir haben, das einzige, das wir haben können, dass die Bedeutung ausschließlich in der Mannigfaltigkeit des Augenblicks liegt, in den Myriaden von Farben in den Augen, im Mund, in den Ohren, in der Nase, in den Händen. Ich, der weiß, dass das Glück ist, was es ist, das Vergessen der Sehnsucht. Ich hatte es vergessen, jetzt erinnere ich mich: Das Glück ist das Vergessen der Sehnsucht.

Aber trotzdem, ein Franzose! Und all die anderen (vergib dir nicht).

Ich fahre jeden Tag in die UN-Stadt und in mein Büro, kann mich jedoch nicht darauf konzentrieren zu lesen, zu schreiben. Das ist gleichgültig. Die Worte sind für die Europäer, das Leben für uns andere. Lass sie ruhig über die Seiten gebeugt sitzen, lass ihre Körper schief und krumm werden, sodass sie schließlich nichts anderes als ein Besenstiel mit einem Kopf darauf sind. Was ist ein Kopf ohne Körper? Nichts, nicht? Dann lieber ein Körper ohne Kopf. Deshalb lasse ich die Berichte unaufgeschlagen auf dem Schreibtisch liegen, deshalb leere ich meinen Posteingang nicht und beantworte die Notizen nicht. Deshalb schicke ich keine weiteren Fragen *wer, was, wo* an die relevanten Menschenrechtsorganisationen, die lokalen Ärzte, die Untersuchungsrichter. Deshalb fahre ich nicht nach Bosnien, um selbst Fragen zu stellen: *wer, was, wann* und *warum*, um selbst die Antwort auf die Massenvergewaltigungen zu finden (die Antwort auf dich, vergib mir). All das ist gleichgültig. Das Leben ist in den Sinnen, jetzt und hier, nicht in den Worten. Bist du gestern nicht gestorben, musst du heute feiern, denn morgen gibt es dich vielleicht nicht mehr. Das wissen wir dort, wo ich herkomme. Wie konnte ich das nur vergessen?

Massenvergewaltigung ist Massenvergewaltigung. Nicht mehr und nicht weniger. Massenvergewaltigung lässt sich nicht beschreiben, nicht umschreiben, sollte nicht zu etwas anderem umgeschrieben werden, das begreifbarer ist. *Nie wieder!* ist bereits einmal zu oft gesagt worden in diesem Jahrhundert, gesagt von denselben Europäern, die bewiesen haben, dass sie dieses *nie wieder!* nicht Wirklichkeit werden lassen wollen. Warum also weitermachen? Warum die Steinchen zu der Geschichte sammeln und sie noch einmal erzählen? Die Einzigen, die aus der Geschichte lernen, sind die, die ihre Gräuel wiederholen wollen. Lehre sie nicht mehr. *Nie wieder!*

Das Leben ist eine Geschichte, die man spürt. Nicht denkt, nicht redet, nicht liest.

Der Krieg ist, der Krieg war.

Und kein Wort mehr. Mein Bericht, der aus dem, was bereits von anderen festgehalten und aufgelistet worden ist, fertiggestellt werden kann, ist eine Gleichgültigkeit ohne Ende, denn die Grausamkeiten sind begangen, sind gespürt worden, und nichts kann daran etwas ändern, Worte sind nur Worte. Deshalb ziehe ich meinen Mantel an, verlasse mein Büro und nehme die U-Bahn ins Zentrum, gehe die Kärtnerstraße hinunter und durch Regen, den ich über mein Gesicht rinnen, den ich auf mich plätschern lasse, bis ich so nass bin, dass ich spüre, wie die Nässe die Worte aus mir herauswäscht, und ich gehe in die nächste Bierstube, die ich in einer schmalen Seitengasse sehe, suche mir einen Tisch nahe am Kamin, ziehe den Mantel aus und gehe auf die Toilette und trockne mir das Gesicht mit ein paar Papierhandtüchern, gehe wieder hinein und setze mich, bestelle eine Gulaschsuppe und ein Bier und einen doppelten Whisky, denn auch ich will die Wärme spüren.

Ich sehe mich um, enttäuscht. Es sind nicht viele Frauen in

dem Lokal, und die, die da sind, sind alle in Gesellschaft von Männern. Ich esse meine Suppe, koste jedes gekochte Fleischstück, jede matschige Möhre, jedes Fettauge, stippe das Brot in die Wärme und lass es sich vollsaugen, bevor ich es in den Mund stopfe und zuerst meine Zunge und dann mein Inneres von dem feuchtfülligen Klumpen wärmen lasse. Der Kellner bringt den doppelten Whisky und einen ordentlichen Humpen Bier, zu etwas sind sie also doch gut, diese Europäer, und ein und noch ein Humpen rinnen schnell und zielsicher meine Kehle hinunter, bis ich nur zu bereit bin zu dem, was nicht passieren wird, weil mir die erste Hälfte zu dieser Geschichte fehlt, deshalb zahle ich, so schnell ich kann, und gehe hinaus, so schnell ich kann.

Es hat zu regnen aufgehört, und ich gehe über den Neuen Markt und weiter eine schmale Gasse hinunter und biege um die Ecke in die Fußgängerzone ein, wo ich sie sofort sehe. Die Frau in dem langen, roten Regenmantel. Es ist ein Vergnügen, ihr von einem Schaufenster zum nächsten zu folgen, und dieses Vergnügen sitzt in meinem Körper und wird mit jedem Schritt größer, den ich mich dem Mantel und der Auserwählten nähere, die auf diese leicht affektierte Art attraktiv ist, die von zu vielen Stunden vor einem Spiegel zeugt, auf diese aufgeputzte Art, die mich normalerweise die Frau gar nicht hätte bemerken lassen, doch heute bemerke ich sie, und ich weiß, dass sie genau das will, vielleicht nicht direkt das, woran ich denke, aber zumindest dass ich sie bemerke. Und ich registriere ihren schlendernden, ziellosen Gang, registriere, dass sie es nicht eilig hat, registriere, welche Geschäfte ihr auffallen, vor welchen Schaufenstern sie stehen bleibt, und ich gehe fast mutwillig, sehr mutwillig an ihrer Seite, sehe mir die Sachen in den Schaufenstern an, vor denen sie sich entscheidet stehen zu bleiben und entscheide mich für das rote, ausgeschnittene, tief ausgeschnittene Kleid, und ich drehe mich zu ihr um und sage: »Darin dürften Sie unwiderstehlich aussehen.«

Ich zeige auf das rote Kleid, fühle mich archetypisch, stereotypisch und auf dem richtigen Weg.

Die Frau dreht den Kopf und sieht mich an, zuerst misstrauisch, doch da ich sie anlächle und hinzufüge: »Sie sehen jetzt schon unwiderstehlich aus«, muss sie einfach zurücklächeln, und das Lächeln ist ein Sieg, mein Sieg, und warum sollte sie sich solche Mühe mit der Aufmachung ihres Gesichts und ihres Körpers machen, wenn sie nicht will, dass solche wie ich sie bemerken? Solche, deren ganzer Körper das andere Geschlecht ist und die nicht länger den Kopf oben auf dem Hals tragen, sondern unterhalb des Nabels, nur unterhalb des Nabels (vergib mir).

Ich weiß, dass ich etwas an mir habe, das europäischen Frauen gefällt. Ich bin gefährlich vertrauenserweckend, glaube ich, gleiche einer unsicheren Geschichte mit einem sicheren Schluss. Nicht notwendigerweise einem gemeinsamen Schluss, aber zumindest einem ohne Schrammen. Ich habe das vorher nicht gewusst, habe nicht darüber nachgedacht, damals, als es nur dich gab, Zoja Maria, damals waren die Frauen nur ein Schutz gegen das Stampfen der Katze, das mich nachts wach hielt, wenn du nicht an meiner Seite warst.

Von heute an sind sie alles, wofür ich lebe, die Frauen, sie sind mein Leben, sollen mein Leben sein, das, wofür ich jeden Tag aufstehe, für die eine oder die andere, und das rote Kleid, das meinen Worten zufolge die Frau unwiderstehlich gemacht hätte, macht jetzt auf seltsame Weise mich unwiderstehlich, deshalb nimmt sie die Einladung zu der Tasse Kaffee an, aus der eine zu einem Drink wird, noch bevor wir in der Bar sind und uns setzen, und ich sehe nicht auf die Uhr, denn ich weiß, dass ich längst zurück im Büro sein sollte. Aber wer mag schon hinter einem Schreibtisch sitzen und Papiere durchlesen und Worte in andere Papiere schreiben, wenn er an einem runden Tisch einer Frau gegenübersitzen kann, die er noch nicht kennt?

Fröhliche Tirolermusik läuft im Hintergrund, und obwohl ich diese Musik nicht mag, passt mir das gut, denn die beinahe rot gekleidete Frau und ich haben uns nicht allzu viel zu sagen. Na schön, auch daran kann man etwas ändern, und Arzt zu sein ist nicht das Schlechteste, denn wer hat nicht etwas, worüber er mit einem Arzt reden kann, und diese junge, nicht rot gekleidete Frau leidet an eine allergischen Ekzem an Ellenbogen und Kniekehlen, und auch wenn das nicht gerade ein übermäßig anregendes Thema ist, ist es auch nicht zu abstoßend, wo man doch so vieles sieht in meiner Branche, deshalb bitte ich sie, den Ärmel hochzuschieben. Und da schießt ihr die Röte in ihre Wangen, und in diesem Augenblick werde ich doch so sehr Mann, dass ich etwas Nettes zu ihr sage, was war es nur, etwas über ihr Gesicht, glaube ich, über ihren Mund und ihre Augen, und die Röte wird stärker, während sie ein einfaches sehr unzweideutiges Frauenlächeln lächelt, das mir sagt, dass ich ruhig weitergehen kann, ruhig weitermachen kann, weiter, aber auch, dass es nicht so schnell gehen darf. Und das tut es auch nicht: Die nicht rot gekleidete Frau hat eine Abendverabredung mit einer Freundin und kann mich deshalb nicht zum Abendessen treffen, schlägt mir jedoch vor, mich mit ihnen im Kasino in der Kärtnerstraße zu treffen, und obwohl ich solche Orte hasse, sage ich ja, denn jetzt bin ich so weit gekommen, dass der Rest nur ein sehr kleiner Eintrittspreis zu dem Spiel ist, zu dem ihr Blick einlädt, der von dieser charakteristisch österreichischen, durchsichtig goldglühenden Farbe ist, weder hell noch dunkel, sondern eine unbestimmbare Mischung aus Nord und Süd, Ost und West.

Es ist nichts Bemerkenswertes daran, dass ich nicht arbeite, als ich zurück in mein Büro komme, da ich inzwischen viele Tage, fast Wochen nicht gearbeitet, sondern nur vor den aufgeschlagenen Berichten auf meinem Schreibtisch gesessen, Bleistifte hin und her bewegt und nach diesem und jenem in den Stapeln gesucht habe, und das Praktische, das überaus Praktische an der Arbeit an einem umfassenden Bericht in einer umfassenden Hierarchie ist, dass man lange Perioden nichts tun kann, und das andere Praktische, überaus Praktische, dass niemandem auffällt, wann man kommt und geht. Und ich gehe zeitig, sobald es vier Uhr ist und nicht zu auffällig, dass ich den Computer ausschalte und das Büro verlasse und mich via U-Bahn ins Leben begebe, das ein Strom von Menschen ist, die sich in verschiedene Richtungen bewegen und jetzt, am Nachmittag, ein leichter Nieselregen, der mir kitzelnd und neckisch auf den Kopf tropft, bevor ich nach Hause komme, wo mich statt des Regens dampfend heißes Badewasser kitzelt und neckt.

Die Nacht wird nach einem sterbenslangweiligen Abend in einem sterbenslangweiligen Kasino (doch ohne Fleiß kein Preis, nicht wahr? vergib mir) genau so, wie sie versprochen hat zu werden: eine Frau, die wohlerzogen zögert, dann ja sagt, dann mehr will, und die alles bekommt, was ich zu geben habe, und im Übrigen mag ich keine Fragen beantworten, Zoja Maria, ich habe bereits mehr als genug beantwortet, das verstehst du wohl?

Sie will mich wiedersehen, und dem steht eigentlich nichts im Wege, warum nicht morgen, ach, nein, da treffe ich mich mit dem kleinen Himmelpfortenmund, doch was ist mit Donnerstag, ja, Donnerstag ist gut.

Und so beginnen die Tage zu vergehen.

So herrlich. Oder sollte ich besser sagen die Nächte, denn die Tage vergehen wie üblich, die Wochentage im Büro, wo ich so tue, als hätte ich noch immer die Absicht, meinen Bericht fertig zu schreiben, und die Samstage, die Sonntage, an denen ich frei habe, ohne so zu tun als ob.

Kann mir jemand den Sinn erklären, über das Leben zu schreiben, wenn man stattdessen das Leben leben kann? Nein, das macht keinen Sinn, oder?

Oder, Zoja Maria?

Worte zu Papier zu bringen, ist etwas für Leute, die Angst vor dem Leben haben, Leute, die eine Sicherheitsausrüstung brauchen, eine Versicherung gegen das Leben, ein Geländer, an dem sie sich festhalten können, weil sie Angst haben, all das zu spüren, was spürenswert ist. Schreiben heißt Stehen, Gehen und Kommen in Worte zu fassen, statt zu stehen, zu gehen und zu kommen. Leute, Europäer. Ha, ha, ha, während die Europäer nach Worten suchen, tue ich es: Ich stehe, gehe und komme im wahrsten Sinne des Wortes und das die ganze Zeit, nun ja, um ehrlich zu sein: fast die ganze Zeit. Ja, jetzt bin ich vulgär, verachtenswert, anstößig vulgär, aber das Leben ist vulgär, ist es das nicht? (Vergib mir nicht.)

Das Leben dreht sich um eins: um Befriedigung.

Nenn es Essen, Trinken, Schutz, Wärme, Energie, Schlaf, Licht, Gedanken, Feuer, Fürsorge, Zerstreuung, Sex, alles ist nur eine Frage der Befriedigung von Bedürfnissen. Ich weiß nicht, wie die Europäer es geschafft haben, Bibliotheken darüber zu füllen. Hegel allein hat eine ganze Enzyklopädie geschrieben, über was? Über den Sinn des Lebens, den Sinn hinter allem? Jeder junge Mann von meiner Insel würde die Frage mit einem einzigen Satz beantworten können: Be happy, man!

Der Sinn ist Befriedigung.

Und dann bleibt wohl nicht mehr viel zu sagen?

Und ich: Oh, I am happy. Man, am I happy, I am so happy that I laugh and cannot stop!

Deshalb greife ich nach dem Hörer und rufe an, und bevor abgenommen wird und ein Hallo erklingt, kann ich mich nicht erinnern, ob ich die Nahezurotgekleidete oder den Himmelpfortenmund angerufen habe oder die kleine Italienerin (ja, so eine ist in der Zwischenzeit auch hinzugekommen), und ich kann den Unterschied an der Stimme nicht hören, nur dass nicht viel von einem italienischen Akzent auszumachen ist, sodass ich glaube, die Italienerin ausschließen zu können, und eigentlich ist es auch gleichgültig. Sie alle sind lebendig, nachgiebig, man kann sie umarmen, sich an ihnen wärmen, sie sind geschaffen zur Freude, zum Genuss, zur Befriedigung, komm, und ich werde dich, mich erfreuen, genießen, befriedigen. Und sie kommt in einigen Stunden, das heißt um acht, und ich sollte sehen, dass ich die Zeit bis dahin irgendwie herumbringe, vielleicht sollte ich einkaufen, vielleicht erwartet sie etwas zu essen, man weiß ja nie, und essen muss man auf jeden Fall. Ich meine, der Körper braucht auch noch etwas anderes als Sex. Nicht viel.

Nun, Zoja Maria, bist du schockiert?

Das hoffe ich. Dein netter, ordentlicher Doktorliebhaber, der sich mit Frauen aller Farben und Arten herumwälzt, sie Dinge tun lässt, die ich nicht mit Namen zu nennen brauche, weil sie so oft benannt worden sind, dass es die reinste Trivialliteratur wäre, auch die europäische, die du in jedem kleinen Heim mit einem Bücherregal im Wohnzimmer oder im Schlafzimmer finden kannst. (Vergib ihnen.) Dinge, die du nie mit ihm getan hast, mit mir, nie träumen würdest zu tun. Oder doch? Hast du sie mit dem Franzosen gemacht, mit den anderen? Sind wir nur nicht so weit gekommen, weil wir so damit beschäftigt waren, einander nur über diese Welten, diese Geschichten zu erreichen, deine beiden, die du nicht zu einer machen wolltest? Oder bilde ich mir das alles ein? Bildete ich mir das ein?

Daran, an dich, will ich nicht denken, und vielleicht wärst du doch verblüfft, wie leicht du hier in diesen Räumen übertönt wirst, wenn nur der Genuss in ausreichenden Mengen hereingelassen wird, und das wird er, dafür sorge ich auf meinen Wanderungen durch die Stadt, durch deine Stadt, Zoja Maria. Hier gibt es Frauen genug, reichlich Frauen, die nicht an vierzehn Generationen Ahnen und eine Geschichte gebunden sind, die keinen Platz für andere lässt. Hier gibt es Unmengen von Frauen, die Unmengen von Geschichten kennen, und es stimmt nicht, was Jonathan sagt, dass ich nicht länger fühle. Ich fühle eine Menge! Der Unterschied ist einzig und allein der, dass ich früher mit dem Herzen fühlte, während ich jetzt mit dem Körper fühle und, Zoja Maria, lass mich dir eins sagen: Es ist nicht weniger angenehm, mit dem Körper zu fühlen als mit dem Herzen, denn fühlst du mit dem Herzen, so zerfetzt und zerfleischt das, als würde mein eigenes stumpfes Chirurgenmesser eine Operation an mir vornehmen. Innerlich und äußerlich.

(Es gibt Kinder, für die Europa keinen Platz hat.)

Nein, wenn ich darüber nachdenke, ist die Operation doch geglückt. Ich habe es getan, ich habe es wirklich getan: das Herz herausgeschnitten. Es ist weg. Was für eine Erleichterung, kein Herz mehr zu haben. Denn Herz ist gleich Schmerz, und beides gibt es nicht länger, und nie habe ich mich leichter gefühlt.

Zoja Maria, wusstest du, dass das Herz der schwerste Grundstoff ist?

Wusstest du, dass es eine Erleichterung ist, allein und ausschließlich eine Erleichterung, es los zu sein?

Ha, der Herzchirurg ist das Problem völlig falsch angegangen. Ein Bypass ist eine viel zu umständliche Methode, das Herz zu umgehen. Nein, entfern es einfach. Schneide das Herz heraus, weg. So, jetzt haben wir keine Probleme mehr mit ihm und allem, was dazugehört.

Nie mehr.

Nie mehr werde ich ein Herz in meinem Körper zulassen (vergib mir).

∞

Ist es möglich, zwei Leben zu leben?

Das denkt er, während er in der Achtunddreißig auf dem Weg nach Grinzing sitzt. Das denkt er in der Achtunddreißig auf dem Weg zurück ins Zentrum. Später erinnert er sich, dass er das am 23. Februar 2000 gedacht hat.

∞ ∞

Das Telefon schellt, kurz bevor es an der Tür schellt, auch wenn ich da noch nicht weiß, dass es an der Tür schellen wird, und ich nehme ab und sage mit schlecht versteckter Irritation in der Stimme kurz angebunden: »Hallo.«

Ich stehe mit einem halb im Flaschenhals einer Weinflasche steckenden Korkenzieher da, mitten in der nicht ganz unwesentlichen mentalen Vorbereitung darauf, nur und ausschließlich Körper zu sein, und das Telefon zwingt mich, erst Stimme und dann Ohr zu werden, denn am anderen Ende höre ich eine Frauenstimme, und zuerst glaube ich, nicht richtig zu hören, muss nachfragen, doch du bist es.

Ich will nicht mit dir reden!

Ziel direkt auf den Nacken, nicht wahr, General Ratko,

machen wir das nicht so, brich ihn, dann ist es vorbei mit ihm, mit ihr, mit dir, und das ein für alle Mal. Das ist das Einfachste, das Sauberste. Auch das Barmherzigste, nicht wahr?

Trotzdem kann ich das nicht. Schlappschwanz, ich weiß (vergib mir).

Und als du fragst: »Störe ich?«, antworte ich nicht, ja, ich erwarte Besuch von einem kleinen österreichischen Fräulein von fünfundzwanzig Jahren, das sich in ungefähr fünfundzwanzig Minuten mit mir in meinem Bett wälzen wird, in dem wir beide, du und ich, uns einmal auf eine ganz andere und doch nicht so unterschiedliche Weise gewälzt haben, denn es gibt nicht allzu viele Weisen, auf die man diese Geschichte erzählen kann. Dass es viele Weisen gibt, sie zu fühlen, ist gleichgültig, denn genau damit habe ich aufgehört: mit dem Fühlen, außer mit dem Körper, und im und mit dem Körper fühlt es sich eigentlich ziemlich gleich an, aus Erde bist du genommen, zu Erde sollst du werden. Das räume ich ein, auch wenn niemand mich darum gebeten hat. Am Telefon räume ich teilweise noch etwas anderes ein, das einzuräumen ich auch nicht gebeten worden bin, das weiß ich, und die Antwort ist nicht einmal wahr, sondern nur ein Zugeständnis, das eine Öffnung ist, die nicht sein dürfte, oder richtiger eine Feigheit (vergib mir).

»Nein. Gar nicht.«

Denn natürlich störst du mich und das auf alle nur erdenklichen Weisen, auf die ein Mensch einen anderen Menschen stören kann, was nichts mit der Fünfundzwanzigjährigen und dem Korkenzieher in der Weinflasche zu tun hat, und so gesehen wird meine Antwort zu zwei Lügen in einem Satz, und die Störung und damit die Lüge wird noch massiver durch das, was du als Nächstes sagst.

»Ich vermisse dich.«

Die Wut trifft das linke Ohr und breitet sich durch den Schädel nach rechts hin aus, bis mein Gehirn zu explodieren scheint, und hätte ich noch ein Herz, wäre auch das explodiert, füllt den Körper bis in Arme und Füße aus, bläht die Lungen auf, die sich weiten, als sollte ich auseinandergesprengt werden, und das werde ich wohl auch, da ich, statt all das zu schreien, für das ich keine Worte habe, gar nicht antworte. Ich sprenge dir dein eigenes verdammtes Schweigen, dein eigenes Kein-Wort-sagen zurück an den Kopf, und ich höre, wie dein Atem schneller wird, bis er sich zu einer seltsam lauten Atemlosigkeit auflöst.

»Sem?«, flüsterst du. »Bist du noch da?«

»Ja«, brumme ich und warte, dass du wiederholst, was du gesagt hast.

Das tust du nicht. Du sagst etwas sehr viel Schlimmeres.

»Ich liebe dich«, sagst du.

Nicht diese Worte, Zoja Maria! Nicht diese Worte! Die gibt es nicht mehr. Ich habe sie getötet, und ich will sie nicht hören, und sie ändern nichts. Sie waren nie Teil von uns, von dir und mir, und selbst wenn sie es waren, wenn sie es gewesen sind, existieren sie nicht länger, ist es vorbei mit ihnen, sind sie tot und begraben. Und Worte bedeuten nichts, ein Massengrab zwanzig Meter unter der Erde mit einer Schicht Zement darüber, und sie können nicht aus heiterem Himmel auferstehen oder aus deinem Mund, und Worte sind nur Worte, sie ändern nichts, und glücklicherweise schellt es genau in diesem Moment an der Tür.

»Ich muss los«, sage ich.

»Sem…?«

»Nicht jetzt, Zoja Maria. Ruf ein anderes Mal an.«

Bevor ich auflege, kann ich noch etwas hinzufügen, das nicht ganz so schlimm klingt, das jedoch, wenn eines Tages die Rechnung aufgemacht wird, schlimmer ist als das meiste, das ich dir je gesagt habe, und so gelingt es mir doch, Anklage mit Anklage zu beantworten.

»Es war nett, von dir zu hören«, sage ich freundlich und höre das Schweigen am anderen Ende, bevor du auflegst, ohne adieu zu sagen.

Ich lege erst auf, als es zum zweiten Mal an meiner Wohnungstür schellt und ich es nicht länger hinauszögern kann, sondern die Tür öffnen muss, auch wenn ich nicht mehr das kleinste bisschen Körper bin. Und während ich langsam die Tür öffne, muss ich mir die bedrückende, hoffnungslose Wahrheit eingestehen: Ich bin ein elender Chirurg.

Ich habe das Herz herausgeschnitten.

Ich habe das Herz herausgeschnitten, und trotzdem ist es noch da (vergib mir).

∞

»Ich bin schwanger.«

Die Worte kommen von Erika. Das ist sein erster Gedanke. Dann denkt er, warum er das denkt. Doch nur einen sehr kurzen Augenblick, denn anschließend, fast unmittelbar darauf beschließt er, nicht mehr zu denken.

Stattdessen betrachtet er seine Frau. Sie hat blaue Augen und schwarzes Haar und eine gerade Nase. Viele sagen, dass sie eine schöne Frau ist. Das sieht er nicht.

Er nimmt sich zusammen und nimmt ihre Hand. Ihre beiden Hände. Sie sitzen jeder auf ihrer Seite des Esstisches, die leeren Teller zwischen sich. Er weiß nicht warum, aber er konzentriert sich auf die leeren Teller, auf das schmutzige Besteck.

»Wir haben eine Abmachung …«, beginnt er.

»Das weiß ich. Aber es ist anders, wenn es erst so weit ist.«

»Wie weit …?«

»Zehnte …«

»Dann ist noch Zeit!«, sagt er kurz angebunden.

Er sieht Tränen in Erikas Augen und steht abrupt auf, dreht dem Esstisch den Rücken zu und geht zum Fenster. Draußen schneit es. Er schließt die Augen.

»Erika …« Seine Stimme ist hart. Er versucht es noch einmal: »Erika.« Diesmal öffnet sich seine Stimme ein klein wenig in der Mitte. »Du weißt warum … Nathan.«

Er hält inne. Er spricht nicht von Nathan. Das weiß Erika, er muss nicht erklären warum. Tut es auch nicht.

»Es wird anders.«

»Es geht nicht.«

Es gibt Kinder, für die Europa keinen Platz hat. Eins davon trägt Erika in sich. Das sagt er ihr.

»Erika«, sagt er. »Europa hat keinen Platz für Mischlinge.« Darum geht es nicht, aber er sagt es trotzdem.

»Das stimmt nicht«, antwortet sie. »Zum einen gibt es bereits viele. Zum anderen ist das der einzige Weg, die Dinge zu ändern. Alle Farben sollten sich untereinander mischen.«

»Als würde das helfen.« Er hustet. Eine Bronchitis hat sich bei ihm festgesetzt, und es dauert eine Weile, bis er fortfahren kann: »Fünfundzwanzig Prozent aller Ehen in Bosnien-Herzegowina sind Mischehen. In Mostar, das heute eine geteilte Stadt ist, waren vor dem Krieg fünfunddreißig Prozent aller Ehen Mischehen.« Er will nichts davon wissen. »Mathematisch betrachtet heißt das, dass fast ein Drittel aller Kinder in Bosnien Mischlinge sind. Als hätte das irgendetwas verhindert. Es hat für die Mischlingsfamilien alles nur noch verkompliziert. Sie konnten nirgendwo anders als in einem Europa Schutz suchen, das sie nicht wollte.« Er hustet wieder. »Die Viertelmischlingskinder, die zurückblieben, mussten zum Äußersten greifen, um ihre Zugehörigkeit zu der einen oder anderen Gruppe zu beweisen.«

»Sem, du kannst sagen, was du willst. Ich will keine Abtreibung.«

Er weiß es genau: Er sollte zu ihr gehen und sie in den Arm nehmen. Das ist eins der Dinge, die er sich sagt und die er nicht kann. Er muss sich übergeben, sein ganzer Körper ist im Begriff, sein Innerstes nach außen zu kehren. Er schluckt und schluckt.

Er hört, wie Erika aufsteht. Sie stapelt lautstark Teller und trägt sie in die Küche hinaus. Er will sich umdrehen, um zu helfen. Stattdessen greift er nach der Zigarrenkiste, öffnet sie. Er nimmt eine Chicos, zündet sie an und geht zurück zum Fenster, schiebt die Gardine zur Seite und sieht hinunter.

Viele Menschen sind auf dem Marktplatz. Das ist nicht weiter verwunderlich, es ist erst acht. Einige sehen aus, als seien sie auf dem Heimweg von der Arbeit, andere auf dem Weg zu einem Abendessen. Ein Paar geht mit einem Kinderwagen vorbei. Zuerst sieht er sie nicht, doch aus dem rechten Augenwinkel ahnt er, wie sie sich mit dem Kinderwagen zur Mitte des Platzes hin und in sein Gesichtsfeld bewegen.

Es gibt Kinder, für die Europa keinen Platz hat. Sieh nur meine Nichte, Habiba.

Es ist deine Schuld, denkt er, alles ist deine Schuld. Ein Drang überwältigt ihn, aus der Tür zu gehen, die Treppe hinunterzulaufen, in die Achtunddreißig zu springen und aus der Stadt hinaus nach Grinzing zu fahren, auf die Klingel in der Himmelstraße 43 zu drücken, an die Tür zu klopfen, sie zu schlagen und zu umarmen und es ihr zu erzählen. Ihr was zu erzählen?

Er öffnet das Fenster, um den Rauch in den Schnee hinauszulassen, beugt sich leicht hinaus, um das Paar mit dem

Kinderwagen besser zu sehen. Er ist silberblau und hat weiße Räder, er weiß nicht warum, doch das fällt ihm auf. Das Kind muss geschrien oder einen Laut von sich gegeben haben, denn der Mann bleibt stehen, beugt sich in einer Kurve der Fürsorglichkeit nach vorn, und genau das ist es, nicht die Kurve, sondern die Fürsorglichkeit in der Kurve, die ihn die Zigarre ausdrücken und auf die Straße werfen und das Fenster schließen lässt.

Bevor er ins Schlafzimmer geht und die Tür hinter sich schließt, sieht er, dass der kleine Tischkalender den 28. Februar 2000 anzeigt, aber daran erinnert er sich erst viel später.

∞ ∞

Mit ausreichend Whisky bewältigt man alles. Bewältigt Verlust, bewältigt Zeit, bewältigt Leerraum, bewältigt Gedanken, bewältigt zerbrochene Rasierklingen, die in der Brust mahlen, bewältigt, was der Chirurg nicht bewältigen kann.

Die Wienerinnen ändern sich von Woche zu Woche.

Zuerst sind sie gut ausgebildet, gut gekleidet, gut gepflegt, guttuend, dann sind sie nur gut gekleidet, gut gepflegt und guttuend, bald nur gut gepflegt und guttuend und schließlich, nun ja, guttuend bleiben sie wohl. Es kann das reinste Vergnügen sein, zu Grunde zu gehen. Aber ich gehe nicht zu Grunde, ich überlebe, und das ist nicht das Schlechteste, ganz und gar nicht! Vor allem bin ich besser darin geworden, nur das zu merken, was ich merken will. So gut, dass ich mich im Bunde mit Whisky nicht einmal erinnere, dass es andere Gefühle gibt als die, die mein Körper ausdrückt.

Du hast nicht wieder angerufen. Elf Tage sind vergangen, und ich warte nicht länger, dass du es bist, wenn ich ans Telefon gehe. Warum sollte ich das auch? Selbst wenn du es wärst, was hätte ich davon? Ich will keine Stimme, die mich an die Vergangenheit erinnert und an die Zeit, wo ich noch ein Herz hatte; keine Stimme, die meine Hände, meine Augen sich dahin strecken lässt, wo nichts als Luft ist. Ich will das nicht, nicht länger. Ich will die Wirklichkeit, will das, was ist. Und das, was ist, sind die Wienerinnen, die ich wie Kuchen und Kaffee nasche, gerne mit Sahne. Und etwas Whisky, viel Whisky.

Sachertorte, das sind sie. Wie Europa. Aber jetzt bin ich ungerecht, denn die Frauen sind besser als Europa. Frauen, die nicht denken, wohlgemerkt. Frauen, die lebendig sind, die echt sind, aus Fleisch und Blut, die Leben sind und nicht nur eine aus Worten geborene Geschichte.

Aus Worten bist du gemacht, zu Worten sollst du werden.

Aus Worten bist du gemacht, zu Worten sollst du werden.

Aus Worten bist du gemacht, zu Worten sollst du werden.

Und noch drei Spaten und ein Kontinent wird unter Worten begraben, und der Kontinent ist Europa. Die Frage ist nur, ob Europa lebend begraben wurde oder nicht? Ob unter all den Worten Leben ist? Ein Leben, das niemand sieht, das aber doch lebt. Aus Trotz?

Spürt Europa etwas anderes als seine eigene Wortgewandtheit? Spürt Europa seine Farben, seine Düfte, seine Laute, seinen Geschmack, seine Gefühle? (Ockergelb, Immergrün, Betongrau, Honigblume, Teer, Fuchsgebell, Kirchenglocken, dich, Lastwagenvibrieren, Vergangenheit, vergib ihnen.) Weiß Europa, was das Leben ist? Wie das Leben sich anfühlt? Oder ist der Tod das Einzige, worauf Europa sich versteht?

Du bist tot, ich herrsche.

Ganz gleich ob innerhalb oder außerhalb der Grenzen des Kontinents. Wenn es keine unentdeckten Kontinente mehr zu erobern gibt, machen wir uns einfach gegenseitig die Territorien streitig, der eine Europäer dem anderen Europäer. Du bist tot, ich herrsche. Ich habe die Kunst gelernt, nicht wahr, Zoja Maria?

Ich habe endlich begriffen, wie man Europäer wird.

Großmutter, was für ein Kuchen ist Europa?

Du bist tot, ich herrsche.

Was, Slobo, Radovan, General Ratko, Franjo? Und all ihr, die ihr vorher kamt. Ihr alle!

Du bist tot, ich herrsche! Und noch ein wenig Whisky. Dann bin ich wie all die anderen. Abgesehen von der Hautfarbe. Aber ob wir die nicht mit Worten zudecken können, mit einem einzigen Wort: weiß.

Weiß, weiß, weiß.

Sieh nur, jetzt gibt es nichts anderes mehr. Weiß. Auch ich bin weiß, unter der Oberfläche. Doch die Frage ist, ob nicht alle unter der Oberfläche schwarz sind? Und in diesen Tagen lebe ich unter der Oberfläche, genau wie der Rest dessen, das von Europa noch am Leben ist, das man noch nicht mit Worten getötet hat. Vielleicht nur, weil man die richtigen Worte noch nicht gefunden hat, um das niedere Leben zu definieren, aber zweifle nicht: Das kommt!

Sie kommen (vergib ihnen).

Lass dir eine Geschichte erzählen, Zoja Maria.

Ja, ich weiß, dass diese Geschichte zu einer dieser russischen Puppen geworden ist, von denen es so viele in den Souvenirläden in deinem Vaterland gibt. In der ersten Puppe, der größten, steckt noch eine, in der wieder eine steckt, und so geht es immer weiter, und ich weiß nicht, wann es aufhört, aber vielleicht weißt du das, Zoja Maria? Du, die du es wagst, die Katze an die Leine zu legen und fortzuführen, du musst wissen, wann diese Geschichte zu Ende ist? Und bis du mir das erzählst, erzähle ich dir die Geschichte, die, die in einer anderen steckt, denn so ist es auch mit den Menschen, es gibt immer noch eine Geschichte in einer anderen, und so geht es immer weiter und weiter und weiter.

Es war in Sarajevo, am 2. Mai 1992.

Ein grauer Tag, der ganz gewöhnlich hätte sein können, es aber nicht war: Innerhalb von vierundzwanzig Stunden wurde ein Präsident auf dem Flughafen seiner eigenen Hauptstadt gekidnappt. Die Streitkräfte, die die Stadt hätten beschützen sollen, spalteten sie in zwei, und die Verteidigung der noch gemischten Einwohner der Stadt war vor allem unkoordiniert, unorganisiert, schlecht vorbereitet und kaum bewaffnet, sie bestand hauptsächlich aus moslemischen Gruppen. Doch dieser letzte Aspekt der Angelegenheit wäre gleichgültig gewesen, wäre es nicht der Faden, an dem die hochzivilisierten Europäer festhielten, noch lange nachdem die Geschichte vorbei war. Eine Geschichte in einer anderen Geschichte, die zu einer dritten Geschichte wurde, auch wenn niemand sie hören wollte, niemand von ihr wissen wollte. Bis auf die, die dazu gezwungen waren.

Wir saßen in einem kalten Keller, Schulter an Schulter mit dem Rest der Bewohner des Hauses, in dem ich damals wohnte, sowie einigen anderen, die Schutz bei uns gesucht hatten, als die Schießerei begann. Wir froren, waren hungrig und langweilten uns. Trotzdem waren wir glücklich. Wir waren zusammen, als die Stadt geteilt wurde. Andere fanden sich jeder auf seiner Seite der Barrikade wieder, die die nächsten vier Jahre zum Wahrzeichen der Stadt werden sollte, wie die Wiederauferstehung einer anderen Mauer in einer anderen Stadt, die vor einigen Jahren endlich gefallen war. Gegen Abend, als der Krach draußen abzunehmen schien, oder richtiger, als ich dich nicht länger drinnen halten konnte – und zugegeben, es war unerträglich in dem vollen, feuchtkalten, sauerstoffarmen Keller –, krochen wir in eine andere Stadt hinauf als die, in der wir uns vor nur wenigen Stunden versteckt hatten. Autos, Reifen und Öllachen brennen überall, Pfützen, die im Dunkeln wie Wasser aussehen, erweisen sich bei näherer Betrachtung als Blut, unzählige Fenster sind zerbrochen und liegen als Trümmer und Scherben auf der Straße, auch das Hotel Europa ist getroffen, erfahren wir von einer Gruppe Menschen, an denen wir vorbeikommen, und was am auffallendsten ist: Das Postamt ist fort.

Ich muss dich nicht ansehen, um zu wissen, dass du weinst, auch wenn du lautlos weinst, als würde das Wasser ganz von selbst seinen Weg durch den Körper nach oben und aus deinen Augen herausfinden. Ich lege den Arm um dich, aber du merkst es nicht. Es gibt keine Straßenbeleuchtung, und die Wolken lassen den Mond die brennende Stadt nicht beleuchten. Du gehst wie in Trance, gehst schnell und gleichmäßig, stampfst durch Öl und Blut, während du etwas murmelst, das ich zuerst nicht verstehe, für deine eigene Sprache halte, doch allmählich erfasse ich den Sinn der Worte.

»Alles wird auseinanderbrechen, alles«, murmelst du. »Die Geschichte. Das ist erst der Anfang. Die Geschichte. Alles ist vorbei.«

Tränen laufen in breiten Strömen deine Wangen hinunter, und ich glaube, du sprichst von deinem Land, das dabei ist, auseinanderzubrechen, und das tust du, aber du sprichst auch noch von etwas anderem, ich weiß nur nicht wovon, und dann kommen zwei Männer an uns vorbeigelaufen, die einen dritten tragen. Im Dunkeln kann ich nicht sehen, wie übel er zugerichtet ist. Ich will sie gerade anhalten, dann fällt mir ein, dass ich nichts habe, um zu operieren, um zu helfen. Ich wäre dem Verletzten eine erheblich geringere Hilfe als seine laufenden Freunde. Ein schwaches Licht von einer Petroleumlampe in einem Fensterrahmen wirft einen gelben Schimmer auf die rechte Seite deines Gesichts, verwandelt deine Narbe in ein kyrillisches Zeichen, und ich lege dir eine Hand auf die Schulter.

»Zoja Maria, ich muss ins Krankenhaus.«

Das ist nicht meine Aufgabe, ich habe nur ein paar freie Tage in Sarajevo, aber es muss doch etwas geben, das ich tun kann.

»Mein Land, meine Geschichte«, murmelst du wieder und wieder, und noch immer laufen die Tränen, ohne aufzuhören.

»Lass mich dich nach Hause bringen«, sage ich.

Du schüttelst den Kopf, und ich weiß, dass es nichts nützen würde zu insistieren, aber ich weiß auch, dass du durch die zerstörten Straßen wandern wirst, wenn ich dich nicht nach Hause bringe, bis irgendetwas, das Morgengrauen oder eine Granate, dich aus deinem Schock weckt, deshalb entschließe ich mich, dich mitzunehmen. Was sich schnell als nützlicher Entschluss erweist, denn es ist eine geschäftige Nacht, und niemand sonst kann für mich übersetzen, niemand mit den Angehörigen reden, und von ihnen gibt es viele, in langen Reihen warten sie auf die Nachricht, ob ihr Mann, ihre Frau, ihr Bruder, ihre Schwester, ihr Vater, ihre Mutter, ihr Kind … jemals wieder ein Mensch wird.

Ich weiß nicht, wie du es erklärst, wenn die Antwort ein Nein ist oder nur ein halbes, ein Viertel Ja oder noch schlimmer ausfällt. Ich weiß nur, dass die ganze Nacht Tränen aus deinen Augen laufen, als würden sie nie mehr aufhören, und ich weiß auch nicht, ob sie das jemals werden, denn auch mir wird langsam klar, dass du recht hast.

Das ist erst der Anfang.

Am folgenden Nachmittag bekam Bosnien-Herzegowina seinen Präsidenten zurück, die meisten der eingeschlossenen bosnischen Soldaten brachten sich auf die richtige Seite der Linien in Sicherheit, doch Sarajevo war geteilt, und die Einwohner der Stadt bekamen ihre Freiheit erst knapp vier Jahre später zurück, im Winter 1995.

Von dem Rest, dem *Warum* und dem *Wie*, wollte ich nichts wissen, will ich nichts wissen. Doch eins konnte niemand, auch ich nicht, ignorieren. Die Heckenschützen-Allee war etabliert.

∞

Es gibt ein Nein, das wie ein Nein klingt. Ein Nein, das ein Nein ist.

Das spricht er aus, als seine Frau sagt: »Vielleicht ...«

»Nein. Es tut mir leid.«

»Wir sind zu zweit ...«

»Du wirst alleine sein. Ich will unter keinen Umständen ...! Die Abmachung war klar.«

»Es ist anders, wenn erst ...«

»Das habe ich dir doch damals gesagt.«

»Ich kann nicht anders, Sem.«

Die Tür fällt laut hinter ihm ins Schloss. Er ist ohne Mantel und Geld gegangen. Später erinnert er sich, dass es eiskalt war in Wien am 2. März 2000.

∞ ∞

Die Allee, auf die ich in diesen Tagen schieße, beginnt mit einem W und hört mit einem W auf und ist nichts als ein W, und jedes einzelne W ist eine Cruisemissile, dich auf dich gerichtet ist, da hast du es und da und da und da, und ich sehe deine Fensterscheiben bersten, deine Mauern einstürzen, deine Einwohner Zuflucht in den Luftschutzkellern suchen, ich sehe Licht und Wärme und Gas und Wasser knapp werden, und du und all die anderen müsst buchstäblich euer Leben aufs Spiel setzen, um das tägliche Brot und Bad zu bekommen, auch wenn ihr Letzteres bald weder täglich noch wöchentlich bekommen werdet, denn so ist es mit gewissen Bedürfnissen, dass man auf einige besser verzichten kann als auf andere.

Und wo wir gerade dabei sind, bei dem Verzichten, ich kann gut auf dich verzichten. Siehst du, wie gut ich das kann? Hier oben, wo geschossen wird, fehlt es uns an nichts. Und wenn wir uns im Spiegel nicht länger in die Augen sehen, liegt das einzig und allein daran, dass wir gerade keinen Spiegel zur Hand haben. Was sollen wir auch mit Spiegeln, wenn wir Whisky haben? Während wir hier oben sitzen und auf dich schießen, leeren wir ein Glas nach dem anderen, bis wir die Gläser nicht länger füllen mögen, sondern direkt aus den Flaschen trinken, und die Kollegen beginnen ein wenig schief zu gucken. Teufel auch, sind sie nie im Krieg gewesen? Nun, solange ich nicht schief schneide (meine Papierstapel nicht schief lege, vergibt mir), sagen sie nichts, und wenn ich eins kann, ist es gerade schneiden. Mitten ins Herz.

Und das tue ich, als du das nächste Mal anrufst.

»Sem…?«

Du wartest. Nicht auf eine Antwort, du weißt, dass sie kommt, nein, du wartest auf eine Tonlage, auf eine Bedeutung. Es ist Donnerstagabend, sieben Uhr, ein guter Zeitpunkt anzurufen. Früh genug, dass ich nicht mit einem W im Schlafzimmer bin, es zumindest nicht anzunehmen ist, und auch nicht mitten im Abendessen, obwohl ich natürlich in den Vorbereitungen zu beidem sein könnte. Das bin ich nicht. Aber ich betone, dass ich es sein könnte, und deshalb tue ich als ob. Das habe ich auch von meinem Freund Slobo gelernt, oder war es von Radovan, nein, das bist vor allem du, Slobo, der gut darin ist, so zu tun als ob, so gut, dass es den Anschein erweckt, als würdest du selbst daran glauben. Und das tue ich fast auch, an das glauben, was ich dir jetzt erzähle, als wäre es eine wahre Geschichte, und das könnte es auch gut sein, denn ich sage: »Wie nett, Zoja Maria. Wie geht es dir?«

Und meine Stimme ist nicht da. Das ist das Beste an der Geschichte, dass die Stimme weg ist. Nein, mein Freund, ich bin nicht da, du sprichst mit einem Nachbarn, der einmal ein Freund war und jetzt ein Feind ist. Denn so ist das mit Kriegen und Katzen, dass man genau dann, wenn man glaubt auf der gleichen Seite zu stehen, überhaupt nichts mehr weiß, und so geht es dir auch, das höre ich, du weißt nichts mehr.

»Sem…?«, sagst du wieder.

»Ja, so heiße ich.«

Meine Stimme lächelt dich an, doch mit einem Lächeln, das du nicht magst. Warum magst du das Lächeln des Henkers nicht, Zoja Maria? Wovor hast du Angst? Hast nicht du den Henker zum Henker gemacht, indem du zuerst zum Henker des ungeborenen Kindes des Henkers wurdest?

Einem Kind den Hals zu durchschneiden, ist schlimmer, als dir den Hals zu durchschneiden, nicht?

Vor allem, wenn es zum einen um Leben und zum anderen nur um eine Verbundenheit geht, die nicht einmal mehr existiert, weil sie mit dem Kind gestorben ist, und der Rest ist ein Krieg, den ich dabei bin zu gewinnen, und Kriege gewinnt man mit Whisky und W, und das ist das Letzte, wovon ich dir erzähle, von der einen nach der anderen und davon, was ich mit ihnen mache, und ich rede immer weiter, eine Puppe in einer anderen, bis du auflegst und nichts mehr hören willst.

Und ich lache laut, bis ich laut weine und nichts mehr hören will.

Sechstes Leben

Das sechste Leben ist Gewohnheit.
Der Mangel ist zur Gewohnheit geworden,
der Tod ist zur Gewohnheit geworden,
der Krieg ist zur Gewohnheit geworden.
Gibt es überhaupt ein anderes Leben als dieses?

Ich lache.

Ich lache laut und unbeherrscht. Und obwohl ich mich nicht im Geringsten amüsiere, ist Lachen nicht das Schlechteste, deshalb lache ich immer weiter, schließlich ist es auch ein wenig komisch, eine Verwarnung zu bekommen. Eine Verwarnung, ich?

Ich, der ich nie schief schneide. Ja, ja, ich war betrunken, das weiß ich. Aber was soll's? Habe ich vielleicht schief geschnitten? Nein, nicht? Nichts dergleichen! Also was soll die Verwarnung? Im Übrigen schneiden wir überhaupt nicht in dieser Abteilung. Wir stapeln Akten. Eine auf die andere. Und manchmal bringen wir sie durcheinander, und manchmal ziehen wir eine heraus und tun so, als würden wir sie lesen, und machen ein paar Notizen hinein, und wenn wir in der Stimmung dazu sind, schicken wir sie ins nächste Büro weiter. Um der Spannung willen! Ich lache wieder, und es fühlt sich gut an zu lachen, richtig gut.

Ha, ha, ha!

Ich schenke mir noch ein Glas ein und amüsiere mich über das Krachen des Eises, das zur Lawine wird, zu tosenden Bächen in brauner Flüssigkeit, und das Spiel des Eises versetzt mich in so gute Laune, dass ich wieder lachen muss, und ich muss von dem Whisky mit dem schmelzenden Eis trinken, denn er ist wie eine Frau, die einen in gute Laune versetzt, und sie muss man haben und keine andere, jedenfalls nicht solange sie auf dem Tisch steht, oder spreche ich von dem Glas? Aber das macht nichts, denn es schellt an der Tür, und eine steht auf der Türschwelle, und sie ist ein W, doch welche von ihnen ist sie? Aber ist das nicht gleichgültig, wichtig ist, dass sie bald im Wohnzimmer steht, und noch wichtiger, dass sie bald im Bett liegt.

W28, ja, ich habe ihnen Nummern gegeben (vergib mir), ist eine Frau von siebenundzwanzig Jahren mit zu viel Brust und zu viel Hüften, Schwangerschaftsstreifen von zwei Kindern und seltsamen blaulila Streifen entlang der Schenkel. W28 ist eine Frau mit müden braunen Augen, X-Beinen und großen Füßen. W28 ist eine Frau. Und dass ich nicht in der Lage bin zu stehen, weder als ich aufstehe, noch als ich liege, bringt mich erneut zum Lachen, ha, ha, ha, und ungeachtet dessen, dass das vielleicht doch nicht so lustig ist, ist es merkwürdig, wie wenig Humor W28 hat, dass sie nicht mitlacht, sondern nur dasteht, ja, sieh nur, sie hat keine Probleme mit dem Stehen, und auch das ist zum Lachen, und genau das tue ich, ha, ha, ha, während W28 ihre Sachen nimmt, sich wütend anzieht und geht, wütend geht und die Tür fest hinter sich zuknallt, als würde sie sich nicht schließen lassen, wenn sie sie leise und ganz normal zumacht, aber sind die Frauen nicht so?

Unberechenbar.

Das habe ich doch die ganze Zeit gesagt, oder warst du da, General Ratko, der mich gelehrt hat, dass man auf die Frauen nicht zählen kann, deshalb zählen wir auch nicht auf sie, sie sind Waffen in einem Krieg, nichts anderes, endlich lerne ich es. Waffen in einem Krieg. Also knall ruhig mit der Tür, meine magere, großfüßige Freundin, W 28. Es gibt immer noch eine

Cruisemissile, immer noch einen Sprengsatz. Das ist einfach zum Lachen, und deshalb lache ich erneut. Laut und unbeherrscht: Ha, ha, ha.

Eine Verwarnung! Ganz andere sollten verwarnt werden, aber das verstehen sie sicher nicht. Noch nicht, denn in ihrer kurzsichtigen, eurozentrischen, egozentrischen Art haben sie nicht verstanden, wie diese Welt ist, doch das ist ihr Problem, nicht meins. Jedenfalls ist es nicht meine Aufgabe, sie vor sich selbst und ihrer eigenen Schwäche zu warnen. Ich bin kein Nationalist: Es ist nicht ihr Fehler, dass sie drinnen sind, nicht draußen (vergib ihnen). Dafür können sie nichts, es ist nicht ihre Schuld (wie jeder tolerante Serbe einen armen Slawen entschuldigt, der als Kroate geboren wurde, einen Moslem, der in Wirklichkeit ein abtrünniger Serbe ist, ich will das nicht wissen, will nichts davon wissen), und wenn die Revolution von Süden nach Norden kommt, Süden gegen Norden, will ich sie gerne verteidigen, und dich auch, Zoja Maria, auch wenn ich nicht weiß, ob es nützt, denn ihr seid drinnen, das ist für jeden offenkundig: Europäer. Doch eines Tages werden es die anderen sein, wir anderen, die die Welt regieren, und dann werdet ihr Gerechtigkeit zu spüren bekommen, das ist jedem klar! Und wieder bin ich töricht, denn ich lebe bereits lange genug, um zu wissen, dass keine Menschheit gerechter ist als eine andere, keine Hautfarbe großzügiger, großartiger, toleranter, selbstloser als eine andere, dass keine Hautfarbe weniger Machtstreben, weniger Gier, weniger Brutalität, weniger Beschränktheit besitzt als eine andere. Auch wenn ich wünschte, es wäre so, oder wünschte, es mir zumindest einbilden zu können. Doch die Einbildungskraft der Xenophobie ist klein, wenn man nicht Kind einer einzigen Kultur ist. Und doch ist Blau vielleicht eine selbstlosere Farbe als Rot, Grün eine gerechtere Farbe als Gelb und Violett eine großartigere Farbe als Grau. Was weiß ich? Zumindest bleibe ich dabei, dass es besser ist, mehr als eine Farbe zu haben, mehr als eine Kultur, die Gabe des Mischlings: das Geschenk des Bastards. Und natürlich bleibe ich dabei, dass Nichteuropäer besser als Europäer sind, schwarz besser ist als weiß. Haben schwarze Menschen vielleicht irgendwann Konzentrationslager errichtet und andere Menschen wie Hähnchen im Käfig gehalten? Na schön, die Eingesperrten, die Gefangenen in Ruanda, in Mozambique, im Kongo, in Liberia … ja, ja, vergiss es. Vergiss es!

Aber: Haben schwarze Menschen jemals gemeint, dass ihre Religion, dass eine ihrer Religionen in der restlichen Welt verbreitet werden muss, koste es, was es wolle? Sind schwarze Menschen jemals ans andere Ende der Welt gereist, haben die Eingeborenen getötet und ihr Land zu ihrem erklärt? Haben schwarze Menschen jemals Zeit und Geld darauf verwandt, Waffen zu erfinden, die die halbe Welt und die ganze Menschheit zerstören können?

Und sie erlauben es sich, mir eine Verwarnung zu erteilen! Nur weil ich etwas später gekommen bin und ein wenig nach Whisky gerochen habe. Ein wenig!

Und wenn es das fünfte oder zehnte oder zwanzigste Mal gewesen wäre? Ich bin gekommen, oder etwa nicht? Und ich habe gerade geschnitten, die Stapel gerade gestapelt, oder etwa nicht? In meinen Stapeln herrscht keine Unordnung! Nur weil ich mit dem Bericht hinter der Zeit bin und ihn nicht rechtzeitig habe abliefern können. Rechtzeitig, rechtzeitig. Zum Teufel mit der Zeit. (Vergiss nicht, wir waren zuerst hier (vergib euch.) Was ist mit morgen? Wir schaffen das schon. Es ist passiert, nicht? Wen zum Teufel kümmert es, ob sie die Geschichten rechtzeitig erzählt bekommen? Sie wollten sie schließlich nicht hören, als sie sich ereignet haben, damals,

als noch Zeit war einzugreifen. Jetzt ist es zu spät, ganz gleich wann mein Bericht fertig ist. Mein Bericht, der schwarze weiße Hände weißwaschen soll.

»Um deinetwillen …«

Ich will verdammt noch mal nichts um meinetwillen hören. Sie klingen langsam wie du, Zoja Maria. Genau wie du! Wie viele Male hast du mich nicht um meinetwillen verlassen? Ja, genau. Wie war das …? Ja, jetzt erinnere ich mich. Erinnere mich genau. Erinnerst du dich, Zoja Maria, erinnerst du dich auch, sonst komm näher, denn hier ist noch eine kleine Geschichte, eine ganz kleine Geschichte, die sich mitten in der Geschichte versteckt, die ich gerade erzähle, und wir sind in Wien, und es ist der 18. Dezember 1995.

Es ist kalt, eisig kalt, und selbst hier in dem gut geheizten Hotelzimmer spürt man die Kälte als eine Feuchtigkeit, die am Rand der Heizungssphäre lauert. Du schlägst eine Decke um dich und gehst zu dem Heizkörper hinüber, setzt dich, den Rücken gegen die Heizung gelehnt, auf den Teppich. Ich denke an die bosnischen Berge und sage mir, dass heute kein Grund zu frieren besteht. Ich muss in elf Stunden zurück, und wie immer am Vorabend sind wir außer Stande, etwas zu unternehmen. Lieber schon die Distanz üben, die kommen wird: den Mangel spüren, der das Eis ist, auf dem wir gehen werden, ohne zu wissen, ob es trägt oder bricht.

Ich sehe dich an, und du hebst den Kopf, und meine Augen bleiben an der Narbe haften, nur und ausschließlich an der Narbe, und ich weiß nicht, woher ich den Mut nehme, oder vielleicht ist es auch etwas anderes, etwas ganz anderes als Mut, das mich flüstern lässt: »Komm mit, Zoja Maria.«

Die Waffenruhe ist Wirklichkeit, das Dayton-Friedensabkommen ist endlich in Paris unterschrieben worden, und obwohl es immer noch zu sporadischen Kämpfen und lokalen Gewalttätigkeiten kommt, obwohl die NATO-Soldaten noch immer erst auf dem Weg sind, meine ich, dass es Zeit ist, über die Zukunft zu reden, über unsere Zukunft. Ich kann einen Job in Jonathans Klinik in Paris bekommen, dort ist viel zu tun: Es gibt viele Amerikaner in Frankreich, viele kranke Amerikaner, und du kannst mitkommen.

Du stehst auf, lässt die Decke auf dem Boden liegen und gehst zum Fenster. Du zitterst vor Kälte, deine Schultern spannen sich, genau wie dein Nacken, und du reibst die Hände langsam gegeneinander.

»Ich kann nicht, Sem«, sagst du und hörst plötzlich auf zu zittern. »Ich wünschte, ich könnte, aber ich kann nicht.«

»Warum nicht?«

»Es ist nicht möglich.«

»Warum nicht?«

Ich insistiere zum ersten Mal, zum ersten Mal beuge ich mich nicht dem Wind, der freundlich weht: Ich bin verheiratet und habe zwei Töchter. Warum nicht? Ist nicht gerade das die Ehre der emanzipierten europäischen Frau: die Freiheit selbst entscheiden zu können? Plötzlich erscheint die Situation absurd. Ich bin auf dem Weg zurück in ein Land, in dein Land, in dem gerade im heiligen Namen der Mythologie Tausende von Menschen abgeschlachtet wurden, in dem die Menschen noch immer hungern und frieren und um ihr Leben fürchten, weil ein Teil seiner Bürger den anderen auslöschen möchte (ich will das nicht wissen, will nichts davon wissen), in dein Land, das der Beweis dafür ist, dass das Leben kurz und unvorhersehbar ist; dass es gilt zu leben, solange man kann, zu leben als der, der man ist; der Beweis dafür, dass es gilt, sich für die Wirklichkeit zu entscheiden und nicht für die Mythologie, und du stehst da und erzählst mir, dass du den Mythos der Ehe vorziehst, der längst der Vergangenheit angehört. Du bist dem Tod in deinem Land ausgewichen, indem du nicht da warst, als der Tod kam, Zoja Maria, und jetzt entscheidest du dich, dein Leben vom Tod einrahmen zu lassen? Ich begreife das nicht und stehe auf, gehe zu dir und lege dir die Hände auf die Schultern, suche deine Augen, die weiß sind und deren Ausdruck ich nicht deuten kann, und dann sehe ich das, von dem ich nicht genau weiß, ob ich es sehen will, obwohl ich genau das sehen wollte. Ich sehe, dass du nicht weinst, nicht eine einzige Träne, dessen bin ich mir sicher, auch wenn ich es lieber nicht wäre. Nicht sicher bin ich mir hingegen, ob du über mich nicht weinst oder über die Kälte, deshalb lasse ich meine Hände deinen Rücken hinuntergleiten, streichle ihn fest von oben nach unten, vor und zurück und spüre, wie sich das Blut langsam in dir zu regen beginnt, und ich reibe und reibe, und da sind Schultern, und da sind Arme, und da sind Hände, und da ist ein Rücken, und da sind Beine, und da sind Füße, und endlich sind da auch Augen, die grau werden, und ich brauche mich dir nicht aufzudrängen, nicht in dich einzudringen, um zu wissen, dass die Wärme dich erreicht hat, und trotzdem tue ich es, ich dringe in dich ein, um sicher zu sein: Sind da Tränen oder sind da keine? Alles oder nichts.

Du und ich. Du oder ich?

Und tief, tief in dir finde ich die Tränen, und sie sind lautlos und laufen erst in deinem rechten und dann in deinem linken Auge über, strömen aus deinen Augen, an beiden Seiten deines Gesichts hinunter, über dein Haar, auf das Kissen, und ich bin dein, und du bist mein.

Doch später, als ich dich wieder frage, dich mit Worten frage, dich frage, Zoja Maria: »Alles oder nichts?«

Bist du mein, willst du mein sein, für jetzt und immer und in den Tagen, die folgen, in Lust und Not und zurzeit wohl vor allem in Not, auch wenn das gerade Lust war, doch in diesen Tagen ist die Not am größten, aber die Lust wird schon wiederkommen, immer wieder, willst du, willst du, willst du?

Da antwortest du: »Sem, ich kann nicht.«

Du drehst dich von mir fort und stehst auf, gehst nackt hinüber zum Fenster und bleibst lange stehen, ohne etwas zu sagen, ohne dir die Kälte und die Gänsehaut anmerken zu lassen, die sich bis in deinen Nacken ausbreitet, und die Haare legen sich flach, und obwohl ich es nicht sehe, bin ich sicher, dass deine Augen wieder trocken, wieder weiß sind, und als du schließlich sprichst, drehst du dich nicht zu mir um, sondern sprichst zu der Scheibe.

»Manchmal trifft man eine Entscheidung, und diese Entscheidung ist eine Geschichte, die man nicht umschreiben kann. Manche Entscheidungen reichen sehr viel weiter als der, der sie trifft. Ich …«

Es scheint, als wolltest du etwas erzählen, das du dann doch nicht erzählst.

»Das lässt sich nicht erklären«, sagst du schnell und drehst dich vom Fenster weg zu mir hin. »Ich kann nicht. Um deinetwillen.«

Um meinetwillen!

Du hast wohl auch um meinetwillen das Kind getötet? Oder vielleicht um des Kindes willen? Zum Wohl des Kindes, dieser merkwürdige Begriff, der immer wieder von allen gebraucht wird, denen ein überzeugendes Argument fehlt. Ein zentrifugaler Begriff, noch eine dieser europäischen Erfindungen wie Demokratie, Zivilisation, Menschenrechte, Humanismus, Freiheit, Gleichheit, Respekt, Toleranz, Brüderlichkeit. Erfinde ein Wort, und du brauchst es nicht zu praktizieren. L… Und schließlich erfinden wir, nein, erfindet ihr, einen so deckenden Begriff, dass ihr ohne das Leben auskommt. Ich habe bereits ein Wort, einen Namen für diesen Begriff: Europäer!

Europäer.

Ist das nicht ein schönes Wort? Und völlig deckend, nicht wahr? Eine Maschine aus schönen Worten und schönen Manieren und schönen Absichten und schönen Rasen und schönen, gut frisierten Kindern, die keine unschönen Worte in den Mund nehmen, und schönem sadomasochistischem Fetisch-Sex mit Tieren oder schönen, gut frisierten Kindern und schönen mathematischen Menages-à-trois oder -à-huit. Und glücklicherweise nicht das ganze Durcheinander mit einer stampfenden Katze und einer Sehnsucht, die wächst und wächst, bis nicht einmal Whisky sie ausfüllen kann, es sei denn, du hast die Kraft, die leere Flasche hochzuheben und dir über den Kopf zu ziehen, und diesmal bist du ich und nicht du.

Europäer! (Vergib dir.)

Und sie, sie, von denen du eine bist, die Europäer, haben mich heute verwarnt. Um meinetwillen!

Ich hebe die leere Flasche über meinen Kopf, sehe durch den Hals auf den Boden. Ein Tropfen trifft meine Stirn, dann ist Schluss. Wenn dem nur so wäre! Aber so ist es nicht, denn ich habe nicht die Kraft, habe nicht die Stärke, oder ist es der Mut, an dem es mir fehlt? Der Mut, dessen es bedarf, mir die leere Flasche über den Kopf zu ziehen.

∞

Es ist kalt in Wien am 2. März 2000.

Der Wind lässt die feuchte Kälte durch sein dünnes Hemd und Unterhemd bis auf die Haut vordringen, wo sie die Muskeln anspannen und die Blutadern zu engen Strichen werden lässt. Dann kommt die Achtunddreißig, und er schiebt sich in den hintersten Wagen. Er hat Glück, kein Kontrolleur.

Selbst die Kälte ist eine eigene in Europa, denkt er, als er wieder aussteigt. Es hat zu schneien begonnen und weht feucht und fauchend wie aus einer eisigen Vergangenheit, die ihn klamm und klappernd zurücklässt, ganz gleich wie schnell er läuft. Es ist nicht weit von der Haltestelle zur Himmelstraße 43, und trotzdem zittert er vor Kälte, lange bevor er auf die Schelle zum zweiten Stock drückt.

»Sem.«

Ein Summen ertönt, und die Haustür geht auf. Im Treppenhaus ist es nicht warm, nur weit weniger kalt als draußen. Im Wohnzimmer in der zweiten Etage ist es warm.

»Hier.« Sie stellt ein Glas Obstler vor ihn auf den Tisch. Er friert so sehr, dass die Worte nicht herauswollen und er nur den Kopf schüttelt. Er setzt sich auf das Sofa. Sie sagt nichts mehr, reibt erst seine eine Hand zwischen ihren Händen, dann die andere. Er betrachtet sie. Sie sieht ihn nicht an. Sie arbeitet konzentriert an seinen Händen. Sie sind noch immer kalt, als er sie aus ihrem Reiben befreit und nach ihren Schultern greift. Sie küssen einander äußerlich, nur mit den Lippen. Dann breitet sich die Wärme plötzlich überall in seinem Körper aus, und er findet ihren Mund.

Sie stößt ihn weg. Ihre Haare stehen zu Berge. Sie richtet sie nicht, trocknet sich nur den Mund mit der Rückseite ihrer Hand.

»Komm«, sagt sie und reicht ihm die Hand. Sie sieht ihm in einer Frage ohne Worte in die Augen. Er weiß, was er sagen muss, doch es sind nicht die Worte, die aus seinem Mund kommen.

»Erika ist schwanger«, sagt er stattdessen. Er wollte das nicht sagen, es ist nicht das Richtige. Trotzdem wiederholt er es. »Erika ist schwanger.«

Sie lässt seine Hände los und steht auf, sieht ihn ausdruckslos an. Ihre Augen sind Kies ohne Meer. Noch nie hat er gesehen, dass sie ihn so angesehen hat wie eine andere, wie eine, die ihn nicht kennt.

»Man kann die Geschichte ändern …«, sagt er. »Von vorne anfangen …« Er versucht, die richtigen Worte zu finden, die, die sie vorher gesagt hat. Aber seine Stimme scheint die Worte auf dem Weg auszuhöhlen. Sie klingen falsch, verkehrt.

»Das ist nicht wichtig.«

Sie sieht ihn an, lange. Stumm. Trockener, grauer Kies. »Kinder sind keine Geschichte, die man umschreiben kann«, sagt sie leise.

»Zoja Maria …«

Er streckt seine rechte Hand aus, um die Tränen von ihrer Wange zu wischen, auf der keine sind. Sie dreht sich weg. Geht zum Fenster und sieht hinaus. Die Haare in ihrem Nacken liegen flach an. Das denkt er, als sie, nach mehreren Minuten und ohne den Kopf zu drehen, leise flüstert: »Sem, bist du so lieb und gehst.«

Später wünscht er, dass sie am 2. März 2000 geschrien und gebrüllt und ihn ausgeschimpft hätte, dass die Tränen in tosenden Ozeanen geströmt wären, denn dann hätte er etwas sagen, etwas tun können, statt aufzustehen und zu gehen.

∞ ∞

Ich muss arbeiten.

Ich habe einen Aufschub bis zum 15. Januar bekommen, aber dann muss der Bericht vorliegen. Das sind viereinhalb Wochen, das heißt ungefähr zwanzig Arbeitstage plus einer Anzahl von Feiertagen, daran denke ich, während ich an meinem Schreibtisch vor dem Computer sitze. Dann verlasse ich das Büro, nehme die U1 zum Stephansplatz und schlendere langsam die Kärtnerstraße hinunter. Ich sehe in die Schaufenster, die bereits seit mehr als viereinhalb Wochen weihnachtlich geschmückt sind, während ich weiterdenke. Ich denke: Es gibt viele Wege, an die Spitze zu kommen, aber nur einen auf den Hund: hinunter.

Mit Whisky läuft es besser.

Auch die Erkenntnis, dass nichts mehr läuft. Ich gehe langsamer und unregelmäßiger durch Wien, die Tage vergehen langsamer und unregelmäßiger. Mir ist Weihnachten gleichgültig, mir ist es gleichgültig, dass ich nicht weiß, wo und mit wem ich Weihnachten verbringen werde. Das stimmt nicht. Früher war es mir gleichgültig, wo und mit wem. Ich war durch mein Skalpell und dich mit der Welt verbunden. Ohne mein Skalpell und ohne dich fühle ich mich plötzlich in einem Gefängnis der Traditionslosigkeit gefangen. Ich, der sich früher nichts anderes als das Ende des Krieges gewünscht hat, wünsche mich jetzt mit einer Heftigkeit in seine Unausweichlichkeit zurück, die mich fast nüchtern macht.

Ist es nicht so, war es nicht so, Slobo? Der verborgene Vorteil des Krieges: keine Zeit für unnötige Spekulationen. Jetzt ist kein Krieg, und ich kann nicht umhin, daran zu denken, dass ich keinen Anruf von Tanya Katharina bekommen habe. Von Anna Charlotta. Von dir. Verschiedene von anderen W, doch was soll's?

Ich hatte geglaubt, vergessen zu haben, aber ich erinnere mich.

Der Geruch von Süßholz, der vor wenigen Sekunden mit einer dunkelhaarigen Dame, die nicht du warst, die nicht du bist, aus einer Parfümerie kam, hat mich wie eine Sehnsucht getroffen, von der ich nicht länger geglaubt habe, dass es sie gibt.

Süßholz.

Na und?

Ich stütze mich mit der Hand auf der Rückenlehne einer Bank ab und bleibe einen Moment stehen, während die Weihnachtsmenschen in einem dichten, unbarmherzigen Strom vorbeiströmen. Süßholz, na und, sage ich mir wieder und wieder, während ich mit geschlossenen Augen dastehe und versuche, die Maske der Besonnenheit wiederzufinden. Nach einer Ewigkeit, die vielleicht nur dreißig oder vierzig Sekunden währte, atme ich tief ein und öffne die Augen. Hier sind zu viele Menschen. Ich biege um die Ecke zum Neuen Markt ab und gehe auf direktem Weg in eine Bierstube, bestelle ein Glas Wasser und einen doppelten Whisky und beschließe, mit dem Trinken aufzuhören. Danach bestelle ich noch eine Runde und gehe zum Münzfernsprecher und rufe W37 an. Niemand nimmt ab, W35 hat keine Zeit, doch W38 will gerne kommen. Ihr fehlt nur das Geld für ein Taxi und mehr, doch damit kann ich helfen. Was ich mit W38 mache, als ich nach Hause komme, will ich nicht erzählen, denn diese Geschichte ist bereits so viele Male erzählt worden, dass kein Grund besteht, sie noch einmal zu erzählen, und rein faktisch ist es nicht viel mehr, als einen Scheck auszuschreiben und ein paar Glas einzuschenken, während ich denke, dass es vielleicht besser wäre, das zu lassen, nämlich das, was ich in die Gläser geschenkt habe zu trinken. Aber stattdessen lasse ich etwas anderes, ich lasse es, an dich zu denken, und dabei hilft mir nicht W38, dabei helfen mir ein paar doppelte Whisky, und deshalb beschließe ich, diese Tradition doch nicht aufzugeben: einen Whisky davor, einen dabei und einen danach (vergib mir).

Ich schaffe es so eben, zur Arbeit zu gehen, heute, morgen und an den Morgen danach. Mein Bericht ruht. Fast. Ab und zu schiebe ich ihn von einer Seite des Schreibtisches auf die andere. Um den Schein zu wahren. Genau das lerne ich gerade:

dass es sich in Europa, zugegeben in der ganzen Welt, auch in all den Welten, die meine sind (vergib mir), bei vielen Dingen bezahlt macht, sie um des Scheins willen zu tun. Zurzeit kommen jedoch nicht viele herein und würdigen die Stellung meiner Stapel. Und die, die zu mir nach Hause kommen, sehen die Stellung der Stapel nicht, sondern konzentrieren sich umso mehr auf andere Stellungen. Was ich zu würdigen weiß, genau wie du, nicht wahr, Radovan? Wusstest du es nicht zu würdigen, dass die UN sich nicht wirklich um deine Stellungen um Sarajevo, Srebrenica, Tuzla, Goražde und … kümmerten? Sondern nur zum Schein und natürlich der Presse und der Weltmeinung willen. Falls das nicht ein und dasselbe ist. Das ist das Problem mit den Demokratien, so vieles muss zum Schein getan werden. Einem ordentlichen Diktator ist das gleichgültig. Er muss sich glücklicherweise nicht um den Schein kümmern. Das führ zu einer größeren Ehrlichkeit. Deshalb musstest auch du, Radovan, nicht so tun, als schafftest du deine Kanonen fort, sodass sie nicht länger auf die Einwohner Sarajevos zielten. Nein, es waren die Generäle der UN, die so taten, als würden die Kanonen weggeschafft, damit die Völker Europas nicht allzu laut *Greift ein* schrien, damit das Oberkommando nicht an die NATO überging, die die Kanonen wirklich hätte wegschaffen und das tödliche Spiel der Jungen beenden müssen. Und währenddessen wettertest du, nein, nicht du, Radovan, du, Zoja Maria.

»Die Geschichte wird sich an euch erinnern«, wettertest du, gegen die Serben, die töteten. Gegen die Engländer und die Franzosen und den größten Teil des übrigen Europas, der nicht eingreifen wollte. Gegen die UN, die sich immer für die einfachste Lösung entschieden. Gegen die Amerikaner, die nur allzu selten etwas durchsetzten. Gegen das, was sich die internationale Gemeinschaft nennt.

Zu dieser internationalen Gemeinschaft gehört auch dein österreichischer Mann, dachte ich. Ich habe es nicht gesagt. Es gab Dinge, die du nicht hören mochtest. Das waren die Dinge, die ich mich zu sagen fürchtete, auch wenn ich nicht immer wusste, welche es waren. Heute ist das anders. Wenn alles gesagt ist, ist nichts mehr zu sagen. So ist es auch mit den Kriegen. Wenn alles getötet ist, ist nichts mehr zu töten. Und was zu Teufel macht man, ich, dann?

Es ist der 19. Dezember, noch immer 1996, und ich bin nach Srebrenica gekommen oder richtiger, Srebrenica ist zu mir gekommen und liegt vor mir auf dem Schreibtisch in Form eines Stapels von Berichten über das Massaker im Juli 1995 und über das, was die Menschen durchgemacht haben, bevor sie Zuflucht in der Stadt suchten.

Vierzigtausend in einer für achttausend berechneten Stadt. Ich soll mich auf das konzentrieren, was vorausgegangen ist, was der Ankunft der Frauen vorausgegangen ist, und das gleicht einer Geschichte, die ich schon früher gehört habe, und die ist total unerträglich, und dann kommt mir ein Gedanke. Ein Gedanke, der nicht neu ist, den ich jedoch immer wieder verdrängt habe. Weihnachten kommst du nach Hause. Selbstverständlich tust du das, das hast du selbst gesagt. Und diese Selbstverständlichkeit ist nicht auszuhalten: Du kommst nicht nach Hause zu mir.

Sicherheit ist das Gefährlichste, was es gibt. Du riskierst, beide Augen auf einmal zu schließen. Und du bist nicht du, sondern ich und alle anderen außer dir.

Sicheres Gebiet bedeutet gefangen ohne die Möglichkeit, sich zu schützen. War es nicht so, Slobo, Radovan, General Ratko? War es nicht so, John, Jacques, Bill und Boutros, war es nicht so in Srebrenica, in Sarajevo, in Tuzla, Bihać, Zepa und

Goražde? Ist es nicht so, Zoja Maria? Ich will es nicht wissen, will nichts davon wissen (vergib mir). Ich will auch nicht wissen, wie es möglich ist, an dich zu denken, während man von dem Massaker in Srebrenica liest, während ich von dem Massaker in Srebrenica lese (vergib mir).

Eine Verteidigung durch UN-Soldaten ist gleich keine Verteidigung (vergib ihnen).

Eine Verteidigung durch Whisky und W1-39 ist gleich keine Verteidigung (vergib mir).

Ich beschließe, Weihnachten in Paris zu feiern.

Das hat nichts mit Paris zu tun.

Nach Srebrenica kamen die, die die Zerstörung ihrer Dörfer überlebt hatten. Sie kamen mit einer Wirklichkeit, die aus Ohren bestand, die abgeschnitten, Gesichtern, die zerschnitten, Hälsen, die durchgeschnitten worden waren.

Sie kamen mit einer Wirklichkeit bestehend aus Vergewaltigungen, einer nach der anderen, vor den Augen der Männer, Eltern, Kinder, einer Wirklichkeit aus Kindern, die verbrannt, aus Männern, Jungen wie auch Greisen, die zusammengetrieben, weggebracht und nicht wiedergesehen worden waren. Es kamen immer mehr. Die Namen der Dörfer waren unterschiedlich, die Wirklichkeit war die gleiche. Zum Schluss gab es keinen Platz mehr in Srebrenica. Aber es kamen immer mehr. Es gab nicht genug Essen, nicht genug Wasser, nicht genug Medizin. Der ständige Strom der Verletzten und Kranken ließ sich nicht länger betreuen, und ungeachtet der Kälte des Winters mussten die zuletzt Angekommenen draußen schlafen, einen anderen Platz gab es nicht. Es war grauenhaft, aber man konnte es überleben.

Einige.

Nicht überleben konnte man den Mangel an Männern und Waffen und Munition und Unterstützung aus Sarajevo und der restlichen Welt.

Die Menschen kamen nach Srebrenica, um zu überleben. Statt einer Geschichte des Überlebens wurde Srebrenica zu einer Geschichte des Massenmords.

Wer will das wissen, wer will davon wissen?

Noch drei Tage bis Weihnachten.

∞

»Sem«, sagt er.

Doch etwas scheint mit seinem Namen nicht zu stimmen, oder es liegt an der Art, wie er ihn sagt. Vielleicht liegt es auch an der verdammten Bronchitis. Er bekommt keine andere Antwort als ein Klicken und einen Ton, der mit aller Deutlichkeit klarmacht, dass er es erst gar nicht noch einmal zu versuchen braucht, was er aber trotzdem tut.

Doch es geht niemand ans Telefon am 4. Januar 2000. Auch nicht am fünften und sechsten und siebten.

∞ ∞

Jonathan holt mich am Flughafen ab.

Bevor er fragt, sage ich: »Frag nicht!«

Jonathan lacht, und wir bahnen uns einen Weg durch die Menschenmenge in der Ankunftshalle. Es herrscht ein Chaos aus Menschen in Wintermänteln mit schweren Koffern und Taschen mit Geschenken, und es dauert lange, zum Auto zu kommen. Jonathan kennt dich wie Männer, die Freunde sind, die Frauen der Freunde kennen, ohne ihnen jemals begegnet zu sein und ohne Fragen zu stellen. Mit seiner Frau ist das anders.

»Was ist mit dir und den Frauen, Sem?«, fragt sie. Noch bevor ich meinen Koffer abgestellt habe.

Ich weiß nicht, warum Jonathan Arabelle geheiratet hat. Sie ist eine Amerikanerin, die gerne eine Französin gewesen wäre. Vielleicht war sie einmal schön, ja, ich erinnere mich, die schönste Sekretärin im ganzen St. Vincent Hospital in New York. Jetzt ist sie blond mit einem immer leicht erstarrten Lächeln und zu großen Brüsten für den schmächtigen Körper.

»Im Moment steht es gar nicht so schlecht«, sage ich lässig und zucke mit den Schultern, doch meine Lässigkeit ist eine Lüge, und ich muss nicht erst sehen, wie Jonathan und Arabelle Blicke wechseln, um zu wissen, dass sie es wissen.

»Lass Sem erst mal zur Ruhe kommen, er ist gerade erst gelandet.«

Jonathan verlässt das Zimmer, das länglich und voller Puppen und kleiner hellroter Spiegel ist, und einen Augenblick später dreht auch Arabelle sich um und geht. Ihre vierjährige Tochter bleibt auf der Türschwelle stehen und starrt mich an. Seit ich Veronique das letzte Mal gesehen habe, sind anderthalb Jahre vergangen, und ich glaube nicht, dass sie sich an mich erinnert.

Ich setze mich auf das Bett, ohne den Koffer zu öffnen, sitze einfach da und sehe ihn an und merke, dass ich keine Lust habe, ihn zu öffnen, keine Lust, ihn auszupacken, keine Lust, hier zu sein, nicht weil es nicht in Ordnung ist, hier zu sein, sondern weil ich weder Lust habe hier, noch irgendwo anders zu sein. Ich bin ein Flüchtling, wird mir klar. Ich bin nicht nach Paris gereist, ich bin von Wien fortgereist. Du warst auf dem Weg, und ich hatte keine Ahnung, was du erfahren würdest, was du nicht erfahren würdest. Ist es nicht so? Oder ist es nur teilweise so? Ich bin abgereist, weil ich, obwohl ich dich vergessen habe, den Gedanken nicht ertragen konnte, dass du nach Hause kommen und Weihnachten in deiner anderen Geschichte feiern würdest, ohne zu mir zu kommen. Ich bin abgereist, weil ich den Gedanken nicht ertragen konnte, dass du, selbst wenn du zu mir kommen würdest, nur kommen würdest, um wieder zu gehen. Und jetzt sitze ich hier und möchte einfach nur reisen, reisen, reisen. Kilometer hinter sich zu bringen, dürfte das beste, das effektivste Mittel sein, eine gefühlsmäßige Amnesie zu erreichen. Vorerst ist mir das nicht gelungen, doch vielleicht sind es nicht genug Kilometer, nicht genug Stunden? Achthundert Kilometer sind schließlich nichts, dieselbe Zeitzone, derselbe Breitengrad. Ich möchte wissen, wie weit ich reisen muss, um das verheißene Land der Amnesie zu erreichen.

Wo liegt das Vergessen, Großmutter?

Und hier sitze ich nun, völlig pathetisch, und ich vergesse nur auszupacken, dass ich hier sitze, vergesse ich nicht. Aber ich habe vergessen, was ich hier wollte, und ich habe einen unbändigen Drang, den Koffer zu nehmen und aus dem Zimmer zu gehen, aus der Wohnung, auf die Straße und durch den Nieselregen zurück zum Flughafen und an Bord des ersten Flugzeugs und fortzufliegen nach … Ja, wohin, zu wem?

Wohin und *zu wem* sind Worte, die ich vor langer Zeit getötet habe. Vielleicht gibt es deshalb keine Antwort, und vielleicht bleibe ich deshalb sitzen, und vielleicht verspüre ich deshalb diesen unbändigen Drang, dich anzurufen, aber natürlich tue ich das nicht, weil mir wieder einfällt, warum ich da bin, warum ich hier bin: um zu vergessen. Im Übrigen kann ich dich da, wo du jetzt bist, nicht anrufen: zu Hause.

Ich blicke auf. Veronique steht noch immer auf der Türschwelle. Sie lächelt nicht, nicht einmal als ich ihrem Blick begegne, sie starrt mich nur weiter an, bis sie meines Gesichts müde wird, oder vielleicht stellt sie auch fest, dass es ihr nicht gefällt. Stattdessen betrachtet sie meinen Koffer.

»Warum machst du ihn nicht auf?«, fragt sie. »Das ist mein Zimmer. Ich habe es dir überlassen. Warum freust du dich nicht?«

Ich muss daran denken, was Tanya Katharina, deine Tochter, mir in Sarajevo gesagt hat. Kinder verstehen alles, und jetzt sammeln sich Tränen hinter den Augen und wollen heraus, und beinahe wären sie auch geflossen, aber nur beinahe, denn es gibt nichts zu weinen, nicht?

»Ich freue mich«, sage ich.

Und Worte führen zu Taten, manchmal (vergib mir), und ich vergesse fast, dass ich mich nicht freue, vergesse es fast und ziehe Veronique freudig an mich, kitzle sie freudig und freue mich über ihre fröhlichen Schreie und freue mich noch mehr, als sie sich loswindet und aus dem Zimmer läuft.

Freue mich, als ich wieder zu dem Koffer hinsehe und hinter ihm die Reisetasche erahne, aus der ich freudig die Tüte vom Flughafen ziehe. Whisky ist Whisky ist Freude, den Rest kann ich später auspacken.

Ich habe vergessen, und ich freue mich.

Ich freue mich, weil ich vergessen habe.

Und auch das ist gelogen.

Weihnachtsabend, wir haben gegessen, wir haben geredet, auch von Mann zu Mann, Arabelle ist ins Bett gegangen, es ist viel für das Mittagessen morgen vorzubereiten, später ist auch Jonathan ins Bett gegangen. Ich kann nicht schlafen und habe mir den Mantel angezogen und bin hinausgegangen. Ich wandere langsam, sehr langsam durch diese Stadt, die weder deine noch meine ist, auch wenn sie leicht das eine oder andere hätte werden können. Weihnachten und Nacht in Paris sind Myriaden von Lichterketten und berauschenden Kirchenliedern und eiligen Menschen, eiligen, schönen Menschen, mit eiligen, vergrämten Gesichtern, Gesichtern, die auszusehen versuchen, als würden sie sich amüsieren.

»Entschuldigung«, sage ich und hätte beinahe einen traurigen Mann in einer Lammfelljacke umgelaufen, und dann wird mir klar, dass es ein Schaufenster und ein Spiegel ist und dass auch ich aussehe, als würde ich versuchen auszusehen, als würde ich mich amüsieren. Was ich nicht tue. Es besteht kein Grund, mich, dich das glauben zu machen (vergib mir).

Ich gehe ein wenig weiter, sehe die geschmückten Schaufenster der geschlossenen Geschäfte, die vollen Tische in Bars und Restaurants, die Menschen auf dem Bürgersteig, Arm in Arm. Ich fühle mich seltsam unwillkommen, und das gefällt mir erstaunlich gut. Ich habe keine Lust, irgendwo willkommen zu sein, und schon gar nicht an einem Ort, der voller Geschichten ist, die nicht meine sind. Ich muss an New York denken, die Stadt, in der ich vielleicht am meisten zu Hause bin, jedenfalls wenn zu Hause die Anzahl von Jahren bedeutet, die man innerhalb eines gewissen Radius eines einzigen Ortes gelebt hat. New York ist eine Stadt, die hier und jetzt existiert, eine Stadt, die die Geschichte beschämt, indem sie sich nie, nie von ihr festlegen lässt, indem sie die Geschichte nie wichtiger sein lässt als das, was nachkommt, und mir wird klar, dass genau das das Entscheidende ist: Die Geschichte darf nicht wichtiger sein als das, was nachkommt.

Da möchte ich dir gerne sagen, aber du bist nicht hier, deshalb muss ich mich damit begnügen, es mir zu sagen: »Die Geschichte darf nie wichtiger werden als das, was nach der Geschichte kommt.«

Und während ich darüber nachdenke, ob das das Gleiche

ist wie zu sagen, dass die Vergangenheit nicht wichtiger als die Gegenwart sein darf und erst recht nicht wichtiger als die Zukunft oder ob in Ersterem einige Nuancen enthalten sind, die in Letzterem nicht enthalten sind, spaziere ich zum dritten Mal die Rue Mazarine hinunter und kann mich nicht weiter belügen: Die Rue Mazarine ist die einzige Straße in Paris, die du mir gegenüber jemals erwähnt hast. Warum, Zoja Maria, warum? Schmal, Haus an Haus, eine Einbahnstraße mit einer Masse von Galerien, kleinen Restaurants und einzelnen Fachgeschäften. Hat er hier gewohnt, Pierre, Jean-Claude, François, oder wie er nun hieß, ja?

Aber ich weiß es nicht, und vielleicht ist es nur die Frage, welche Straße ich sonst entlanggehen sollte?

Jonathan und Arabelle wohnen in einer Wohnung mit Aussicht auf den Jardin du Luxembourg. Zu dieser Tageszeit ist der Park geschlossen, und auf dem Rückweg rüttle ich an dem Schloss, dass sich nicht öffnen lässt, nur schwach knirscht, da ich keinen Schlüssel habe, und ich weiß nicht warum, doch ich muss an ein anderes Mal denken und an einen anderen Schlüssel. Damals hielt ich den Schlüssel in der Hand, es war in Sarajevo, und es ist Dezember 1992, und ich halte den Schlüssel in der Hand, den Schlüssel zu der Wohnung, die ich mir diesmal gemietet habe, aber ich brauche den Schlüssel nicht, denn nicht nur das Schloss, sondern die ganze Tür und die Hälfte der Fassade und die obersten drei Etagen des Wohnhauses, in dem ich wohne, sind weg, und ich bin gelähmt von einem Schreck, der mich ganz still stehen lässt, obwohl still stehen das Schlimmste ist, das man in diesen Tagen in Sarajevo tun kann: Das gibt selbst den elendigsten Heckenschützen die Möglichkeit, ordentlich zu zielen. Doch das ist mir gleichgültig, daran denke ich nicht, und selbst wenn ich daran gedacht hätte, wäre es mir gleichgültig gewesen, denn ich denke daran, dass es zwanzig Minuten nach sieben ist und dass wir um sieben in meiner Wohnung verabredet waren, ich bin zu spät, und meine Wohnung ist fort, und ich sehe, ohne zu sehen, wie andere Menschen in den Mauerresten nach Menschen suchen, für die es vielleicht noch nicht zu spät ist, sie wieder zu Menschen zu machen, aber ich kann mich nicht bewegen, ich weiß, dass du, wenn du rechtzeitig gekommen bist, wenn du dort drinnen warst, in meiner Wohnung, dort nicht mehr bist, dass du nicht mehr bist, denn so ist das, wenn so etwas passiert, und zum ersten Mal, seit ich in dieses Land gekommen bin, ist der Krieg meiner, bin ich bereit zu töten, jeden Einzelnen umzubringen, der sicher und gut oben in den Bergen sitzt und auf uns hinunterschießt. Ich bin bereit, alle Freunde zu töten, Slobo, Radovan, General Ratko, die ganze Bande mit meinen eigenen Händen, auch all jene, die die Macht haben einzugreifen, es aber nicht tun: John und Jacques, Bill und Boutros, Helmut und Xavier und viele, viele andere, und obwohl ich nicht weiß wie, will ich etwas tun, irgendetwas, denn was habe ich noch zu verlieren, doch da ruft jemand: »Du da, komm her und hilf! Beeil dich!«

Und er hat recht, wenn man töten muss, muss man es gleich tun, bevor man es bereut, deshalb gehe ich zu ihm, und sieh nur, meine Beine zittern, aber ich soll nicht töten, ich soll helfen, eine alte Dame mit gebrochenen Beinen hochzuheben, sie atmet noch, und jetzt ist Sem wieder der Arzt, obwohl er nicht er selbst ist, sondern nur einer, der hilft, eine alte Dame und ein Paar gebrochene Beine in ein vorbeikommendes Auto zu verfrachten und noch zwei Jungen, der eine mit einer blutenden Wunde, wo ein Arm hätte sein sollen, der andere bis zur Unkenntlichkeit zerquetscht, und Sem ist nur einer, der zufällig weiß, dass die beiden Jungen in der Wohnung unter ihm wohnen, in der Wohnung unter ihm wohnten, und wo bist du, wo bist du?

Die anderen sind ungeduldig, wollen, dass ich mich beeile, können nicht verstehen, worauf ich noch warte. Es passen nicht mehr in das Auto, sagen sie. Wenn wir noch mehr finden, kommen sie mit dem nächsten Auto mit. Ich sage nicht deinen Namen, nichts ist passiert, solange ich dich nicht erwähne, es nicht erwähne, und wenn ich in die andere Richtung sehe, sehe ich nicht das Haus, das es nicht mehr gibt, meine Wohnung, die weggeblasen wurde. Ich kann nicht länger warten, das Auto muss fahren, und ich bin der Arzt und muss mit, und andere werden nach anderen suchen. Und nach dir. Und plötzlich, als ich bereits auf dem Beifahrersitz sitze und der Motor schon läuft, reitet mich der Teufel, und ich rufe: »Nein!«

Ich öffne die Autotür, und der Fahrer tritt auf die Bremse, dass das Auto mit einem Ruck zum Stehen kommt, der die verletzten Passagiere in die Sitze drückt.

»Meine …«

Und dann finde ich das Wort nicht, und ich weiß, dass das Wort gleichgültig ist, schließ jetzt die Tür und lass das Auto fahren, wir wissen nicht, ob der Heckenschütze uns bereits im Visier hat, schließ verdammt noch mal die Tür und sieh, dass du weiterkommst. Aber plötzlich ist das Wort entscheidend, und wenn ich es nicht finde, finde ich dich nicht, deshalb muss ich, werde ich das Wort finden, meine … meine … wie heißt es, Zoja Maria, ich finde es nicht, und so finde ich auch dich nicht, meine, meine …

»Katze!«, schreie ich, denn ich habe das Wort gefunden, und das sprachlose Gesicht des Fahrers ist mir gleichgültig, ich knalle die Tür zu, von außen, und das Auto fährt davon, und hoffentlich erreicht es das Krankenhaus ohne weitere

Verzögerungen. Ich halte noch immer den Schlüssel in der Hand, ich halte ihn wie eine Waffe, gehe zu der Haustür, die nicht mehr da ist, stecke den Schlüssel in ein Schloss, das nicht mehr da ist, und weiß, ich finde meine Katze, wenn ich nur die Tür öffnen kann, aber ich bekomme den Schlüssel nicht ins Schloss, und ich kämpfe und mühe mich ab, und plötzlich geht es, und ich sehe das Feuer, das überall brennt, und das Feuer ist warm, und jemand greift nach meinem Arm und zieht mich aus der Wärme, aber ich will in die Wärme, in die Wärme und zu dir, und ich habe die Tür aufbekommen, und ich muss nur die Treppe hinaufgehen, dann wirst du da sein, denn du bist meine … meine … Zoja Maria … Ich weiß nicht, ob ich ohnmächtig geworden bin oder ob mir jemand einen Schlag auf den Kopf verpasst hat, damit ich den Mund halte. Doch als ich wieder zu mir komme, liege ich auf dem Bürgersteig oder auf dem, was noch davon übrig ist, drei Hausnummern von meinem Haus entfernt, das noch immer brennt, und jemand streicht mir über die Stirn, und jemand wiederholt wieder und wieder meinen Namen.

»Sem«, sagt die Stimme. »Sem … Sem.«

Und ich erkenne die Stimme, und die Stimme gehört dir, und ich öffne die Augen, und ich sehe dich, und ich muss doch hineingekommen sein, und dann habe ich das Gefühl aufzuwachen, und ich setze mich auf und stelle fest, dass ich auf der Straße sitze, und meine Hand umklammert noch immer den Schlüssel, meinen Schlüssel.

»Komm, hier können wir nicht bleiben«, sage ich und stehe auf, schwindelig, ich muss mich auf dich stützen, doch langsam finde ich das Gleichgewicht wieder, und erst später, sehr viel später, finde ich heraus, dass du gar nicht in der Wohnung warst, als sie getroffen wurde, weil du dich wegen eines intensiven Granatenregens, vor dem du Deckung hast suchen müssen, in der Stadt verspätet hast. Und dass so eine Granate die Rettung vor der anderen war. Sieh nur, das war wohl nicht so gedacht, was, Radovan, General Ratko, was? Aber man muss aus seinen Fehlern lernen, und wenn du, General Ratko, nicht aus deinen Fehlern gelernt hast, muss ich aus ihnen lernen, und ich habe gelernt: Man muss wissen, wen man treffen will, wenn man jemanden treffen will.

Das habe ich gelernt, und deshalb laufe ich am zweiten Weihnachtstag durch die kleinen Straßen um Pigalle und treffe sauber und bezahle dafür, und das ist genauso schrecklich, wie du es dir vorstellst, aber nicht so schrecklich wie Weihnachten, das zum Schrecklichsten gehört, das ich kenne, obwohl oder vielleicht gerade weil alle sich solche Mühe machen.

Ich, der ich überall gewohnt habe, stelle zum zweiten Mal in meinem Leben fest: Zehn Tage in einem Zimmer zu verbringen, das nicht mir gehört, in einer Stadt, die nicht meine ist, kann unerträglich sein. Es liegt nicht an Jonathan, nicht einmal an Arabelle, sondern an der Summe aus Jonathan und Arabelle. Wie durch einen unsichtbaren Plan scheint alles festgelegt: Essenszeiten, Aufstehzeiten, Zeiten, Dinge gemeinsam zu tun, andere Gäste bei endlosen Abendessen zu unterhalten, höfliche Dankbarkeit, die sich in ausgesuchten Einkäufen niederschlägt, in sorgfältig ausgewählten Blumen und anderen Belanglosigkeiten und vor allem im Whisky, der versteckt werden muss. Und obwohl all das an sich schon unerträglich ist, bin ich mir nicht sicher, ob die Unerträglichkeit nicht mehr mit der Frage nach dem *Wohin* und *Woher* zu tun hat? Immigrant oder Flüchtling? Und ich, der ich mich immer für die Zukunft entschieden habe, immer als Immigrant gekommen bin, bin plötzlich ein Flüchtling, der keine andere Möglichkeit hat als die, der Vergangenheit zu entfliehen, davonzulaufen, und jetzt, wo ich hier bin und darauf warte, zu mir selbst zurückkehren zu können, habe ich keine Ahnung, was ich mit den Tagen anfangen soll (vergib mir).

Ich mache viele Spaziergänge, ich mache lange Spaziergänge, ich gehe langsamer und langsamer, und oft, immer öfter setze ich mich hier in eine Bar und dort in eine Bar, und von ihnen, von den Bars, gibt es glücklicherweise viele in Paris, und hin und wieder gehe ich ins Kino, und ein einziges Mal kommt Jonathan mit, und erst nachdem wir im Kino waren und nachdem er mit mir in eine Bar gegangen ist und nur Mineralwasser getrunken hat, während er mir zugesehen hat, wie ich zwei Doppelte geleert und einen Dritten bestellt habe, sagte er zu mir: »Sem, trinkst du nicht etwas zu viel?«

Ja, ich trinke von Zeit zu Zeit, deshalb nicke ich zustimmend, doch ob ich zu viel trinke, ist eine Frage der Definition, und viel ist ein gigantisches Wort, und so viel trinke ich nun auch wieder nicht, deshalb schüttele ich den Kopf und frage stattdessen: »Trinkst du nicht etwas zu wenig?«

Das frage ich, obwohl Jonathan gerade zusammen mit meinem dritten doppelten Whisky ein Glas Rotwein bestellt hat, und plötzlich begreife ich etwas anderes: Europa. Es ist nicht notwendigerweise das Projekt Familie, das Jonathan und Arabelle in einem kontinuierlichen, taktfesten Rhythmus der Unerträglichkeit gefangen hält, sondern das Projekt europäische Familie, das versuche ich Jonathan zu erklären, aber es funktioniert nicht, er versteht mich nicht und sagt nur: »Wenn du dich irgendwo niederlässt, musst du das Nötige tun, um dich anzupassen.«

Und ich kann ihm nicht erklären, dass das, woran sie im Begriff sind sich anzupassen, die Idee von der Familie Europa ist und keine existierende Wirklichkeit. Vielleicht liegt meine mangelnde Fähigkeit zu erklären an dem vierten Doppelten, der meinen Mund passiert, aber sie kann auch an der plötzlichen Erkenntnis liegen, dass die Anpassung an die nationale Idee überall die Ambition des Immigranten ist: der Wunsch, normaler zu sein als die Norm, die es nicht gibt. Ist der erfolgreiche Immigrant deshalb patriotischer als der Einheimische? Waren die halben und viertel Serben deshalb noch beherzter, noch unbarmherziger in ihrem Kampf für ein Großserbien als die ganzen, die Reinrassigen, Slobo? Bastarde, gefangen in dem ewigen Kampf, ihre Zugehörigkeit zu beweisen, in dem Ehrgeiz, dafür zu sein und nicht dagegen, zu zeigen, dass sie drinnen und nicht draußen standen?

Und du, Zoja Maria?

Europäerin, geht es darum?

(Es gibt Kinder, für die Europa keinen Platz hat. Sieh nur meine Nichte, Habiba.)

Silvester errege ich Ärgernis.

Nicht, als ich sehr betrunken werde und bosnische Lieder singe, von denen ich weder den Text noch die Melodie kann, und jamaikanische Lieder, die ich auswendig kenne und mit dem ganzen Körper mitsinge, das mögen die Leute, wenn es der letzte Tag des Jahres ist und auf Mitternacht zugeht. Und auch nicht, als ich eine Tischrakete ganz dicht neben Arabelles Eisdessert zünde, die an ein Festfeuerwerk erinnert wie die Nächte über Sarajevo (Großmutter, welches Europa ist ein Eisdessert? vergib mir), all das kann man mit etwas gutem Willen als Ausdruck einer sehr festlichen Gesinnung betrachten, die noch stärker zum Ausdruck kommt, als ich mit reichlich Champagner versuche, unmittelbar über, unmittelbar unter, unmittelbar auf der rechten Brust hellroten Eisschaum aus dem aprikotfarbenen Kleid meiner Tischdame zu waschen, he, he, he, was bin ich doch für ein schlimmer Kerl, nein, sondern als ich mich kurz nach Mitternacht mit der Kokain schniefenden, halb dicken, halb dummen achtzehnjährigen Tochter derselben aprikotfarbenen Tischdame in einem der Badezimmer einschließe und wir uns gemeinsam weigern herauszukommen.

Dass es sehr viel schlimmer war, dass ich das getan habe, als dass sie das getan hat, finde ich am nächsten Morgen heraus, als ich mit hämmernden Kopfschmerzen und trotz der Wärme des Fliesenbodens steifen Gliedern aus dem Badezimmer in Veroniques Zimmer taumele und Jonathan den Eindruck erweckt, als habe er wach gelegen und – wie meine Großmutter, wenn ich als kleiner Junge zugegebenermaßen nicht auf direktem Weg von der Schule nach Hause gekommen bin – nur darauf gewartet, denn er taucht nahezu umgehend in der Tür auf und räuspert sich, als wolle er höflich sein, aber vielleicht hat auch er hämmernde Kopfschmerzen, bevor er sagt: »Sem, es ist wohl besser, wenn du packst und verschwindest, bevor Arabelle wach wird.«

Und da fällt mir ein, dass die Aprikotfarbene Arabelles Schwester ist, was die Kokain schniefende Halbdicke, Halbdumme zu Arabelles Nichte macht, und ich gebe Jonathan sofort recht.

Ich entschuldige mich und bereue zutiefst, nicht weil ich es so meine, sondern weil ich spüre, dass das korrekt ist und es nach all dem Ungehörigen, das ich mir geleistet habe, ganz schön ist, einmal etwas Gehöriges zu tun.

∞

Ein Telefon gibt einen ganz bestimmten Klingelton von sich, wenn unter einer Nummer kein Anschluss ist.

Deshalb kennt er die Antwort bereits, bevor er am 7. März 2000 die 11-88-77 wählt und auf die Frage: »Ist da Balto,

Himmelstraße 43?«, erfährt: »Kein Anschluss unter dieser Nummer.«

∞ ∞

Es stimmt nicht, dass es nur einen Weg nach unten gibt, es gibt zwei: den schönen und den weniger schönen.

Ich habe mich für den weniger schönen entschieden (vergib mir).

Das ist das Einfachste. Man entgeht netten Nachbarn, die nicht wissen, ob sie ihren nicht so netten Nachbarn nett oder weniger nett grüßen sollen. Eine Reflektion zum Thema: du oder ich. Deine oder meine Art. Handle ich wie der, der ich sein möchte, wie der, der ich bin, oder wie der, der ich nicht sein will? Wenn nicht die letzten beiden Möglichkeiten ein und dasselbe sind, und deshalb würde es der Schönheit nie einfallen, das weniger Schöne zu grüßen. Weniger schön fällt auf. Ich stelle meinen Verfall öffentlich zur Schau. Ich weiß nicht warum. Ich will kein Mitgefühl, kein Mitleid, ich genieße meine Tour in die ungewohnten Tiefen. Vielleicht will ich nur Gesellschaft auf der Reise? Dass ich erschöpft bin, kommt der Wahrheit wohl am nächsten. Ich schaffe es nicht, vermag es nicht, mir die Mühe zu machen, die für den schönen, den unauffälligen Weg in die Gosse erforderlich ist. Ungeachtet der Ursache: Ich werde nicht länger von netten Nachbarn gegrüßt.

Auch Geld bekomme ich keins mehr. Im Oktober ist mein letztes Gehalt eingegangen, der Vertrag ist ausgelaufen, und den letzten Teil des Geldes bekomme ich erst, wenn ich den Bericht abgeliefert habe und er gutgeheißen worden ist.

Noch geht es, meine Bank weiß nicht, dass das zu erwartende Geld nicht unterwegs ist, weiß nicht, dass ich ein weiteres Mal um die Verlängerung der Abgabefrist bis zum 15. Februar gebeten habe. Alles andere wäre Utopie. Auch der

15. Februar ist eine Utopie, aber das weiß bis jetzt noch niemand außer mir.

Eine Fahrt den Gürtel hinaus ist äußerst passend, wenn man eine Fahrkarte in Wiens schäbigsten Teil lösen möchte.

Heißt es nicht, dass Vergessen die Waffe des Krieges ist? Doch ein Vergnügen hat das Vergessen nicht abtöten können, ganz im Gegenteil, je mehr ich vergesse, desto größer scheint der Drang zu werden, in das warme Labyrinth des Körpers einzutauchen, in ihm herumzuwandern und Genüsse zu sammeln, einen hier, einen da, all die, die es zu entdecken gibt, bis ich so viele in und auf meinem Körper gesammelt habe, wie es nur möglich ist. Und der Genuss ist ein sechseckiger Stern: Geschmack, Geruch, Gehör, Vergessen, Schauen und nicht zuletzt die Fantasie. Und wenn der Stern des Genusses denn sechs Ecken hat, ist es dann nicht merkwürdig, dass wir Menschen uns so oft mit den beiden Sinnen begnügen, die man von einem viereckigen Fernsehschirm am Fußende eines Bettes aus befriedigen kann? Auch ich (vergib mir). Auch ich, Herr Lehrer, der diesmal nicht Slobo ist, sondern irgendein anderer, wer genau weiß ich nicht, nur dass auch dieser Lehrer Europäer ist, oder vielleicht Amerikaner, wenn das nicht ein und dasselbe ist. Jedenfalls ist die Lektion, die ich über das Mannsein gelernt habe, das Initiationsritual der modernen Welt: dass man als Mann genießt, was einem ein Fernsehschirm bieten kann, als Frau aber nicht. Ist es nicht so, Herr Lehrer? Nun gut, kein Grund zur Sorge, ich bin ein Mann. Und ich bin bereits an dem Punkt angelangt, wo ein Stapel Videos nur eine Pause ist, eine Pause, die eine Brücke von dem einen Eigentlichen zu dem anderen Eigentlichen baut, der Anzahl der Varianten, auf die ein Mann eine Frau erobern, einnehmen, besitzen kann.

Ich könnte dir davon erzählen, Zoja Maria, aber ich glaube

nicht, dass du das hören willst, glaube nicht, dass du das wissen willst. Es gibt Dinge in der Welt eines Mannes, über die man am besten lässig hinweggeht, wenn Frauen anwesend sind, es sei denn, es handelt sich um Frauen, die teilhaben an der Herrlichkeit. Und doch betrachtet man diese Frauen nicht als richtige Frauen. Auch wenn ich nicht weiß, was den Unterschied zwischen einer Frau und einer richtigen Frau ausmacht. Aber ich bin auch nur ein Mann und ein unzivilisiertes Exemplar meiner Art dazu. Nein, ich erzähle dir nicht, wo ich diese Nacht war, das willst du nicht wissen, es gibt Geschichten, die nicht zum Erzählen bestimmt sind, oder vielleicht sind auch gewisse Geschichten nur für gewisse Zuhörer nicht bestimmt. Doch wenn du es unbedingt wissen willst, hör zu, hör gut zu: Es gibt diese Clubs, diese kleinen intimen Orte für die Eingeweihten, in die Frauen aus ihrem eigenen freien Willen kommen oder richtiger aus dem freien Willen des Geldes, schließlich herrscht in Europa Wahlfreiheit, und so bekommen alle, was sie wollen, auch ich (vergib mir). Ich klopfe an die blau angemalte Tür (vergib mir) und lasse es zu, durch ein Gucklock betrachtet zu werden (vergib mir), bezahle die geforderten Scheine (ja, hier fordert man Scheine, hier macht man mit Münzen niemandem eine Freude), liefere den Mantel an der Garderobe ab (hier braucht man keinen Mantel) und gehe die schmale Treppe in die erste Etage hinauf, wo ich ein Glas Wein oder stärkere Sachen genießen und bei den tanzenden Stringtangas oder stärkeren Sachen in Stimmung kommen kann, bevor ich mich weiter hinauf in die Nacht und das Schneckenhaus des Genusses bewege, das äußerst passend wie deins eingerichtet ist. Nein, das stimmt nicht, nicht wie deins, denn das hier hat absolut nichts mit dir zu tun, das wie das Innere einer Frau eingerichtet ist. Einer Frau ohne Katze oder richtiger einer Frau, die für einen Mann ohne Katze da ist.

Und es gibt keine Tränen in diesem Land oder zumindest an diesem Ort, und ich bin bereit, das heißt leicht erregt und angenehm warm und angespannt in allen Gliedern, deshalb gehe ich zu der Treppe, wo ich den Unterschied im Gesichtsausdruck derjenigen nicht erklären muss, die befriedigt und siegesfroh oder ein wenig schamvoll (ganz wenige, vergib ihnen) herunterkommen, und denen, die erwartungsvoll und leicht federnd hinaufgehen, denn ein anderer Körperteil enthüllt genügend, was den Unterschied zwischen denen, die hinaufklettern und denen, die hinunterkommen ausmacht, ja, du hast vollkommen recht, nur Männer klettern in diesem Loch die Treppe hinauf und hinunter, obwohl Frauen freien Zutritt haben und noch dazu bezahlt werden, wenn sie nur lange genug bleiben und oft genug kommen.

Und was bezweckt dieses Spiel, das ich nicht lassen kann zu spielen, zusammen mit all den anderen, die auch keine Katze haben, mit der sie spielen können?

Ganz einfach. Ganz einfach, nicht wahr, mein guter Slobo? Such dir eine Perspektive. Das dürfte an sich eine einfache Aufgabe sein, das ist eine einfache Aufgabe. Doch warum komme ich, der ich nicht auf die hintere Seite der Körperanatomie stehe und die Vortrefflichkeit der weiblichen vorderen Seite der Körperanatomie bevorzuge, über diese Anatomien immer wieder auf die Katze, an die ich mich nicht erinnern will, während ich Geschichten ohne Katzen erzähle. Und Miez, Miez, da war ein Loch, und da ist ein Mund, der etwas kann, von dem du noch nie gehört hast, tief unten, wo der Mund zu Zäpfchen und Hals wird, und eigentlich ist das eine traurige Geschichte, eine furchtbar deprimierende Geschichte, doch nicht ich erbreche mich, sondern ein Teil meiner Anatomie, und das fühlt sich ganz vortrefflich und nicht die Spur krank an. Jedenfalls nicht, bevor ich nach Hause komme. Und da sehe ich zu, dass so wenig Zeit wie möglich vergeht zwischen dem Augenblick, in dem ich meinen Kopf auf das Kissen lege, und dem, in dem mein Körper von den kämpfenden Anatomien auf dem Bildschirm gefangengenommen wird, die immer weitermachen, egal ob ich vor- oder zurückspule, was ich heute im Übrigen nicht mag, da ich heute Abend müde bin. (Vergib mir.)

Um die Ecke hat ein neuer Club aufgemacht. Sehr praktisch. Ein Club, in dem Männer tun können, wozu sie Lust haben, mit europäischen Frauen. Ja, du hast recht, natürlich sprechen wir hier von nicht europäischen Männern, jedenfalls in ihrem Inneren nichteuropäischen, und noch nie habe ich hier in Europa so viele nichteuropäische Männer auf einmal gesehen, auch wenn ich nur ungern davon rede, das weißt du, denn es spielt wohl keine Rolle, welcher Zivilisation man angehört, wenn man ein Mann ist, der Rest ist nur Äußerlichkeit. Oder? Einige sagen, dass nur wir, nur wir Nichteuropäer (ganz korrekt: nur wir Schwarzen) eine Seele haben, aber ich weiß nicht, ob das stimmt, denn auch du hast eine Seele, soweit ich mich erinnere jedenfalls, und Nichteuropäerin bist du nicht, daran erinnere ich mich, auch wenn mein Gedächtnis nicht mehr so gut ist, wie es einmal war. Doch Europäerin bist du, eine der europäischen Frauen, mit denen man nicht alles tun kann, wozu man Lust hat. Und mit der man im Übrigen auch gar keine Lust hat, das zu tun, wenn nur du es bist, die da ist, daran erinnere ich mich auch, aber du bist nicht da, und deshalb klopfe ich an die neue Tür und werde dort eingelassen, wo du niemals deine Füße hineinsetzen würdest, wo ich nicht will, dass du jemals deine Füße hineinsetzt, und ich trete ein, und das Europäische der Mädchen hier ist eine Wahrheit, die eine Lüge ist. Hier sieht man europäische Mädchen als nichteuropäisch an, wenn sie aus dem Europa kommen, das östlich des Europas liegt, das man im Augenblick als Europa betrachtet. Und das Merkwürdige ist, das muss etwas Besonderes sein, eine neue Erfindung, muss mit dem Licht zu tun haben, dass hier drinnen alle Männer, auch die, die innen und außen nichteuropäisch sind, ganz und gar europäisch werden. Vielleicht ist das so mit der Zivilisation auf der Unterseite der Oberseite: dass hier die Karten vertauscht werden, sodass nichts das bedeutet, was es sonst bedeutet, während alles das Gegenteil von dem bedeutet, was es zu bedeuten pflegt? Ja, das wird langsam eine komplizierte Geschichte, Zoja Maria, das weiß ich. Vielleicht auch eine etwas langweilige, denn so ist das mit den körperlichen Dingen: Wenn man sie nicht gerade tut, hören sie sich langweilig an. Obwohl es auch Menschen gibt, die es mögen, lediglich davon zu hören, doch zu ihnen gehörst du nicht, so viel weiß ich über dich. Also lass mich direkt zur Sache kommen und erzählen, was wir mit den Mädchen machen, mit diesen nichteuropäischen Europäerinnen. Na schön, das willst du nicht hören. Dann halt dir die Ohren zu, denn es ist mir gleichgültig, was du hören willst, denn jetzt tue ich das mit den Mädchen, was du nicht hören willst und was sie vielleicht auch nicht wollen, weder hören, noch sehen, noch schmecken, noch riechen, noch spüren. Doch daran verschwenden wir hier, wo wir Männer sind, richtige Männer, keinen Gedanken, und die Frauen sind für uns da, und im Übrigen fühlen sie ohnehin nicht wie andere Frauen, denn obwohl sie europäisch sind, sind sie nichteuropäisch, vergiss das nicht: Europas nichteuropäische Frauen. Und wir sind europäische Männer. Sowohl die, die außen europäisch sind, wie die, die außen nichteuropäisch sind. Ist es nicht so? Dass in diesen modernen Zeiten und in dieser zivilisierten Welt, die sich Europa nennt, das Geld über die

Zivilisation entscheidet und nicht umgekehrt – zumindest wenn man genug davon hat. Etwas haben wir doch seit der Sklaverei erreicht (vergib uns).

Nun gut, rein und raus und rundherum und rauf und runter, und das immer wieder, und dann ist die Geschichte zu Ende. Bevor sie von Neuem beginnt: rein und raus und rundherum und rauf und runter und das immer wieder.

Erinnere mich nicht daran. Tu es nicht! Schweig.

Denn was wir hier tun, ist nicht das Gleiche wie das, was Slobos und Radovans und General Ratkos Soldaten und andere in deinem Land getan haben. Absolut. Die Mädchen sind freiwillig hier, machen es freiwillig. Es ist ihre Entscheidung. Sie mögen es, daran besteht kein Zweifel. Und darüber hinaus bekommen sie Geld dafür. Stell dir vor, Geld für das zu bekommen, was alle mögen, gar nicht so schlecht, was, gar nicht so schlecht. Nicht?

Vielleicht sähen die Akten des Krieges anders aus, Slobo, hätten die Soldaten für das bezahlt, was sie sich genommen haben? Was, Slobo? Ich bringe die Begriffe durcheinander, sagst du, mein alter Freund Slobo, das Ziel heiligt die Mittel, und das Ziel war es, dem Feind alles zu nehmen, und das Mittel war zu nehmen, ohne zu bezahlen. Ansonsten wäre es vielleicht auch ein bisschen teuer geworden, ich meine, wenn der Preis für das festgesetzt worden wäre, was der Verlust des Feindes in Wirklichkeit kostet? Und da fällt mir etwas anderes ein, etwas mit einem anderen Preis für eine andere Leistung, doch daran will ich nicht denken (vergib mir).

Stattdessen beginne ich, einige von ihnen nach Hause einzuladen. Nicht die Mädchen aus diesem Club, sondern einige von denen, die zu einem nach Hause kommen, wenn man die Nummer anruft, die in der Anzeige steht. Das ist oft einfacher. Es ist Februar und noch Winter und kalt, und ich muss nicht hinausgehen, wenn ich die richtige Nummer wähle. Das kostet ein wenig, ein Teil mehr, doch ansonsten kann man sich über nichts beklagen. Und es kann ganz schön sein, die Geschichte zu Hause zu erzählen: rein und raus und rundherum und rauf und runter. Immer wieder (vergib mir).

Donnerstag.

Glaube ich. Ich bin mir der Tage nicht länger sicher. Meiner Beine auch nicht. Aber das macht nicht viel, das mit den Beinen, denn ich habe nicht viel zu erledigen und ziehe es ohnehin vor, die Dinge liegen zu lassen. Das mit den Tagen ist ein Problem. Sie sollen vergehen und das möglichst schnell. Am liebsten wäre mir, sie würden rennen, verfliegen, denn alle sagen, dass es Zeit braucht, und Zeit sind Tage, die vergehen, die rennen, auch wenn sie vor allem zu schleichen, sich mit unendlicher Langsamkeit von einem Ende zum anderen zu bewegen scheinen, ungeachtet dessen, dass ich will, dass sie verfliegen. Und ungeachtet dessen, dass ich nicht länger Kontrolle über den Verlauf habe. Und darüber, wohin sie führen.

Doch ich bin mir ziemlich sicher, dass heute Donnerstag ist, denn ich bin in Jean-Pascal gelaufen. Gelaufen ist natürlich leicht übertrieben, denn ich schlenderte in einem behaglichen Tempo dahin, während Jean-Pascal derjenige war, der lief, er raste, als sollten seine und nicht meine Tage verfliegen, und zugegeben, ich wurde fast neidisch. Ich habe ihn gefragt, ob er nicht mitkommen will an einem der Tage, in einen der Clubs, versteht sich, und weißt du, was er gesagt hat, Zoja Maria?

»Versuch es mit einem kalten Bad.«

Hast du jemals so etwas gehört? Hier lade ich ihn ein zu Fest und Spaß, lade ihn ein, Mann zu sein und sich etwas Gutes zu gönnen, und er unterstellt, nein, er unterstellt nicht, er behauptet, dass ich eine Dusche brauche. Eine kalte.

Als hätte ich nicht gestern geduscht. Und warum sich für die Kälte entscheiden, wenn es gerade hier so herrlich warm ist? Überwältigend, dahinschmelzend, verlockend warm an diesen Schneetagen, an denen sich nichts bewegt und ich von einem Whisky zum nächsten übergehe.

Mir ist ein letzter Aufschub bewilligt worden, bis zum 1. März.

∞

Die Fenster sind geschlossen und die Gardinen zugezogen. Daran ist nichts Merkwürdiges abgesehen davon, dass es halb zwei und der Tag noch immer so hell ist, wie er das im März sein kann. Abgesehen davon, dass es die letzten drei Tage morgens, mittags und abends so ausgesehen hat.

Er steht da und sieht sich ein wenig um, wippt auf den Zehenspitzen seiner Schuhe in dem festgetretenen Schnee. Er hustet und hustet, während er die Straßen hinauf- und wieder hinuntergeht. Einmal, zweimal, dreimal, zu der Türschelle geht und schellt, wartet, noch einmal schellt. Er schellt viermal, es antwortet niemand. Er drückt auf die Schelle darüber, im dritten Stock, und eine Frauenstimme antwortet.

»Nein, ich weiß nicht, wo Frau Balto ist«, sagt sie und fügt hinzu: »Und wenn ich es wüsste, könnte ich so eine Information auch nicht ohne Weiteres an einen Fremden weitergeben.«

Und damit hat sie recht, denn er ist ein Fremder, und deshalb kann er am 8. März nichts anderes tun, als dem Haus Himmelstraße 43 den Rücken zuzukehren. Später erinnert er sich, dass es Grenzen dafür gibt, wie oft man an einem Haus mit dunklen Fenstern in der zweiten Etage vorbeigehen kann.

∞ ∞

Mit Mädchen ist es wie mit Geld: Wenn man nichts mehr hat, hat man nichts mehr.

Und ich rede von dem Zweiten vor dem Ersten, und da mir zurzeit nicht nach Essen zumute ist, bleibt nur noch der Whisky, und selbst davon habe ich nicht mehr viel. Geld habe ich überhaupt keins mehr, und mein Bericht ist der Fertigstellung nicht näher als in der letzten Woche, im letzten Monat, genau wie ich der Nüchternheit nicht näher bin als … (vergib mir).

Ich hätte schon Lust, nach Paris zu gehen und wieder zu operieren, aber Jonathan sagt, dass er zurzeit keine freien Jobs an der Klinik hat. Ich weiß, dass das eine Lüge ist, früher bedurfte es nie eines freien Jobs, du schaffst die Klientel selbst, pflegte er zu sagen. Das war damals. Heute sagt er, dass ich sehen muss, wieder auf die Beine zu kommen: Du brauchst eine ordentliche Frau, ein Zuhause, sagt er. Jonathan hat nie das Geringste vom Leben verstanden, vor allem nicht Spaß zu haben. Und es kostet etwas, Spaß zu haben, und diesmal ist der Preis der, dass in drei Wochen die letzte Frist für die Ablieferung meines Berichts abläuft oder zumindest für die Ablieferung dessen, was ich habe, und bald wird klar sein, auch allen anderen, dass ich ihn nicht fertig bekomme, und sie werden sich vermutlich jemand anderen suchen und mich bitten zu gehen und nicht wiederzukommen, und das war dann das, was soll's? Zum Teufel auch, ich habe Spaß gehabt, habe ich das nicht? Und zum Teufel, ich kann schließlich immer wieder zurückgehen, zurückgehen an irgendeinen Ort, kann ein Bad nehmen, meine Arbeit wieder aufnehmen, irgendetwas.

Ansonsten gibt es wohl immer irgendwo einen Krieg, und Kriege brauchen Chirurgen. Das dürfte das Wenigste sein.

Was ist das?

Da ist es wieder.

Ich rolle mich auf die Seite, richte den Oberkörper halb auf dem Ellenbogen auf und schaue auf den Nachttisch, der von alten Zeitungen, Zeitschriften und leeren Gläsern überquillt. Ich schiebe die Zeitungen und Zeitschriften auf den Boden: das Telefon. Ich hatte fast vergessen, dass ich eins habe. Oder richtiger, ich hatte vergessen, dass es schellen kann, dass es nicht nur ein Apparat zum Bestellen von Ware ist, sei es von der nässenden, erquickenden alkoholischen Art oder von der nässenden, erquickenden anatomischen Art. Es schellt wieder, und ist es nicht der Sinn eines Telefons, dass man den Hörer abnimmt und hallo sagt, wenn es schellt. Deshalb nehme ich den Hörer ab und sage: »Hallo.«

Und eine Stimme antwortet, oder richtiger, eine Stimme fragt: »Carl?«

Und ich erinnere mich nicht nur, dass Carl nicht mein Name ist, ich erinnere mich auch, dass die Stimme niemandem gehört, den ich kenne, was mich aus dem einen oder anderen Grund sofort auflegen und aufstehen lässt.

Aufstehen heißt, dass ich mich nach vorne rolle, die Beine über die Bettkante schwinge, die Füße auf den Boden setze, nach meiner Jeans und einem einigermaßen sauber aussehenden T-Shirt greife, es mir über den Kopf ziehe, die Hose anziehe und dann einen Pullover, ich habe einen, der schwarz ist, und ich habe einen Mantel, der blau ist. Ich habe vergessen mich zu rasieren, und dazu habe ich auch keine Lust, und mich gewaschen habe ich auch nicht, aber das muss warten, denn ich will, ich muss hinaus. Ich halte es nicht aus, auch nur eine Sekunde länger in der Wohnung zu bleiben, wo die Wände in meine Haut wachsen und es überall juckt, wo aus Gründen, die ich nicht verstehe, zusammengeknülltes Papier und leere Flaschen und halb aufgegessene Brote in unordentlichen Haufen in den Ecken liegen. Das gefällt mir nicht, deshalb gehe ich. Ich knalle die Tür hinter mir zu, und ich habe den Schlüssel vergessen, aber darüber kann ich nur lachen, denn das ist mir schon öfter passiert, doch so leicht lasse ich mich nicht austricksen, denn ha, ha, ha, ich habe einen Reserveschlüssel unter der Matte, da kann man sehen, der Kluge trickst den weniger Klugen aus, ha, ha, ha.

Ich gehe die Weihburggasse hinunter, langsam, biege langsam nach rechts in eine andere Straße ab, der ich folge, langsam, und wieder rechts, und dann weiß ich nicht, was passiert, denn plötzlich bin ich in der Kärtnerstraße, genau in der Straße, die ich vorhatte zu meiden, denn in der Kärtnerstraße sind viele Menschen, die mich auch nicht mit Namen kennen, aber so viel anderes kennen. Doch ist das nicht gleichgültig? Hauptsache ist, dass ich aufrecht stehe, aufrecht gehe, und das tue ich, das weiß ich. Doch da ist eine Bank, und ich schiebe den Schnee zur Seite und setze mich, nur einen Augenblick, denn es ist kalt, und ich habe keine Lust, zu lange zu frieren. Mir ist nur ein wenig schwindelig, und da ist es gut zu sitzen, daran erinnere ich mich, und ich lege mich einen Augenblick auf die Seite, denn ich bin so unendlich müde, doch ich friere mehr, als ich müde bin, und meine Hände sind kohlrabenschwarz und gehören einem, der seine Handschuhe vergessen hat, ungeachtet dessen, dass ich es bin, dem sie wehtun, und dann erinnere ich mich, dass ich aufstehen muss, wenn ich friere.

Es sind nicht so viele Menschen auf der Straße wie noch vor wenigen Minuten, oder ich erinnere mich falsch, aber vielleicht liegt es an der Kälte oder vielleicht auch an der Uhrzeit, obwohl ich nicht sicher bin, woran es liegt, auch nicht ob Vormittag oder Nachmittag ist, nur dass nicht Mittag ist, denn die Restaurants sind leer, und was ist das für ein Geruch? Er hat etwas Strenges, wie von einem toten Lamm oder einem

Heimatlosen im Schnee, und der Geruch scheint in der Luft zu hängen, denn ich kann ihm nicht entkommen, und ich gehe schneller, aber das hilft nicht, und ich drehe mich um, kann aber nicht sehen, woher er kommt, und was …?!

Ich bin in eine Dame gelaufen, eine junge Dame, und glaubt sie, dass Weihnachten ist oder was? Kann sie nicht aufpassen, anstatt andere Menschen umzurennen?

»Passen Sie gefälligst auf, Fräulein«, brumme ich und versuche, auf die Beine zu kommen, und wenn ich besser bei Kräften wäre, würde ich sie anschreien und nicht nur wütend brummen, aber es liegt auch an dieser verdammten Kälte, und sie muss doch ihr Verhalten bedauern, denn sie reicht mir den Arm und …

»Sem?«

Die Stimme klingt überraschter, als sie sollte, wenn der eine alte Freund den anderen wiedererkennt, und doch erkenne ich die Stimme als eine, die ich einmal gekannt habe, und dann erkenne ich auch das Gesicht, das mir ein wenig verschwommen und unscharf, aber trotzdem bekannt vorkommt, und ich sehe ein kurzes Ziehen an den Bogensehnen und eine sonderbar bekümmerte Falte zwischen den Mooren, als müsse sie über etwas sehr Ernstes nachdenken, jetzt.

Anna Charlotta trägt Jeans.

Ich weiß nicht warum, doch das sehe ich als Erstes. Als Nächstes sehe ich hohe graue Stiefel, einen grauen Mantel und braunes, glattes Haar, das von einer großen Spange zusammengehalten wird. Als Nächstes sehe ich schmale Wangen und stramme Bogensehnen, die noch immer zwischen einem Zug nach oben und irgendetwas anderem, das besser zu der Falte in der Stirn passt, zu schwanken scheinen. Den Mooren weiche ich aus, fast. Das Dunkel aus dem Dunkel erreicht mich auch um mein Gesichtsfeld herum. Oder übertreibe ich, weil mir plötzlich klar wird, wie ich aussehen muss?

Ich bin auf die Beine gekommen und will mich gerade umdrehen und gehen, denn worüber soll ich mit Anna Charlotta reden, als sie mir die Hand auf den Arm legt, und das ist Anna Charlotta so unähnlich, dass ich stehen bleibe und überlege. Doch bevor ich fertig überlegt habe, sagt sie etwas, das mich überrumpelt, auch darüber muss ich erst nachdenken, sie sagt: »Sem, was ist passiert?«

Doch kann ich darüber nicht fertig nachdenken, denn bevor ich fertig nachgedacht habe, passiert etwas anderes. Ich spüre einen unwiderstehlichen Drang, die Hand auszustrecken und ihre glatte Haut zu berühren, einen Drang, der so stark ist, dass ich es schließlich tue. Anna Charlottas Wange ist ein Apfel, der noch immer am Baum hängt.

Ich weiß, dass meine Fingerspitzen raspelnd über die Haut des Apfels kratzen, doch Anna Charlotta zieht weder den Apfel noch ihr Gesicht zurück, und etwas dringt durch die Kälte in meinen rissigen Fingerspitzen zu mir durch, und dieses Etwas ist etwas das ich haben, das ich festhalten, das ich umarmen muss, bis es auch mich festhält, mich umarmt (vergib mir). Was mich reizt ist, dass ich absolut nichts fühle. Und noch etwas anderes reizt mich: Es reizt mich unsagbar selig machend, dass die Frau in Anna Charlotta mich nicht reizt (vergib mir, Slobo). Und auch darüber würde ich gern eine Weile nachdenken, aber das gelingt mir nicht, auch das gelingt mir nicht, denn stattdessen beginne ich zu weinen, und ich weine so herzzerreißend, dass ich am ganzen Körper zittere, und die Tränen laufen zusammen mit dem Rotz, der aus meiner Nase kommt, in meinen Mund, was nicht sonderlich anziehend ist, das kann ich mir gut vorstellen, aber ich weine und weine, und Anna Charlotta sieht sehr schnell so aus, als würde sie am liebsten ihres Weges gehen und nur bleiben, weil man das nun einmal tut, wenn man einem Mann gegenübersteht, der weint und weint und vielleicht Hilfe braucht.

»Sem, was ist los?«, fragt sie denn auch, und es klingt ganz nett, und wenngleich sie die Hand von meinem Arm genommen hat und einen Schritt zurückgetreten ist, geht sie nicht weiter weg, fragt immer wieder, was los ist, und als sie nach einer Zeit ihre Frage ändert zu: »Brauchst du Hilfe?«, klingt es fast aufrichtig, und sie fragt und fragt, und ich weine und weine, und schließlich bekomme ich doch hervorgeschluchzt, dass ihre Wange ein Apfel ist und ein Nein, das wie ein Ja klingen muss, denn als ich nach Hause komme und den Schlüssel unter der Matte hervorhole und mir Einlass verschaffe, ist Anna Charlotta noch immer da.

∞

Er weiß es bereits, bevor seine Frau es ihm sagt. Auch wenn er kein Arzt wäre, wäre es offensichtlich. Es reicht, zählen zu können. Sie kommt herein und setzt sich auf die Bettkante. Seine Augen tränen und seine Nase läuft, und er hat ein Halstuch um den Hals. Neununddreißig zwei.

»Jetzt ist es zu spät, etwas zu unternehmen«, sagt sie leise.

»Ich will es nicht haben«, sagt er und setzt sich auf. Sie starren einander an, dann schlägt er die Bettdecke zur Seite und steht auf.

»Wir sind zu zweit …«

»Ich mache einen Spaziergang«, sagt er und zieht sich mit langsamen, tastenden Bewegungen an.

Es schneit, nasser, schwerer Märzschnee fällt in dichten Mengen auf seinen Kopf und seine Schultern, auf seine Schuhspitzen und auf den Weg. Er geht schnell, und der Schnee deckt seine Fußspuren die Weihburggasse hinunter über den

Stephansplatz Richtung Scholbertring zu. Ihm ist schwindelig, und er taumelt und muss sich zwischendurch abstützen. Wiens Gebäude schaukeln vor und zurück. Er muss lange warten, bis eine Achtunddreißig kommt. Er hustet, und ihm ist abwechselnd kalt und warm.

Natürlich ist in der Wohnung kein Licht. Er geht vor dem Haus auf und ab. Er zittert vor Kälte und Fieber, aber er geht nirgendwohin, setzt sich einfach auf die Stufen im Treppenhaus. Es gibt Kinder, für die Europa keinen Platz hat.

Später erinnert er sich, dass er am 11. März unendlich müde war.

∞ ∞

Als Erstes hilft Anna Charlotta mir, ins Bad zu kommen. Als Zweites hilft Anna Charlotta mir sauberzumachen, nicht dass sie, Anna Charlotta, es tut, nein, sie besitzt nur diese äußerst wirkungsvolle Art, eine Telefon zu benutzen, die dazu führt, dass sich zwei Stunden später zwei Frauen in Kitteln einfinden, die in mehreren Stunden den Boden von Abfall und anderem säubern, und sieh nur, da ist ein Boden, und sieh nur, meine Wohnung gleicht wieder meiner Wohnung, und all das geschieht, während Anna Charlotta das Dritte tut, das sie für mich tut: Sie führt mich frisch geschrubbt und frisch gekleidet und frisch rasiert aus, nein, nicht in das kleine Café, entweder kennt sie es nicht, oder sie vermeidet es instinktiv, sich ihm zu nähern, oder geschieht es bewusst? (Vergib mir.) Stattdessen führt sie mich in ein kleines koreanisches Restaurant in der Himmelpfort, das mir nie zuvor aufgefallen ist, obwohl es direkt um die Ecke liegt. Und nach einer oder zwei Schalen Suppe und nach zwei oder drei Schalen Tee geht es mir im Grunde genommen ein wenig besser, im Grunde genommen so viel besser, dass ich anfangen, anfangen kann zu überlegen.

Zu überlegen, was Anna Charlotta dazu bewogen hat, mir zu helfen?

Zu überlegen, warum Anna Charlotta mir gegenübersitzt und so ganz anders ist als Anna Charlotta im Herbst?

Zu überlegen, was noch passieren wird, brauche ich nicht, denn ich erzähle ihr von meinem Problem. (Vergib mir).

Und das wird das Vierte, wobei Anna Charlotta mir hilft.

Ich weiß nicht, warum sie das tut.

Ich weiß nicht, ob ich ihr leidtue, ob sie ein schlechtes Gewissen hat oder ob sie mich auf eine gerissene Art und Weise zum Narren halten will. Ich weiß nur, dass es Anna Charlotta gelingt, meinen Bericht in drei Wochen fertigzustellen. Oder richtiger, dass es ihr gelingt, mich dazu zu bewegen, meinen Bericht fertigzustellen.

Sie macht das, indem sie mich literweise mit Wasser, frisch gepresstem Gemüsesaft und trübem Kräutertee abfüllt, mir dreimal täglich eine Portion kochend heiße Reissuppe hinstellt und mich ansonsten meine Kopfschmerzen ausschlafen lässt, während sie sich durch die zweiundsiebzig unzusammenhängenden Seiten liest, die alles sind, was ich vorweisen kann. Dann werden die Reissuppen zu diversen Bohnen- und Salatgerichten sowie zu asiatischen Hühnchen- und Fischgerichten, während Anna Charlotta das Material durchgeht, das ich mir vom Büro nach Hause schicken lasse, und ich selbst langsam anfange, über den Papieren zu sitzen.

Die letzten zwölf Tage arbeite ich Tag und Nacht. Ich schreibe am Vormittag, und am Nachmittag gegen drei kommt Anna Charlotta. Sie sitzt an der einen Seite meines Esstisches, ich an der anderen, die Stapel von Büchern und Dokumenten zwischen uns. Anna Charlotta liest, was ich geschrieben habe, berichtigt, unterstreicht, diktiert und liest wieder. Ich gebe in den Computer ein, drucke aus und gebe ihr den ausgedruckten Text zum Lesen und zu neuen Berichtigungen zurück. Mein wesentlicher Beitrag sind meine Muttersprache und die Antworten auf die Fragen, die Anna Charlotta stellt.

Wo liegt? Wer tat? Wie viele?

Ermordete, Vergewaltigte? Vor den Augen von wem? Kindern, Eltern, Großeltern? Wie viele Male? Mit Messern? Brennenden Ästen? Eisenrohren? Gewehren?

Warum war es da besonders schlimm? Und da und da und da?

Warum flüchteten die Frauen nicht, bevor die Serben (und später die Kroaten und schließlich die Bosnier) kamen, wenn sie doch gehört hatten, was im Nachbardorf passiert war? (Erstens, das war so unglaublich, dass niemand glaubte, es könne ihm selbst passieren, bevor es ihm selbst passierte. Zweitens, sie konnten nirgendwohin gehen. Europa wollte nicht eingreifen, Europa wollte sie nicht hereinlassen.) Warum gab es niemanden, der sie verteidigte? (Erstens, die Männer waren entweder ermordet oder zusammengetrieben worden, um ermordet zu werden. Zweitens, die Männer hatten keine Waffen, weil Europa ihnen keine Waffen geben wollte.) Ich hasse den Krieg. Ich hasse ihn, hasse ihn, hasse ihn! Ich will nichts wissen, will nichts davon wissen, doch während ich erzähle, begreife ich, dass ich bereits weiß, und dieses Wissen ist wie ein giftiger Schmutz, der überall in mir sitzt.

Und was macht man da? Wie hört man auf zu wissen? Wie, Zoja Maria? Slobo, na schön, natürlich, du bist der Experte im Nichtwissen, und auch du, Radovan, und General Ratko natürlich: Nein, Säuberungen in Banja Luka, nein, so etwas gibt es hier nicht, das Massaker an der Brotschlange in Sarajevo, davon wissen wir nichts, frag lieber, ob die Opfer nicht auf sich selbst geschossen haben, nein, auch nicht Srebrenica, davon kann keine Rede sein, was ihr jetzt im Fernsehen seht, haben sich die Opfer selbst ausgedacht. Die reinste Fantasie. Vielleicht soll ich das, lügen, nicht wahr; Slobo? Auch ich soll lügen über das, was ich über den einen oder anderen Krieg weiß, soll lügen und schweigen, bis ich selbst daran glaube, an die Lüge, an die Verheimlichung, doch was ist mit dem Schmutz, der in mit sitzt?

(Es gibt Kinder, für die Europa keinen Platz hat. Sieh nur meine Nichte, Habiba.)

»Großmutter, Großmutter, ich bin schmutzig.«

»Dann wasch dich, Sem.«

»Großmutter, Großmutter, ich bin innen schmutzig.«

»Erzähl, Sem. Erzähl.«

Und meine zweiundsiebzig unzusammenhängenden Seiten werden bald zu zweiundsiebzig zusammenhängenden Seiten, werden zu achtundneunzig, zu hundertfünfzehn, zu hunderteinunddreißig Seiten, bekommen ein Inhaltsverzeichnis und einen Index und eine detaillierte Karte und einen Anhang, während die Arbeit nur von Pausen mit Kräutertee und den Streckübungen unterbrochen wird, die ich auf Anna Charlottas Insistieren auf meinem sauberen Boden ausführe.

Über die andere Geschichte, die, die von mir handelt, von dir und mir, über die sprechen wir nicht (vergib mir).

Am 31. März 1997 gehe ich zeitig ins Büro. Ich lege einen Umschlag mit dem fertigen Bericht in den Posteingang des Direktors. Was ist das nur für ein Ort, was ist das für eine Sprache. Dann räume ich meine persönlichen Sachen aus meinem Büro und fahre zurück in die Stadt, um mich mit Anna Charlotta zu treffen.

»Nicht der Rede wert«, sagt sie mit einem kurzen Zug an

der rechten Seite der Bogensehnen, als ich ihr für die Hilfe danke.

Sie blättert oberflächlich in einer Kopie des Berichts, die ich neben uns auf den Tisch lege.

Früher hätte ich Champagner bestellt, ein paar doppelte Whisky oder zumindest ein oder zwei Flaschen guten Wein, doch alles ist anders, als es einmal war (vergib mir nicht), und ich bestelle zwei grüne Tee samt Sushi und Sashimi für zwei.

»Ich denke nicht, dass er sehr viel besser hätte werden können«, sagt Anna Charlotta. »Nur hättest du vielleicht in einem Satz hinzufügen sollen, dass die Verantwortung für alle Analysen und Konklusionen bei dir und nicht bei der Organisation liegt. Ansonsten werden vielleicht einige der Mitgliedsregierungen Einwände erheben.«

Ich lächle und nicke, höre nicht richtig zu, betrachte stattdessen die Pupillen, die als Einziges in einem Gesicht, das auf sonderbare Weise nicht in Gebrauch ist, dunkel und dämmrig werden. Wären da nicht die wechselnden Schatten in der Dunkelheit der Augen und das kurze Zucken des Geigenbogens, wäre ihr Ausdruck immer derselbe. Ich scheine langsam aus einem Traum zu erwachen oder eher aus einem Alptraum, einem schrecklichen Alptraum, mir aber immer noch nicht sicher zu sein, ob ich wirklich wach bin oder ob Anna Charlotta und ihr unbewegliches Gesicht Teil des Traums sind oder des Alptraums?

Unser Essen kommt, und Anna Charlotta rührt lautlos Wasabi in das Soja, hebt mit ihren Stäbchen ein dickes Stück Sushi hoch und schiebt es sich geschickt und völlig unmerklich in den Mund, kaut und schluckt, ohne etwas anderes als die Bogensehnen zu dem geringstmöglichen Öffnen und Schließen zu bewegen. Ich muss an ihre Schwester denken, die sich die ganze Zeit auf eine schlangengleiche, übertriebene Weise bewegt, an dich? Wie sehr gleichen sich Schwestern? Wie nahe steht sich eine Familie? Das, deine jüngste Tochter und du, das wirkliche Du und nicht nur das Du in meinem Kopf, ist unendlich weit weg, wie auf der anderen Seite eines matten, milchig weißen Nebels, wie Personen in diesem guten und bösen Traum, den ich nicht fassen, aus dem ich aber auch nicht aufwachen kann, und ich muss einfach fragen:

»Warum hast du das getan?«

»Was?«

»Mir geholfen …?«

Die Moore werden dunkel, und die linke Bogensehne verzieht sich ganz leicht nach unten. Anna Charlotta legt die Stäbchen weg, und ich glaube, dass jetzt eine längere Erklärung folgt, aber ich liege falsch, denn stattdessen greift sie nach der Teekanne.

Sie schenkt meine und ihre Tasse voll, nimmt ihre Stäbchen wieder in die Hand und isst langsam weiter.

Einen kurzen Augenblick habe ich Lust, sie zu schütteln, sie über ihre Schwester auszufragen, über dich, über das, was im Herbst passiert ist. Über Habiba. Aber ich kann die Fragen nicht stellen, und dann ist der Augenblick vorüber, und alles ist wieder seltsam gleichgültig in dieser Milchweiße, in der ich in einer lautlosen Harmonie ohne Oben und Unten schwebe, und ich will, das es dauert, diese Milchweiße, auch wenn ich nicht weiß warum, weiß ich plötzlich mit absoluter Sicherheit, dass diese Milchweiße nur so lange andauern kann, wie mich niemand weckt, wie uns niemand weckt, wie ich die Fragen vergesse, und deshalb vergesse ich sie. Ich vergesse die Fragen, an die ich mich ohnehin nicht erinnern kann, denn ich weiß noch etwas anderes, ich weiß, dass die Fragen wie ein Wecker sind, von dem ich nicht will, dass er schellt. Und während ich hier sitze und ihr Gesicht aus diesem milchweißen Zustand heraus durchforste, übersehe ich, dass sie die Papiere zurücklegt und mich ansieht, mir in die Augen sieht, und dann habe ich etwas zum Festhalten, denn Anna Charlotta nimmt meine Hand, nimmt auf ihre regungslose, lautlose Art meine Hand, sodass ich nicht weiß, wie die Hand dort hingekommen ist, sondern nur konstatieren kann, dass im einen Augenblick meine Hand alleine auf dem Tisch lag, während sie im nächsten in ihrer liegt, und ich denke nicht an deine Hand, das ist das Großartigste an diesem Augenblick, dass ich an Anna Charlottas Hand denke. Und an Seife.

Anna Charlottas Hand ist weiße Seife.

Anna Charlottas Hand ist weiße Seife, und das ist ein milchweißer Traum, und ich halte ihre Hand, die kalt und stumm ist, und auch meine Hand ist stumm, und wir sitzen da und halten unsere Hände und sagen nichts.

Wann ist man Zuschauer in einem Krieg? Wann ist man Beteiligter? Ist man als Beteiligter schuldiger als als Zuschauer? Oder ist es die schlimmste Sünde des Krieges, nicht beteiligt zu sein? Wie ist das, Slobo, oder sollte ich besser die Opfer fragen? Ist das so? Und muss deshalb die Strafe des Deserteurs immer der Tod sein?

Du bist desertiert, deshalb habe ich ein Recht auf Anna Charlottas Hand in meiner (vergib mir, vergib mir).

Darüber denke ich nach. Oder richtiger, ich denke nicht nach, es ist einfach so, in einem milchweißen Mangel an Gründen, dass es nicht so sein sollte. Denn warum sollte es nicht so sein?

∞

Später erinnert er sich, dass er am 15. März 2000 in einem Krankenhausbett aufwacht.

Er hat drei Tage geschlafen. Der Arzt sagt, dass er eine beidseitige Lungenentzündung hat. Die Krankenschwester sagt, dass er froh sein kann, noch am Leben zu sein: Ein Hausbewohner kam glücklicherweise nachts um zwei nach Hause und rief die Polizei an und beklagte sich über einen Stadtstreicher, der im Treppenhaus der Himmelstraße 43 schlief. Erika sagt: »Ich will die Scheidung.«

∞ ∞

Ich esse kein Fleisch, ich trinke weder Alkohol noch Kaffee, ich habe aufgehört zu rauchen, und ich habe keinen Sex. Ich bade dreimal am Tag, ziehe jedes Mal danach saubere Kleidung an und mache zwei Stunden Kampfsport an sechs Tagen in der Woche.

Ich habe Zeit. Während ich auf die Kommentare zu dem Bericht warte, muss ich nur Ordnung in meine Papiere bringen und hin und wieder ein oder zwei Präsentationen vorbereiten. Ich habe einen Termin mit der Bank vereinbart, habe die ausstehende Miete bezahlt und meine Aufenthaltsgenehmigung in Wien um zunächst zwölf Monate verlängern lassen. Ich habe einen Vertrag für ein weiteres Jahr und noch einen Bericht unterschrieben, diesmal über die Torturen in den Konzentrationslagern, und wenn dieser fertig ist, kann ich sicher einen festen Job in der Organisation bekommen.

Wie ist es, fest in Wien zu wohnen, Zoja Maria?

Ist es so, wie Europäer zu sein?

Heißt das, Europäer zu sein?

Ich treffe Anna Charlotta mehrmals die Woche. Wir lesen medizinische Bücher, Bücher über chinesische Homöopathie und Akupunktur, über Bachblüten, Fußreflexzonenmassage, das Säurebasengleichgewicht, den Vitamin- und Mineralstoffbedarf, die Energieströme des Körpers und versuchen, all das und noch viel mehr in Einklang zu bringen, versuchen, die Menschen, den ganzen Menschen in Einklang zu bringen.

Noch immer habe ich sie weder nach ihrer Schwester noch nach dir gefragt, und sie hat euch nicht erwähnt. Wir reden insgesamt sehr wenig. Ich habe sie nicht berührt, berühre sie nicht. Ich habe keine Lust, und selbst wenn ich sie hätte, könnte ich es nicht. Der Mangel an Lust ist eine Gabe, von der ich nicht weiß, woher sie kommt.

Ich lebe einen Tag nach dem anderen und denke an nichts anderes als daran, solange wie möglich in dieser Milchweiße zu verharren. Ihre Art, dich nie zu erwähnen, sagt mir, dass du zu Hause bist und so lebst wie früher, ganz so wie früher, doch auch das ist mir gleichgültig. In dieser Milchweiße ist alles seltsam gleichgültig.

April ist Nacht. Das denke ich, als wir das erste Mal zusammen schlafen. Es ergibt sich ganz von selbst, aus Freitagabend und Müdigkeit nach dem Lesen und einer langen Diskussion über den Schlafbedarf des Menschen. Wir schlafen eng nebeneinander wie Geschwister. Ich halte ihren Körper im Arm, der der einer schmalen und hochgewachsenen und sehr zerbrechlichen Frau ist, aber der einer Schwester bleibt. Das ist das Merkwürdige, das Seltsame an Anna Charlotta, mein Körper bleibt mein eigener. Was Anna Charlotta kann, hast nicht du sie gelehrt. Glaube ich. Anna Charlotta im Arm zu halten, heißt Waffenruhe ohne Erklärung. Ich weiß nicht, was sie will, warum sie will. Anna Charlotta ist niemand, den man fragt. Anna Charlotta ist funkelnde, tiefdunkle Weiße, die sich um mich legt und alles andere ausblendet. Anna Charlotta ist ein Traum, von dem ich nicht weiß, wie lange er dauert.

Samstagmorgen sitze ich bereits um sieben sauber gewaschen und angezogen mit frisch gepresstem Karottensaft und Joghurt und Müsli und fünf Scheiben Kiwi Anna Charlotta am Tisch gegenüber, und ich hebe das Glas in der Freude über die Ruhe, die vor ungefähr sechs Wochen in mein Leben gekommen ist, und diese Ruhe ist Anna Charlotta, und dann bekomme ich den Saft in den falschen Hals, denn ohne den Mund zu öffnen, nur mit sechs kleinen Zügen an den Bogensehnen kommt die Bedingung der Waffenruhe für ewigen Frieden.

»Willst du mich heiraten?«, fragt Anna Charlotta und sieht mich lange an.

1980 heiratete ich eine Frau, die die meine war.

Unglücklicherweise war ich nicht der ihre.

Es war nicht ihre Schuld, sondern meine.

Ich wusste nichts über Katzen, nur über Frauen, und Helen war eine unwiderstehliche Frau. Bis sie die meine wurde und wusste, lange bevor ich es selbst wusste, mit dem besonderen Instinkt wusste, den ungeliebte Frauen haben (vergib ihnen), dass ich nicht der ihre war. Da wurde sie unausstehlich. Ich kann ihr keine Vorwürfe machen, obwohl ich das gerne würde. Sie hat mir einen Sohn geboren, ich habe ihn getötet, sie hat ein Recht, mich zu hassen. Tut es bestimmt auch. Als wir geschieden wurden, bin ich nach Europa gegangen und habe mir gelobt, nie wieder zu heiraten. Was hat man von der Institutionalisierung von Gefühlen?

Es gibt keine Versicherung gegen das Leben.

Das wusste ich lange, bevor ich dich traf.

»Willst du mich heiraten?«, fragt Anna Charlotta und sieht mich lange an.

Anna Charlotta ist ein Traum. Anna Charlotta ist ein Traum

aus weißer Seife, der mich zusammenhält. Eine weiße Seife, die mich morgens ins Bad gehen und saubere Kleidung anziehen und wie ein Mensch agieren lässt und nicht wie eine Perversität, die sich aus den Verkaufszahlen eines Pornoblattes herauslesen, sich mit einem einfachen Psychologiebuch diagnostizieren lässt. Anna Charlotta ist ein Traum, der mich den Traum von dir vergessen lässt. Anna Charlotta ist ein Traum, der allem einen Sinn gibt. Auch dir und mir. Ohne Anna Charlotta kann ich den Sinn nicht sehen. Was hat man von einem Krieg, wenn man dem Feind kein Territorium abgewinnt? Etwas habe ich gelernt, nicht wahr, Slobo, alter Freund: Verliere den Krieg, das ist okay, aber sorge dafür, Land zu gewinnen. Schaffe deine eigene Republik, schaffe eine Republik Srbská auf der Hälfte des feindlichen Territoriums, dann ist Verlieren gleich Siegen. Verlieren ist gleich Siegen!

Ich habe dich verloren und Anna Charlotta gewonnen.

Verlieren ist gleich siegen?

Du hast mein Kind getötet und mir deins gegeben. Eins für ein anderes. Verlieren ist gleich siegen. Und damit gibt es doch Gerechtigkeit in Europa. (Es gibt Kinder, für die Europa Platz hat. Vergib ihnen.)

»Willst du mich heiraten?«, fragt Anna Charlotta und sieht mich lange an.

Am zweitbesten ist ein Wort, das *am besten* sehr nahekommt.

Am zweitbesten ist besser als gut, und gut ist bereits weit entfernt von schlecht, und somit kann es kaum besser werden, und so, wie das Leben ist, ist es wirklich lebenswert. Und wenn das Zweitbeste das Beste ist, das man bekommen kann, ist es dann nicht das, was die Ökonomen eine optimale Lösung nennen, und optimal ist das Bestmögliche und somit das Beste, das man bekommen kann. Mehr kann man sich schließlich nicht wünschen. Oder?

Das Zweitbeste ist gleich das Beste.

»Willst du mich heiraten?«, fragt Anna Charlotta und sieht mich lange an.

Und diese Frage ist wie eine Antwort, und Anna Charlottas Antwort ist ja.

Ja, ja, ja und ja.

Und deshalb will auch ich dieses Wort gebrauchen, ja. sicher will ich, hörst du? Hörst du?

»Willst du mich heiraten?«, fragt Anna Charlotta und sieht mich lange an.

Die Übelkeit überschwemmt mich, und ich bin nahe daran, ins Badezimmer zu stürzen und mich zu übergeben. Ich tue es nicht. Ich gehe ruhig ins Badezimmer und übergebe mich nicht, sondern spritze mir kaltes Wasser ins Gesicht und sehe lange in den Spiegel, während ich überlege, ob das jetzt Krieg oder Frieden ist oder ob Krieg und Frieden manchmal dasselbe sind, und genau das frage ich mich, Slobo, alter Freund: Können Krieg und Frieden manchmal dasselbe sein?

Was sieht Anna Charlotta? Was weiß sie? Will sie den Mann, der sie nicht nimmt, sie nicht nehmen kann? Oder bindet sie die Sehnsucht nach dir, einer Mutter, die es nicht schaffte, Mutter zu sein, an mich? Genau wie mich vielleicht die Sehnsucht nach dir, einer Frau, die nicht die meine sein wollte, die meine sein konnte, an sie bindet? Und ist das nicht eine schöne Bindung, eine echte Bindung, eine solide Bindung?

Eine von denen, die das ganze Leben halten können?

Ich drehe den Wasserhahn zu, trockne mir noch einmal die

Hände ab und gehe zurück ins Wohnzimmer, setze mich Anna Charlotta, deiner Tochter, gegenüber, schlucke zweimal, nicht zu auffallend, glaube ich, und dann sehe ich ihr in die Augen, sehe deine Tochter an, sehe Pupillen, die sich geweitet und die Moore mit schwarzer undurchdringlicher Dunkelheit gefüllt haben, und ich ahne nicht, wer sie ist, und ich ahne nicht, was sie denkt. Aber sie zieht die Bogensehnen nach oben, und da weiß ich die Antwort, lange bevor ich sie ausspreche, denn plötzlich kann ich es sagen, denn: Manchmal sind Krieg und Frieden ein und dasselbe, das habe ich gerade begriffen, das ist die Antwort, und die Worte kommen mit der Antwort, und genau deshalb kann ich sie aussprechen.

»Ja«, sage ich. »Ja, ich will dich gerne heiraten, Anna Charlotta«, sage ich und fahre fort: »Ich liebe dich.«

Und ich meine es wirklich (vergib mir), und ich erinnere mich, dass ich nie, niemals diese Worte zu dir gesagt habe, und vielleicht macht es das plötzlich so einfach, sie auszusprechen, dass ich sie wiederhole.

»Ich liebe dich. Ich liebe dich. Ich liebe dich. Ich liebe dich.«

∞

Das achte Leben ist eine Art zu sterben, bevor der Tod eintritt. Ein Ring um den Hals des anderen. Eine Unendlichkeit wider das Leben.

Jahr eins: Erika und ich werden ein Paar.

Jahr zwei: Ich ziehe mit Erika zusammen.

Jahr drei: Ich heirate Erika.

Jahr vier: Ich lasse mich von Erika scheiden.

Manche Geschichten sind sehr kurz. Das Ziel ist das Wort, nicht die Zeit. Das, was es nicht wert ist, in Worte gefasst zu werden, sollte es auch nicht wert sein, Zeit darauf zu verschwenden. Wie wahr, wie wahr, aber so ist das Leben nicht. Nicht, Zoja Maria? Nicht?

Ich habe Erika geheiratet, weil Erika und ich in alldem zusammenpassten, was zusammenpassen muss. Erika ist fünf Jahre jünger als ich, achtzehn Zentimeter kleiner, vierzig Kilo leichter, Europäerin und somit ungefähr hundert Prozent heller von der Zivilisation her als ich, und sie ist Krankenschwester mit einer Spezialausbildung in Krisensituationen. Erika ist lindernder Nieselregen in der Nacht und heilender Wasserstaub am Tag. Ich habe Erika geheiratet, weil sie ein taubenblaues Kleid war, von dem ich geglaubt habe, es könnte mir den Hinterausgang zeigen. Geschichten, die schiefgelaufen sind, haben keinen Hinterausgang. Ungeachtet dessen, dass ich mein Bestes getan habe, so zu tun als ob. Doch so zu tun als ob wurde nur zu einer Kompensation für das, was nicht war.

Das weiß ich heute, am 3. September 2000, als ich die Scheidungspapiere unterschreibe.

∞ ∞

Siebtes Leben

Das siebte Leben ist Sturm.
Ein Vorstoß, der der Hölle mit Himmel gleicht.
Es ist Leben und Tod, du oder ich.

Ich habe einen Brief von dir bekommen.

Du schreibst mir aus Wien, nicht aus Sarajevo. Natürlich, so muss es sein. Er wartet auf mich, als ich den Briefkasten öffne, ein weißer Umschlag mit deiner Handschrift. Es sind auch noch drei andere Briefe da, und die öffne ich. Administrative Briefe zu dem einen oder anderen, die Transformation der modernen Zivilisation, die Transformation Europas von Leben in Administration, wenn aus keinem anderen Grund dann aus dem, uns glauben zu machen, dass wir alles, das Leben, im Griff haben. Einer ist von der Bank, einer von der Finanzbehörde, und der letzte ist eine Einladung, einen Vortrag über den Völkermord zu halten.

Ethnische Säuberung vom ärztlichen Standpunkt aus, der Gebrauch der Massenvergewaltigung als Waffe.

Was habe ich gesehen?

Was weiß ich?

(Was habe ich gefühlt?)

Es scheint ein makabrer Scherz, mich zu fragen. Und doch, wer weiß mehr über die ethnische Säuberung als ich? Und natürlich Slobo, Radovan, General Ratko, Franjo und ein paar hunderttausend andere Hände und Körper und Herzen und Hirne, die glücklich, freudig zu Henkern im Namen der ethnischen Einheit wurden und es in jedem anderen Namen geworden wären, der ihnen die mannigfaltigen Möglichkeiten und die Macht des Henkers gegeben hätte (vergib ihnen, mir).

»Du musst verstehen, um etwas stoppen zu können«, hast du gesagt.

Sagst du vermutlich noch immer. Und ich frage mich, ob der weiße Umschlag mit deiner Handschrift auch das enthält: den Versuch zu verstehen, den Versuch etwas zu stoppen? Das bereits erwähnte Verbrechen. Es ist zu spät, Zoja Maria. Abendessen in vierzehn Tagen, Vorstellung bei der Familie, und dein reines europäisches Blut wird in der zweiten Linie besudelt werden. Wer begnügt sich schon mit einer einzigen Generation? Den Krieg habe ich verloren. Dafür habe ich die Zukunft gewonnen, die kommenden Generationen. Und um die, um die geht es wohl in allen Kriegen?

Es gibt keine Briefe mehr zu öffnen, denn den einen, der noch immer ungeöffnet ist, will ich nicht öffnen. Ich lege ihn auf den Tisch, ein violettes Buch mit einem Titel in schwarzen Buchstaben darauf, schiebe das Buch so zurecht, dass der Umschlag vollständig verdeckt ist, und denke nicht mehr an ihn. Das stimmt nicht, ich denke an nichts anderes, aber ich will nicht an ihn denken, und auch daran denke ich die ganze Zeit.

Sag nicht …

Sag nicht …

Sag gar nichts.

Was immer darin steht, es ist zu spät. Es ist Frühling. Ich trinke keinen Whisky mehr. Ich trinke keinen Whisky mehr. Es ist Frühling. In vierzehn Tagen werde ich mit Anna Charlotta auf ein Fest gehen.

Der Brief liegt unter dem Buch (vergib mir).

Ich sehe auf die Uhr. Es ist halb sechs.

Noch anderthalb Stunden, bis wir dort sein sollen. Du und ich. Nein, Anna Charlotta und ich. Und du. Und dein Mann. Und eine Menge anderer, auch Tanya Katharina. Doch heute zählt sie nicht. Eine Gartengesellschaft. So furchtbar ist das nun auch wieder nicht. Die Sonne scheint, und die Wärme wird durch eine Brise, die von mehreren Seiten auf einmal zu kommen scheint, angenehm gemildert. Ich bin glücklich. Ich sollte glücklich sein. Ich bin, irgendetwas bin ich wohl. Ich sehe zu dem Buch hin. Ich weiß nicht, wie viele Male ich im Laufe der letzten vierzehn Tage zu ihm hingesehen habe. Sein violetter Einband mit den schwarzen Buchstaben hat sich meinen Augen eingeprägt. Kein Paradies unter dem Buch. Nicht einmal falls in dem Brief stehen sollte, was ich mir die letzten fünf Jahre gewünscht habe.

Es ist zu spät. Und dieser Gedanke, dass es zu spät ist, macht mir schließlich Mut, die Hand auszustrecken, das Buch zur Seite zu legen und nach dem Umschlag zu greifen, bevor ich das Buch wieder zurücklege, doch jetzt habe ich ihn in der Hand, den Brief, und das Buch liegt da, wo es vorher gelegen hat, und nichts hat sich verändert, nichts bis auf die Tatsache, dass ich den Brief in der Hand halte und dass ich mich nicht daran verbrenne. Das zu sagen, wäre eine Lüge. Es wird höchstens ein wenig warm in der Hand und im Arm und im Nacken und den Rücken hinunter, bis es kalt wird in der Hand und im Arm und im Nacken und den Rücken hinunter.

Was wusstest du, als du den Brief geschrieben hast?

Was wusstest du nicht?

Was weißt du heute?

Was will ich, das du wissen sollst?

Ich sehe den Brief lange an. Deine Handschrift scheint seit dem letzten Mal dünner geworden zu sein, schärfer, als wäre jeder Buchstabe in die eine oder andere Richtung kantig, als wärst du im Zweifel, dir nicht sicher, ob deine Hand diesen Umschlag wirklich an mich adressieren will. Der Umschlag ist weiß, die Tinte blau, so neutral wie möglich, und ich weiß, wie der Weg zur Hölle aussieht. Wünsche nur, wünsche von ganzem Herzen, falls ich noch eins besitze, mit dem ich wünschen kann, wünsche die Milchweiße festzuhalten, die versickert und versickert, und wäre es doch gestern. Es sind drei Wochen vergangen, seit ich Anna Charlotta mein Jawort gegeben habe, und vierzehn Tage, seit der Brief gekommen ist und ich ihn unter das Buch gelegt habe, und es ist Viertel vor sechs, und das heißt noch ein und eine Viertelstunde. Es ist zu spät, denke ich wieder und reiße den Umschlag abrupt auf, und dann verliere ich doch etwas, denn ich verliere den Brief aus der Hand, verliere Sprache und Gedanken und Zukunft, und ich krümme mich zusammen, und obwohl ich so tun kann, als wäre es nicht vor Schmerz, sondern um den Brief aufzuheben, krümme ich mich vor Schmerz und hebe den Brief auf und sehe die acht Zeilen, die mit den letzten beiden Worten enden, die ich gelesen habe und die ich erneut lese:

Deine Zoja Maria

Und ich habe Glück, denn der Brief ist so gefaltet, dass man die letzten beiden Worte lesen kann, ohne den Rest zu lesen, und ich schwanke. Ich gehe zum Fenster und sehe auf den Marktplatz hinunter und zur Kirche hinüber, spüre die leichte Brise und denke, wie leicht es wäre, den Brief zu zerreißen und vom Wind forttragen zu lassen und nicht wissen zu müssen, was sonst noch darinnen steht, nie zu erfahren, was vor *deine* kommt. Ich versuche, das *Deine* zu verdrängen, aber das *Deine* lässt sich nicht verdrängen, deshalb behalte ich das *Deine* im Kopf, dein Wort in meinem Kopf, und das *Deine* gibt ein Echo, und das *Deine* ist ein Echo, das versucht, sich zwischen mich und die Geschichte zu stellen, von der ich im Begriff bin, ein Teil zu werden, und da werde ich wütend. Stinkwütend werde ich.

Deine.

Und was bedeutet das? *Deine*. Das hast du schon einmal gesagt. Das hast du immer gesagt. Und was bedeutete es? Nichts anderes, als dass du wieder gehen würdest, mich wieder verlassen würdest. *Deine*. Die Brocken, die du mir zugestanden hast. Das bedeutet dieses Wort, und jetzt kommst du her und bietest mir wieder dieses *Deine* an. Nein, *deine* bedeutet nichts. Wie Slobo, mein alter Freund, dir erzählen kann, scheren sich die Toten nicht um deins und meins, um dein und mein.

Es schellt, und ohne länger zu zögern, gehe ich in die Küche, lege den noch immer zusammengefalteten Brief in die Spüle und zünde ihn an. Ich nehme das Geschenk für meine Zukünftige und eile zu dem Taxi hinunter, das um die Ecke wartet.

Jetzt gehen Anna Charlotta und ich auf ein Fest!

Deine.

∞

»Zoja Maria Balto, vielleicht drüben auf der anderen Seite?«

Der junge Mann, der für den Alten übersetzt, zeigt in Richtung der Konfrontationslinie bis hinüber zum Ostufer der Neretva.

»Ich dachte, am Ostufer wohnen nur Moslems?«

»So ist das heute. Sie haben ihren Teil der Stadt, wir haben unseren. Es ist besser so. Sie sollen sich drüben halten!« Der alte Mann wiehert, der junge übersetzt. »Ja, aber vor dem Krieg, Sie wissen schon, da war man gezwungen, Tür an Tür mit ihnen zu wohnen.« Er spuckt in ein tiefes Loch im

Bürgersteig am Fuß eines umgeknickten Straßenbaums. Ich drehe mich um und gehe langsam weiter.

Wieder gehe ich langsam durch eine Stadt, die ich nicht kenne, eine Stadt, die deine ist, nicht meine. Langsam gehe ich an Häusern vorbei, die keine Häuser mehr sind, sondern Ruinen, aus deren Mauerbrocken Unkraut wächst, in denen Bäume durch das emporschießen, was früher einmal Etagen waren, mit Löchern anstelle von Fenstern und Mauern, von denen kein Quadratmeter mehr unversehrt ist. Ich gehe langsam an Gebäuden vorbei, die gerade wieder aufgebaut werden, Gebäuden, die bereits wieder aufgebaut sind und wo man den Krieg vor allem an den neuen Fensterrahmen und den glänzenden klaren Scheiben ahnt, den etwas zu schreienden Fassadenfarben und den funkelnden roten Ziegeldächern. Ich gehe langsam an Gebäuden vorbei, die für den Glauben der Menschen, für alle möglichen Glauben gebaut wurden, Kirchen und Moscheen und eine Synagoge, an Gebäuden, die im Krieg dem Erdboden gleichgemacht wurden, jetzt aber eins nach dem anderen wieder aufschießen in dieser Stadt, die von Menschen aller Volksstämme für Menschen aller Volksstämme gebaut worden ist.

Mostar, eine Stadt, die deine ist, eine Stadt, die geteilt ist.

Seit dem Krieg. Vor dem Krieg war sie das nicht. Das erzählen mir die Leute. Am Westufer, dem heute kroatischen Teil der Stadt, wo ich herumgehe und nach dir frage. Ich habe alle befragt, die offiziellen Büros, die Kirchenbücher, doch an den wenigen Orten, wo man mir helfen wollte und wo es überhaupt noch offizielle Aufzeichnungen aus der Zeit vor dem Krieg gab, konnte man deinen Namen nirgendwo finden. Wie schrecklich naiv (vergib mir) ich gewesen bin zu glauben, nach Mostar fahren und mich ohne Weiteres zu deiner

Familie und somit zu dir durchfragen zu können. Einer Stadt mit hundertzwanzigtausend Einwohnern und der gleichen Antwort überall.

»Nein. Zoja Maria Balto, geboren am 2. April 1953, verzogen aus Mostar 1971. Nein, die kennen wir nicht. Sie steht nicht in unseren Registern. Versuchen Sie es woanders.«

Ich habe angefangen, die Leute auf der Straße zu fragen, doch auch das scheint nichts zu bringen. Ich komme zurück zum Bulevar, der alten Konfrontationslinie, und will nach rechts in eine der schmalen Seitenstraßen zum Fluss hinunter einbiegen, als es zu regnen beginnt.

Es regnet nicht stark und dröhnend wie dort, wo ich herkomme, auch nicht staubig und ewig wie in Wien, sondern dicht, unerbittlich und sehr nass. Es sind nicht viele Menschen auf der Straße, und die wenigen, die da sind, eilen unter mehr oder weniger kaputten Regenschirmen oder Plastiktüten, die sie sich über den Kopf halten, ihres Weges. Es sind mehr Autos als Menschen unterwegs, und ich muss zugeben, dass auch ich mich lieber in ein Auto setzen als mit einem viel zu kleinen Regenschirm über meinem Kopf in kleinen Schritten den Bulevar hinunterlaufen würde. Ich hätte direkt zum Hotel zurückgehen sollen, doch jetzt ist es zu weit, und stattdessen sehe ich mich nach einem Café um, das einigermaßen ansprechend aussieht. Ich erinnere mich, kurz vorher an einem vorbeigekommen zu sein, und gehe in Richtung des westlichen Stadtzentrums zurück. Es ist nicht sonderlich weit, doch ich bin klatschnass, bis ich dort bin und hineingehen und mich an einen kleinen Plastiktisch setzen und eine Tasse Kaffee bestellen kann.

Die Kellnerin bringt mir meine zweite Tasse Kaffee mit einer etwas weniger sauren Miene als die erste, und ich nehme all meinen Mut zusammen und bestelle ein merkwürdig aussehendes Sandwich mit etwas, das an Lammfleisch erinnert. Als es auf einem kaputten Teller vor mich hingestellt wird, frage ich mit den wenigen serbokroatischen (oder bosnischen, vergib mir?) Worten, die ich kenne.

»Nein.« Auch sie kennt keine Zoja Maria Balto.

Sie geht zu ihrer Theke zurück, holt einen Besen hervor und beginnt die Hinterstube mit langsamen, gründlichen Bewegungen zu fegen. Dann richtet sie sich auf und starrt die Wand an. Sie dreht den Kopf und sieht mich lange an, will den Besen fortstellen, überlegt es sich anders und behält ihn in der Hand, während sie sich langsam, fast widerwillig meinem Tisch nähert.

»Ich bin mit einem Hassan Balto in eine Klasse gegangen«, sagt sie säuerlich in einem fast fließenden Englisch. »Er hatte eine Schwester. Aber sie hieß nicht Maria oder so, ha!«, die Frau lacht kurz, dann nimmt sie, ohne auf einen Kommentar meinerseits zu warten, ihr Fegen wieder auf. Ich warte, aber sie kommt nicht zurück.

»Noch einen Kaffee«, sage ich leise und zeige auf die Tasse, und erst jetzt fällt mir auf, dass das, was sie hier Kava oder so ähnlich nennen, etwas dünner ist, aber ansonsten genauso wie der türkische Kaffee schmeckt, den du mir immer gemacht hast. Ich warte, bis sie nachgeschenkt hat und sich abwenden will, dann sage ich so lässig wie möglich: »Dieser Hassan, hatte er eine Tochter, die Habiba hieß?«

Die Frau wirbelt herum, hält den Besen vor sich, als wolle sie damit schlagen.

»Warum wollen Sie das wissen?« Ihr Gesicht hat sich zusammengezogen, die Augen starren hart in meine, und an der Stimme wird deutlich, dass sie überzeugt ist, dass ich nichts Gutes im Sinne habe.

Ich wäge die Worte ab, finde zu gewichtige, zu oberflächliche, entschließe mich für den unwissenden Touristen und die Wahrheit, einen Teil zumindest, und sage: »Ich habe vor einigen Jahren mit Hassans Schwester in Sarajevo gearbeitet. Jetzt bin ich als Tourist zurückgekommen und versuche, sie zu finden.«

»Wir wissen hier nichts über sie.«

Die Frau dreht mir den Rücken zu und geht zu der Theke, wo sie sich mit den Händen in den Hüften hinstellt und mich schamlos anstarrt und keinen Zweifel daran lässt, dass ich besser meinen Kaffee austrinken sollte. Bevor ich das habe und ohne den Kopf zu drehen oder den Blick abzuwenden, ruft sie: »Sergo, Sergo, komm sofort.«

Es rumort in der Hinterstube, und ein großer Mann in den Fünfzigern erscheint. Er hinkt und hat nur ein Ohr und eine große Brandnarbe auf der einen Wange. Die Frau sagt sehr viel, sehr schnell zu ihm, und er hinkt schwer und drohend zu meinem Tisch. Er starrt mir in die Augen, sagt dann etwas, das ich nicht verstehe, aber es ist doch zu verstehen, dass ich nicht länger willkommen bin. Die Frau ruft ihm etwas zu, vielleicht, dass ich die Sprache nicht spreche, und er wiederholt langsam in gebrochenem Englisch und mit Gewicht auf jeder einzelnen Silbe: »Wir mö-gen kei-ne Frem-den, die her-umschnüf-feln«, sagt er.

»Danke für den Kaffee«, antworte ich ruhig, so ruhig ich kann, und zähle langsam die Scheine ab.

Ich lege das Geld auf den Tisch, und ohne auf das Wechselgeld zu warten, stehe ich auf und gehe. Etwas habe ich gelernt.

Es hat aufgehört zu regnen, aber ich bemerke das sich aufdrängende Dunkel. Ich zögere einen Augenblick, möchte keine Zeit verlieren, spüre jedoch mit aller Deutlichkeit, dass es keine gute Idee ist, als Fremder nach Anbruch der Dunkelheit durch die Straßen zu gehen und Fragen zu stellen. Anstatt zum Fluss hinunter in den alten, moslemischen Stadtteil abzubiegen, gehe ich ein paar hundert Meter weiter, drehe zur Carinski-Brücke nach rechts ab und bin wieder im Hotel.

CNN läuft im Hintergrund, während ich schnell dusche.

Slobodan Milošević hat die Wahl verloren, weigert sich jedoch abzutreten. Studenten demonstrieren in den Straßen Belgrads. Ich ziehe eine trockene Hose und trockene Schuhe an, schalte den Fernseher aus und gehe mit meinen Notizen ins Restaurant hinunter. Esse, während ich durchgehe, was ich über dich und deine Vergangenheit habe. Es ist nicht viel. Ich weiß, dass du hier in der Stadt geboren und aufgewachsen bist, dass du hier in die Schule gegangen sein musst und einen Bruder hattest, einen Bruder hast, der vielleicht, vielleicht nicht Hassan heißt. Soweit ich weiß, leben deine Eltern noch. Ich weiß, dass du als Achtzehnjährige Mostar verlassen und nur einmal deine Füße wieder in deine Heimatstadt gesetzt hast, nachdem du einen Österreicher geheiratet hast. Und ich weiß, dass du eine Nichte hattest, eine Nichte hast, die Habiba heißt. Und ich weiß noch etwas anderes oder weiß es nicht: Zoja Maria.

Zoja? Maria?

Die Tische im Restaurant sind halb leer, doch das Café ist voll, und das Leben wogt. Ich bezahle meine Rechnung und gehe in die Bar. Einige der Gäste scheinen Lokalpolitiker und Unternehmer zu sein, doch die meisten sind Diplomaten und internationale Krisenhelfer, die in einer Flut abgehackter Akzente laut über die Sicherheit beziehungsweise die mangelnde Sicherheit für zurückkehrende Flüchtlinge, die Zusammenlegung und Ausbildung einer Einheitspolizei und die Korruption in der Hrvatska Bank reden. Ich fühle mich seltsam fremd und zu Hause zugleich, noch vor nicht langer Zeit war ich einer von ihnen. Ich bestelle ein Bier und komme schnell ins Gespräch.

»Wie man in dieser Stadt jemanden findet? Nun ja…« Der Mann in dem weißen Hemd, der für die EU arbeitet, wie sich herausstellt, zögert. »Das kommt darauf an…«

»Eine Kroatin«, sage ich schnell. »Eine Frau, 1953 hier geboren. Hat die Stadt als Achtzehnjährige verlassen.«

»Vielleicht, ja… ich weiß nicht, ob noch viele Aufzeichnungen aus der Zeit vorhanden sind. Der größte Teil wurde im Krieg zerstört. Aber versuchen Sie es in den Kirchen! Als Katholikin müsste sie dort verzeichnet sein! Und soweit ich weiß, konnten die meisten Kirchenbücher gerettet werden!«

Ich schüttele den Kopf, ich habe es bereits versucht, ergebnislos.

»Wie wäre es mit einem Aushang?«

Ich muss verständnislos ausgesehen haben, denn er erklärt sofort: »So wie sie es hier machen, wenn jemand tot ist! Ein Foto mit einer Personenbeschreibung. An Bäumen, Hauswänden, Laternen, Türen! Setzen Sie einen Finderlohn aus. Sagen Sie, dass die Leute ihn bekommen, wenn sie mit Informationen hier ins Hotel kommen! Das wird ein wenig dauern, aber früher oder später taucht bestimmt jemand auf! Besonders wenn Sie den Finderlohn hoch genug ansetzen!« Er spricht stoßweise und sehr schnell, als wäre jeder zweite oder dritte Satz eine Erklärung, eine Rede für sich, der eine Pause folgen muss, während er nach den richtigen Worten für den nächsten Satz sucht.

»Ich habe nicht so viel Zeit«, sage ich.

Es ist der 2. Oktober. Mein Flugzeug geht in vier Tagen. Ich muss zurück nach Wien und die letzten Sachen packen und alles in einen Umzugswagen verfrachten, sodass ich am 10. in Paris bin und meine neue Stellung bei Jonathan antreten kann. Ich habe noch vier Tage, bevor ich zurückmuss.

»Kennen Sie überhaupt niemanden aus ihrer Familie? Das ist bestimmt lange her, aber Mostar ist eine kleine Stadt, die Leute hier kennen sich!« Der EU-Repräsentant trinkt einen Schluck von seinem Bier und fügt trocken hinzu: »Das ist ja das Unheimliche! Fragen Sie drüben am Ostufer. Sie wissen genau, wer wen vergewaltigt hat, wer wen ermordet hat, wer was gestohlen hat, wer in ihren Häusern und Wohnungen lebt! Sie sind zusammen aufgewachsen! Und dann glaubt man, dass die Leute sich nur zusammenreißen, die Feindschaft vergessen müssen! Wie soll das möglich sein, solange diejenigen, die deine Eltern oder deine Kinder umgebracht haben, frei herumlaufen und zudem vielleicht noch in deinem Haus wohnen und alles gestohlen haben, was du besessen hast?! Es bedarf einer gerichtlichen Abrechnung …«

»Ich habe den Namen ihrer Nichte«, unterbreche ich ihn. »Und den ihres Bruders.«

Er trinkt noch einen Schluck und zündet sich eine Zigarette an. Ich nehme auch eine.

»Entschuldigen Sie, ich bin schon so lange hier. Seit dem Washington-Abkommen 1994! Und habe immer mit der Unwissenheit der Außenstehenden zu kämpfen. Zoja Maria, eine Kroatin, ohne Zweifel«, murmelt er wie zu sich selbst. »Hassan könnte alles Mögliche sein, Balto auch. Habiba ist moslemisch!« Er schweigt kurz, sieht aus, als würde er nachdenken. »Versuchen Sie es in den Schulen! Es kann sein, dass es dort noch Aufzeichnungen gibt! Vielleicht nicht bis in die fünfziger, sechziger Jahre zurück. Aber bestimmt von der Nichte! Das würde ich an Ihrer Stelle versuchen!«

Er lacht, als ich ihm erzähle, dass ich herumlaufe und auf den Straßen frage.

»Sind Sie noch ganz gescheit?! Viele hier mögen Leute nicht, die zu viele Fragen stellen! Selbst wenn Sie das Glück haben sollten, jemanden zu finden, der die Frau oder ihre Nichte kennt, können Sie nicht sicher sein, dass er Ihnen sagt, was er weiß! Besonders dann, wenn irgendetwas an der Geschichte nicht geheuer ist!«

»Ich weiß nicht …«

Er lacht wieder, leert sein Glas und steht auf, will gehen, als er hinzufügt: »Glauben Sie mir!«, und mir freundschaftlich auf die Schulter schlägt. »Hier in der Stadt gibt es nichts, das nicht Teil einer anderen Geschichte ist!«

∞ ∞

Du stehst mit dem Rücken zu mir.

Das bemerke ich als Erstes.

Als Zweites bemerke ich, dass keine Worte in deinem Nacken sind. Nichts. Weder die, die ich getötet habe, noch irgendwelche anderen. Nichts. Doch nichts ist natürlich auch ein Wort, eins, das man annehmen und zur Kenntnis nehmen, mit dem man leben muss. Nichts. Eins dieser Worte. Ein gutes. Das richtige, und ich drücke leicht Anna Charlottas Arm.

»Guten Tag. Wir sind uns bestimmt schon einmal begegnet«, sage ich und drücke die mir entgegengestreckte Hand, die mich abschütteln zu wollen scheint, noch bevor ich sie ergriffen habe.

»Walter Berchtold Balthasar«, sagt dein Mann, mein zukünftiger Schwiegervater, steif.

Du hast uns anscheinend nicht gesehen und verschwindest in einer kleinen Gruppe von Menschen, die mitten auf dem Rasen stehen, und ich kann weder dich noch deinen Nacken mehr sehen. Ein helles, unbekümmertes Lachen drängt sich in mein Gesichtsfeld, und Tanya Katharina küsst mich auf die Wange, noch bevor ich mir darüber klar werden kann, wie dieses Treffen vor sich gehen soll.

»Hallo«, sagt sie mit einem Lächeln hinter einem anderen. Ich versuche, die Doppeldeutigkeit nicht zu deuten. Auch ich bin zwei. Heute. Ob ich morgen noch irgendwer bin, weiß ich nicht. In der letzten Schlacht geht es um alles oder nichts. Nicht wahr, Slobo? Und es gibt keine anderen Worte als diese: du oder ich, alles oder nichts. Fünf gegen sechs, wenn wir die Buchstaben zählen, und sagen uns die Zahlen nicht sofort, wer gewinnt? Wer die meisten Truppen hat, die meisten Waffen, die beste Munition? Oder vergessen wir jetzt den Mut, den Willen zum Sieg, der sich nicht beziffern lässt? Vergessen wir, vergesse ich, dass deine (und jetzt ist es wieder deine Tochter, vergib mir) Hauptstadt belagert wurde, nicht erobert? Dass Bosnien zerstört wurde, nicht besiegt? Dass Ost-Mostar in Ruinen gelegt wurde, nicht in nichts?

Alles oder nichts.

Bis auf Weiteres läuft es gut, denke ich, während Anna Charlotta mich durch die Menge zu dir führt.

»Mutter«, sagt sie.

Und du drehst dich um und kannst die Begrüßung nicht länger hinauszögern, alles oder nichts, doch du antwortest nicht auf die Frage, die ich nicht stelle, stattdessen sagst du: »Schön, dich zu sehen, Sem«, nachdem deine Wange meine auf eine Weise gestreift hat, die an einen Wangenkuss erinnert, aber eine Ohrfeige ist, wie sie nur eine Frau austeilen kann, und ich wundere mich, dass mein Ohr nicht klingt und meine Wange nicht leuchtet, sodass alle darauf starren. Und es wundert mich noch mehr, dass niemand aufschreit und mit dem Finger auf mich zeigt, denn gerade habe ich noch eine andere Ohrfeige bekommen, die meinen ganzen Körper vor etwas beben lässt, das ich tot geglaubt hatte, und ich bin gezwungen, den unbändigen Drang zu unterdrücken, dich zu schlagen, dich zu schlagen und an mich zu drücken. Doch vergiss nicht, Sem, vergiss nicht, Sem liebt Anna Charlotta, und jetzt nehme ich ihre Hand, jetzt, erst jetzt, denn genau jetzt wendest du mir den Rücken zu, und ich denke, dass es in alle Zukunft so sein möge, dass dieses Beben in meinem Bauch Krieg in Frieden verwandelt, und sieh nur, ist sie nicht wunderbar, meine junge, meine lautlose, meine zukünftige *Deine*.

Ich weiß es. Ich hätte deinen Brief lesen sollen. Ich hätte deinen Brief lesen und beantworten sollen, aber ich habe es nicht getan. Es gibt viele Arten, eine Katze zu erwürgen, nicht zu antworten, ist eine davon. Oder?

Was stand in dem Brief?

Was stand in dem Brief, Zoja Maria?

Sem?

Und jetzt antworte ich nicht einmal auf Ansprache. Das fällt mir als Erstes auf, als alle in der Gruppe mich anstarren und der Angeklagte gebeten wird, sich zu erheben, und Hand aufs Herz, ich habe den Brief nicht gelesen, und ich warte auf das Urteil, und ich habe nichts gesagt, weil ich nichts zu sagen habe, denn was ist zu meiner Verteidigung zu sagen? Nichts, nichts anderes als: »Ja, danke, gern.«

Denn es geht um rot oder weiß, um Champagner, das ist schließlich ein Fest, und ich weiß nicht, warum ich so lange gebraucht habe zu antworten, ich habe es einfach, das ist alles. Aber nein, das ist nicht alles, denn das ist erst der Anfang, denn jetzt wollen wir uns unterhalten, und an einer Unterhaltung muss man teilnehmen, vor allem wenn man der am wenigsten bekannte Gast ist und fast eine Art Ehrengast, denn das Fest ist für die Tochter, die Geburtstag hat, und ich bin der Gast der Tochter, was sozusagen eine Ehre ist, gleichwohl diese Ehre etwas gebührt, das längst der Vergangenheit angehört, was auch auf meine Ehre zutrifft, und ich nehme Haltung an und erinnere mich, warum ich hier bin, zu Anna Charlottas Ehre, und ich sehe Anna Charlotta an, deren Bogensehnen sich leicht angespannt nach oben ziehen, und ich kann es nicht lassen, mit meiner Hand leicht über die ihre zu streicheln, denn sie wird meine Frau werden, und ich liebe sie. Tue ich das?

Ich sehe den Ausdruck in deinen Augen nicht, denn als ich den Kopf drehe, hast du mir wieder den Rücken zugewandt, doch die Art, wie deine Nackenhaare zu Berge stehen, ist ebenso wenig misszuverstehen wie die Abruptheit, mit der du sagst: »Entschuldigt mich.«

Und die Entschuldigung noch einmal wiederholst, noch immer ohne mich anzusehen, mich, an den die Entschuldigung mehr als an jeden anderen gerichtet sein muss, davon gehe ich aus, und dann entfernst du dich von unserer kleinen Gruppe, aus dem Garten, ins Haus, und bist weg.

Wegsein gehört zu den Dingen, die man nicht lange tun kann, wenn es sich um den eigenen Garten handelt und das eigene Fest und die eigene Tochter, die Geburtstag hat, und das Wissen, dass das so ist, gibt mir Sicherheit, so viel Sicherheit, dass ich Anna Charlottas Arm noch einmal drücke, und es ist gut, dass du weg bist, das spüre ich bis tief ins Mark, spüre ich in den Beinen, die mir noch immer bleiben, wenn ich die Fäuste nicht einsetzen kann. Daran erinnere ich mich, doch warum ich mich daran erinnere und warum ich mich gerade jetzt daran erinnere, weiß ich nicht, denn das Abendessen hat noch nicht einmal begonnen, und die Gesellschaft schon vor dem Abendessen zu verlassen wäre ein Skandal, den zu machen ich weder die Lust noch den Mut habe, das muss ich zugeben (vergib mir). Gerade jetzt stehen wir auch in Reih und Glied, jedenfalls kommt es mir in diesem Garten so vor, der voller Männer in Anzügen und Frauen in langen Sommerkleidern ist, mit Absätzen, die hoch genug sind, ihre Beine zu verlängern, und breit genug, nicht in den Rasen einzusinken, denn eins weiß ich über die Frauen: dass sie an alles denken, auch daran, wie die Absätze den Kampf gegen den Rasen gewinnen, und damit bin ich wieder bei dem Kampf zwischen alles oder nichts, aber eigentlich ist das kein Kampf, denn ich habe bereits verloren, aber man muss auch verlieren können, und das kann ich, denn ich habe auch gewonnen, all das, was sich durch die Nichtmehrexistenz der Geschichte von dir und mir ergeben hat, und was für eine Freude läuft mir Bauch und Rücken hinunter. Und diese Freude wird zu einem Lächeln, das mit nur einer leichten Überwindung die Form eines Kusses auf Anna Charlottas Wange annimmt, und es bedarf auch nur einer leichten Überwindung, dass sie die Bogensehnen nach oben zieht und mein ist in einem Lächeln, das ihre Dunkelheit zurückdrängt, bis sie im Nacken sitzt, den ich glücklicherweise nicht sehen kann, da sie mir das Gesicht zugewandt hat.

Und was für ein Gesicht. Und das, obwohl es nicht ganz wirklich ist, wie auch alles andere auf diesem Fest, in diesem Garten, an diesem Abend. Es ist ein Film, in den ich und diese verdünnte Milchweiße zufälligerweise geraten sind, und die Kameras laufen, und die Gäste auch, denn jetzt gibt es Essen, und alle können zu dem Büfett hochgehen und sich genau das nehmen, was sie mögen, und es gibt so viel Auswahl, dass man glauben könnte, jeder hätte sein Lieblingsgericht bestellt, Anna Charlotta und ich auch, und ich fasse sie um die

Taille und bin sicher, dem zu gleichen, dem ich gleichen soll. Und dann ist der Augenblick vorüber, und am liebsten würde ich aus dem Film laufen, doch stattdessen laufe ich mit Anna Charlotta zu dem Büfett hoch und nehme zwei Teller und stehe in der Schlange, die sich langsam vorwärtsbewegt zwischen Erdäpfelsuppe und Fischsulz und Hechtnockerln und gebratenem Lammschlegel und gebackenem Kalbsbries und gebackenen Kartoffeln und Kalbsvögerln in Schwammerlsoße und Grammelknödeln und vielen, vielen anderen Dingen, deren Namen ich nicht kenne, und Brot, von dem ich weiß, wie es heißt, so wie ich weiß, wie ich heiße, und das sage ich.

»Sem«, sage ich, denn eine junge Frau streckt mir ihre Hand entgegen, und es wäre merkwürdig, ihr nicht die Hand zu geben, auch wenn ich irrtümlich in diesen Film geraten bin.

»Erika«, sagt die Frau mit einem einnehmenden Lächeln und einem Hüftschwung, der unschuldig sein könnte, würde sie mir nicht gleichzeitig in die Augen sehen, ganz freimütig, obwohl Anna Charlotta nur wenige Schritte von mir entfernt steht, sicher, den Rücken mir zugewandt, aber doch nur wenige Schritte entfernt.

»Wenn Sie Hilfe brauchen, können Sie sich jederzeit an mich wenden«, sagt die Frau und sieht plötzlich ernst aus. Und plötzlich mag ich sie doch, obwohl ich sie noch vor wenigen Sekunden nicht ausstehen konnte, denn sie scheint Sympathie für mich zu empfinden, eine Art Verbundenheit, die mir das Gefühl gibt, sie könnte mir wirklich helfen, wenn ich nur wüsste, womit man mir helfen kann, doch das weiß ich nicht, obwohl ich das klare und sehr beunruhigende Gefühl habe, Hilfe zu brauchen.

Dann steht Anna Charlotta neben mir, und die Frauen wechseln Blicke, aber keine Worte, und ich kann nicht sehen, was ihre Blicke sagen, nicht einmal, ob es um die Frage der

Besitzverhältnisse oder um ein gegenseitiges Wissen und Freundschaft oder um gegenseitige Feindschaft geht. Ich kann nur sehen, dass die Blicke einen ganz kurzen Moment miteinander reden, bevor die unbekannte (wiedererkannte?) Erika sich mit ihrem halb vollen Teller umdreht und in der Menge verschwindet, und aus irgendeinem Grund fällt mir auf, dass sie ein taubenblaues Kleid anhat, als könnte ich mich daran festhalten auf diesem Fest, auf dem es nicht so viel anderes gibt, woran ich mich festhalten kann, außer dem Teller in meiner Hand, und Messer und Gabel natürlich, doch daran kann ich mich erst festhalten, nachdem Anna Charlotta und ich einen Platz an einem der Tische gefunden haben, an dem seltsamerweise Tanya Katharina genau auf der entgegengesetzten Seite des Stuhls sitzt, auf den ich mich setze.

Doch so ist das mit den Zufällen, dass sie immer so arrangiert scheinen, dass sie genau zu dem passen, zu dem zu passen sie statistisch gesehen keine Chance haben. Und dass du dich an den Tisch hinter Tanya Katharina setzt, die Seite mir zugewandt, sodass ich dein Gesicht sehe, wenn du mit dem Herrn links von dir redest, und deinen Nacken, wenn du mit dem Herrn rechts von dir redest, muss ein weiterer Zufall sein. Und dein Mann, Walter Rudolf Berchtold Balthasar, Anna Charlottas Vater, setzt sich an denselben Tisch, das Gesicht die ganze Zeit mir zugewandt, und das ist noch einer der Zufälle, die nicht zwangsläufig angenehm sind, über die man aber nicht weiter nachdenken sollte, denn dann läuft es schief, und es gibt bereits mehr als genug in dieser Geschichte, das schieflaufen kann (vergib mir).

Wir essen und essen und essen.

So ist das in Europa. Das Essen ist eine ernste Angelegenheit, und wir nehmen es auch sehr ernst und sitzen lange da und kauen unser Essen gut und holen uns mehr, und das mehrere Male, bis nichts mehr zu holen ist oder richtiger, es steht noch immer massenhaft auf den Tischen, doch in unseren Mägen ist kein Platz mehr, sodass kein Grund besteht, noch mehr zu holen, obwohl die meisten sich trotzdem weiter nehmen. Und so ist das mit Europa, man nimmt sich weiter, auch wenn kein Bedarf mehr besteht, nur Lust, das denke ich, Gier und kein Bedarf, diese vielversprechende Gepflogenheit, die die lokalen Machthaber auf der ganzen Welt von der selbsternannten Übermacht der Zivilisation, mit der ich hier an einem Tisch sitze, übernommen haben, und dann begegnen meine Augen deinen, und plötzlich ist da die Rede von einer ganz anderen Gier, einer, der man mich anklagt. Und da werde ich wütend, und ich lege den Arm um meine Zukünftige, und du wendest den Kopf ab, siehst mir aber weiter in die Augen. Und schließlich bin ich es, der die Augen abwendet, nicht weil ich mich der Anklage der Gier beuge, sondern weil ich hinter der Anklage der Gier etwas anderes gesehen habe, etwas, von dem ich nichts wissen will. Glaube ich.

Und was glaube ich noch?

Weder an Gott noch an den Teufel oder die Engel oder das Paradies und schon gar nicht an eine Vergebung für mich, aber so ist das mit dem Töten, man muss damit rechnen, dass einem nicht vergeben wird. Denn gäbe es eine Vergebung, würde es schließlich keinen Sinn machen zu töten, nicht wahr, Slobo?

Würden die Bosnier euch nicht hassen und fürchten, wenn ihr nur genügend von ihnen die Kehle durchgeschnitten habt, hättet ihr nichts erreicht, oder? Nur die nicht erfolgende Vergebung vollendet den Völkermord, die Säuberung, lässt die Überlebenden nie, niemals zurückkommen, und deshalb lehne ich mich, während deine Augen auf mir ruhen, zur Seite und küsse Anna Charlotta zuerst auf die Wange und dann, nachdem ich ihr Kinn mit meiner Hand zu meinem Gesicht herumgedreht habe, auf den Mund. Fester und fester, bis es fast zu intim für die Umsitzenden wird und ich Anna Charlotta anmerken kann, dass auch sie das findet, denn ihre Zunge ist klein und nur wenig lebendig, und trotzdem leistet sie verblüffend wenig Widerstand, fast als wolle sie, dass alle Welt und du diesen Kuss sehen, der dauert und dauert und dauert und dauert.

Du stehst auf.

Du stehst mit einer Heftigkeit auf, die deinen Stuhl nach hinten kippen lässt. Das gibt dir etwas zu tun, denn du musst dich nach dem Stuhl bücken und ihn wieder hinstellen und dein Kleid richten, das weiß ist und das ich einmal in einer andern, einer ganz anderen Geschichte im Rücken aufgeknöpft habe, langsam, langsam, genauso langsam, wie du jetzt das Kleid vor meinen Augen richtest, die sich bei dem Krach des Stuhls von Anna Charlotta gelöst haben, und du gehst hoch zum Büfett, langsam, als müsstest du über etwas nachdenken, über etwas sehr Ernstes, als läge eine Endgültigkeit in dieser Überlegung, wenn sie erst einmal abgeschlossen ist, und ich bekomme Angst. Und ich muss nicht lange nachdenken, um zu wissen, wovor ich Angst habe, denn diese Angst hat mit der Vollendung zu tun, und mir wird plötzlich klar, dass ich genau gewusst habe, dass es keinen Weg zurück gibt, wenn man erst einen Mord begangen hat.

Und jetzt stehe ich mit einer Heftigkeit auf, dass mein Stuhl umkippt, aber glücklicherweise kippt er dort, wo Gras wächst, sodass er nur wenig Lärm verursacht und nicht so viele mir die Köpfe zuwenden, wie es hätte der Fall sein können, doch Anna Charlotta sieht mich an, und ich sehe, dass sie etwas weiß, das sie vielleicht nicht wissen will, und sie sieht zu

Tanya Katharina hinüber, und ihre Augen begegnen sich, und da weiß ich etwas, das ich vielleicht nicht wissen will. Doch daran will ich nicht denken, daran zu denken, habe ich keine Zeit, schon gar nicht jetzt, denn ich gehe über den Rasen zu dem Büfett, obgleich ich nicht mehr hungrig bin und nichts mehr essen kann, und ich vergesse auch meinen Teller, was es schwer macht, so zu tun als ob, aber glücklicherweise ist inzwischen der Käse aufgetragen worden und bietet mir Gelegenheit, eine Weile so zu tun als ob, und dass du auf der anderen Seite des noch immer opulenten Büfetts stehst, lässt mich eine ganz bestimmte Stelle anpeilen. Ich nehme mir einen Teller von dem Stapel am Ende des Tisches, und mit dem Teller in der Hand steuere ich genau den Punkt des Büfetts an, der der Stelle gegenüberliegt, an der du stehst, und ich bin hier, und du bist da, kaum mehr als einen Meter entfernt, doch du blickst nicht auf, bist ganz damit beschäftigt, den Käse und die Trauben und das Brot und die Blumen zu arrangieren, und ungeachtet dessen, dass ich erst ein Stück von einem und dann von zwei oder drei anderen Käsen abschneide, siehst du nicht auf, und ich weiß nicht, was ich sagen soll, um das in Worte zu fassen, was ich gerne sagen würde, denn ich kann schließlich nicht einfach sagen: Entschuldige, und ich kann auch nicht sagen: Vergib mir, denn mir geht es nicht um Vergebung, und ich kann dir auch nicht sagen, was ich dir wirklich sagen will, denn diese Worte habe ich getötet, und es ist ohnehin zu spät, und dann sage ich es doch, rau und undeutlich sage ich:

»Ich … du.«

Und ich weiß nicht, wie die Worte bei dir ankommen oder ob du sie nicht hörst oder ob du sie nicht hören willst, doch du siehst zumindest auf, und du siehst mich an, aber deine Augen sind erstarrt in Wut und Verachtung und etwas, das ich gerne

Trauer nennen möchte, doch es ist allzu weiß und knochentrocken, um Trauer zu sein, und ich sehe mich gezwungen, es Hass zu nennen.

Hass. Du hasst.

Und so muss es wohl sein, so habe ich es gewollt, auch wenn ich nicht länger will, dass es so sein soll, und schon gar nicht jetzt, wo es endlich so ist (vergib mir).

Ich hebe die Hand in einer langsamen Bewegung zur Stirn, widerwillig fast, denn wie viel lieber wäre es mir, es bedürfte dieser Bewegung nicht, denn bedürfte es dieser Armbewegung nicht, um mir mit der Hand über die Stirn zu streichen, wäre auch kein Hass abzuwehren. Und dann spüre ich – ja, was spüre ich? Das sind keine Tränen und auch keine Reue und auch nicht die Fäuste, ja, jetzt weiß ich es, ich spüre die Beine. Die Beine, die noch immer glauben, die Zeit einholen, überholen zu können, sodass nichts geschehen ist und alles anders gemacht werden kann, wenn sie nur schnell genug laufen.

Aber so ist das nicht, sage ich den Beinen, ungeachtet dessen, dass ich nicht mehr viel sagen muss, denn du hast dich längst umgedreht, und nicht dein leichter Gang zurück zu deinem Platz am Tisch und auch nicht die zärtliche Geste, mit der du deinem Mann den linken Arm um die Schulter legst, bevor du dich setzt, nicht einmal die Intensität des Lachens, mit dem du dich in eine eifrige Konversation einmischst, sagt mir, dass mir die Zeit davongelaufen ist, dein Nacken, in dem die Haare auf eine Weise flach anliegen, die eine Geschichte ist, die tot ist.

Statt fortzulaufen führen die Beine mich auf die Toilette. Und auf der Toilette, bei dem Handgriff, der für jeden, der sein Leben lang ein Mann war, zur Gewohnheit geworden ist, und bei dem Laut, der ebenso vertraut ist, und dem schwachen Geruch, den auch jeder kennt, Mann wie Frau denke ich, wird mir klar, dass etwas nicht in Ordnung ist.

Wie viele Leben hat eine Katze?

Ja, nicht?

Und ich habe nur sieben getötet.

Und an diesem Unterschied zwischen sieben und neun halte ich fest, nachdem ich das, was mich zum Mann macht, nicht länger festhalten muss, weil es wieder dort eingeschlossen ist, wo so etwas nun einmal eingeschlossen wird, und zwischen sieben und neun ist ein Unterschied, der mich den ganzen Weg von der Toilette durch das Haus hinaus in den Garten bis fast zu meinem Platz lächeln lässt, doch dann höre ich auf zu lächeln, denn ich sehe deinen Nacken, und dein Nacken sagt mir mit aller Deutlichkeit, dass er den Unterschied zwischen sieben und neun nicht kennt und dass es so etwas gibt wie zwei Fliegen mit einer Klappe zu schlagen (ich habe deinen Brief nicht gelesen, vergib mir).

Das gilt nicht, rufe ich deinem Nacken zu, aber er hört mich nicht oder will mich nicht hören, und dann drehst du dich um, und obwohl das kaum möglich ist, ist dein Blick noch vernichtender als dein Nacken, und vor den Augen deiner Augen ohne Augen muss ich mich neben meine Zukünftige setzen, die im Moment nach allem anderen, nur nicht danach aussieht. Oder doch – denn sie schickt mir ein Anziehen der Bogensehnen, und da ist Licht, und obwohl es nur ein schwaches Licht ist, ist es ein Licht, und daran halte ich mich fest, und ich setze mich, und ich nehme ihre Hand, denn sie wird mein Licht sein, und so muss es künftig sein, und jetzt wollen wir tanzen (vergib mir).

∞

Dienstagmorgen wandere ich wieder durch Mostar.

In Belgrad haben sich viele den Demonstrationen angeschlossen. Es demonstrieren nicht länger nur die Studenten.

Gleich beim ersten Mal habe ich Glück. Obwohl es sich nicht wie Glück anfühlt, während es passiert. Denn als ich, nachdem ich durch dunkle Gänge in einem halb wieder aufgebauten Schulgebäude herumgewandert bin und mich zu dem vorgefragt habe, was als das Büro des Schuldirektors angesehen wird, und etwas länger als eine halbe Stunde gewartet habe, endlich hereingelassen werde und guten Tag sage und ein paar Höflichkeiten austausche und frage, ob sie eine Habiba Balto kennen, zieht sich das wohlwollende Lächeln des Direktors umgehend zu einem Strich zusammen.

»Sie sind nicht von der OSZE?«

»Nee …«, sage ich zögernd, und mir wird klar, dass das Überströmende zu Ehren des Wiederaufbaugeldes gewesen sein muss, von dem er geglaubt hat, ich würde es mitbringen.

»Sind Sie Journalist?«, fragt er eiskalt.

»Nein.«

Ich zweifle nicht daran, dass es nicht gut wäre, wäre ich Journalist, doch das, was ich sage, ist offenbar noch schlimmer.

»Nur ein Freund der Familie. Ich suche nach …«

Weiter komme ich nicht. Der Direktor öffnet die Tür, sagt etwas zu seiner Sekretärin und dreht sich zu mir um.

»Es kursieren so viele Lügen. Alle lügen über das, was passiert ist. Das waren nur ein paar Jugendliche, und wir wissen nicht wer. Und das Mädchen, na ja.« Er streckt die Hand aus und schüttelt sie kurz. »Sie hat es selbst darauf angelegt, wenn Sie meine Meinung hören wollen, und jetzt müssen Sie mich entschuldigen. Ich habe eine Besprechung. Meine Sekretärin zeigt Ihnen den Weg.«

Das war alles. Die Sekretärin tut auf dem Weg durch die Gänge und die Treppe hinunter, als würde sie kein Englisch verstehen, obwohl ich überzeugt bin, dass sie das tut. Dann stehe ich wieder draußen im Regen auf dem nassen Schulhof hinter dem gelben, halb wieder aufgebauten habsburgischen Gebäude. Vor einigen Fenstern sind Bretter, und der Asphalt des Schulhofs ist voller Granattrichter. Was einmal ein Fußballplatz gewesen sein muss und rechts vom Schulhof liegt, ist jetzt eine zertrampelte Schlammpfütze vor einer Reihe von etwas, das wie in Trümmern liegende Villen aussieht.

Es schellt, und junge Menschen strömen aus dem Gebäude hinter mir. Einen Augenblick erwäge ich, einige der Schüler zu fragen, doch ein Gefühl sagt mir, dass das zu nichts führen würde. Und eins weiß ich jetzt: Habiba ist auf diese Schule gegangen. High School Number One. Hier wurde Habiba vergewaltigt und ermordet, das ist ein Anhaltspunkt. Jemand muss mir sagen können warum.

»Ost-Mostar«, sagt der EU-Repräsentant, als ich ihn, noch nass, im Restaurant des Hotels Euro finde. »Ich erinnere mich nicht an den Namen, aber wenn sie, die Nichte, Habiba, wirklich dieses Mädchen ist!« Er macht eine traurige Bewegung mit der Hand. »Dann besteht kein Zweifel. Mit ihr hat der Krieg in Mostar wirklich angefangen! Alle kennen diese Geschichte.«

»Aber warum? Was ist passiert?«

Er erzählt mir schnell, wie eine Anzahl junger Kroaten das Mädchen abwechselnd vergewaltigt hat und weiß Gott was sonst noch, während sie ihren Kopf aus dem Fenster gehalten haben, sodass alle in der Stadt ihre Schreie hören konnten. Wie sie sie anschließend aus dem Fenster geworfen, Benzin über sie gegossen und sie angezündet haben, als sie schon halb tot auf dem Pflaster lag.

»Aber warum?«

Er sieht mich an, als sei ich schwer von Begriff, und das bin ich wohl auch.

»Sie war eine Muslimin! Das war alles. Sie wollten ein Exempel statuieren, was mit den anderen passieren würde, wenn sie am Westufer blieben! Es wirkte. Nach Habiba sind die meisten freiwillig gegangen. Selbst wenn sie in nasse und überfüllte Keller drüben am Ostufer der Neretva gezogen sind.«

»Ja, aber … der Vater muss doch Christ gewesen sein, ein Kroate, denn das ist seine Schwester.«

»Die Mischlinge sind ins Ausland gegangen oder haben sich für eine Seite entschieden! Es gab keine andere Möglichkeit! Wer sollte sie sonst beschützen? Einige entschieden sich jeweils für ihre Seite und ließen sich scheiden! Der Vater. Wenn er ein Kroate war, gab es besonders Gründe, seine Tochter auszuwählen! Eine Form der Bestrafung des Vaters, eine Muslimin geheiratet zu haben!«

Das war es, denke ich. Dein Bruder hat sich für die Seite seiner Frau entschieden. Du wurdest zur Feindin. Jedenfalls nach dem Mord an der Tochter. Aber was war vorher? Vor Habiba?

Du bist nur einmal nach Mostar zurückgekehrt, nachdem du nach Österreich gezogen warst. Kurz nach deiner Heirat. Das ist fast dreißig Jahre her. Damals hast du die Narbe bekommen, hast du gesagt.

Die Demonstranten in Belgrad zählen jetzt Hunderttausende. Es wird zum Generalstreik aufgerufen. Milošević ist nicht auffindbar.

Ich stelle das Fernsehen aus. Ich habe nur noch drei Tage.

Mittwoch biege ich in die schmale Gasse hinter dem Hotel ein, in der entgegengesetzten Richtung wie an den übrigen Tagen, Richtung Ost-Mostar. Hier stehen die meisten zerschossenen Häuser, die Häuser, die keine Häuser mehr sind, sondern von Unkraut und Bäumen überwucherte Mauerbrocken. Ich dachte, ich hätte genug Zerstörung auf der anderen Seite der Stadt gesehen, aber das hier ist Ausradierung. Fünf Jahre sind seit Kriegsende vergangen, doch nicht ein Gebäude ist ganz in dieser Straße. An ein oder zwei Stellen sehe ich mitten in den Ruinen ein Fenster mit Glas und Gardinen, manche Familien müssen Mittel gefunden haben zurückzukommen. Vielleicht unterstützt von Vettern und Cousinen in Westeuropa, vielleicht unterstützt von einer freundlich gesinnten Organisation. Sie haben etwas Furchteinflößendes, die Reihen der zu leeren Schalen aus vereinzelten Mauern zerbombten Mehrfamilienhäuser, hier erahnt man eine zertrümmerte Waschmaschine, ein paar noch miteinander verbundene türkische Badezimmerfliesen, dort eine Toilette.

Ich bin mir nicht sicher, wonach ich suche, aber irgendwo muss es doch natürlich erscheinen, nach einem Hassan Balto zu fragen. Der EU-Repräsentant hat mir erzählt, dass jeder in Ost-Mostar Hassan Balto kennt, falls Habiba das Mädchen ist, das er glaubt.

Ich wandere auf gut Glück herum, gehe eine Straße hinunter, dann eine andere hinauf, werde klamm vor Schweiß in dieser schweren Luft, die die ganze Zeit auf der Kippe zum Regen steht, ohne dass es regnet. Ich bin in der Altstadt gelandet, die überraschend gut wieder aufgebaut ist, obwohl auch hier im Krieg alles zerstört wurde. Man ist behutsam vorgegangen, Ziegeldächer und Feldsteinmauern sind so restauriert, wie sie im Mittelalter ausgesehen haben müssen, das Bauen muss strikten Restriktionen unterliegen. Ich komme zum Fluss und entschließe mich, ihn zu überqueren, schlendere über die provisorische Fußgängerbrücke, die jetzt da über den Fluss führt, wo früher die berühmte Steinbrücke gestanden hat. Ich bleibe in der Mitte stehen und beobachte, wie die zerstörten Stücke der alten Brücke, die noch zu retten sind, aus dem Fluss geholt werden. Ein Teil liegt bereits am Ufer zum Trocknen. Der Fluss unter mir ist tief, fünfzehn, zwanzig oder vielleicht sogar fünfundzwanzig Meter tief, smaragdgrün und reißend. Die Narbe stammt von einem missglückten Sprung, hast du mir erzählt. Ich ahne die Klippen unter der Wasseroberfläche und frage mich, welche zu der Narbe in deinem Gesicht passt.

Verschiedene Restaurants kleben in Terrassen an der steilen Flussböschung auf der Seite des Flusses, von der ich gerade komme. Ich bin hungrig, deshalb drehe ich um, gehe zurück und entscheide mich für das letzte der Restaurants, das von einem dichten Spalier einer mir unbekannten Blumenart überdacht ist. Ich suche mir einen Tisch unter dem Laubendach, der vor dem Regen, falls er denn kommt, geschützt ist.

Zoja Maria Balto. Hassan Balto. Habiba Balto. Warum Habiba? Wer ist Habibas Mutter? Wo ist Habibas Vater? Kennt ihr Habibas Tante?

Manche Fragen lassen sich leichter stellen als andere, und mit denen fange ich an.

»Hassan Balto, nein, ich denke nicht, aber warten Sie …«

Der Kellner ist jung, hat während des Krieges als Flüchtling in England gelebt und spricht ausgezeichnet Englisch. Jetzt dreht er sich um und ruft eine ältere Frau, die an einem anderen Tisch serviert.

»Mira!«

Und Mira, der alle Vorderzähne in einem runzligen und verbrauchten Gesicht fehlen, das, was die Anzahl der Jahre angeht, nicht älter als deins sein kann, stellt den letzten Teller vor den einzigen anderen Gast in dem Restaurant und kommt zu meinem Tisch. Der junge Kellner erklärt ihr meine Frage, und Mira antwortet umgehend.

»Hassan Balto, ach, der Maler. Ihm gehört eine der Werkstätten drüben auf der anderen Seite.«

Der junge Kellner übersetzt und zeigt auf die schmale Straße, die auf der anderen Seite dem Ufer der Neretva folgt. Ich bedanke mich, frage nicht weiter, man sollte sein Glück nicht überstrapazieren. Kurz darauf bekomme ich meinen Lammspieß mit Blitva und gebratenen Kartoffeln. Ich esse langsam, während ich nachdenke.

Was sagt man zu einem Mann, der der Bruder einer Frau ist, mit der er vielleicht viele Jahre, zwanzig, fünfundzwanzig, nicht gesprochen hat, einer Frau, mit der man selbst sieben Monate nicht geredet hat? Ich kam gerade vorbei … Warum wollen Sie nicht mit Ihrer Schwester sprechen? Wo ist die Schwester, mit der Sie nicht reden wollen?

Obwohl ich nichts mehr essen kann, bestelle ich ein Dessert, und wieder habe ich Glück, es ist eine Torte, und ich frage, woraus sie besteht, und der junge Kellner ruft wieder: »Mira!«

Und Mira erzählt mir etwas von Zitronencreme und Tortenteig, angemessen übersetzt von dem jungen Kellner mit dem leichten Akzent, und dann frage ich nach den Entbehrungen während des Krieges, was mir Gelegenheit gibt, mich als Chirurg vorzustellen, der in der Nachbarschaft gearbeitet hat, und das öffnet die Münder, und es dauert nicht lange, und ich kann fragen, ob dieser Hassan Balto nicht eine Schwester hat, die Zoja Maria heißt. Und was aus ihr geworden ist.

»Maria! Ha, ha, Allah ist mächtig!« Mira lacht hart, kalt, und ich frage nicht, was sie meint, denn sie fährt von selber fort. »Sie ist hier nicht willkommen. Sie ist eine Verräterin!«

Mira schnieft verächtlich, dann wird aus der Küche gerufen,

und sie kümmert sich nicht weiter um mich und meine Fragen, sondern verschwindet unerwartet gewandt die schmale Treppe hinauf in die obere Etage des Restaurants.

Ich esse meine Torte, während ich überlege, was diese Antwort bedeutet.

Zoja Maria. Was ist mit deinem Namen?

Wie heißt du in Wirklichkeit?

∞ ∞

Ich nehme Anna Charlottas Hand, und es ist das Leichteste auf der Welt, quer über einen Rasen zu gehen und hoch auf eine Terrasse und zu dem leichten, alten Jazz zu tanzen, der in festen, stampfenden Rhythmen aus vier großen Lautsprechern kommt. Und obwohl doch meine Beine davongelaufen sind, sind sie noch immer hier, und sie können sich noch immer bewegen, und das tun sie, und ich tanze, ich bin noch dazu ein guter Tänzer, deshalb tanze ich gut, richtig gut, mein Mord ist gelungen, allzu gut gelungen. Jedenfalls bis du mit deinem Mann an der Hand auf die Terrasse und die Tanzfläche kommst und langsam tanzt, viel zu langsam, eng, viel zu eng, zu den stillen Rhythmen, die Stunden zu dauern scheinen, während die Sekunden wie das Dröhnen der Trompeten in meinem Körper pochen.

Und dann sind meine Beine nicht mehr meine Beine, denn obwohl ich das nicht will, scheint etwas auseinanderzubrechen, und dieses Etwas bin ich. Das Merkwürdige ist, dass ein Mensch auseinanderbrechen kann und trotzdem stehen bleibt.

Man soll auf einer Tanzfläche nicht still stehen. Es fällt auf, wenn man auf einer Tanzfläche still steht. Ich stehe still auf der Tanzfläche, und die Leute bemerken es, und die Leute drehen die Köpfe und sehen mich an, doch das ist nicht das Schlimmste, das Schlimmste ist, wie Anna Charlotta mich ansieht, spöttisch und nicht überrascht, das fällt mir zuerst auf. Nicht die geringste Überraschung ist in ihren vollkommen lautlosen, ganz schmalen dunklen Mooren, auch nicht in dem winzig kleinen, fast unmerklichen Abwärtszug der linken Bogensehne. Und ich habe Lust, sie zu fragen, zu rufen, was weißt du?

Was weißt du, Anna Charlotta?

Doch ich frage nicht, nehme nur ihre Hand, nein, das ist gelogen, denn ich bekommen sie nicht zu fassen, ich greife nach ihrer Hand, aber ihre Hand will nicht gegriffen werden, und ich greife in die Luft, denn wenn man nichts anderes festhalten kann, hat man noch immer die Luft, und ich sauge sie tief in meine Lungen, und die Luft ist frisch und abendlich kühl, maiwarm, und sie klärt meinen Kopf und lässt mich Halt finden, beinahe, denn in diesem Moment erblicke ich Tanya Katharina, die mit einem Glas in der Hand am Rande der Terrasse steht, den Blick fest auf Anna Charlotta und mich gerichtet, mit einem doppelten Lächeln, und ich ahne etwas, das ich nicht zu ahnen wünsche und schon gar nicht zu wissen. Und noch bevor ich das Gleichgewicht ganz wiedergefunden habe, trete ich einen Schritt zurück und falle, und, Slobo, was kann ich daraus lernen?

Ich soll nicht rückwärts von einer Tanzfläche gehen, die auf einer Terrasse ist.

Ich soll nicht rückwärtsgehen, wenn ich nicht fallen will. Ich soll nicht rückwärtsgehen. (vergib mir)

Der Fall beginnt mit einem leichten Verrutschen des Gleichgewichts, als mein rechter Fuß nicht auf ein Fliese tritt, sondern weiter in die frische, abendliche kühle Mailuft rutscht, die sich wie ein freier Raum anfühlt, bis die Ferse zum falschen Zeitpunkt die Kante einer Stufe streift und der Bogen beginnt. Der Bogen ist eine Bewegung, die mein Körper in einer leichten Drehung rückwärts macht, in dem Versuch mich herumzudrehen, um mich mit den Armen abzustützen, doch was eine halbe Windmühle rückwärts mit Schraube hätte werden sollen, wird zu einem Sturz die mit Blumen bepflanzte Steinmauer mit neun gefliesten Stufen hinunter.

Ich verletze mich am Kopf, ohne mir ein Loch zu schlagen. Ich verletze mich am Körper, ohne mir etwas zu brechen. Ich zerschlage das Glas in meiner Hand, und dadurch, allein dadurch fließt Blut.

Es hätte sehr viel schlimmer kommen können. Glaube ich. Doch was ich für das Ende des Falls halte, ist in Wirklichkeit erst der Anfang.

Auch wenn ich das erst später begreife.

Als ich zu mir komme, liege ich mit dem Rücken auf dem Gras, den Kopf auf einem Kissen, die Augen gen Himmel gewandt.

Das stimmt nicht. Ich komme nicht zu mir, denn ich war nicht weg, und das, wozu ich komme, bin auf jeden Fall nicht ich, und es stimmt auch nicht, dass die Augen gen Himmel gewandt sind, denn als sie sich umsehen, treffen sie auf Tanya Katharina, die freundlich lächelt und mehr, doch ich habe nicht die Kraft herauszufinden, was da noch mehr ist. Und vielleicht interessiert es mich auch nicht, denn was mich im Moment interessiert, ist, wo Anna Charlotta ist, doch auch das stimmt nicht, denn das Einzige, das mich wirklich interessiert, ist die Frage, wo du bist. Dann denke ich nicht mehr, denn jemand nimmt meine Hand, und einen Augenblick denke ich, nein, ich denke nicht, einen Augenblick glaube ich, dass du das bist, will ich, dass du das bist, und obwohl ich den Rand eines taubenblauen Kleides sehe, das ich schon einmal an diesem Abend gesehen habe, vielleicht mehr als einmal, spiele ich noch immer, dass du das bist, und spielen wir dieses Spiel nicht alle auf dieser Welt, dass der andere jemand anderer ist? Und wir selbst auch, denn wer sollten wir sonst sein? Und wir sind wieder du und ich, und die Frage stellt sich nicht länger, denn du und ich sind ein Wir, das nicht mehr existiert.

Das Leben kann so einfach sein.

Das, genau das denke ich, doch vielleicht stimmt denken nicht, denn ich denke nicht, nein, das geht mir durch den Kopf, als du mit einer weißen Porzellanschüssel auftauchst, und ich frage mich, warum du mit einer Schüssel zu mir kommst, denn ich bin nicht hungrig, ich habe bereits mehr als genug gegessen, auch von dem Käse, auch davon habe ich deinetwegen gegessen, warum also willst du, dass ich noch mehr esse? Aber du willst nicht, dass ich esse, du stellst die Schüssel neben mich, neben meine Hand, und das taubenblaue Kleid erhebt sich und überlässt dir den Platz, und dann nimmst du die Hand, die heute Abend rot und nicht schwarz ist, und ich erinnere mich warum, obwohl ich es nicht in Worte oder in eine Geschichte fassen kann, aber die Hand ist rot, und rot wird das Wasser, das warme, das in deiner weißen Schüssel ist, denn natürlich muss sie weiß sein wie alles in deiner Welt, bis ich in sie kam und die Hand in die Schüssel legte, und doch färbe ich dein Leben rot heute Abend. Und das Kleid, denn ich muss einfach etwas von dem Rot auf dein weißes Kleid tropfen, und rot und weiß sind auch in der österreichischen Flagge, doch darum geht es hier nicht, das weiß ich trotz allem, und auf deinem Kleid sind auch keine Streifen, sondern Flecken, warum sollten auch Streifen auf dem Kleid sein. Doch daran denke ich jetzt nicht, wo ich nur an meine Hand in deiner Schüssel denken kann und an deine Finger, die langsam, langsam und mit einer Vorsicht, von der ich geglaubt hatte, wir hätten sie vor einigen Jahren in den bosnischen Bergen vergessen oder zurückgelassen oder was auch immer, mit dieser Vorsicht wäschst du meine Hand, reinigst du meine Hand, sodass das Rote abgeht und sie wieder ich ist, kein Europäer, niemals ein Europäer, und vielleicht weinst du deshalb.

Waschen, waschen, schwarzer Mann.

Kann er ein weißer Mann werden?

Nein, das kann er nicht, denn seine Mutter war eine Nigg…! Aber das ist nichts Neues, also hör auf. Weine nicht, weine nicht, weine nicht um mich, süße Großmutter, nein, nein, das tut man, das tut sie nicht, denn Großmutter ist tot. Weine nicht, weine nicht um Nathan, weine nicht um die ungeborenen Kinder, weine nicht um irgendetwas und vor allem nicht um deine Nichte, Habiba, denn das hilft nicht, du verschüttest dich nur als Wasser und Salz auf die Erde, also weine nicht, weine nicht, weine nicht um mich, Zoja Maria. Weine nicht, weine nicht um mich, weine um uns, weine in Strömen. Weine, bis die Flüsse der Erde zusammenlaufen. Weine, bis die Meere der Erde überfließen, weine, bis es kein Land mehr gibt, nur Wasser, und die Wasser eine Sintflut sind, die die Götter und du über uns weinen, über dich und mich und uns beide.

Und von da an war die Welt eine andere und nicht mehr dieselbe.

Und in dieser Welt kann man neu anfangen.

Und in dieser Welt können wir neu anfangen.

Diese Geschichte erzählst du mir immer wieder mit der Hand, die langsam, ganz langsam über meine streichelt, die nicht mehr rot ist, sondern längst sauber.

Rein und schwarz.

Schwarz und rein.

Übertrumpfe das, mein Freund. Aber das kann mein Freund nicht, nicht einmal wenn mein Freund dein Mann ist, Walter Rudolf Berchtold Balthasar, der jetzt wie ein Kirchturm am Fußende meines Grabes steht, ein Kirchturm mit einer Uhr, die schlägt und schlägt, denn es ist spät, es ist zu spät, zu spät zu bereuen. Nein, nicht dazu ist es zu spät, es ist zu spät, das zu tun, was ich nie tun konnte, das zu sagen, was ich nie sagen konnte, auch nicht in diesem Augenblick. Denn er steht da, hier, dein Mann, der Glockenturm, und schlägt und schlägt und schlägt, bis tief in deinen Nacken, und ich kann sehen, wie sich die Haare aufrichten und kräuseln und zu Berge stehen, weil du es weißt.

Die Uhr hat geschlagen.

Und jetzt erhebst du dich. Doch erst nachdem du meine Hand auf ein zusammengerolltes Handtuch gelegt hast, und du siehst auf die Uhr, nein, du siehst deinem Mann in die Augen, und was du siehst, ist die Uhr, die geschlagen hat, und du bist fort, nein, das bist du nicht, du entfernst dich nur zwei Schritte, um an die Verbände zu kommen, die in dem Verbandkasten liegen, der genau zwei Schritte von mir entfernt steht, während dein Mann sich auftürmt und auftürmt. Doch du kannst diese Uhr noch anhalten, und du hältst sie an, da du sie genau so lange anhalten kannst, wie du brauchst, um meine Hand zu verbinden, und wir sollten einen Arzt rufen, aber das tun wir nicht, denn ich bin Arzt, und ich murmele nein, aber ich kann nicht die eine Hand mit der anderen versorgen, zumindest nicht, wenn es dazu mehrerer Stiche bedarf. Und hier könnten wir nähen und nähen und nähen, denn gewisse Risse bedürfen eines ganzen Heeres von Nähern, doch du lässt nur das taubenblaue Kleid meine Hand an zwei Stellen mit einem verblüffenden Perfektionismus klammern und anschließend den Verband stramm anlegen, dann sagst du, nicht zu mir, ganz und gar nicht zu mir, sondern zu den Umstehenden, obwohl du zu mir sagst: »Er braucht jetzt Ruhe.«

Und das ist wahr, das ist so wahr, wie es gesagt ist. Und ich schließe die Augen und bitte um Ruhe und gutes Wetter für morgen, nein, darum sollen wir nicht bitten, also nur um Frieden und Ruhe und dass morgen erst gar nicht kommt, denn wer weiß, wer und wo wir morgen sind, und diesmal heißt wir sowohl du und ich als auch Anna Charlotta und ich und Tanya Katharina und ich. Nur nicht dein Mann. Denn er ist eine ganz andere Geschichte, die ich nicht hören will, weder heute noch morgen.

Darum herumkommen kann ich nicht, wenngleich ich das noch nicht weiß und mich zu dem Liegestuhl führen lasse, den jemand schnell für mich unter den blühenden Apfelbaum gestellt hat. Warum gerade dorthin, ich will das nicht, aber ich habe nicht die Kraft zu protestieren und weiß auch nicht, wie ich mich erklären soll, denn wie soll ich sagen, dass genau unter diesem Apfelbaum vor ungefähr zehn, elf Monaten alles begann? Oder sollte ich besser sagen endete, denn ist nicht genau das passiert, als du mir die Geschichte erzählt hast, die nie hätte sein dürfen oder die du zumindest für dich hättest behalten sollen, wenn es denn nicht anders sein konnte? Doch das ist nicht der Zeitpunkt, gerade an diese Geschichte zu denken, und nutzlos ist es zudem, deshalb höre ich auf zu denken oder zumindest daran zu denken und setze mich, lege mich in den Liegestuhl. Er ist ganz behaglich, und es ist ganz behaglich, hier zu liegen, das muss ich zugeben. Ich darf nur nicht zu den weißen Blüten des Apfelbaums hochsehen, die wie leichtes Engellachen über meinem Kopf schweben. Und es ist auch Lachen, das von den Lichtern und Stühlen und Tischen, die näher zu der Terrasse als zum Apfelbaum hin stehen, zu mir dringt, doch von einer ganz anderen, angeheiterten, lauten Art. Es wird wieder getanzt, und ich fühle mehr, als ich sehe, wie die Kleider der Frauen sich in Mustern um ihre tanzenden

Beine schlingen, wie die Herren führen oder auch nicht, wie die anderen nur zuschauen, während sie trinken, und wieder andere gar nicht schauen, weil sie reden und reden, und die Stimmen dringen zu mir herüber mit ihrem Lachen, das mir vorkommt, als würde man es mir hinterherwerfen. Nein, das ist ungerecht, nur weil ich hier liege, außerhalb, bedeutet das nicht, dass man mich ausgemustert hat. Glaube ich.

Der Zweifel meldet sich in Form eines kurzen, stramm sitzenden schwarzen Kleides. Tanya Katharina steckt darin, und somit kommt Tanya Katharina als Erste, und die Frage ist, ob es nicht gleichgültig ist, wer als Erster kam, denn die Geschichte dürfte dieselbe sein, ungeachtet wer sie erzählt.

Oder doch nicht? (Vergib mir.)

Jedenfalls kommt Tanya Katharina als Erste zu mir unter den Apfelbaum, und so bin ich nicht länger allein, und Tanya Katharina kommt auch nicht allein, sie bringt die Worte und das Lachen mit, und das Erste, was sie sagt, ist: »Das mit Anna Charlotta ist nichts als eine Lüge.«

Und ich weiß genau, was sie sagt und was das, was sie sagt, bedeutet, aber ich will es nicht wissen und auch nicht glauben, und ich glaube es auch nicht. Nicht Anna Charlotta, denke ich, weiß aber, dass es stimmt, noch bevor Tanya Katharina das Zweite, das sie zu sagen hat, sagt: »Das war Anna Charlotta, die sich das ausgedacht hat.«

Das Dritte, das Tanya Katharina zu sagen hat, liegt in dem Lachen, das sich in die Luft und hoch in den Apfelbaum windet wie etwas, das zu töten ich nicht die Kraft habe und von dem ich mich verlocken lasse zu fragen, dumm und unwissend zu fragen in dem Wunsch nach einer Gewissheit, von der ich nicht weiß, was ich mit ihr soll, die mir jedoch zuteilwird, denn ich frage: »Sich was ausgedacht?«

»Alles!«

Und das Lachen steigt immer höher, bis es zu einem Brüllen zwischen den Apfelblüten wird, und auch die Engel lachen, und der Himmel lacht, und schließlich lache auch ich, denn ist das nicht komisch?

Alles.

Ich bin allein unter dem Apfelbaum, und das könnte ein schöner Platz sein, um allein zu sein, aber das ist es nicht und schon gar nicht jetzt, wo ich weiß, was ich nicht wissen will. Und was macht man da, Slobo? Na schön, alter Freund, man tut einfach so, als wüsste man es nicht. Doch dann wird mir klar, dass ich etwas anderes weiß, etwas ganz anderes und sehr viel Schlimmeres, denn es gibt ein Wissen, das so viel schlimmer ist als das, in das Tanya Katharina mich gerade eingeweiht hat, und von diesem Wissen will ich nichts wissen, und an dieses Wissen will ich nicht denken, und das tue ich auch nicht, jedenfalls nicht bis der Apfelbaum und ich wieder Besuch bekommen.

Walter Rudolf Berchtold Balthasar ist der Zweite, der zu mir kommt, und er kommt mit einer Frage, die ich am wenigsten von ihm erwartet hätte, doch das zeigt nur, dass ich noch immer nicht das Geringste von Europa verstanden habe, denn Walter Rudolf Berchtold Balthasar fragt: »Was macht Ihre Hand?«

Und was soll man auf so eine Frage antworten, die eine freundliche Einleitung zu etwas absolut Unfreundlichem ist, und wenngleich ich ihm gerne mit einer Freundlichkeit geantwortet hätte, die zeigt, dass auch ich inzwischen begriffen habe, dass die Manieren in Europa über alles gehen, kann ich nicht antworten, denn es gibt noch immer so etwas, das

Wahrheit heißt, und die Wahrheit ist die, dass die Hand, die meine rechte ist und die in einem weißen unhandlichen Verband steckt, in diesem Moment am liebsten mit aller Kraft den Mund schlagen würde, der die Frage stellt.

Aber das tue ich nicht.

Stattdessen suche ich nach einer Antwort, die der Wahrheit entspricht, und ich sage: »Gut.«

Was auch stimmt, denn es geht der Hand gut, und danach fragt er, und so kommt die Wahrheit in vielen Variationen daher, es gilt nur, die richtige zu finden, und solange ich nur an die Hand denke, habe ich keine Schwierigkeiten zu antworten, deshalb sage ich noch einmal: »Gut.«

»Schön«, sagt er, Walter Rudolf.

Und dann sehen wir einander an, ohne mehr zu sagen, denn es bleiben keine Freundlichkeiten mehr auszutauschen, das weiß ich, und damit wissen wir beide, dass als Nächstes etwas Unfreundliches kommen wird, schließlich kennen wir beide die Regeln, und die haben diesmal überhaupt nichts mit Europa, sondern nur mit Männern zu tun, und die Regeln besagen, dass Walter Rudolf den Anfang machen muss, denn das sind sein Garten, seine Tochter, sein Apfelbaum, seine Frau.

Ich bin mir nicht sicher, von wo der Angriff kommen wird, sodass ich, obwohl ich mich vorbereite und glaube, auf alles vorbereitet zu sein, doch unvorbereitet bin auf das, was kommt, weil ich geglaubt habe, grenzenlos naiv geglaubt habe (vergib mir), dass es Grenzen gibt, was man wie lange in einer Familie verheimlichen kann, und deshalb empfinde ich den Angriff, der von vorn kommt, doch wie einen Angriff aus dem Hinterhalt, und ich habe bereits verloren, bevor die Schlacht beginnt, denn er sagt:

»Ich habe eine Frau und zwei Töchter«, wie ein verdrehtes Echo auf etwas, das ich vor langer, langer Zeit gehört habe.

»Und ganz gleich welche Rolle Sie gespielt haben, alle drei sind noch immer meine Familie.«

Er legt die Betonung auf das Wort *meine*, und wenn mir etwas imponiert, ist es genau das, die Art, wie er es versteht, so vollkommen überzeugend und ohne jeden Zweifel *meine* zu betonen.

»Wenn Sie auch nur den geringsten Funken Anstand in sich haben, sollten Sie so schnell wie möglich verschwinden. Gehen Sie. Aus meinem Garten, aus meiner Familie.«

Er schüttelt den Kopf, als ich eine Bewegung mache, als wolle ich aufstehen.

»Wenn Sie sich erholt haben, erst dann.«

Ich weiß nicht richtig, ob ich nicken soll, um mein Einverständnis zu bekunden, denn er bittet mich um etwas, das ich nicht so schlimm finde, sodass ich ruhig nicken kann, nur bin ich mir nicht sicher, was noch in so einem Nicken liegen könnte, sodass ich nicht nicke und auch nichts sage, und gerade dieses, mein totales Schweigen lässt ihn wohl noch einen völlig unnötigen Trumpf hinzufügen: »Wenn Sie nicht verschwinden, erzähle ich Anna Charlotta alles.«

Alles.

Ich muss nicht fragen, um zu wissen, was *alles* ist. *Alles* ist das Schlimmste, das man sich vorstellen kann, und das Schlimmste ist ziemlich schlimm in diesem Fall, obwohl ich mir nicht vorstellen kann, dass er wirklich *alles* weiß, doch ganz gleich was er weiß, es ist eindeutig schlimm genug, dass ich sobald wie möglich diesen Garten verlassen und nie mehr zurückkommen sollte.

Trotzdem stimmt da etwas nicht, nur fällt mir nicht ein was. Ich fasse mir mit der falschen Hand an den Kopf, das heißt mit der rechten, die verbunden ist und sofort weher tut als der Kopf, und während ich mich zu erinnern versuche, was nicht stimmt, kann ich nicht umhin, eine Grimasse zu schneiden, und diese Grimasse muss wie eine Antwort gewirkt haben, den Walter Rudolf sagt:

»Mir ist das gleichgültig, so ist das. Sie verabschieden sich bald, als wäre nichts passiert. Sie verlassen den Garten, als wollten Sie nach Hause gehen, sich ausruhen, und morgen brechen Sie per Brief mit Anna Charlotta. Sie müssen selbst wissen, ob Sie eine Erklärung erfinden wollen oder nicht, die Hauptsache ist, dass Sie bis morgen Abend fort sind, aus Anna Charlottas Leben, aus meinem Leben, aus dem Leben meiner Frau. Für immer. Sonst erzähle ich ihr *alles*.«

Dass ich nicht antworte, hat trotzdem eine gewisse Wirkung auf ihn.

»Auch von Tanya Katharina«, fügt er hinzu.

Alles nicke ich in Gedanken, denn es tut noch immer zu weh, den Kopf zu bewegen, und ich kann nur denken, als Einziges denken, dass Mord wohl immer *alles* bedeutet. Ich bin nahe daran, ihn zu fragen, ob *alles* auch das neunte Leben einschließt, denn das würde mich eigentlich freuen, aber ich frage nicht, denn ich erinnere mich, dass die Katze mein Mord ist, während seiner *alles* ist, und plötzlich ist mir schwindelig, und der süßsäuerliche Duft des Apfelbaums lässt Übelkeit in mir aufsteigen, und ich schlucke und schlucke, denn wenn ich zu etwas keine Lust habe, dann dazu, mich vor den Augen deines Mannes zu übergeben, und das tue ich auch nicht.

Dein Mann erhebt sich, will gehen, besinnt sich jedoch eines anderen und bleibt stehen, dreht den Kopf.

»*Alles*«, wiederholt er, als wäre ich schwer von Begriff, und das bin ich vielleicht auch, denn in genau diesem Augenblick, unter genau diesem blühenden Apfelbaum, kann ich mich nicht erinnern, was *alles* ist, und ich möchte mich so gerne an *alles* erinnern, denn *alles* hat etwas mit dir zu tun. Mit dir und mir und uns beiden.

Alles.

Alles ist eine Geschichte von Anfang bis Ende.

Und dann wird mir klar, was nicht stimmt. Walter Rudolf kann Anna Charlotta nicht *alles* erzählen, denn sie weiß es bereits, das hat Tanya Katharina mir versichert, und beruhigt durch diesen Gedanken, lehne ich mich zurück und kann nicht umhin zu lächeln, was deinen Mann noch einmal zischen lässt: »*Alles!*«

Und er klingt wie Herr Zisch, und er ist auch eine Schlange, mit zwei Zungen und ohne Zähne, das denke ich, denn Slobo, alter Freund, so ein glatt geschliffener Diplomat hat doch keine Chance gegen die Wirklichkeit, er glaubt, er weiß etwas, aber er kennt die Geschichte nicht, nicht die wirkliche, und ich weiß, dass ich aus diesem Garten gehen und für immer verschwinden muss. Doch er weiß nicht, dass er mir einen Dienst erwiesen hat, denn ich habe den ganzen Abend gewusst, dass aus Anna Charlotta und mir nie etwas werden wird, nie etwas werden kann, dass es ein Fehler war, ein Fehler ist, ein kolossaler Fehler, denn noch etwas, noch etwas ganz anderes habe ich den ganzen Abend gewusst, ohne es wissen zu wollen, etwas, das nicht zu der Geschichte von Anna Charlotta und mir gehört und nicht zu der von Tanya Katharina und mir, sondern nur zu dir und mir. Und von diesem *alles* hat er keine Ahnung, kann er keine Ahnung haben, denn *alles* ist eine Geschichte von Anfang bis Ende, und der Schluss fehlt noch immer, und dann denke ich, dass Schlangen zwar giftig, aber auch dumm sind: Sie essen nicht selbst von den Äpfeln.

Anna Charlotta ist die Dritte, die zu mir kommt, und ich habe keine Worte für sie, die hat ihr Vater mir genommen, und ich habe keine Überraschung für sie, die hat ihre Schwester mir genommen, doch das macht nichts, wie sich bald zeigen wird, denn sie hat sowohl Worte als auch Überraschungen für mich, und es beginnt damit, dass sie sich auf die Kante des Liegestuhls setzt und ihre Hand auf meinen Arm legt.

»Ich muss bald nach Hause«, sage ich und denke, dass ich das hier so schnell wie möglich hinter mich bringen muss.

»Mach dir nichts aus meinem Vater«, sagt sie. »Ich weiß *alles*.«

Wieder *alles* und plötzlich weiß ich nicht, was ich sagen soll. Zum einen bin ich nicht sicher, ob ich wissen möchte, was sie *alles* weiß, und im Übrigen hat Tanya Katharina mir das bereits erzählt, und zum anderen habe ich andere und wichtigere Dinge zu tun, als weitere Muster in diesem Familienkaleidoskop zu bilden. Das habe ich gerade begriffen.

»Mir ist das gleichgültig«, fährt Anna Charlotta fort.

»Zuerst wollte ich dich nur bestrafen, verstehst du? Für das, was du meinem Vater angetan hast, uns allen.«

Sie holt lautlos Atem, hält ihn an und lässt dann die Luft langsam zwischen zitternden Bogensehnen wieder heraus, und ich weiß plötzlich, was sie weiß und dass auch sie in Wirklichkeit gar nichts weiß, und doch bin ich entsetzt, weil ich spüre, dass jetzt etwas anderes kommt, etwas, das ich nicht hören will.

»Auch Tanya Katharina. Und vielleicht wusstest du ja etwas.« Sie blinzelt, guckt weg und fährt genauso schnell fort: »Später habe ich begriffen, dass du auch nur einer der Liebhaber meiner Mutter warst, der Letzte in der Reihe. Und du wusstest nichts, bis auf das von Habiba. Und als ich dir wieder begegnet bin und du so elend aussahst …«

Das hatte ich nicht erwartet, sondern etwas anderes, etwas Schlimmeres vielleicht, ich weiß es nicht, noch nicht, und ich habe keine Zeit, darüber nachzudenken, denn Anna Charlotta holt lautlos Luft, und trotzdem höre ich, dass sie nahe daran ist zu weinen. Nur das nicht, denke ich, nur das nicht, und ich habe Glück, sie weint nicht, doch sie tut etwas anderes, Schlimmeres vielleicht, sie nimmt meine Hand, die linke, und die ist gefühllos, obgleich sie nicht in einem Verband steckt, und sie berührt meine Hand mit einer Innerlichkeit, die ich weder annehmen noch erwidern kann, und das nicht nur, weil ich noch eine Wahrheit begriffen habe: Auch ich weiß nicht alles.

»Dann haben die Dinge sich geändert, und jetzt ist mir das alles gleichgültig.«

Anna Charlotta hat offenbar nichts begriffen, und ich schließe die Augen, um die richtige Art zu finden, die Geschichte hier anzuhalten. Da ist etwas, worüber ich nachdenken muss, doch sie missversteht meine geschlossenen Augen und beugt sich vor und küsst mich auf die Stirn, und ich muss sie aufhalten, doch ich habe nicht die Kraft oder weiß vielmehr nicht, was ich sagen soll, denn diese Geschichte scheint ohne mich stattzufinden, und ich halte Anna Charlotta nicht auf, und da sagt sie das Schlimmste, das sie sagen kann: »Ich liebe dich.«

Noch immer klingt Musik von der Terrasse herüber, und noch immer wirbeln die Tanzenden über die Fliesen, während die Gläser vollgeschenkt und wieder geleert werden, immer wieder, und die Stimmen werden im Takt mit dem Leeren und Füllen der Gläser lauter und lauter und das Lachen auch, vor allem das Lachen.

Ich antworte nicht das, was ich antworten sollte.

Ich antworte überhaupt nicht.

Ich kann nicht. Morgen, denke ich. Morgen werde ich einen Brief schreiben, und danke für den guten Rat, Walter Rudolf, etwas können die Diplomaten offenbar (vergib mir), und da ist etwas, das ich erledigen muss, und es ist wichtig, ich muss mich nur erst sammeln, doch ich kann weder mich noch meine Gedanken sammeln, die mit meinen Augen mit den Tanzenden oben auf der Terrasse herumwirbeln, und ich schließe erneut die Augen, und ich habe einen unbändigen Drang, den Kopf in den Händen zu vergraben, erinnere mich aber rechtzeitig, es nicht zu tun, denn die eine Hand steckt nicht nur in einem Verband, sondern auch in Anna Charlottas Händen, und es bedürfte allzu großer Mühe, sie zu befreien, und würde zumindest eine Erklärung erfordern, die ich nicht habe, deshalb begnüge ich mich zu sagen: »Anna Charlotta, kannst du so lieb sein und mir ein Taxi rufen. Und bleib ruhig hier«, füge ich hinzu. »Das ist dein Geburtstag. Feiere ruhig. Wir reden morgen.«

Und dann denke ich doch klar, und ich bin stolz auf mich, weil ich das Richtige gesagt habe und auch das Richtige passiert, denn Anna Charlotta steht auf und sagt mit einem letzten erschreckend aufrichtigen Zug der Bogensehnen nach ober: »Ich rufe ein Taxi. Ich sage dir, wenn es da ist.«

Und dreht mir den Rücken zu, dreht mir endlich den Rücken zu und geht quer über den Rasen zu der Terrasse und den Tanzenden und ins Haus, das fast ein Schloss ist, und was viel wichtiger ist, weit, weit weg von dem Apfelbaum.

∞

Auf der anderen Seite des Flusses, am entgegengesetzten Ufer entlang, führt ein schmaler Pflastersteinweg mit einer Reihe von Galerien, Malerwerkstätten und Geschäften mit neuem und altem Kunsthandwerk, Gemälden, Teppichen, Postkarten und allem möglichen anderen, von dem man sich vorstellen kann, es an die wenigen kaufkräftigen Touristen zu verkaufen, die ihren Weg hierher finden. Offensichtlich haben die Maler nur die Mittel, ihre Bilder selbst zu verkaufen, und offensichtlich verkaufen sich drittklassige, farbenprächtige Abbildungen der Brücke, die nicht länger existiert, am besten. Mir kommt der Gedanke, dass früher die Kirche die Hand der Künstler geführt hat und heute der Tourismus, dann vergesse ich diesen Gedanken und überlege wieder, was man zu einem Mann sagt, der der Bruder einer Frau ist, mit der er seit vielen Jahren nicht gesprochen hat. Und da ich die Antwort nicht weiß, gehe ich zunächst einmal langsam an den Geschäften vorbei, während ich mir die ausgestellten Waren ansehe, und erst jetzt fällt mir auf, dass es geregnet und wieder aufgehört hat, während ich zu Mittag gegessen habe, und als Nächstes bemerke ich, dass ich zu weit gegangen bin. Ich bin in eine andere Straße gekommen, in der es keine Gemälde gibt, deshalb mache ich kehrt und gehe langsam zurück, über die Pflastersteine, während ich mich an dich erinnere. Nein, das stimmt nicht, denn ich muss mich nicht erinnern, ich habe nichts vergessen, auch den Laut nicht, der sich tief in deinem Hals bildete, wenn du überrascht warst, und der genau der Gleiche war wie der, den du kurz vor dem Höhepunkt von dir gabst, als würde auch er dich überraschen, und ich erinnere mich, dass dein Gang etwas Hüpfendes hatte, tief unten in den Beinen, als hieltest du das Hüpfen zurück, könntest jedoch jeden Augenblick aufspringen und für immer verschwinden, und ich erinnere mich, dass du mir von einem Spiel erzählt hast, das du und dein Bruder als Kinder gespielt habt, von den Sprüngen von der Brücke, von dem Stehen auf dem Rand des Simses und dem Schließen der Augen und dem Nichtspringen, bis der andere einen schubst, und von dem Tag, als du frisch verheiratet zurückgekommen und schief gesprungen bist, ein wenig zu weit nach links. So ist das Leben, hast du gesagt und gelacht und bist mit dem Zeigefinger an der Narbe entlanggefahren, von der Augenbraue an der Nase entlang hinunter zu deinem linken Mundwinkel, und dann bleibe ich abrupt stehen. In der Reihe der naiven, Touristen ansprechenden Aquarelle der Brücke ist eins, das eine junge Frau darstellt, die mit dem Kopf vornüber auf ihrem Weg ins Wasser gut ein Drittel unterhalb der gerade explodierenden Brücke schwebt, und die Frau hat das Horn des Teufels, und die Frau hat den Schwanz des Teufels, und die Frau hat Arme, die schwarze Flügel sind, und eine Zunge, die gespalten ist, und die Frau hat ein Gesicht, ein Gesicht, das deins ist. Ohne Narbe.

Was ist passiert, Zoja Maria?

Was ist passiert, Hassan?

»Kann ich Ihnen helfen?«

Nicht ich frage, sondern Hassan, das sehe ich sofort, nicht nur an dem roten Haar, den grauen Augen und dem Mund, der sich über einer Reihe solider, ein wenig zu dicht stehender, fünfeckiger Zähne öffnet mit einer tiefen, festen Stimme, die durch die sorgfältige Aussprache jedes einzelnen englischen Wortes leicht abgehackt klingt.

»Ich …« Manchmal findet man überraschend schnell die Lösung für etwas, für das man viele Tage und Stunden keine Lösung gefunden hat. »Ich möchte gern ein Bild kaufen.«

Das sind meine Worte, und die Haare im Nacken deines Bruders scheinen sich glatt zu legen, und er nickt, wartet, dass ich nach Preisen frage, was ich auch tue, und über sie diskutieren wir die nächsten fünf Minuten, bis wir uns einig werden und der Teufelssprung für eins dieser kleinen Vermögen in meinen Besitz übergeht, das ich normalerweise nie für ein paar Farben ausgeben würde, die ich mir an die Wand hängen kann, doch das heute der Preis für dich ist, und in dem Fall sind vierhundertzwanzig Deutsche Mark wohl nicht viel?

Sichtlich gut gelaunt durch den unerwarteten Verkauf bietet dein Bruder mir einen Kaffee an und geht nach hinten, um ihn aufzusetzen. Ich setze mich auf den abgenutzten Lehnstuhl gegenüber von seinem Schreibtisch und betrachte die übrigen Gemälde in der Galerie. Es gibt drei Sorten: leicht romantischen Pastellschrott (das sehe selbst ich) von diversen Szenerien in der Stadt, vor allem von der Brücke, einige interessantere Zeichnungen, von denen ich mir nicht ganz sicher bin, was sie darstellen, und den Teufelssprung in verschiedenen Varianten, keine mit deinem Gesicht so deutlich wie auf dem, das ich gerade gekauft habe, doch alle mit der gleichen tollkühnen Verbissenheit in der Bewegung. Die Zeiten sind schlecht für Maler, deshalb gibt es von Ersteren am meisten, die Übrigen hängen ganz unten, wo das Licht nicht hinkommt und ich mir nicht ganz sicher bin, ob dein Gesicht oder das einer anderen die Springerin schmückt.

Er, dein Bruder, kommt mit dem Kaffee zurück, einem dickflüssigen türkischen Kaffee mit Kaffeesatz, der sich seinen Weg in meinem Mund sucht, egal wie vorsichtig ich bin. Wir sitzen uns schweigend gegenüber, während wir trinken, dann stelle ich die Tasse ab, und er fragt mich, ob ich einer der NATO-Soldaten bin?

»Nein.« Ich lache und zünde mir eine Zigarette an. Obwohl ich nicht weiß warum, kommt mir der Gedanke völlig absurd vor. »Ich bin Arzt.«

»Bei den UN?«

Offenbar kann man sich keinen anderen Grund vorstellen, warum ein Fremder in dieser Zeit den Weg nach Mostar finden sollte, als den, dass er dort angestellt ist. Ich schüttele erneut den Kopf, erzähle ein weiteres Mal von meinem mobilen

Operationssaal und meiner Arbeit in Bosnien-Herzegowina während des Krieges und dass ich seitdem in Wien gearbeitet habe. Er reagiert nicht, als ich Wien erwähne, und mir fällt kein Grund zu fragen ein.

»Ich bin nur zurückgekommen, um alles wiederzusehen, so wie es heute aussieht«, ende ich lässig meinen Bericht und führe die Konversation zurück zu dem Bild.

»Was ist jetzt, ohne die Brücke …?«, frage ich und nicke in Richtung des filigranen Holzersatzes.

»Ach, die Brücke, die Jungen springen auch davon hinunter. Das macht keinen Unterschied. Wenn ich heute jung wäre, würde ich das auch. Ja, in meinen jungen Tagen bin ich von der anderen gesprungen.« Er lacht. »Sonst bist du kein Mann.«

»Aber der Teufel ist eine Frau …« Ich zeige auf das Bild, das ich gerade gekauft habe.

»Sind nicht alle Frauen Teufel?«, lächelt dein Bruder, dann wird er ernst. »Ja, sie war es jedenfalls.«

»War?«

»Ich kenne sie nicht mehr.«

Etwas Verbissenes, Bitteres legt sich über sein Gesicht. Ich zögere, trinke einen Schluck Kaffee, warte ein wenig, sehe wieder zu dem Bild, stehe auf und tue, als würde ich das Gesicht eingehend studieren.

»Jemand aus der Familie?«, frage ich versuchsweise und setze mich wieder.

»Meine Schwester«, sagt er, als würde er eine Eidechse ausspucken. »Sie war meine Schwester. Das ist sie nicht mehr.« Er rührt mit dem Löffel so heftig in dem Kaffeesatz, dass die Tasse beinahe umkippt. »Das ist sie nicht mehr, darauf können Sie Gift nehmen!«

»Sie haben sie lange nicht gesehen?«

»Sie war letzten Monat hier.« Er spuckt auf die Erde. »Als

wäre nichts passiert. Siebenundzwanzig Jahre, ja, dann steht sie da und glaubt, dass alles vergessen sei. Dass wir wieder eine Familie sein können.«

Ich sage nichts. Und noch einmal muss ich zugeben, dass du recht hast: Schweigen ist eine sehr insistierende Frage.

»Sie hat ihre Partei ergriffen, die dieser Scheißkerle!« Er nickt zum anderen Ufer hinüber. »Sie ist eine von ihnen geworden, ja, sie haben meine Tochter getötet!«

Das ist eine Antwort, eine Antwort, die eine ganze Menge Fragen aufwirft, von denen ich nicht weiß, wie ich sie stellen soll. Ich weiß auch nicht, ob ich kondolieren, der Sympathie Ausdruck verleihen soll, die beim Anblick der wütenden Tränen in dem rechten Auge in mir aufsteigt, der Sympathie, die nur der, der genau das Gleiche erlebt, der ein Kind durch die Gewalt anderer verloren hat, kennt, und dann erinnere ich mich, dass die Sympathie, die ich selbst am meisten schätze, die ist, die nicht ausgedrückt wird.

»Die Kroaten?«, begnüge ich mich deshalb zu sagen, ein wenig begriffsstutzig, das gebe ich zu, aber genau in diesem Augenblick bin ich auch ein wenig schwer von Begriff, denn da ist etwas, das ich nicht verstehe, das ich überhaupt nicht verstehe (vergib mir).

»Ja, darauf können Sie verdammt noch mal Gift nehmen!«, bricht es aus ihm heraus.

»Aber warum …?« Ich lasse den Satz in der Luft hängen, weiß nicht genau, wie ich die Frage stellen soll.

»Warum, glauben Sie, handeln Frauen, wie sie handeln?« Er rutscht mit dem Stuhl zurück, dann beugt er sich vor.

»Europäerin wollte sie sein, ja, das fand sie toll. Und in Österreich wurde man selbst damals, ja, lange bevor wir über so etwas hier nachdachten, ja, selbst damals wurde man in den besseren Kreisen nur akzeptiert, wenn man Christ war.«

Ich trinke einen Schluck Kaffee, beachte nicht, dass ich nur dicken Kaffeesatz in den Mund bekomme. Langsam begreife ich: Habiba, ein Kind, für das Europa keinen Platz hat. Und du, Zoja Maria? War das so, ist das so, Zoja Maria? Zoja? Ich stelle die Tasse langsam ab.

»Dann sind Sie, waren Sie, ich meine die Familie, Ihre Familie Moslems…?«, sage ich so leichthin wie möglich.

»Ja, ja natürlich!«, antwortet dein Bruder ungeduldig, meiner Begriffsstutzigkeit müde und steht auf, um zu zeigen, dass das Gespräch beendet ist.

Schon früh am nächsten Morgen, dem 5. Oktober 2000, bin ich auf dem Weg nach Sarajevo.

Jetzt weiß ich, dass du zurückgekommen bist, du bist im Land, aber ich weiß auch, dass du nicht in Mostar bist. Du musst in Sarajevo sein. Es kann nicht anders sein. Ich fahre wie ein Besessener auf den kurvigen Wegen, die den scharfen und gewundenen Einschnitten des Flusses in die Berge folgen. Das Bild von dir liegt neben mir auf dem Beifahrersitz, sodass ich die grauen Augen im glühenden Sprung des Teufels die ganze Zeit ahne.

Während ich fahre, höre ich BBC-Nachrichten. In Belgrad ist Generalstreik. Keiner weiß, wo Slobodan Milošević ist. Er hat sich seit vielen Stunden nicht gezeigt. Der Anfang vom Ende, denke ich und muss vor Freude fast weinen. Ein neuer Anfang braucht ein Ende, Zoja Maria. Aus freier Entscheidung, eine Lüge, eine kleine Verfälschung der Geschichte, das war alles. Ein Sturz von einer Brücke. Alles?

Man muss die Geschichte kennen, um sie zu verstehen, und nur wenn man die Geschichte kennt, kann man die Zukunft ändern. Das hast du gesagt. Und das stimmt. Doch das ist nicht immer möglich. Ich weiß viel, sehr viel mehr als vorher.

Ich weiß nicht alles. Niemand wird jemals alles wissen. Kannst du das nicht verstehen, Zoja Maria? Alles ist nicht möglich. Man kann nicht warten, etwas zu tun, bis man alles weiß, denn alles weiß man nie.

War es dein Bruder oder war es nicht dein Bruder, der dich gestoßen hat?

Ist das nicht gleichgültig? Heute?

Ich checke im Hotel Orient ein, einem neuen Hotel am äußeren Rand der Altstadt von Sarajevo. Bekomme den Schlüssel zu meinem Zimmer und schalte CNN ein. Es werden mehr Menschen in den Straßen Belgrads. Ich folge mehreren Minuten der Entwicklung, aufgeregt, als hätte ich selbst die Demonstrationen initiiert, als würden die Serben nur meinen Fußstapfen folgen. Ich marschiere mit ihnen gegen den Mann, der mein Feind und Lehrmeister war. Der Lehrmeister der Säuberungen, die nicht gelingen.

Viele sind umgekommen, nicht alle (vergib ihm, mir).

Ich stelle das Fernsehen aus und ziehe meine Jacke an. Es ist bald Mittag, und ich habe nicht viel Zeit. Mein Flieger geht morgen früh. Ich gehe direkt zum Fluss, der hier Milancka heißt und ein gräulich schmutziges Rinnsal ist, ein trauriger Wasserlauf verglichen mit der glänzend grünen Neretva. Überquere das Wasser bei Novi Most und gehe mit schnellen Schritten in Richtung der wieder aufgebauten Wissenschafts- und Kunstakademie. Hier warst du Dozentin, als ich dir zum ersten Mal begegnet bin. Ich bin überzeugt, dich hier wiederzufinden.

Alles ist tot. Keine Studenten in der Tür und in den Fenstern ist kein Licht. Ich ziehe an der Glastür. Sie ist schwer, aber nicht verschlossen. Alles ist still, und meine Schritte hallen auf dem Steinboden. Ich gehe die Treppe hinauf, suche das Büro, klopfe an eine Tür, verschlossen. Die nächste auch. Eine ältere Frau fegt mit langsamen Bewegungen den Boden im Gang.

»Entschuldigung, aber wo sind alle?«, frage ich sie.

Sie hört auf zu fegen, sieht mich jedoch verständnislos an. Ich verfluche meine mangelnden Sprachkenntnisse. Versuche es mit Zeichen, zeige auf die Hörsäle, die Büros, zeige die Leere mit meinen ausgebreiteten Händen, aber sie versteht mich nicht. Sagt nur eine Menge, das ich nicht verstehe.

Und doch: »Beograd«, ruft sie. »Beograd.« Dann macht sie einige halbherzige Laufschritte und zeigt hinaus, wie um zu demonstrieren, dass alle gegangen sind, um zu verfolgen, was in Belgrad passiert.

Verdammt, denke ich, während ich es an einer Tür nach der anderen versuche. Ausgerechnet heute. Weiter den Gang hinunter geht eine Tür auf. Ich erkenne einen deiner früheren Kollegen, das schmale Gesicht, das noch schmaler geworden ist. Wir begrüßen uns herzlich. Dann schlägt der Ton um. Seine Frau ist im letzten Herbst des Krieges gestorben, seine zwei Kinder haben in Schweden geheiratet und sind dort geblieben, dich hat er seit damals nicht mehr gesehen. Er würde es wissen, wenn du Kontakt zu der Universität hättest. Es tut ihm leid.

Ich gehe langsam zurück zum Hotel. Vor morgen früh habe ich keine Chance. Ich habe überhaupt keine Chance.

Du kannst überall sein.

∞ ∞

Der Vierte, der zu mir kommt, bist nicht du, sondern der Gedanke an dich.

Und ich weiß, dass ich dich finden muss. Ich muss mit dir reden. Ich muss dir erzählen, muss dir erzählen, dass es nicht länger etwas zu verheimlichen gibt, sie wissen alles, und noch ist es Zeit, wenn wir nur zusammen aus diesem Garten kommen, wenn ich dich nur finde, dann wirst du mit mir kommen. Und ein Leben ist genug, und ich habe noch immer zwei Beine, und ich stehe auf, und mir ist schwindelig, sodass ich mich an dem Stamm des Apfelbaums abstützen muss, und einen Augenblick ist alles schwarz, dann kommen die Sterne, und langsam werden sie zu kleinen Punkten, die langsam größer werden und größer und größer, dann kommen die Farben zurück, und plötzlich sehe ich klar. In einem Garten gab es ein Paradies.

Im Garten des Paradieses gab es eine Schlange.

Großmutter, Großmutter, was ist eine Schlange? Die Schlange, das bist du, mein Junge. Aber das stimmt nicht, ich weiß, dass das nicht stimmt, doch was ist dann die Wahrheit, und wo bist du? Zoja Maria, wo bist du? Es gibt noch eine andere Wahrheit, die richtige Wahrheit, das weiß ich, weil ich sie klar sehe, nur scheint dieses sehr klare Bild der Wahrheit nicht bis zu meinem Gehirn vorzudringen, nicht zu Wissen, nicht zu Worten zu werden, denen ich lauschen, die ich zu meinen machen und die ich in Handlung umsetzen kann, auf dass die Geschichte voranschreitet, stattdessen schreite ich voran, taumele durch den Garten über den Rasen, mitten in einer Geschichte, die nicht meine ist, und ich frage mich, ob es sich so anfühlt, keine Geschichte zu haben, doch dann erinnere ich mich, dass *ich* keine Geschichte habe, erinnere mich, dass ich nie eine gehabt habe und dass es sich trotzdem nicht so anfühlt. Und ich erinnere mich auch, dass ich immer zu sagen pflege, dass man den Gang der Geschichte ändern kann, und auch wenn das eine Geschichte ist, die sich im Augenblick gar nicht bewegt, muss man sie ändern können, sodass ich nicht die Schlange bin, sondern der Apfel oder Adam oder der Baum oder der Garten oder Gott, denn das Einzige, das ich nicht sein kann, das weiß ich, bist du. Und während ich durch den Garten zu der Terrasse gehe, beschließe ich, Gott zu sein, und würdest du nicht genau das sagen, Slobo, dass man sich dann, wenn man nichts anderes sein kann, entscheiden muss, Gott zu sein, und das tue ich, ich entscheide mich, Gott zu sein (vergib mir), nur für einen ganz kleinen Augenblick, entscheide ich, die Rollen umzuschreiben. Und wenn ich das gut mache, wenn ich das perfekt mache, hoffe ich, glaube ich, weiß ich, dass wir, dass du und ich noch immer das werden können, was wir einmal hätten sein sollen.

Du und ich und wir beide.

∞

Es ist kurz nach drei.

Ich packe meinen Koffer, während im Hintergrund CNN läuft. Noch immer kein Wort von meinem alten Freund, Slobo. Die Demonstranten rütteln an den Toren des Parlaments, es ist nur eine Frage der Zeit. Ich bin nicht in dem Strom, der in das Parlament eindringt, sehe mir bloß die Bilder im Fernsehen an, lausche den Rufen, deren Worte ich nur halbwegs verstehe, doch ihr Sinn ist klar: Slobo raus, Ende, aus. Die Polizei zieht sich langsam zurück, das Militär greift nicht ein, sowohl das Parlament wie auch der staatliche Fernsehsender sind in den Händen der Opposition. Es herrscht keine Unruhe, es werden keine Fenster eingeschlagen, niemand prügelt sich, niemand droht dem anderen. Das Volk jubelt, umarmt sich, küsst sich, singt und tanzt in den Straßen Belgrads. Ich lasse mich auf den Lehnstuhl vor dem Fernseher fallen und betrachte das wogende, jubelnde Szenarium. Polizisten und Soldaten mischen sich unter die Feiernden.

Du hast verloren, Slobo.

Als Lehrmeister, als Schüler. Auch ich habe verloren. Ich

werde morgen abreisen, und ich habe dich noch immer nicht gefunden. Ich betrachte die Menschenmenge, betrachte die jubelnde Woge, die Flaggen, höre die Lieder, und mein Blick kann es nicht lassen, in der Menge nach deinem Gesicht zu suchen, obwohl es unwahrscheinlich ist, dass du in Belgrad bist, schon gar nicht in diesen Tagen, in denen es nahezu unmöglich ist, nach Serbien hinein- oder aus Serbien herauszukommen. Wird es nie aufhören? Ich schüttele den Kopf, was bin ich nur für ein langsamer Schüler. Die völlige Austreibung dessen, das Teil von einem selbst ist, ist nicht möglich. Ich kann nicht das Herz aus mir herausschneiden. Ungeachtet, ein wie tüchtiger, wie brutaler Chirurg ich bin. Das, was ich im Fernsehen verfolge, ist nur der letzte Beweis dafür.

Mein Bericht ist seit langem fertig, dein Buch auch. Ohne es zu wissen, haben wir die gleiche Geschichte geschrieben, denn über den Völkermord gibt es nur diese eine. Völkermord ist Völkermord. Das ist leider eine Geschichte, die sich auf viele Weisen erzählen lässt, eine Geschichte, von der es viele Versionen gibt, obwohl es letztendlich immer die gleiche ist. Genau wie du und ich. Bald ist es ein Jahr her, seit ich dich das letzte Mal gesehen habe. Es könnten zehn sein. Es könnten hundert sein. Denn heute weiß ich, dass nichts zu machen ist. Der totale Völkermord ist eine Unmöglichkeit. Letzten Endes tötet man nur sich selbst. Ein tüchtiger Lehrmeister, mein alter Freund Slobo. Ich bin seinen Fußstapfen genau gefolgt. Ich bin ein ebensolches Fiasko wie er (vergib mir).

»Töte dich, Slobo, und rette Serbien!«, ruft einer der Demonstranten im Fernsehen. Mehrere schließen sich an, und der Ruf hallt wider und wider: »Töte dich und rette Serbien!«

Würde es dich retten, wenn ich mich töte?

Oder würde es mich retten, wenn du dich tötest?

Nein, nicht mehr. Alles, die Hälfte. Muslime, na und?

Warum war es so wichtig, das zu verheimlichen, Zoja Maria? Weißt du nicht, dass man die Geschichte ändern kann? Eine Geschichte, die die gleiche ist, kann einen neuen Schluss bekommen, und eine andere, die verschieden ist, kann den gleichen Schluss bekommen.

Man darf die Geschichte nicht bestimmen lassen. Nicht wahr, Zoja Maria? Nicht wahr?

Ich beginne zu weinen, still, unkontrolliert. Ich weine um dich, Slobo, alter Freund. Ich weine vor Freude, dass endlich Schluss ist. Ich weine lange, so lange, dass ich nicht weiß, wie lange, so lange, dass ich schließlich über etwas anderes zu weinen beginne. Auch ich habe verloren. Ich habe die Katze getötet.

Die Katze stampft noch immer (vergib mir).

Und du?

Ich schalte den Fernseher aus und verlasse das Hotel. Gehe zu dem Platz hinunter, wo ich dir zum ersten Mal begegnet bin. Es ist vorbei. Ich kann dich nicht finden. Slobos Ära ist vorbei. Sarajevos Einwohner lächeln heute vielleicht etwas mehr als gestern, das ist alles. Da ist kein Jubel, keine Begeisterung.

»Ja, Milošević ist gestürzt. Doch was ist mit all den anderen?«

Ich setze mich auf eine Bank, stütze den Kopf in die Hände. Ich denke an all das, was schiefgelaufen ist, an all das, was ich falsch gemacht habe, und ich denke warum, warum es so gelaufen ist, warum ich gehandelt habe, wie ich gehandelt habe. Doch dann muss ich daran denken, dass es ein *Warum* nicht gibt, dass das *Warum* genauso untergeordnet ist, wie ich einmal behauptet habe, damals, als ich verletzte Menschen zusammengeflickt und mich geweigert habe zu erfahren, warum auf sie geschossen wurde. Was sollte ein *Warum* ihren fehlenden Gliedern, ihren offenen Wunden nützen? Welchen Nutzen hätte mein Messer von einem *Warum*? *Warum* ist Vergangenheit, etwas, woraus wir lernen können, das ist alles, das wusste ich damals. Die einzige Wahl, die wir haben, ist die Zukunft.

Es zieht zu, wird langsam dunkel. Ich höre es schellen, und es vergeht ein Moment, bis ich begreife, dass das mein Handy ist. Ich stehe auf, um das Handy aus der Tasche zu ziehen, fingere kurz daran herum und finde erst den richtigen Knopf, als aufgelegt worden ist. Es vergeht eine gewisse Zeit, dann schellt es wieder, und diesmal bin ich bereit.

Ich habe eine Tochter bekommen.

Ich habe eine Tochter bekommen, die ich nicht verdient habe.

Sie hätte von dir sein sollen, doch so ist es nicht gekommen. Es gibt Kinder, für die Europa Platz hat. Plötzlich wird mir klar, dass ich eine Tochter bekommen habe, die Europäerin ist. Ich muss laut lachen. Wie ist das gleichgültig. Vollkommen, absolut gleichgültig. Ich habe eine Tochter bekommen, und meine Tochter gehört nichts und niemandem. Ich lächle, man kann die Geschichte ändern, denke ich und setze mich wieder.

Ich sitze lange so da. Es beginnt zu nieseln, trotzdem bleibe ich sitzen. Ich bin unendlich traurig und unendlich glücklich zugleich. Was hast du gesagt, oder habe ich es gesagt, daran erinnere ich mich nicht, doch die Worte, die Worte waren die, dass man eine Geschichte anhalten muss, um eine andere zu beginnen. Das ist nicht wahr. Geschichten gleiten, winden sich ineinander, bis sie viele und eine zugleich sind.

Langsam wird es ganz dunkel. Ich weiß nicht, ob es die Kälte oder die Dunkelheit ist, die mich schließlich aufstehen lässt, aber ich stehe auf und mache mich auf den Weg. Ich gehe in die entgegengesetzte Richtung des Hotels, fort von der Altstadt und der Fußgängerzone, hinunter nach Marsala Tito und weiter die breite, befahrene Straße entlang, langsam, während der Regen stärker wird und Autos und Menschen vorbeihasten.

Der Regen klatscht aus dem Dunkel auf mich hinunter, ich ziehe den Mantel fester um mich und gehe schneller. Ich bleibe abrupt stehen, sehe mich um. Er ist weg, nein, da ist er wieder. Da, direkt auf der anderen Straßenseite. Ein Nacken, der leicht über einem wogenden, schnellen Gang hüpft, den Kopf zurückwirft, Haare, die abstehen, dunkler als deine, der Nacken vielleicht etwas kräftiger, oder doch nicht? Viele Menschen sind unterwegs, und ich kann durch den Regen und das Dunkel nicht genau sehen.

Bist du das oder bist du das nicht?

Es ist Rushhour, und der Verkehr ist dicht und unaufhörlich. Ich mache versuchsweise einen Schritt auf die Straße in den Autostrom, doch das erste Auto hupt und fährt so dicht an mir vorbei, dass ich es kaum schaffe, den Fuß rechtzeitig zurückzuziehen. Der Regen fällt noch immer, der Nacken ist fort. Ich beginne zu laufen, zwischen den Schirmen hindurch, während ich die ganze Zeit die andere Straßenseite im Auge behalte, und da, da, mitten auf dem Bürgersteig auf der anderen Seite: Der Nacken geht aufrecht, gleitend, ohne sich gegen den Regen zu schützen, stumm, zielbewusst, mit einem leichten Hüpfen der Beine, doch ich habe keine Angst mehr, dass du verschwindest.

Ich wechsle zum Gehen, falle in Takt mit den Schritten auf der anderen Seite, finde dann meinen eigenen Rhythmus, ein wenig langsamer, ein wenig größere Schritte. Ich reduziere das Tempo, du bist stehen geblieben, um einigen Fußgängern in der entgegengesetzten Richtung Platz zu machen, holst mich dann ein, und wir gehen, nicht langsam, gehen einfach, jeder auf unserer Seite der Straße, Seite an Seite.

Man kann die Geschichte ändern.

Ich spreche nicht länger zu dir, sondern zu mir.

∞ ∞

Du wirbelst im Kreis herum, im Kreis herum, sodass dein weißes Kleid um dich schwingt, und deine Beine wirbeln im Kreis herum, und dein Nacken wirbelt im Kreis herum, und ich sehe wieder dein Kleid, immer im Kreis herum, und ich sehe die roten Flecken auf dem weißen Kleid, und dann sehe ich dich ganz, denn ich bin näher gekommen, und ich kann dein Gesicht sehen, deinen Mund, der lächelt, und im Kreis herum, und ich sehe deinen Nacken, der eine ganz andere Geschichte erzählt als dein Mund, und die Haare stehen ab, und immer im Kreis herum. Und das ist eine traurige Geschichte, und dein Nacken weint, und im Kreis herum, und ich sehe Tränen in deinen Augen, die auch nicht zu dem Lächeln passen, und du wirbelst im Kreis herum und wirbelst im Kreis herum, und dein Tanzpartner scheint zu glauben, dass die Tränen Teil deins Lächelns sind, deshalb lacht er mit, immer im Kreis herum, und er lacht die Tränen an, die längst im linken Auge übergelaufen sind, das mir und dem Rasen zugewandt ist, und immer im Kreis herum, und er lacht das rechte an, das überzulaufen beginnt, als du das dritte Mal an der Stelle vorbeitanzt, an der ich stehe, immer im Kreis herum. Und dann begreife ich, dass du um mich weinst, und ich möchte dir zurufen, dass es keinen Grund zum Weinen gibt, dass die Geschichte noch nicht vorbei ist, dass sich alles noch immer ändern lässt, immer im Kreis herum, das Einzige, das wir brauchen, sind ein Stift und Papier und ein wenig Willen, sehr viel Willen, aber das ist alles.

Den Willen, und im Kreis herum, den Willen, den Gang der Geschichte zu ändern, den Schluss der Geschichte, weil nicht einmal der stärkste Wille den Anfang der Geschichte ändern kann. Immer im Kreis herum, der Anfang ist Vergangenheit, das muss ich zugeben, den können wir nicht länger umschreiben, ungeachtet wie gerne wir das wollen, und im Kreis herum, und deshalb muss man auf den Anfang achten, auf den Anfang achten wie auf ein ungeborenes Kind. Immer im Kreis herum.

Vergiss das nicht, Zoja Maria, man muss auf den Anfang achten, wie man auf ein ungeborenes Kind achten muss.

Und dieser Gedanke lässt mich auf dem Absatz kehrtmachen und meines Weges gehen, fast, und der Unterschied zwischen etwas, das ist, und etwas, das fast ist, ist der Unterschied zwischen alles und nichts, und im Kreis herum, und deshalb stehe ich, als die Musik abbricht, noch immer auf meinen zwei Beinen und an genau der Stelle, an der ich die ganze Zeit gestanden habe, und in der Stille zwischen den Stücken bewegen sich meine Beine langsam die Treppe hinauf und zu dir hin, und ich entschuldige mich bei dem Herrn dir gegenüber und nehme deine Hand.

»Komm«, sage ich und ziehe dich zur Mitte der Tanzfläche, genau als das nächste Stück zu spielen beginnt.

Und ungeachtet, dass ich nicht weiß, wie es passiert, denn so wie es mir geht, kann ich kaum gehen, beginnen meine Beine sich zu bewegen, und ungeachtet, dass sie keine Kraft haben, drehen sie sich mit dir in meinen Armen im Kreis, und die Hand tut plötzlich nicht mehr weh, sondern hält dich fest, sodass das Blut in der Wunde pocht, als wäre das Herz ganz nahe bei dir, und ich weiß, dass ich richtig gesehen habe, denn das ist genau der richtige Ort, der einzige Ort, an dem du und ich reden können, aber ein Stück ist nicht lang und bald zu

Ende, deshalb beginne ich zu reden und sage: »Zoja Maria. Komm mit mir. Wir können alles ändern.«

Du schüttelst den Kopf, und ich will dir erzählen, dass deine Familie nicht das ist, was du glaubst, dass sie ist, dass du sie nicht vor der Geschichte beschützen musst, weder vor deiner noch vor deiner und meiner, denn sie kennen sie alle, und dass es die Geschichte, die du mit ihnen zu haben glaubst, nicht gibt, und das alles ist nicht allein meine Schuld, da haben wir es wieder, *alles*, und das sage ich dir, während ich dich festhalte und herumwirbele und herumwirbele:

»Sie wissen alles«, sage ich und drehe dich noch einmal im Kreis herum. »Alles«, wiederhole ich.

Aber du hast die Rollen nicht gelernt, und ich bekomme keine Antwort, nur Tränen, die sich auftürmen, nachdem sie gerade aufgehört hatten zu fließen, und ich weiß, dass sie gleich überlaufen werden, und noch immer sagst du nichts, doch ich kenne glücklicherweise deine und meine Rolle.

»Es besteht kein Grund, irgendetwas weiter geheim zu halten«, fahre ich fort. »Sie wissen alles ... Komm mit mir, Zoja Maria.«

Jetzt musst du ja sagen, ja, lass uns weggehen, lass uns du und ich sein in Zeit und Ewigkeit und bis ans Lebensende, aber du sagst es nicht, und das ist nicht meine Rolle, sodass es nicht hilft, wenn ich es sage, denn selbst wenn ich das täte, gäbe es noch immer so etwas wie deine Entscheidung, und diese Entscheidung ist die Entscheidung für eine andere Geschichte, und die Beine drehen uns noch einmal herum, und die Tränen, deine, fließen so leicht und unbeschwert wie die Beine sich drehen, deine, und während ich auf die Tränen blicke, glaube ich einen Augenblick lang, dass dir deine Rolle doch noch einfällt, aber dann entscheidest du dich für die andere, die falsche, indem du sagst: »Sem, ich kann nicht. Ich kann dir das nicht erklären, aber glaube mir. Nichts würde ich lieber tun, als dir folgen. Aber ich habe einmal eine Entscheidung getroffen, und die kann ich nicht ändern. Vielleicht wenn …« Du schüttelst den Kopf. »Es ist zu spät.«

Du machst eine ausladende Bewegung mit der Hand, die vorher auf meiner Schulter ruhte, du zeigst leicht zum Garten hin, der von farbigen Lichtern beleuchtet wird und voller farbiger Kleider und farbiger Servietten ist, nur nicht voller farbiger Menschen, und ich habe Lust, dir die Wahrheit zuzurufen, die Wahrheit, dass diese Geschichte nicht existiert, dass der Garten ein Ort ist, der nicht existiert, eine Illusion, etwas, das nicht ist, etwas, an dem du nur festhältst, vielleicht um an der Hoffnung auf etwas Größeres und mehr festzuhalten, aber das existiert nicht, und ich habe Lust zu rufen, dass du dich nicht für die Illusion entscheiden darfst, dass du es ertragen musst, dass die Illusion zerbricht, um der Wirklichkeit Platz zu machen, aber ich tue es nicht.

»Sie wissen alles, auch das von Habiba«, ist alles, was ich flüstere. »Alles.«

Dann sehe ich die Tränen, die laufen und laufen, sowohl aus deinem rechten wie aus deinem linken Auge, und dass auch dein linkes Auge überläuft, sagt mir, dass ich überhaupt nichts verstanden habe, dass da noch immer eine ganz andere Geschichte ist, und das lässt mich mitten auf der Tanzfläche innehalten, innehalten und nicht einen Schritt zurück, sondern zur Seite zu treten, denn ich begreife, dass unsere Geschichte eine ganz andere Geschichte ist, als ich geglaubt habe, dass unsere Geschichte nicht ungeschrieben bleibt, weil du deine andere Geschichte nicht verlassen konntest, nicht verlassen kannst, nein, unsere Geschichte wird nicht geschrieben, weil du die Illusion von ihr vorziehst, den Traum von ihr, statt die Angst auf dich zu nehmen, dass die Illusion zerplatzt, dass die

Geschichte, indem sie zur Wirklichkeit wird, zu nichts wird. Das hat nichts mit dem Brief zu tun, den ich nicht gelesen habe, das hat nichts mit deinen Töchtern zu tun oder mit deinem Mann, nichts mit Habiba und schon gar nichts mit dem, was ich getan habe.

Alles oder nichts. Leben oder Tod.

Gegenüber dem, der sich für den Tod entschieden hat, kann selbst Gott nichts ausrichten und ich schon gar nicht, und ich bin nicht länger Gott, und ich war nie Gott, und ich habe keine Worte mehr, und wenn eine Geschichte keine Worte mehr hat, ist das wohl der Punkt, an dem sie zu Ende ist. Ist es nicht so?

Die Sache ist nur die, dass ich den Ausgang nicht finde. Ich trete einen Schritt zurück, und diesmal falle ich nicht, meine Füße, meine Beine finden die Stufen. Und wieder erinnere ich mich an das mit den Beinen, die mich wegtragen werden, hinaus aus der Geschichte, und jetzt tragen sie mich direkt und sicher weg von dir und deinen Tränen und den letzten Worten, die du mir gerade noch flüsternd zurufen kannst, bevor ich dich nicht mehr hören kann.

»Niemand weiß alles, Sem.«

Und ich will nichts mehr hören, denn ich habe bereits mehr als genug gehört, und die Beine tragen mich weiter die Treppenstufen hinunter und um die Terrasse herum, um die Blumenbeete herum, doch noch immer finde ich den Ausgang nicht, denn ich will nicht ins Haus, wo ich vielleicht auf Anna Charlotta und eine Geschichte stoßen könnte, die ich nicht hören, von der ich nicht Teil sein will, es muss einen anderen Weg aus dieser Geschichte geben, und während ich mich durch das Dunkel zwischen den Zweigen hindurchtaste, die stechen und kratzen, erahne ich etwas Taubenblaues. Erika. Und Erika weiß, wo der Hintereingang oder in diesem Fall der Hinterausgang ist, und bestimmt führt er nur aus dem Garten zu dem Taxi, das bereits wartet, aber mir kommt er wie der Hintereingang, der Hinterausgang aus dieser Geschichte vor, von der ich will, dass sie zu Ende ist.

The end.

Der Vorhang fällt.

Applaus.

Nein, kein Applaus, denn das war keine gute Geschichte, und der Vorhang fällt auch nicht, denn es hat zu viele andere Fälle gegeben, und *the end* gibt es auch nicht, denn das ist kein glücklicher Schluss, und Geschichten sollten einen glücklichen Schluss haben, sonst sollten sie nicht enden. Und dies ist eine Geschichte, die endet.

Das weiß ich.

Glaube ich.

Neuntes Leben

Das neunte Leben ist das Ende,
ist der Anfang.